Gottfried Keller

Martin Salander

Gottfried Keller: Martin Salander

Erstdruck: Berlin (W. Hertz) 1886.

Neuausgabe mit einer Biographie des Autors
Herausgegeben von Karl-Maria Guth
Berlin 2018

Der Text dieser Ausgabe folgt:
Gottfried Keller: Sämtliche Werke in acht Bänden, Berlin: Aufbau, 1958–1961.

Die Paginierung obiger Ausgabe wird hier als Marginalie zeilengenau mitgeführt.

Umschlaggestaltung von Thomas Schultz-Overhage unter Verwendung des Bildes: Christian Ludwig Bokelmann, Bis in den hellen Tag hinein (Ausschnitt), 1874

Gesetzt aus der Minion Pro, 11 pt

Die Sammlung Hofenberg erscheint im
Verlag der Contumax GmbH & Co. KG, Berlin
Herstellung: BoD – Books on Demand, Norderstedt

Die Ausgaben der Sammlung Hofenberg basieren auf zuverlässigen Textgrundlagen. Die Seitenkonkordanz zu anerkannten Studienausgaben machen Hofenbergtexte auch in wissenschaftlichem Zusammenhang zitierfähig.

ISBN 978-3-8430-3279-7

Bibliografische Information der Deutschen Nationalbibliothek

Die Deutsche Nationalbibliothek verzeichnet diese Publikation in der Deutschen Nationalbibliografie; detaillierte bibliografische Daten sind im Internet über www.dnb.de abrufbar.

1.

Ein noch nicht bejahrter Mann, wohlgekleidet und eine Reisetasche von englischer Lederarbeit umgehängt, ging von einem Bahnhofe der helvetischen Stadt Münsterburg weg, auf neuen Straßen, nicht in die Stadt hinein, sondern sofort in einer bestimmten Richtung nach einem Punkte der Umgegend, gleich einem, der am Orte bekannt und seiner Sache sicher ist. Dennoch mußte er bald anhalten, sich besser umzusehen, da diese Straßenanlagen schon nicht mehr die früheren neuen Straßen waren, die er einst gegangen; und als er jetzt rückwärts schaute, bemerkte er, daß er auch nicht aus dem Bahnhofe herausgekommen, von welchem er vor Jahren abgefahren, vielmehr am alten Ort ein weit größeres Gebäude stand.

Die reichgegliederte, kaum zu übersehende Steinmasse leuchtete auch so still prächtig in der Nachmittagssonne, daß der Mann wie verzückt hinsah, bis er von dem Verkehrstrubel unsanft gestört wurde und das Feld räumte. Aber der erhobene Kopf, die an der Hüfte gelind sich hin und her wiegende Reisetasche ließen erkennen, wie er vom Schwunge der Gedanken bewegt, von Genugtuung erfüllt dahinschritt, um Weib und Kinder aufzusuchen, wo er sie vor Jahren gelassen. Jedoch vergeblich forschte er zwischen der rastlosen Überbauung des Bodens nach Spuren früherer Pfade, die sonst zwischen Wiesen und Gärten schattig und freundlich hügelan geleitet hatten. Denn diese Pfade lagen auch weiterhin unter staubigen oder mit hartem Kies beschotterten Fahrstraßen begraben. Obgleich das alles seine Bewunderung stetig erhöhte,
7 war er endlich doch angenehm überrascht, als er unvermerkt, um eine Ecke biegend, sich in einen Häuserwinkel versetzt fand, den er augenblicklich an seiner verjährten ländlichen Bauart wiedererkannte. Die vorspringenden Dächer, das rote Balkenwerk, die kleinen Vorgärtchen waren die nämlichen wie seit Menschengedenken.

»Da ist ja der Zeisig!« rief der Wandersmann, indem er stillstand und mit warmem Heimatgefühl die alte Lokalität betrachtete, »wahrhaftig der Zeisig! ›Im Zeisig‹ heißt es hier! Wer kann sagen, warum einem eine solche Sache und ein solches Wort während sieben Jahren nicht ein einziges Mal eingefallen ist, und haben wir doch als Schüler hier so schönen Apfelmost getrunken, wenn wir einen Batzen besaßen! Und der alte Brunnen steht auch noch, mit welchem man den Zeisigbauer aufzog, daß er Most und Milch daraus speise!«

In der Tat sprudelte aus der uralten Holzsäule das klare Bergwasser in denselben Trog, wie ehemals, und zwar durch den gleichen abgesägten Flintenlauf, der statt einer eisernen Brunnenröhre darin steckte. Diese Entdeckung erregte dem Mann eine neue Begeisterung.

»Sei mir gegrüßt, ehrwürdiges Zeichen friedlicher Wehrkraft!« dachte er halblaut; »dies Rohr, das einst Feuer gesprüht, spendet das lautere Quellwasser für Mensch und Tier! Aber schon hängt in jedem Hause, wie ich vernehme, das gezogene Gewehr und harrt der ernsten Prüfung; möge sie der Heimat lange erspart bleiben!«

In diesem Augenblicke näherte sich ein Trupp spielender Kinder dem Brunnen, kleines Volk von zwei bis sechs Jahren. Letzteren Alters konnten zwei Knaben und überdies Zwillinge sein, weil sie genau dieselbe Größe, ganz ähnlich runde Köpfe mit dicken Backen und vor den Bäuchen aus gleichem Wachstuch geschnittene, mit Blümchen bedruckte Schürzen aufwiesen, offenbar ebensowohl als Auszeichnung wie zum Schutze der Kleider. Etwas seitwärts stand einsam ein bleicher Junge, der seinen achten Sommer zählen mochte und Anlaß zu einer kleinen Begebenheit bot, welche die Aufmerksamkeit des heimkehrenden 8
Mannes von dem alten Flintenlauf ablenkte.

Einer der beiden Schurzträger rief nämlich den einsamen Jungen hochmütig an:

»Was tust du denn hier? Was willst du?«

Als der Angerufene nicht antwortete und nur melancholisch herüberblickte, trat der andere Zwilling, die Hände auf dem Rücken, den beschürzten Bauch vorstreckend, näher hin und sagte patzig:

»Ja, auf was wartest du hier?«

»Ich warte auf meine Mutter!« erwiderte nun der Junge, unsicher werdend, ob er das Recht habe, dortzustehen. Der andere aber versetzte trocken und verächtlich wie ein Alter: »So, du hast eine Mutter?« während sein Bruder laut auflachte und schrie:

»Haha! Der hat eine Mutter!«

Sogleich sang der ganze Kinderchor mit drollig nachgeahmtem Gelächter:

»Der hat eine Mutter!«

Und nie hörte man ein fröhlicheres Lachen so kleiner Leute. Als ob das lustigste Ereignis sie königlich erheitere, holten sie immer ein neues »Hahaha« aus der Tiefe ihrer arglosen Kinderherzchen herauf und standen dabei im Kreise beisammen, innerhalb dessen ein zweijähriges Watschelbübchen, indem es sich mit den fetten Händchen die Seiten hielt, wiederholte:

»Oh! Eine Moder hat der!«

Als dies Vergnügen, wie alles hienieden, allmählich sein Ende erreicht, fragte der mit der Reisetasche, der es wohl beobachtet hatte und nichts davon verstand, mit freundlichen Worten:

»Warum lacht ihr Kinder so darüber, daß der Knabe eine Mutter hat? Habt ihr denn keine Mutter?«

»Nein! Wir sagen Mama!« erklärte der eine Rädelsführer der Kleinen, und gleichzeitig nahm er einen Tonscherben von dem Boden, schöpfte
9 Wasser aus dem Brunnenbecken und schleuderte es auf den Inhaber einer Mutter. Der verlor aber die Geduld. Er sprang herbei, um den bösen Zwilling ein weniges zu zausen, worauf beide Brüder zu zetern und »Mama! Mama!« zu schreien begannen.

»Isidor! Julian! Was gibt's denn, was habt ihr wieder?« ließ sich eine Stimme vernehmen, und aus einem der Häuser kam eine rüstige Frau, unzweifelhaft vom Waschzuber weg. Die feuchte Schürze war zurückgeschlagen, auf der einen Faust hielt sie einen modisch mit Blumen und Seide aufgeputzten Strohhut vor sich hin, während sie mit dem andern rotbraunen Arm den Schweiß von der Stirn zu wischen suchte und der ihr folgenden Putzmacherin schmälend zurief, der Hut sei nicht geraten, die Blumen stellten nichts Rechtes vor, sie wolle ebenso schöne und große, wie andere Frauenzimmer, und weiße Bänder statt der braunen. Sie wüßte nicht, warum sie nicht ebensogut weiße Bänder tragen dürfte, wie diese und jene, und wenn sie auch keine Rätin sei, so werde sie dereinst vielleicht eines oder zwei solcher Stücke zu Schwiegertöchtern bekommen!

Die Modistin, welche ihr den Hut inzwischen abgenommen, versetzte bescheiden schnippisch, es sei gut, daß die Bänder nicht schon weiß gewesen, sonst würden sie von den nassen Händen der Frau bereits verdorben sein, und es frage sich, ob diese befleckten braunen sauber herzustellen seien. Sie wollte sehen, was die Meisterin dazu sage. Hiermit legte sie den Hut wieder in die Schachtel, in der sie ihn hergetragen, und begab sich verdrießlich hinweg, indessen die Waschfrau ihr nachrief, sie solle nur machen, daß sie den Hut bis nächsten Sonntag erhalte, denn sie wolle damit zur Kirche gehen. Dann sah sie endlich nach ihren Buben Julian und Isidor, welche zu schreien nicht aufhörten, obgleich der fremde Knabe sich an seinen Standort zurückgezogen hatte.

»Was ist denn mit euch? Wer tut euch was?« rief sie, worauf jene schrien: »Der dort will uns hauen!«

Nun aber mischte sich der stets aufmerksame Wandersmann in den 10
Handel und belehrte die Frau, die beiden Jungen hätten den andern zuerst mit Wasser begossen und ihn ausgelacht, weil er nur eine Mutter und keine Mama besitze.

»Das ist nicht schön von euch!« sagte die Frau mit milder Zurechtweisung zu ihren Sprößlingen; »er ist nicht schuld, wenn er arme oder ungebildete Eltern hat, und ihr könnt Gott danken, daß es euch besser geht!«

Der mit der Reisetasche konnte sich nicht enthalten, zu fragen, ob es denn hierzulande ein Zeichen von Armut oder Verwahrlosung sei, wenn unter dem Volke die Eltern noch Vater und Mutter genannt werden, und er tat diese Frage mit anständiger Wißbegier, ohne Spott, gewärtig, schon wieder etwas Neues, vielleicht Günstiges und Rühmliches zu erfahren. Die Frau aber sah ihn groß an, besann sich ein wenig, bis sie zu erkennen glaubte, daß es sich um einen unvorgesehenen unbefugten Angriff handle, und erwiderte alsdann mit geschärfter Betonung:

»Wir sind hier nicht Volk, wir sind Leute, die alle das gleiche Recht haben, emporzukommen! Und alle sind gleich vornehm! Und für meine Kinder bin ich die Mama, damit sie sich nicht vor dem Herrenvolk zu schämen brauchen und einst aufrechten Hauptes durch die Welt gehen dürfen! Jede rechte Mutter hat die Pflicht, dafür zu sorgen, weil es Zeit ist!«

»Was machst du denn für einen Lärm, Frau?« sagte der hinzugekommene Mann derselben; er setzte einen großen Korb voll gelber Rübchen neben den Brunnen nieder, indem er beifügte: »Da ist Gemüse zu waschen! Ich will gleich das Beet umgraben und wieder ansäen; die Buben können das Zeug abspülen! Damit sie das Wasser im Trog nicht verunreinigen, gib ihnen einen Zuber, Frau, und achte doch darauf, daß dem Vieh das Trinkwasser nicht immer getrübt wird von den Kindern!«

Hierdurch schien die wackere Frau, in Gegenwart des Fremden, noch
gereizter zu werden. Die Knaben seien jetzt ordentlich angezogen und 11
sollen sich nicht schon wieder versauen! Sie wolle die Rübchen nachher schon abspülen, wozu noch alle Zeit sei, denn sie würden erst am nächsten Morgen geholt.

Und die Zwillinge riefen ihrerseits: »Vater, die Mama sagt, wir dürfen uns nicht versauen! Was sollen wir nun tun? Können wir laufen, wo wir wollen?«

Ohne die Antwort abzuwarten, sprangen sie mit den anderen Kindern davon; der Fremde aber, statt ihrem Beispiel zu folgen, blieb immer noch stehen, in Nachdenken verloren über die neue Tatsache, daß der Mann der Mama doch ein einfacher Vater sei vor seinen Kindern, dabei auch freilich nicht soviel zu gelten schien, wie jene.

In diesen Gedanken unterbrach ihn der Landwirt oder Gemüsegärtner und fragte: »Und was ist's mit dem Herrn hier, was wünscht er?«

»Er wird wohl nichts zu wünschen haben!« rief die Frau dazwischen; »er hat uns bloß Volk genannt und sich verwundert, wieso die Buben mir Mama rufen sollen!«

»Das war nicht so gemeint!« sagte der Fremde lächelnd, »ich habe mich ja im Gegenteil über die Verfeinerung der Sitte hierzulande gefreut, über die zunehmende Gleichheit der Bürger; gewahre nun aber doch, daß das Familienhaupt noch Vater genannt wird und nicht Papa! Wie darf ich mir nun das wieder erklären?«

Die Frau blickte ärgerlich auf ihren Mann, der ihr in diesem Punkte genugsam Verdruß gemacht haben mochte, und verhielt sich im übrigen still. Der Mann seinerseits betrachtete den Fremdling nun ebenfalls mit prüfendem Blicke, wie vorhin die Frau, und als er dessen offenes und gutmütiges Gesicht wahrnahm, ließ er sich zu einer vertraulichen Rede herbei:

»Seht, guter Freund! Das ist eine Sache, wovon manches zu berichten wäre! Die Gleichheit ist allerdings vorhanden und alle streben wir aufwärts. Am eifrigsten sind die Weiber dahinter her; eine nach der andern
12 nimmt jenen Titel an, wogegen wir Mannsleute bei unserer Hantierung dergleichen Zierat nicht brauchen können. Wir würden uns selbst auslachen, wenigstens einstweilen noch, und dann, was die Hauptsache ist, so würde man uns die Steuern hinaufschrauben, wenn wir den Papatitel annähmen. So hat der Herr Pfarrer in der Schulpflege zu verstehen gegeben, wo die Sache zur Sprache kam, weil ein Schulmeister einen Teil der Schüler mit Papa und Mama traktierte, wenn er von ihren Eltern zu sprechen hatte. Es waren dies natürlich solche Kinder, die schöne Geschenke brachten. Bei den Frauen, sagte der Pfarrer, habe das nicht soviel zu bedeuten, weil ihre Eitelkeit bekannt sei; wenn aber die Mannsbilder sich Papa rufen ließen, so urkundeten sie hiemit, daß

sie sich zu den Wohlhabenden und Fürnehmen rechnen, und da sie ohnehin zu wenig versteuern, so würde man sie bald höher einzuschätzen wissen. Es wurde dann auch sofort allen sechs Lehrern strengstens befohlen, in der Schule von Gleichheits wegen das Wort Papa zu vermeiden und bei reich und arm nur Vater zu sagen!«

Die Frau war schon bei Anfang dieser Rede zornig in ihre Küche zurückgelaufen; der Landmann ging auch hastig seiner Wege, indem er sich besann, daß er noch genug zu tun und schon zu lang geschwatzt habe, und der Fremde stand allein auf dem stillen Platze. Erst jetzt las er an dem alten Hause die Inschrift »Gemüsegärtnerei und Milchwirtschaft von Peter Weidelich«. – »Also Weidelich heißen diese Leute«, sprach er vor sich hin, ohne selbst darauf zu achten. Er rieb sich sacht ein wenig die Stirne, wie einer, der nicht recht weiß, wo er sich im Augenblick befindet, bis er sich besann, daß er ja noch höchstens zehn Minuten zu gehen brauche, um die Seinigen zu sehen. Doch wie er sich wandte und den Fuß ansetzte, fiel ihm eine Hand auf die Schulter und eine Stimme fragte:

»Ist das nicht der Martin Salander?«

Er war es wirklich; denn er kehrte sich wie der Blitz um da er auf dem heimischen Boden zum ersten Mal seinen Namen hörte und nun
auch das erste bekannte Gesicht erblickte. 13

»Und du bist der Möni Wighart, wahrhaftig!« rief er. Beide schüttelten sich die Hände, einander aufmerksam, aber nicht unerfreut betrachtend als gute alte Freunde, von denen keiner dem andern etwas zu danken oder je etwas von ihm gewollt hatte. Das ist immer eine gute Begegnung an der Schwelle jeglicher Heimat.

Der genannte Möni oder Salomon schien um zehn Jahre älter als Herr Martin Salander, sah aber noch so frisch und sauber mit seinem Schnurr- und Backenbärtchen aus, wie ehemals, und trug denselben Rohrstock mit vergoldetem Hundekopf, wie vor zwanzig Jahren. Mit allen ordentlichen Leuten stand er auf du und du, obgleich keiner deutlich wußte, seit wann. Trotzdem hatte er nie einen Feind; denn er war für jeden, der ihn traf, ein Ruhepunkt und eine Pause in den Sorgen und Gedanken, die ihn bewegten, oder auch, wenn der Betreffende just zerstreut dahintrieb, ein kommlicher Anhalt zur Sammlung.

»Martin Salander! Wer hätte das gedacht! Und seit wann bist du wieder im Land? Oder kommst du erst?« fragte er abermals.

»Soeben komm ich vom Bahnhof!« war die Antwort.

»Was du sagst! Ich komme doch auch daher, trinke alle Tage meinen Kaffee dort und sehe, wer abgeht und ankommt, und habe dich nicht bemerkt! Der Tausend noch einmal! Soso, da ist der Martin Salander wieder! Nicht wahr, du kommst gradenwegs aus Amerika?«

»Aus Brasilien, das heißt ich habe mich sechs Wochen in Liverpool aufgehalten in etwas Geschäften. Nun aber ist's Zeit, daß ich meine Frau aufsuche, habe seit einem halben Jahre keine Nachricht von ihr und meinen drei Kindern, sie müssen mich längst erwarten. Hoffentlich steht es gut mit ihnen!«

»Ja wo sind sie denn? Hier oben auf der Höhe?« Diese Frage tat der alte Freund nur mit halber Sicherheit seiner Stimme, und der andere
14 schien auch etwas betreten, indem er erwiderte:

»Ei freilich, sie hat ja seit Jahren eine kleine Sommerwirtschaft und Fremdenpension auf der Kreuzhalde gepachtet, es kann nicht sehr weit von hier sein!«

Bei sich selbst dachte er: Nun weiß der nichts davon oder tut wenigstens so; ein Zeichen, daß er nicht ein einziges Mal dort war, der ewige Spaziergänger und Schoppenstecher! Es muß also nicht glänzend gehen, und jedenfalls hat die arme Marie keinen vorzüglichen Wein zu verzapfen!

Die kleine Verlegenheit überspringend ergriff Wighart die Hand, welche Salander zum Abschiede bot, und hielt sie fest.

»Ich würde gleich mitkommen; das geht aber natürlich jetzt nicht gut an bei eurem ersten Wiedersehen, da kann man keine Störer und Gaffer brauchen! Allein zehn Schritt von hier, um die Ecke, hat der alte Friedensrichter Hauser im ›roten Mann‹ einen Letztjährigen, der trinkt sich wie Himmelsluft. Ich nehme bei schönem Wetter täglich ein Schöppchen davon. Nun tu ich es nicht anders, Meister Martin, du mußt zum Willkomm eine Flasche mit mir leeren! In einem halben Stündchen, in zwanzig Minuten ist es getan und der Nachmittag ist noch lang! Komm! Mach keine Umstände! Ich will durchaus das erste Glas mit dir trinken und verspreche, dich nicht lang aufzuhalten!«

Martin Salander, dessen Hand der gute alte Freund nicht fahren ließ, sträubte sich ernstlich, vom Verlangen nach Frau und Kindern beseelt, denen er so nahe war; als ein so Weitgereister jedoch, der oft größere Umwege und Aufenthalte vergeblich gemacht und den sieben Jahren seiner Abwesenheit leicht eine Viertelstunde hinzufügen durfte, um der unverhofften Begegnung eine Ehre anzutun, gab er endlich nach.

Er wußte zwar, daß es den geselligen Herrn vornehmlich gelüstete, in aller Eile etwas Näheres von seinen Schicksalen zu erfahren und nebst der Ankunft abends als der erste in der Stadt erzählen zu können; aber auch er selbst empfand jetzt plötzlich ein Bedürfnis, über die Dinge in der Heimat von dem stets unterrichteten Manne Vorläufiges zu vernehmen. So wandte er sich denn, statt den Weg in die Kreuzhalde fortzu- 15
setzen, mit dem Möni Wighart in anderer Richtung hinweg und folgte diesem nach dem Roten Mann, einem Bauerngute, wo ein alt angesessener reicher Landwirt nebenher sein reingehaltenes Eigengewächs ausschenkte.

Der Platz um den Brunnen war nun gänzlich still und leer; nur in einer Ecke stand noch der Knabe, der auf die Mutter wartete und das jüngste Kind Salanders war, der eben hinweggegangen.

2.

Die beiden Männer hatten in der Tat nicht weit zu gehen, bis sie das hinter Obstbäumen verborgene Haus fanden. Die Wohn- und Gaststube des Wirtes war leer, als sie eintraten; eine Frauensperson, irgendwo beschäftigt, kam auf Wigharts Klopfen herbei.

»Wo haben wir den Herrn Friedensrichter?« fragte er, zugleich eine Flasche Wein bestellend.

»Sie sind alle in den Reben«, gab die Magd zur Antwort, während sie eine weiße Flasche aus dem Schranke nahm, sie ins Wasser des blanken Kupferkessels tauchte, auf welchem ein halbmondförmiger geschuppter Fisch getrieben war, zu beiden Seiten die Namenszüge eines Vorfahren und darunter eine Jahrzahl aus dem achtzehnten Jahrhundert. Jene ging, den Wein frisch im Keller zu holen, indes die Gäste sich an den breiten Nußbaumtisch setzten.

Martin Salander schaute sich um, holte tief Atem und sagte: »Wie ruhig und still ist es hier! Seit sieben Jahren bin ich nicht hinter einem Tisch wie dieser gesessen!«

Durch die Fenster sah man nur Grünes, Apfelbäume, Wiesen und statt der blauen Luft, soweit der Blick zwischen den Stämmen und Ästen den Weg fand, im Hintergrunde den ansteigenden Weinberg, dessen Erde soeben sorgfältig gelockert wurde. Nur hie und da sah
man von den gebückten Werkleuten einen Kopf aus dem Laube em- 16

portauchen, und man glaubte die sonnige Ferne selbst zu erblicken, in die er hinausschaute.

»Sieben Jahre, bei Gott! Ist es schon so lang, daß du fort bist«, sagte Wighart.

»Und drei Monate!«

Die Magd brachte den Wein und ein paar Schnitte gutes Roggenbrot, und als die Gäste nichts weiter verlangten, ging sie wieder an ihre Arbeit. Wighart schenkte beide Gläser voll.

»Also sei willkommen!« begrüßte er, mit ihm anstoßend, wiederum den Heimkehrenden, der noch nicht ganz zu Hause war und vor der Zeit die Ruhe kostete; »auf deine Gesundheit! Aber gut siehst du ja schon aus, wirklich wie die Gesundheit selber! Also laß uns annehmen, es sei dir gut gegangen und alles wohl gut gelungen!«

»Auf jede Art ist es mir gegangen; doch habe ich mich gewehrt und getummelt und wenig geschlafen, das kann ich dir sagen, und endlich mich von dem Schlag erholt, der mich damals so schmählich getroffen hat. Es dauerte freilich länger, als ich meinte, daß es gehen würde!«

»Wenn ich nicht irre, so bist du durch eine Bürgschaft ins Unglück gekommen? Ich war zu jener Zeit auf Reisen, und als ich wiederkam, hieß es, du seiest fort.«

»Freilich, die Geschichte mit dem Louis Wohlwend!«

»Richtig! Jeder nahm teil an deinem Mißgeschick, aber allgemein wurde auch gefragt, wie du dein Vermögen durch eine so unbedachte Handlung aufs Spiel setzen konntest?«

»Ich habe nichts aufs Spiel gesetzt, ich wollte nichts gewinnen, sondern einfach ein Gebot der Freundespflicht erfüllen, das heißt – ich glaubte eben nicht, daß es zum Zahlen käme, war vielmehr der Meinung, soviel mir noch vorschwebt, die Suppe würde wohl nicht so heiß gegessen werden, wie sie gekocht sei, und jeder wahre Freundesdienst sei mit einem Wagnis verbunden, sonst wäre es keiner. Wir waren im
17 Lehrerseminar schon gute Freunde. Er lernte schwer und hielt sich deshalb an mich, dem es leichter ging; vor den anderen schien es eher, als ob ich von ihm lernte, Gott weiß, wie es zuging! Es machte mir jedoch Spaß, denn er war sehr drollig, zutraulich und gescheit, und wo zwei beieinander standen, trat er hinzu, selbst unter den Lehrern und Professoren. Mit diesen wußte er sich sehr ergötzlich zu benehmen, wenn die Jahresprüfungen dawaren. Er forschte nicht etwa, worüber sie ihn besonders fragen würden, sondern wußte ihnen geradezu beizu-

bringen, was er wollte, das sie ihn fragen sollten, worauf er sich die bezüglichen Gegenstände extra von mir eintrichtern ließ oder wie ich es nennen soll. Es war, wie wenn er eine Gabe hätte, die Gedanken der Menschen mit wenig Wörtchen zu reihen, hin und her gehen zu lassen und aufzulösen, und doch war er nicht imstande, selbst eine dauernde Gedankenordnung festzuhalten. Aber alles war, wie gesagt, spaßhaft, und jeder ließ ihn gewähren. Er erhielt auch richtig die Verweserei einer ländlichen Elementarschule, wo es herrlich und in Freuden ging; als er aber Realklassen übernahm, d.h. den Unterricht der größeren Kinder, begann er bald von Ort zu Ort zu rutschen und gab in kurzer Zeit das Schulmeistern auf. Ich hatte mich indessen noch zum Sekundarlehrer ausgebildet und ordentlich Fleiß darauf verwendet; auch verwaltete ich die Schule, an die ich gewählt wurde, nicht allein mit der üblichen Begeisterung, sondern auch mit einigem Pflichtgefühl und bemühte mich redlich, die Schüler so durchgehend als möglich emporzuarbeiten. Ich freute mich schon der späteren Tage, wo ich manchem Landmann zu begegnen hoffte, der es mir danken würde, wenn er eine richtige Berechnung anstellen, ein Stück Feld ausmessen, seine Zeitung besser verstehen und etwa ein französisches Buch lesen könnte, alles ohne die Hand vom Pfluge zu lassen! Allerdings hab ich es nicht erlebt; denn die Buben schwanden einem vorweg aus den Augen und verkrochen sich in alle möglichen Schreibstuben. Keinen sah ich je wieder auf dem Feld und an der Sonne!« 18

Salander hielt inne und besann sich; dann tat er einen leichten Seufzer und redete weiter:

»Aber hab ich es denn besser gemacht? Bin ich nicht selbst vom Pfluge weggelaufen?«

»Du meinst, als du den Lehrerberuf aufgabst?« sagte Wighart, da der andere ein Weilchen wieder verstummte; »wie bist du denn dazu gekommen?«

Vater und Mutter starben mir in der Heimat in derselben Woche an einem bösartigen Fieber. Im Stall war ihnen ein krankes Kälbchen zugrunde gegangen, das haben sie oberhalb des Hauses in der Wiese vergraben, unfern unserer guten Brunnenquelle, und sich so das Wasser in aller Unschuld vergiftet. Knecht und Magd entrannen dem Tode mit Not. Die Ursache ward erst später entdeckt. Mir aber wandelten sich Schreck und Trauer bald in eine große Unruhe, als ich mich im Besitze des elterlichen Vermögens sah, das nach dem Verkaufe des

Hofes für einen Schulmeister artig genug ausfiel. Ich heiratete meine Frau, die mir schon länger in die Augen gestochen, und auch sie besaß bare Mittel. Da wurde es mir plötzlich zu eng in der friedlichen Schulstube, in der entlegenen Landschaft; ich zog hierher, in die Stadt dort hinter den Bäumen, wollte mitten im Verkehr stehen, unter Erwachsenen, auf Freiheit und Fortschritt ausschauen, ein Geschäftsmann, ein Muster von Brotherrn sein, ja sogar noch den Militärdienst nachholen und Offizier werden, um meinen Mann zu stellen. Denn ich glaubte alles schuldig zu sein, weil ich etwas Vermögen besaß, das im Grunde doch kein Reichtum zu nennen war.

Zunächst beteiligte ich mich an einer bescheidenen Gewebefabrik, die von einem kundigen Manne geleitet wurde; daneben übernahm ich einen herrenlosen Handel mit Strohwaren; nun, das ist dir ja bekannt, es ging gar nicht übel. Ich hielt mich fleißig und aufmerksam an die Sache, ohne der Welt den Rücken zu kehren. Da war denn auch der Louis Wohlwend; der betrieb ein Kommissionsgeschäft, wie du auch
19 weißt, nebst einigen Agenturen und war immer noch der gleiche zutuliche und vertrauliche Gesell und Hans in allen Gassen, von dem jeder den Eindruck empfing, daß es ihm gut gehe und er wohl wisse, was er wolle. Auch zu mir hielt er sich fleißig, sooft er Zeit fand, und bald stand ich im Rufe seines Spezialfreundes und wehrte mich nicht dagegen, obschon mir im stillen manches auffällig war, was ihm anhaftete. In einem Gesangverein, in den er mich einführte, bemerkte ich, daß er immer falsch sang; ich dachte aber, er könne nichts dafür, und nachher beim Glase Wein war er umso kurzweiliger und beliebter, und er behauptete sich, trotzdem der Übelstand offenkundig, im zweiten Tenor. Das ärgerte mich zuletzt ernstlich; er tat aber, als ob er keine Ahnung hätte, und am Ende sagte ich mir, das sei eigentlich auch ein Idealismus, wenn ein armer Teufel, der kein Gehör habe, durchaus singen wolle.

Als ich eines Abends in der Weihnachtswoche an meinem Rechnungsabschluß saß mit dem Vorsatze, bis nach Mitternacht zu arbeiten, kam er, mich in seinen Verein abzuholen, wo Christbaum und Hauptvergnügen sei. Ich wollte nicht mitgehen; er gab nicht nach, und da meine Frau mich ebenfalls zu gehen bat, mir die Erholung gönnend, tat ich es. Dies war der Unglückstag.

Unterwegs kaufte ich zum Überflusse auch noch eine Gabe für den Christbaum, ein artiges Bildungsbuch in Goldschnitt, und erhielt bei der Verlosung dafür einen westfälischen Schinken. Als das Essen, das folgte, vorüber und die Rennbahn für die komischen Sänger, die Deklamanten und Travestanten eröffnet war, bestieg auch Louis Wohlwend das Podium, den Vortrag der Schillerschen Ballade ›Die Bürgschaft‹ ankündigend und sogleich beginnend. Er wußte das Gedicht zu meiner Verwunderung auswendig und trug es mit einer gewissen Erregung oder Überzeugung, mit halb zitternder Stimme vor, aber mit durchgehend so verflucht falscher Betonung, daß die Wirkung mehr verdrießlich als lächerlich war. Unbewußt sprach er in jenem Tone ungebildeter Leute, welche klagend oder keifend ein Schriftstück vorlesen, dabei auf den Tisch klopfen und aus Leidenschaft die Rede verzerren, die Worte auseinanderdehnen und wie aus Wut die Nebensilben beschreien, da ihnen die Hauptsilben nicht ausreichen. Gleich den Schluß der erstem Strophe gab er mit steigenden Noten so:

Die Stadt vom Tyrann*en* *be*freien:
Das sollst du am Kreuz*e* *be*reuen!

Dann schloß er die zweite Strophe:

Ich lasse den Freund dir als Bürgen,
Ihn magst du, entrinn' *ich,* erwürgen.

Ganz heillos klang es, wie er fortfuhr:

Da *lächelt* der König mit *arger* List,

und dazu wirklich ein Lächeln und eine arge Gesinnung auf seinem Gesichte zu mischen suchte. Das Ende des Gedichtes klang dagegen gemütlich aus:

Ich sei, *ge*währt mir *die* Bitte,
In eurem Bun*de der* dritte.

Es sind jetzt sieben Jahre her und die Dummheiten mir dennoch so genau im Gedächtnis, als wären sie gestern abend geschehen.

Ich war etwas verstimmt, als Wohlwend, von seinem erhöhten Aufenthalte heruntergestiegen, sich wieder neben mich setzte, und da es bereits auf Mitternacht ging, erhob ich mich, um Hut und Mantel zu suchen, und begab mich hinweg. Kaum war ich aber auf der Straße, so holte er mich ein, lief neben mir her, räusperte sich, als wolle er ein neues Stück rezitieren. Ihn unterbrechend, fragte ich, was er für eine Freude daran finde, ein Gedicht, überhaupt eine Rede, so schlecht herzusagen, so aufgeregt und zugleich so grundfalsch zu deklamieren?

21 Ja, antwortete er mit immer noch nachzitternder Stimme, aufgeregt sei er, und schön werde er allerdings nicht deklamiert haben, weil er selbst derjenige sei, der den Bürgen suche, und auf einem kritischen Wendepunkt schwebe.

Mit ganz veränderter, ganz vernünftiger Stimme gab er unverweilt seine Angelegenheit kund. Er hatte eine folgenreiche Unternehmung gewagt, welche bedeutenden Kapitaleinsatz verlangte, während sein Bankkredit durch das laufende Geschäft schon vollständig in Anspruch genommen war und ferner genommen wurde. Auf keiner Seite durfte er rückwärts gehen ohne Schaden an Gut und Ehre; das Vorschreiten aber konnte beides nur mehren; kurz, es handelte sich um Öffnung eines neuen Kredits gegen Bürgschaft, die mit drei Unterschriften zu leisten war. In fünfzehn Minuten hatte ich als solidarischer Bürge und Selbstzahler die erste Unterschrift auf ein in Wohlwends Hause bereitliegendes Dokument gesetzt und ging gleich darauf schlafen. Die zwei anderen Unterzeichner habe ich nie gesehen; es waren ein paar stille ordentliche Männer und Nichtzahler, welche sich vor der Katastrophe ruhesam verzogen, nicht ohne ihrerseits selbst verschiedene Bürgen oder deren Gläubiger geschädigt zu haben, insofern solche wirklich etwa bezahlten.

»Gut also, vor Ablauf eines Jahres erklärte Louis Wohlwend sich zahlungsunfähig, und was gleich mit Beginn der Konkursverhandlungen voll und unweigerlich gedeckt werden mußte, war der Betrag meiner Bürgschaftsleistung. Sie fraß auf, was ich und mein Weib besaßen, und zugleich liquidierte sich mein eigenes Geschäft ebenso rasch und reinlich, dank der guten Ordnung, die darin herrschte, und ich konnte gehen, wo ich wollte! Ich war für einmal fertig! Jetzt wäre es Zeit gewesen, in die Schulstube zurückzukehren; aber ach, es lag mir ferne! Wohlwend aber lebte noch Jahr und Tag in und von dem Konkurse, der im Sande verlaufen sein soll, ich weiß nicht auf welche Weise.«

»Aber wie mochtest du dein Frauenvermögen so preisgeben?« unterbrach ihn Wighart, »die Frau konnte es ja nach Gesetz und Recht an sich ziehen!« 22

»Die Frau wollte nicht«, sagte Salander, »wegen der Zukunft der Kinder, denn ich wäre bankrott geworden. Wir waren jung und glaubten an unsere Zukunft, die wir nicht verderben mochten!«

»Aber warum nahmst du die Familie nicht mit oder holtest sie nachträglich, als es dir gut ging?«

»Weil ich im Vaterlande leben und sterben will, ich bin kein Auswanderer! Und dann hätte ich mich nicht drehen und tummeln können, wie ich tun mußte; hatte auch zweimal das Fieber und bezahlte sonst genug Lehrgeld, fing wiederholt von vorn an. Als ich hinüberging, nahm ich einige Kisten Strohhüte mit, die man mir anvertraute; etwas leichtere Seiden- und Baumwollsachen bekam ich auch mit, und so machte sich notdürftig ein Anfang, mit dem ich bescheiden am Ufer hinsteuerte, bis ein junger Mensch, den ich zu mir genommen, mich bestahl und durchging, während ich wehrlos im Fieber lag. Notgedrungen trat ich in den Dienst eines größeren Hauses und bereiste die brasilianischen Provinzen mit Kauf und Verkauf. Ich lernte dadurch den dortigen Binnenhandel, den ich in der Folge auf eigene Rechnung betrieb, natürlich nach Verhältnis meiner Mittel. Nun, ich bin jetzt durch und habe den Schaden ersetzt, mehr wollte ich nicht, und kann die Arbeit hier bei den Meinigen und in meinem Lande wieder aufnehmen. Hier habe ich Mosen und die Propheten!«

Er schlug auf seine trefflich gearbeitete Reisetasche, rief jedoch, sich endlich besinnend:

»Sieh einmal, das ist eine schöne Heimreise! Sechs Wochen in Liverpool, und hier, fünf Minuten von der Frau, bleib ich noch hangen! Trink die Flasche allein fertig, Freund, du wirst wohl noch sitzenbleiben! Der grüne Schattenwinkel hier ist wirklich zu gelungen!« Der alte Freund hingegen, auf die Tasche deutend, hielt ihn auf.

»Du hast gewiß«, sagte Wighart, »gute Papiere bei dir? Solltest du etwa das eine oder andere schöne Inhaberstück abgeben wollen, so 23
bitte ich, mir die Gelegenheit zu gönnen, du weißt, man hat in diesen papiernen Zeitläuften immer etwas zu versorgen oder besserzustellen!«

»Nichts Derartiges ist da!« versetzte Salander; »in der letzten Zeit ließ ich alles Erworbene bei der Atlantischen Uferbank in Rio de Janeiro zusammenlaufen, einem kräftig sich entwickelnden jungen Institut, und trage nun den Wert meiner nicht ganz drei Dutzend Contos de Reis in einer Anweisung bei mir, bar zehn Tage nach Sicht!«

Abermals schlug er vergnügt auf die Tasche.

»Donnerwetter, ein saftiger Wechsel!« meinte Wighart.

»Seit zwei Monaten oder länger avisiert, wie ich denke!« der andere.

»Bei welchem Hause? Gewiß beim großen Kasten? Oder der alten Kommode? Oder bei der neuen Kommode? Das sind nämlich die neusten Scherznamen unserer Banken.«

»Xaverius Schadenmüller & Comp. heißt's, wart, ich hab's im Carnet!«

Er zog das Büchlein aus der Seitentasche seines Rockes.

»Ja, Schadenmüller, Xaverius & Comp.«

Wighart sah ihn mit aufgesperrten Augen an, bis er das Wort fand.

»Schadenmüller, sagst du? Weißt du, wer das ist?«

»Jedenfalls eine rührige Firma, wenn auch vor sieben Jahren noch unbekannt!«

»Unglücksmann! Es ist Louis Wohlwend und kein andrer!«

Martin Salander erhob sich langsam hinter dem Tische, ganz fahl und blaß geworden, setzte sich aber gleich wieder und sagte:

»Es scheint, daß jeder Mensch einen Ölgötzen hat, der allerorts wieder dasteht und ihm entgegenglotzt. Denkst du am wenigsten dran, so ist er da. Das ist mir jetzt eine angenehme Lage! Wer sagt indessen, daß er nicht zahlen werde? Er wird sich erholt und emporgeschafft
24 haben, wie, kann mir gleich sein! Meine Atlantische Uferbank ist doch auch nicht von Stroh und weiß, was sie tut. Am Ende will das Schicksal, daß ich wieder zu meinem früheren Vermögen gelange, wenn der Bursche so zu Kräften gekommen ist!«

»Unglücksmann noch einmal! Der, welcher Schadenmüller heißt, ist schon vor zwei Jahren fort, sein Nachfolger, Wohlwends Gesellschafter, vor sechs Monaten, und vom jetzigen alleinigen Vertreter der Firma, Wohlwend, heißt es seit gestern, er habe wieder einmal eingestellt, die Proteste regnen nur so und das Kontor sei geschlossen!«

Salander sprang auf und mitten in die Stube, wo er unentschlossen sich umschaute, seine Reisetasche rückend. Er ermannte sich bald ein wenig und seufzte: »Die arme Frau! Ich hatte ihr verlorenes Weibergut so vergnüglich ausgeschieden in meinem Buche und um die Zinsen vermehrt, um es sofort nach der Heimkehr sicherzustellen! Nun hat's der Wohlwend zum zweiten Mal! Ein Kerl, der so falsch singt und noch schlechter deklamiert!«

Der gute Mann wischte sich ein paar bittere Tränen von den Augen. Wighart, von Teilnahme und Entrüstung ungewöhnlich bewegt, stand bei ihm und redete ihm zu, keine Zeit zu verlieren.

»Vor allem«, sagte er, »mußt du stehenden Fußes in die Stadt hinunter, Wohlwends Kontor aufsuchen und dich überzeugen, wie's dort steht. Es ist in der Winkelriedsgasse.«

»Wo ist denn die? So eine gab es früher nicht.«

»Es ist eine vornehme, stille Seitenstraße im Westend; keine Verkaufsläden, nur blanke Metallplatten an den Haustüren und daneben, da wirst du Schadenmüller & Comp. gleich finden. Ich würde mit dir gehen; allein es wird vielleicht besser sein, wenn ich unterdessen deine Frau von deiner Ankunft benachrichtige und auf irgendeine zweckmäßige Weise vorbereite.«

Salander ergriff ihn beim Arm. »Nein!« rief er, »gehe nicht hin! Ich muß es selbst über mich nehmen. Seit ich in Europa bin, habe ich der Frau nicht geschrieben, weil ich sie immer überraschen wollte und nicht dachte, so lang in England hingehalten zu werden, wo ich noch einiges zu ordnen und Zukünftiges einzuleiten hatte. Nun kann ich es nicht über mich bringen, die arme Frau einer fremden Mitteilung auszusetzen. Es wird besser sein, wenn sie mich zuerst nur einmal wiedergesehen hat.«

»Wie du willst! Dann komm ich aber mit dir und führe dich zum Notar, wenn es nötig ist, wie ich glaube; denn das nächste wird sein, für den Protest zu sorgen. Am Ende hast du den Regreß auf deine Ozeanische Uferbank, oder wie sie heißt. Die Notariatskanzlei befindet sich nämlich auch nicht mehr, wo sie vor sieben Jahren gewesen. Es nimmt mich nur wunder, woher sie in Rio so bedeutend mit Wohlwend in Verkehr stehen!«

Hiemit rief Wighart die Wirtsmagd, bezahlte die kleine Zeche, und die Männer eilten abwärts nach dem schönen Stadtteil mit der Winkelriedsgasse.

3.

Während der Zeit hatte der Knabe im sogenannten Zeisig noch eine Weile auf die Mutter gewartet und war dann wiederholt ihr eine Strecke entgegengegangen, aber immer wieder auf seinen Standpunkt zurückgekehrt, aus Furcht, sie zu verfehlen; denn der kürzeste Weg von der

Kreuzhalde nach der Stadt führte eigentlich nicht hier durch, weshalb die kleine Familie von den Leuten im Zeisig auch nicht gekannt war.

Frau Salander hatte zum ersten Male diesen Weg genommen, weil am andern Wege der Bäcker wohnte, welchem sie zum ersten Male die aufgelaufene Monatsrechnung nicht berichtigen konnte und das eine der Töchterchen, welches sie nach Brot geschickt, unverrichteter Dinge heimkam. Das hatte sie, nachdem sie in stündlicher Erwartung des
26 Gatten sich schon lange kärglich beholfen und gespart, wie ein Schimpf getroffen, und die harte Not war plötzlich gleich einem einsilbigen Gerichtsboten eingekehrt.

So unversehens war der schweigende Gast da, daß sie den Kindern am heutigen Tage nichts als etwas leere Milch zu verteilen imstande gewesen, am frühen Morgen; sie selbst hatte noch nichts genossen. Und heute gewärtigte sie dazu die beinah einzige Familie, welche bei schönem Wetter zuweilen noch gegen Abend kam, um den Kaffee im Freien zu trinken. Andere Gäste hatte sie seit Wochen nicht gesehen und sie besaß deshalb auch kein bares Geld mehr. Anstatt dieser Tatsache lange nachzusinnen, brauchte sie ihre Gedanken, mit den Kindern durch den Tag zu kommen, weil die andere Tatsache, die Ankunft des Mannes, auch bevorstehen mußte.

Sie lief daher nicht, von ihrem beweglichen Besitztume zu verkaufen oder verpfänden, sondern ging zum bekannten Kleinbäcker in die Stadt, von welchem sie sonst die Semmeln und dergleichen Gebäck bezogen hatte, und dem sie nichts schuldete. Ohne viel Worte zu verlieren, erhielt sie den gewünschten Vorrat von Brötchen und Hörnchen, ebenso beim Krämer ein Tütchen gerösteten Kaffee und den dazu erforderlichen Zucker, bei einem andern ein Stück guten Schinken und ein halbes Pfund frische Butter, und überall war sie wohlangesehen, weil sie eine stille, zurückgezogene Frau war, die sonst nie borgte. Nur der Bäcker in der Nähe hatte nicht mehr getraut, weil er am Wege wohnte und sah, daß fast niemand mehr hinaufging, und klüglich das Ende bedachte.

Trotz des willigen Entgegenkommens der Leute in der Stadt nahm sie aber nicht ein Lot mehr von den Sachen, als das augenblickliche Bedürfnis erheischte, obgleich es in einem hingegangen wäre, wenn sie sich auf einige Tage versehen hätte. In diesem unscheinbaren Zuge mochten drei Dinge sich vereinigen: ihre redliche Bescheidenheit, die Gewohnheit des Vertrauens auf die nächste Sonne und wahrscheinlich

nicht am wenigsten ein feiner, wenn auch unbewußter Sinn, den 27
nächsten Zweck zu schonen.

So kam denn Frau Marie Salander, einfach und sauber gekleidet, ohne Blumen auf dem Hut und eher schmal als breit, den Korb am Arme, endlich den Weg über den Zeisig herangegangen.

»Gelt, du hast lang warten müssen, Arnold!« rief sie dem Knaben entgegen, der sehnlich aus dem Scheunenwinkel hervorsprang, wo er schließlich sich auf ein Mäuerchen gesetzt hatte. »Ich habe die Eßwaren erhalten, wenn ich sie auch nicht bezahlen konnte. Nun wollen wir schnell heimgehen, damit wir bereit sind, wenn wirklich Leute kommen! Gott sei Dank muß ich heut noch nicht sagen, es sei nichts mehr im Hause!«

»Aber wenn sie alles aufessen«, sagte der Knabe, »müssen wir dann weiter hungern?«

»Ei, sie essen ja nie alles, sie nehmen höchstens die Hälfte zu sich, und mit dem übrigen müssen wir uns bis morgen begnügen, wo ich ja dann etwas Geld habe! Kommen sie aber nicht, so trinken wir lustig den Kaffee und essen, soviel wir mögen, und morgen ist auch ein Tag!«

Bald erreichten sie die höhergelegene Kreuzhalde, wo sich die Aussicht auf die Stadt und die weite Landschaft öffnete, in der sie lag oder liegt. Sogleich kamen die beiden Schwestern Arnolds herbei, Setti und Netti, der Mutter den Korb abzunehmen; sie waren zehn und neun Jahre alt, von derselben feinen Blässe wie der Bruder, nämlich der Blässe gesunder Kinder, welche von einem unwilligen Kummer befallen sind, der ihnen unerklärlich ist. Doch glänzten die Augen der Mädchen ungeduldiger und gieriger als die des Knaben, der gelassener Art zu sein schien.

Frau Salander ging den Kindern voran ins Haus, und sie folgten höchst neugierig. Ohne Verzug entledigte sie sich des Hutes und legte eine reine weiße Schürze um, worauf sie den Korb auspackte, das Brotgebäck auf einem größeren Teller aufbaute, die Butter auf einen
kleineren legte, den Schinken schnitt und eine Schüssel damit bekleidete, 28
daß sie sich als reichlich gefüllt darstellte. Dies alles, ohne daß sie einen einzigen Bissen nach dem Munde zu führen sich vergaß, um den armen Kindern, welche die Ellenbogen rings auf den Tisch gestützt zuschauten, nicht ein böses Beispiel zu geben.

»Frisch, Kinder!« sagte sie mit einem leidlich muntern Lächeln, »nehmt euch zusammen, habt Geduld! Alles nimmt ein gutes Ende, wenn der Vater kommt! Jetzt müssen wir noch ein Weilchen zusehen, wie andere essen; wir wollen doch für den Spaß probieren, ob wir trotzdem etwas tun können! Habt ihr die Ferienaufgaben wirklich fertig, nichts mehr zu rechnen, zu schreiben oder auswendig zu lernen? Nehmt einmal eure Bücher vor! Ich glaube fast, die Sprüche und Liederverse bleiben euch gerade wegen dieses merkwürdigen Hungertages besser im Gedächtnis als sonst.«

Die Mädchen wollen vom Lernen nichts hören; Setti nannte das Hohlgefühl ihres Leibes altklug einen Magenkrampf; Netti fürchtete Kopfweh zu bekommen, und beide wollten lieber häkeln, wenn sie durften, da jedes für den Vater einen Geldbeutel angefangen hatte. Nur Arnold faßte ein tapferes Vertrauen zu der Schwindelei der guten Mutter und erklärte, die Gelegenheit zu benutzen und sein schweres Lied für die nächste Kirchenlehrstunde in Angriff zu nehmen; es enthalte vier Verse von je zehn Zeilen, von denen jede sich so lang strecke, daß sie keinen Platz habe und das Ende umgebogen sei, wie die Schlinge für die Krammetsvögel. Die Mutter billigte alles und eilte in die Küche, den Milchvorrat bereitzustellen, den sie am Morgen streng abgeteilt und für alle Fälle weggeschlossen hatte. Dann holte sie aus dem Schranke den Honigtopf hervor, der infolge der schlechten Begangenschaft leider nur zu viel der Süßigkeit enthielt. Sie füllte daraus eine hübsche Kristallschale, und zugleich fiel ihr bei, daß ein Löffel des dicken kräftigen Saftes den Kindern ihr junges Leiden für eine kurze Zeit wohltätig verhüllen dürfte. Gedacht, getan, ging sie mit dem Topfe
29 von einem Kinde zum andern, hieß es den Mund aufmachen und strich den Honig hinein.

Ermüdet ließ sie sich endlich auf einen Stuhl nieder und überblickte mit einem Seufzer die sonderbare Anstalt, mit der sie das dunkelwaltende Schicksal bestreiten oder wenigstens aufhalten wollte. Nicht nur in Feindesheeren, Erdbeben und Gewitterstürmen und allgemeinen Notausbrüchen fährt ja dasselbe einher; auch in den unscheinbarsten Vorgängen im stillen Leben eines Haushalts tritt es jählings zerstörend, ehrenrührig hervor. Wenn die heutige Vorsorge scheitert oder am Ende doch eine Beschämung herbeiführt, kann sie alsdann die Vorspiegelungen wiederholen, daß sie eine wohlversehene Wirtin sei? Schon vor so vielen Wochen muß das Schiff, das ihren Mann und sein Gut trägt, abgefahren sein; wenn es nun untergegangen ist? Mit diesem bloßen Gedanken vergaß sie sich selbst und ihr Geschick, einzig und allein das dunkle Bild des langentbehrten Gatten suchend. So in sich selbst versunken wie aus dem Grund eines Meeres, schrak sie auf, als draußen Stimmen hörbar wurden und die Gartenglocke erscholl, auch die Kinder schon an die Fenster liefen und verkündeten, daß die Professorsfamilie da sei.

Auf dem Hof- oder ehemaligen Gartenland der Wirtschaft war von einem nun verschwundenen Hain großer Bäume eine einzige Platane stehengeblieben, welche mit ihren ausgebreiteten Ästen einen letzten Tisch überschattete. Eine Familie, bestehend aus einem weißhaarigen Herrn und seiner Matrone nebst zwei ältlichen Töchtern, hatte bereits am Tische Platz genommen. Die Kinder am Fenster aber riefen: »O weh, es ist noch einer dabei, ein langer Fremder, der gewiß den Schinken aufißt!«

Und wirklich war so ein langer Überzähliger noch herangestiegen, bis Frau Salander unten anlangte und die Herrschaft begrüßte.

»Wie geht es Ihnen, Frau Salander?« empfing sie der alte Herr, »Sie 30
sehen, wir bleiben Ihnen treu, solang noch ein Baum dasteht! Bringen Sie uns den üblichen Kaffee samt Butter wie Elfenbein und dem flüssigen Bernstein! Dies für die Damen!«

»Papa meint mit dem Bernstein den schönen Honig, den Sie uns das letzte Mal vorsetzten!« belehrte die Frau Professor die Wirtin, welche diese Erklärung ebensooft gehört hatte als das Gleichnis, allein dermalen aus Zerstreutheit zu lächeln vergaß.

»Sodann, was uns Männer betrifft«, fuhr der Herr Professor fort, »so trinken wir allenfalls zusammen eine Flasche jenes süß abgekelterten roten Fünfundsechzigers, der durch dies Verfahren zwar kein Goethe, wohl aber ein Schiller geworden ist und angenehm prickelt, sobald er das Theatrum der menschlichen Zunge betreten hat, um seine Spiele aufzuführen. Dazu nehmen wir der Beschäftigung halber einige Schnitten geräucherter Rindszunge, wenn Sie davon noch so zarte besitzen wie neulich.«

»Zunge ist leider nicht mehr da«, sagte die Frau leicht errötend, »dafür könnte ich mit Schinken aufwarten.«

»Auch gut, bringen Sie uns Schinken!«

Sie eilte ins Haus, Kaffee und Milch zum Kochen aufzusetzen, und übertrug die Aufsicht den Mädchen, während sie mit weißem Zeug und Geschirr den Tisch so sauber deckte, als wäre das Haus im besten Flor. Bald standen auch die Speisen einladend dazwischen, nur noch

der Wein fehlte. Im Keller bewahrte Frau Salander noch die letzten zwei Flaschen des erwähnten Weines, sonst war überhaupt kein Getränke mehr vorhanden als ein halbes Dutzend Flaschen abgezogenen Bieres, von welchem sie nicht wußte, ob es noch trinkbar sei. Den Wein hingegen hatte sie für den Mann beiseite gelegt, auf den sie harrte. Mit einem Seufzer nahm sie eine der Flaschen und trug sie auf, ersorgend, daß nicht nur die zweite, sondern auch eine dritte verlangt werden könnte und so eine neue Gefahr erwuchs der Offenbarwerdung ihres Unvermögens. Dann trug sie den dampfenden Kaffee hinaus und ver-
31 säumte nicht, eine Flasche kühlen Wassers vom Brunnen zu holen.

Schon aber führte die Sorge sie ins Haus zurück, um die Kinder, welche aus der Türe kamen, dort festzuhalten und in die Stube zu bannen; denn sie befürchtete, die Ärmsten würden sich mit gierigen Blicken um die Gäste herumstellen und den gesprächigen Herren, sowie der kritischen Neugier der Frauen ihren Hunger verraten. Doch konnte sie nicht hindern, daß die Kinder Kopf an Kopf durch das Fenster schauten und keinen Blick von dem Tische der sich rüstig erfrischenden Leute verwandten. Sie sahen, wie die Frauen ihre Butterbrötchen schnitten und bestrichen, zu Munde führten und im eifrigen Gespräche das gleiche Geschäft immer von neuem vornahmen. Mit mehr Wohlgefallen bemerkten sie, daß der alte Herr seinen Teller bald zurückschob, um seine Zigarrentasche auszukramen; aber mit Schrecken sahen sie, wie der lange Unbekannte mit dem breiten Maule und dem Bocksbarte in den Speisen herumwütete und eine förmliche Fabrik von Schinkenbrötchen betrieb, die er auf seinem Teller im Kreise nebeneinander legte und dann eines nach dem andern ganz in den Mund steckte. Kinder schauderten, und auch der Mutter wurde es nicht wohler, als durch die Schuld des Unheimlichen die Weinflasche früh leer stand und der Professor nach der zweiten rief.

Ein neues Unheil tat sich in einer Kinderschar auf, die lärmend, mit abgerissenen Zweigen und Ruten, über den offenen Hofraum gezogen kam und alsbald vor dem Tische der kleinen Gesellschaft gaffend anhielt. An der Spitze der Truppe standen die Zwillinge Isidor und Julian, die Hände auf dem Rücken und ihre beschürzten runden Bäuchlein vorstreckend; sie beschauten sehr aufmerksam den Tisch, und die Blicke saßen auch auf den Schinkenbrötchen und fuhren mit ihnen in den Rachen des Breitmäuligen hinunter, bis dieser mit dem Geschäfte zu Ende war. Der Professor stach mit der Gabel von dem Vorrat in der

Schüssel ein Scheibchen heraus und hielt es dem Zwilling Isidor vor die Nase mit den Worten: »Mund auf, Augen zu!« Dieser gehorchte unverweilt und erschnappte den Bissen samt dem Brothäppchen, das 32
jener ihm dazu in den Mund steckte. Das gleiche geschah mit dem kleinen Julian und so abwechselnd mit beiden, die immer zuvorderst standen, bis der letzte Rest des Schinkens verschwunden war. Mit den übrigen Kleinen machten es die zwei Fräulein ebenso, indem sie ihnen Butterbrötchen in den Mund steckten und sich über die drolligen Gesichter freuten, die sie dazu machten. Binnen kurzem waren alle Teller rein und nichts Eßbares mehr auf dem Tische zu erblicken.

Frau Salander stand hinter ihren Kindern am Fenster und sah, wie auch hier der Welt Lauf erging und die einen verschlangen, was den anderen bestimmt war. Es dunkelte ihr vor den Augen, was indessen auch davon herrührte, daß eine Regenwolke unvermerkt heranzog und einzelne Tropfen bereits gegen die Scheiben schlugen. Und im Laube der Platane rauschte ein unwirscher Luftzug. Die Gesellschaft erhob sich sehr eilig. Der alte Herr pochte mit dem Stock auf den Tisch und verlangte von der herbeieilenden Frau schleunige Rechnung. Ehe sie antworten konnte, rief er: »Nun habe ich auch noch die Börse vergessen oder gar verloren!« Vergeblich in allen Taschen suchend, nahm er den langen Gastfreund in Anspruch: »Herr Doktor! Helfen Sie uns aus der Not! Sind Sie vielleicht mit Spießen bewehrt?«

Der war aber schon so vielfach, kreuz und quer, in einen gelblichen Plaid eingewickelt, daß er mit großer Mühe suchte, zu seinem Geldtäschchen zu gelangen. Es dauerte dem Alten zu lange.

»Lassen Sie«, rief er, »wir müssen springen, wenn wir noch den nächsten Droschkenplatz erreichen wollen! Ich bezahle das nächste Mal, liebe Frau, Sie kennen uns ja!«

»Bitte, Herr Professor, das macht ja gar nichts, kommen die Herrschaften nur gut nach Hause!« sagte Frau Marie Salander mit guter Haltung, jedoch die Leute, die sich nicht mehr umschauten, mit etwas unsicheren Schritten bis zum Ausgange des Grundstückes begleitend.

Zurückkehrend sah sie noch, wie die Zwillinge die Zuckerbüchse 33
vollends ausräumten und mit ihrem Gefolge gleichfalls davonstoben. Der Honig war auch ausgelöffelt.

Ihre eigenen Kinder hatte sie vorhin eingeschlossen und den Schlüssel eingesteckt; so stellte sie jetzt ohne deren Hilfe das sämtliche Geräte auf das große Kaffeebrett, legte das Tischtuch ordnungsgemäß zusammen, nahm es unter den Arm, trug das Brett mit einigem Klirren ins Haus und ging dann zu den Kindern hinein, die an einem Häuflein standen.

Als sie sahen, daß die Mutter mit Kummer auf einen Sessel sank, unterdrückten sie den Ausdruck ihrer kindlichen Ansprüche auf die Vorsorge und den Schutz der Mutter, die sich heute zum ersten Male als unzuverlässig erwiesen. Ihr leises Weinen wurde durch das Rauschen eines tüchtigen Regenschauers übertönt, der jetzt herniederfiel und die Luft verdunkelte, und so blieb es eine gute Weile still in dem dämmernden Gemach. Frau Marie benutzte den Augenblick, ihre Lebensgeister zu versammeln. Sie beschloß, bis zuletzt auszuhalten und mit den Kindern für diesmal lieber ungegessen schlafenzugehen, als den Ruf des heimkehrenden Mannes durch weiteres Verraten ihres zerrütteten Zustandes zu gefährden.

Der Himmel selbst schien ihr zu Hilfe zu kommen, denn es ward heller um sie her; die sinkende Sonne beherrschte wieder das Feld und hatte die Regenwolke den Berghang hinauf an den Waldrand getrieben, wo sie als eine dunkle graue Wand hängenblieb, auf welcher der breite Fuß eines Stückes Regenbogen sehr kraftvoll leuchtete, indem er auf einer frischbetauten funkelgrünen Waldwiese stand. Es war ein so starker Farbenschimmer, wie man ihn nur wenige Male im Leben sieht und dann fast immer im Gedächtnis behält. Da die Erscheinung ziemlich nah aufglühte, sah man links und rechts ein paar schlanke Birken oder Eschenbäumchen sich abheben und deren Kronen in dem bunten Glanze verfließen.

Ohne langes Überlegen benutzte die Mutter sofort das schöne Far-
34 benspiel, die Gedanken der Kinder womöglich von ihren Kümmernissen
abzulenken und zu beschäftigen, bis vielleicht die Dunkelheit heranschliche und nochmals den lieben Schlaf brächte. Für diesen Fall wollte sie zugleich die Kinder mit den Schilderungen einer herrlichen Schmauserei unterhalten und ihre Phantasie ganz damit anfüllen, weil sie schon hatte sagen hören, daß hungernde Leute, wenn sie im Schlafe von guten und leckeren Dingen träumen, die Nacht soweit ganz leidlich durchkommen; und sie hoffte sogar selbst ein bißchen mitzuschmausen.

»Seht doch, welch ein schöner Regenbogen!« rief sie und weckte damit die Kinder aus ihrem Brüten. Sie guckten auf und staunten die Pracht mit großen Augen an, die darüber trocken wurden.

»Die haben's dort jetzt besser als wir, wenn das Märchen wahr ist!« rief sie wieder.

»Wer denn? Wer denn?« die Kinder.

»Nun, die kleinen Leutchen aus dem Berge! Habt ihr noch nichts davon gehört? Die Erdmännchen und -weibchen, die so alt werden, daß sie eine kleine Unsterblichkeit auf ihren Buckelchen haben, natürlich nur im Verhältnis; denn sie sind nicht größer als ein mittlerer Finger. So um tausend Jahre herum sollen sie alt werden. Wenn sie nun merken, daß ihr Geschlecht ausstirbt in einer Gegend, so kommen die letzten hundert Leutchen in den besten Feierkleidern zusammen und halten ihren ewigen Abschiedsschmaus unter einem Regenbogen oder vielmehr im Erdgeschoß desselben, das ein wahrer Zaubersaal ist. Seht nur, ihr könnte von außen merken, wie das inwendig in allen Farben glitzern muß! Auch noch aus einem andern Grunde sollen sie einen solchen Abschied feiern; nämlich wenn das große Volk im Lande anfängt auszuarten und dumm und schlecht zu werden und die gescheiten Leutlein unten ein betrübtes Ende voraussehen, dann beschließen sie auszuwandern und dem Ende aus dem Wege zu gehen. Auch dann kommen sie in vielen Regenbogen zusammen und sind noch ein Stündchen vergnügt. Sei dem wie ihm wolle, so weiß ich nicht, welchen Anlaß wir hier vor uns haben. Es wird sich wohl um ein Aussterben handeln, und da sind es, wie gesagt, höchstens hundert Männlein und ihre Frauen, die dort sind. Den ganzen Tag haben sie in ihren Felsstuben, im Waldesdickicht und an den verborgenen Bachquellen gebacken und gebraten und gebraut und alles Gute vorausgeschickt, und nun sind sie einspaziert, jeder sein goldenes Schüsselchen in einem seidenen Säcklein mit einem Quästlein auf dem Rücken tragend, für uns nicht größer als ein alter Batzen, für Zwerglein aber ein gehöriger Teller. Lange Tische sind mit dem feinsten Tuche bedeckt, das über einige Dachschindeln gespannt ist. Da ziehen sie in feierlichem Zuge herum. Voran marschieren zehn geharnischte Ritter in rotgesottenen Krebsnasen als Brustpanzer und die übrigen Schalenringe als Arm- und Beinschienen umgelegt; als Helme haben sie zierlich gewundene Schneckenhäusel auf den Köpfen. Sie tragen die alten Silber- und Goldkannen und andere Kleinode des Geschlechtes. Wie die Erdleutchen nun um die Tische herumgehen, zieht jeder seine Schüssel aus dem Säcklein, legt sie an seinen Platz und setzt sich dahinter, und jeder schüttelt seinem Nachbar ernsthaft die Hand. Freilich folgt nun ein desto fröhlicheres Essen, daß die goldenen Teller, die feinen Messer und Gabeln nur so klingen. Zuerst kommt der delikateste Reisbrei mit Rosinchen, belegt mit kleinen Bratwürstchen, die aus Feldlerchen und zartem Ferkelfleische gemischt und gehackt sind. Herrlich sind diese Würstchen geröstet. Je drei oder vier Mann haben zusammen eine Bowle vor sich, nämlich einen prächtigen reifen Pfirsich, aus welchem der Kern genommen, das dadurch entstandene Loch aber mit Muskatwein gefüllt ist. Ihr könnt euch denken, wie sie mit ihren Löffelchen da hineinbohren!«

So fuhr sie mit eifriger Mühe fort, nicht nach den Geboten der Wahrscheinlichkeit, sondern nach ihrer Kenntnis der kindlichen Gelüste das Bankett der Wichtelmännchen auszumalen, bis sie nichts mehr
36 wußte und darum den Schluß herbeiführte, zumal der Regenbogen verblichen war und der letzte Abendschein der Dämmerung wich.

»Haben sie nun genug gegessen und getrunken und von ihren jungen Tagen, mittleren Jahren und alten Erfahrungen gesprochen, so stehen sie unversehens alle miteinander auf, schütteln sich abermals, und zwar durcheinandergehend, die Hände und sprechen etwas kleinlaut: ›Wünsche wohl gespeist zu haben!‹

Plötzlich aber suchen sie das Loch, wo sie hereingekommen sind, und fangen an, hinauszudrängeln, sich auf die Fersen zu treten und in den Rücken zu knuffen, bis alle verschwunden sind und die Tische im Saal mit allem, was darauf steht, verlassen sind. Ein einziges lediges Weiblein, das allerjüngste von etwa zweihundert Jahren, was bei unsereinem einer Person von ungefähr zwanzig Jahren gleichkäme, ist noch dageblieben. Es hat die Pflicht, das ganze Geschirr zu reinigen, trocken zu reiben und in eine eiserne Truhe zu verschließen, die sie an der Stelle, wo der Regenbogen stand, in den Boden vergräbt. Hierbei helfen ihr die zehn Ritter, die mittlerweile draußen noch zurückgeblieben sind und ihre Pfirsichbowlen ausgeschlafen haben. Und wie Bauern, wenn sie Marksteine setzen, vorher rote Ziegelscherben als sogenannte Zeugen in die Grube legen, so werfen sie die Krebsschalen mit hinein und gehen dann auch fort, sich schlafen zu legen. Was tut aber nun das letzte Weiblein? Es nimmt das Säcklein, worein sein eigenes Goldschüsselchen gewesen, auf den Rücken, einen Stecken zur Hand und wandert seelenallein in die Ferne, um einem andern Volk dieser Art das Gedächtnis des ausgestorbenen zu überbringen. Es soll schon vorgekommen sein, daß eine solche Person sich in der Fremde noch glücklich verheiraten konnte bei einem jüngeren Geschlechte.«

Hier schwieg Frau Marie Salander, doch etwas betroffen über die Flunkerei, die sie den Kindern vorgemacht, während diese sich noch ein Weilchen still verhielten und dem Märchen nachschauten, das wie der Regenbogen verduftete. Kaum sahen sie noch das letzte Fräulein 37
mit Stab und Schüsselchen in Gras und Ackerfurchen dahinziehen.

Da richtete sich die Mutter auf; von einem Einfall ergriffen, schritt sie rasch auf ihr Kommodenschränklein los, öffnete die Türlein, zog die Lädchen und aus einem derselben eine kleine Schachtel hervor, welche etwas Goldschmuck enthielt. Als Brautgeschenk ihres Mannes war der bescheidene Hort unantastbar und nicht das, was sie suchte. Aber unter anderm Kleinzeug lag auch ein Papierwickelchen dabei, das sie packte und aufmachte. Ein glänzendes, goldenes Regenbogenschüsselchen trat zutage, nämlich eine uralte Hohlmünze, Brakteat genannt. Solche Münzaltertümer wurden ehedem gern in wohlbestehenden Familien aufbewahrt und als besondere Gunst nur etwa zu Patengeschenken verwendet. Auch Marie Salander hatte das Stück, das sie in Händen hielt, bei der Taufe ins Wickelband bekommen und nun sich unvermutet an dessen Besitz erinnert. Auf den vertieften Grund war ein unvollkommener Mannskopf geprägt und neben dem Bilde in zerstreuten Zeichen die Inschrift Heinricus rex. Auf dem Papierschnitzel stand von der Hand Salanders die Notiz geschrieben, der Goldwert betrage zehn Franken, der Verkaufswert könne aber auf das Zehnfache und höher steigen.

Sie wunderte sich, daß sie nicht früher an diese Zuflucht gedacht. Beinahe kam sie sich vor, als ob sie das ausgewanderte Erd- oder Bergweibchen wäre, das im fremden Lande ein Trüppchen Kinder erworben hat und nun die ererbte Goldschüssel verkaufen muß, um sie füttern zu können.

»Nun ist's gut!« sagte sie zu ihnen, »noch diese kurze Nacht heißt es gefastet oder vielmehr geschlafen; morgen früh aber reisen wir in die Stadt, verkaufen den Denkpfennig und leben wie an der Kirchweih!«

Die Kinder blickten sie zweifelhaft an; sie mochten die Rede für eine Fortsetzung des Märchens halten, dessen Glaubwürdigkeit mit dem wieder erwachenden Hunger abzunehmen schien.

Da klang die Hausglocke. Es war Martin Salander, der nach allen 38
Umtrieben wegen seines Vermögens noch seine Reisekoffer und Kisten auf dem Bahnhofe geholt und durch zwei Männer hatte herbringen

lassen, um nicht ganz ohne Habe bei den Seinigen zu erscheinen eine seltsame, aber verzeihliche Selbsttäuschung.

Noch ehe die Frau Licht angezündet hatte, stand er in der offenen Stubentüre und sagte in das Halbdunkel hinein, in welchem er nur undeutliche Gestalten erkannte, mit bewegter, nicht lauter Stimme: »Guten Abend!«

Seinen Ton erkennend, erhob die Frau die Arme und ging ihm, vom Schreck gelähmt, langsam entgegen und fiel ihm um den Hals, nicht lange danach vor Freude weinend.

»Ach, mein lieber Mann!« sagte sie mit halb erstickten Lauten, »kommst du? Bist du endlich da?«

»Ja, meine gute Marie! und ich fühl es, eh ich dich sehen kann, du bist meine treue, liebe Hälfte, jeder Zoll mein Weib!« sagte er, als er sie fest in den Armen hielt und ihre Schultern, ihre Arme streichelte und die schönflächigen Wangen.

Sie schloß ihm den Mund mit Küssen und rief, ohne den Mann fahren zu lassen: »Kinder, zündet doch die Lampe an, damit der Vater euch sieht!«

Das taten die beiden Mädchen, und als es hell wurde, standen sie mit dem Bruder in der Reihe. Die Mädchen waren zur Zeit der Trennung zwei und drei Jahre alt gewesen und besaßen noch ein schwaches Erinnerungsbild des Vaters; sie erkannten ihn deshalb bald mit Hilfe ihres kindlichen guten Willens. Traulich und neugierig schauten sie ihn an. Der Knabe Arnold hingegen war erst einjährig gewesen und konnte den Vater nicht erkennen, soviel die Mutter von ihm erzählt hatte. Er schlug daher verschüchtert die Augen nieder und blickte dann doch wieder von der Seite auf den fremden Mann, der ihm jetzt entgegenschritt, ihm das Kinn aufhob, dann den Töchterchen, eh er alle in
39 die Arme nahm und abküßte, sie immer von neuem betrachtend.

»Du gute Frau«, flüsterte er, sie abermals umarmend, »wie liebe, hübsche Kinder hast du mir da herangezogen! Und wie froh bin ich, auch noch etwas mithelfen zu dürfen!«

»Sie sind auch brav!« sagte sie ihm ins Ohr und voll Vertrauen nachdem sie ihn während der Kindererkennung bei Licht gesehen, wie er von der Tropensonne wohl gebräunt, aber kaum älter erschien als vor sieben Jahren, und nichts Fremdes an ihm haftete.

Die Männer, welche das Gepäck gebracht, klopften an der Türe, ihre Abfertigung begehrend. Frau Salander wies den Platz für die Sachen an, der Mann lohnte sie ab und entließ sie, worauf er in veränderter Gedankenrichtung, doch in guter, fast vergessensfroher Laune rief:

»Aber nun, Frau Wirtin! Was hast du etwa zu essen und zu trinken für deinen Mann? Ich habe Hunger wie ein Wolf und seit heut morgen nicht viel genossen!«

»Wir alle haben heute, aber gewiß zum ersten Mal, noch gar nichts gegessen!« sagte die Frau mit einem Lächeln, das ihm die Bitterkeit versüßen sollte; »wir sind just, eh du kamst, vollständig abgebrannt; allein sei sicher, wir haben noch keine Schulden gemacht, als für einen Monat Brot-Milchgeld!«

Mit starren Augen maß er Frau und Kinder der Reihe nach, sprachlos, doch innerlich seufzend: Das kommt immer besser! bis er rief:

»Aber um des Himmels willen, Marie, warum hast du mir denn seinerzeit geschrieben, ich solle dir kein Geld mehr schicken, du könntest es machen?«

»Weil ich es früher auch konnte«, erwiderte sie, »und weil ich wünschte, daß du allen deinen Erwerb zusammenhalten und um so wirksamer damit schalten möchtest!«

»Das kann uns jetzt nichts helfen, wir müssen essen, vor allem die Kinder und du! Ihr habt also nichts im Hause?«

»Nicht einen Bissen!«

»Dann wollen wir augenblicklich in die Stadt, ein gutes Wirtshaus aufsuchen und ein Nachtessen bestellen. Ihr armen Tröpfe, jawohl! Eilt euch, zieht an, was nötig ist! Haben die Kinder Jacken und Hütchen?«

Schon flogen sie hinaus und kamen bald mit Sonntagskittelchen, Krägelchen und Hütchen zurück. Die Mutter setzte auch den besseren Hut auf, schlug ein Tuch um und zog Handschuhe an.

»Gelt, das geht uns heut noch besser, als wir gedacht!« sagte sie froh gerührt zu den Kleinen, die sie fröhlich zu atzen hoffte. Dann ergriff sie den Arm des Mannes, die Kinder voranschickend. Als er aber auf dem Flur die gebrauchten Eß- und Trinkgeräte vom Nachmittage stehen sah, sagte er, einen Augenblick stehenbleibend:

»Da ist jedoch gegessen und getrunken worden, oder woher kommt denn das Geschirr?«

»Ja, es wurde gegessen und getrunken, aber wir haben zugesehen! Komm, ich will dir morgen erzählen, was ich für eine Wirtin bin!«

So gingen sie aus dem Hause; die Mutter schloß die Türe, und lebhaft ging es den Bergweg hinunter, so matt sie sich eben erst gefühlt hatten. Die Frau freilich stützte sich tüchtig auf den Arm des Mannes, von dessen Mühsalen sie nichts ahnte. Indessen steuerte er nach einer Gegend, wo er mit Henne und Hühnchen ungestört zu sein hoffte; als sie aber an einem großen, hell erleuchteten Garten vorüberkamen, in welchem Musik gemacht wurde und viele Leute saßen, gelüstete es die Kinder, ihren Hunger unter Geigen und Flötenklang zu stillen; denn sie standen still und schauten sehnsüchtig durch das Gitter, wo sie übrigens auch überall an gedeckten Tischen essen sahen.

»Sie haben recht!« sagte der Vater zur Frau, »warum sollen sie heute nicht eine Tafelmusik haben? Bleibe hier einen Augenblick mit ihnen stehen, ich will sehen, ob ich nicht einen Winkel für uns finde, wo wir unter uns sind!«

Er ging in das Haus und fand im Erdgeschoß des Gebäudes einen
41 Saal mit offenen Fenstern, in welchem einige Leute saßen; ein kleineres Nebenzimmer jedoch war ganz leer, obgleich ein gedeckter runder Tisch darin stand. Sogleich holte er Frau und Kinder herein und ließ sie den Tisch einnehmen, über welchem ein Gasleuchter hing.

O wie zufrieden blickten die Kinder nun drein, als sie die Hände auf dem Tischtuche übereinander legten, zuweilen mit den Fingern ein wenig trommelnd.

Martin Salander gab seiner Frau, die neben ihm saß, die Hand, dann über den Tisch reichend auch den Kindern, einem nach dem andern. Er sagte nichts dazu und war glücklich, alles andere vergebend. Ein Kellner kam, nach dem Begehr fragend.

»Marie, befiehl du, was du wünschest und für die Kinder gut ist! Ich werde dann mit Erlaubnis hintendrein schon nachbessern, wenn du zu knauserig bist!« sagte Salander.

»Warme Suppe ist jetzt wohl nicht da?« fragte sie den Kellner.

»O ja, an Konzertabenden werden nach Belieben ganze Soupers serviert!« versetzte jener.

»Das ist ja ganz unser Fall«, meinte Salander, »da brauchen wir uns nicht die Köpfe zu zerbrechen, nicht wahr, Marie?«

»Ich bin sehr zufrieden!« antwortete sie, froh, des weiteren enthoben zu sein. Schnell legte der Kellner die Gedecke auf, die übrigen Zubehörden glänzten in blankem Christoffel schon auf dem Tisch. Bald erschien er auch mit der Schüssel, in welcher eine würzige Suppe dampfte.

»Setzen Sie das Ding nur auf den Tisch!« sagte Salander, »und beeilen Sie sich auch mit den übrigen Speisen nicht, wir wollen uns Zeit lassen! Es soll nicht Ihr Schade sein!«

»Sehr wohl!« empfahl sich der Kellner und ließ die Herrschaft vorderhand mit der Suppe allein. Als Salander bemerkte, daß die Gattin so wohlig im Stuhle zurücklehnte und sich eben aufraffen wollte, die Teller zu füllen, hielt er sie zurück und schöpfte an ihrer Stelle die Suppe, welche wie Ambrosia duftete. Und wie sie die Löffel zur Hand nahmen, fiel im Garten draußen das Orchester mit einem gewalttätigen
Musikstück ein, daß die Kinder in dem Posaunen- und Paukengewitter 42
die ersten Löffel mit einer seltsamen Mischung von Heißhunger und Herzensjubel zum Munde führten. Auf den anfänglichen Lärm folgte jedoch bald ein Pianissimo, dem das Publikum im Garten lautlos lauschte; die drinnen löffelten achtlos fort, ein »Sch!« zischte draußen, worüber Frau Marie erschrak, die Kinder lachten und Martin Salander das Fenster schloß.

»Eßt fort, kümmert euch nicht darum!« mahnte er. So geschah es, und als eine kleine Stunde vorbei, vergnügten sich die Kinder wohlgesättigt an dem ungefährlichen Nachtisch. Jedes hatte ein Glas Wein bekommen, die Mutter aber deren drei getrunken, und nun dünkte der Mann sich im Paradiese zu sitzen, als die aufblühenden, leicht sich rötenden Antlitze mit frohen Augen ihm entgegenglänzten, wohin er blickte, als wollten sie ihm sagen, was das Glück sei: eine Art Kräutlein Kommnichtum!

Wenigstens sagte er sich in seinen Gedanken: Dies, was ich sehe, ist die Wahrheit, und nicht das, was ich weiß!

Die Kinder wurden immer munterer; Arnold hatte sich dicht an die Seite des Vaters geschmuggelt und sagte plötzlich: »Aber Vater, weißt du nicht, daß ich dich heute schon gesehen habe, bei dem Brunnen, wo die Weidelichbuben mich auslachten, daß ich nur eine Mutter und keine Mama habe!«

Salander hatte über den nachherigen Ereignissen den Auftritt und das Gesicht des Knaben gänzlich vergessen; er nahm es jetzt in die Hände und rief:

»Bei Gott, es ist ja wahr! Wo hab ich nur meine Gedanken! Hätt ich doch gewußt, daß ich meinem Blute so nah war!« Erstaunt schaute Frau Marie auf.

»Bist du denn nachmittags schon hier in der Nähe gewesen und nicht zu uns gekommen?« fragte sie, fast bekümmert. Er fühlte jetzt, daß seine üble Lage doch eine Wirklichkeit war, faßte sich jedoch, weil es sein mußte und er das neue Unglück nicht hier und zu dieser Stunde verkünden konnte. Er gehörte zu denen, welche dergleichen
43 lieber verschweigen möchten wie ein Vergehen, das ihnen selbst und nicht fremder Schlechtigkeit zur Last fällt.

»Freilich«, sagte er, »bin ich schon um zwei Uhr oben gewesen, auf dem Wege zu euch! Im Zeisig traf ich einen alten Bekannten, den Möni Wighart, der schleppte mich mit Gewalt in den ›roten Mann‹, dort fiel uns ein, wir wollten mein Gepäck auf dem Bahnhof holen, damit das abgetan sei; dann mußte ich die Verzollung besorgen, wobei sie mir Umstände machten; dann wechselte ich unterwegs englisches Geld aus, das ich bei mir hatte, auch kamen noch andere herzu, kurz, wie es geht, die Zeit verzettelte sich und es wurde Abend. Aber nimm es nicht für ungut auf, es geschah von selbst, wie der ganze Weltlauf!«

Sie war schon lang zufrieden und im Innern froh, daß der Weltlauf sich so gefügt, der Mann nicht zu ihrer sonderbaren Bewirtung kam und die Fremden zu unwillkommenen Zeugen des Wiedersehens wurden.

Erst gegen elf Uhr traten sie den Rückweg nach der Kreuzhalde an. Der Mond war inzwischen aufgegangen, und in seinem hellen Scheine zogen sie dahin, die Kinder voran, welche bald zu singen anfingen, zur Erbauung des Vaters mit gutem Ton und Gehör und frischen Stimmen. Die Frau verließ den Arm des Mannes nicht, fragte, erzählte, plauderte und überließ sich ganz dem Genusse einer freundlichen Schicksalswendung.

Aber je näher sie dem Hause kamen, desto schwerer wurde dem Manne wieder das Herz; denn der Augenblick nahte, wo er die arme Frau aus ihrem Himmel reißen mußte.

Nein, heute nicht mehr, sagte er sich, sie soll diese Nacht noch einen guten Schlaf in Glück und Sorglosigkeit tun, den sie so lang verdient hat! Morgen ist ein neuer Tag!

Das Haus lag im Mondschein still vor ihnen; sie schlossen auf, die Kinder sprangen wieder voraus und machten Licht, und die Stube ward so belebt wie lange nicht zu dieser Stunde. Die Mutter sah ihr Regenbogenschälchen im Papierchen am Boden liegen, hob es unbemerkt
44 auf und machte sich am Schränklein zu schaffen, um es im stillen

wieder zu verwahren. Es tat ihr im Glücke wohl, an das artige Besitztum und Abenteuer einen kleinen Aberglauben zu heften, daß es auch künftig vielleicht Heil ankündigen möge, solange es da sei.

»Nun macht, daß ihr zu Bett kommt, Kinder! Morgen beizeiten müßt ihr ausfliegen und für den Vater und uns das Frühstück herbeischaffen. Späterhin reis' ich selber aus.«

Hiermit trieb sie die aufgeregte Jugend in die Kammer, wo sie mit den Kindern zu schlafen pflegte. Der Vater kam mit, um zu sehen, wo sie hausten, und ihnen die Decke über die Nasen zu ziehen. Es sah nicht aus wie bei Leuten, die soeben nichts mehr zu beißen hatten, sondern alles war in reinlicher, guter Ordnung, noch mehr in dem Zimmer daneben, wo die Frau das Lager des Mannes schon seit Monaten bereithielt.

»Wenn du heute nicht gekommen wärst«, sagte sie scherzend, »so hätte ich morgen mit deinem Bette den Anfang gemacht und es als überflüssig verkauft, das siehst du wohl ein!«

»Vollkommen! Hättest du's nur schon früher getan, anstatt solche Teufelei und Hungersnot anzustellen! Aber ich wollte schon ein paarmal fragen«, fuhr er fort, aus dem offenen Fenster auf das mondhelle Umgelände hinausdeutend: »Wo sind denn nur die vielen schönen Bäume hingeraten, die sonst vor und neben dem Hause standen? Hat sie der Eigentümer abschlagen lassen und verkauft, der Tor!? Das war ja ein Kapital für die Wirtschaft!«

»Man hat ihm das Land weggenommen oder eigentlich ihn gezwungen, Bauplätze daraus zu machen, da einige andere Landbesitzer den Bau einer unnötigen Straße durchgesetzt haben. Nun ist sie da, jedes schattige Grün verschwunden und der Boden in eine Sand- und Kiesfläche verwandelt; aber kein Mensch kommt, die Baustellen zu kaufen. Und seit die guten Bäume dahin sind, ist auch mein Erwerb dahin!«

»Das sind ja wahre Lumpen, die sich selbst das Klima verhunzen. Nun wollen wir aber auch zur Ruhe. – Du, Marie!«

»Was, Martin?«

»Eines, will ich wetten, hast du gewiß vergessen!«

»Was denn?«

»Meinen alten Stiefelknecht!«

»Hier ist er!«

Sie zog ihn unter dem Fußende des Bettes hervor.

4.

Salander hatte nach allen Bewegungen und Erregungen des vergangenen Tages endlich dem Schlafe nicht widerstanden. Doch mit dem ersten Frühscheine, der am Himmel heraufkam, weckte ihn die schwere Sorge, die keineswegs eingeschlafen war. Er sah seine Gattin, die im tiefsten Frieden lag und schlief, jeder Zug ihres Gesichtes in seiner Ruhe und Zufriedenheit der Herold einer wohlgeborgenen Seele. Und diesen Frieden sollte er mit einem Worte von Grund aus zerstören; die Stunde war unwiderruflich da.

Das neue Unglück schien ihm erst jetzt wirklich geboren, und er bereute bitter, daß er gestern nicht stehenden Fußes wieder geflohen oder mit der bösen Nachricht gleich ins Haus gefallen war.

Als er, von dem alten guten Bekannten geführt, das Haus Schadenmüller & Comp. gefunden, hatte er bemerkt, daß an diesem Hause wirklich Arnold von Winkelried mit den Speeren im Arm auf Goldgrund gemalt, prangte, nebst einer Inschrift: »Sorget für mein Weib und meine Kinder!« Das Haus gehörte dem Herrn Louis Wohlwend, der auch das Bild malen ließ, aber nicht bezahlte, wie sich später zeigte.

Salander hatte seinen Begleiter mit Dank verabschiedet, weil er doch lieber allein vor seinen alten und mutmaßlich neuen Schuldner treten wollte. Er stieg die Treppe hinan und stieß gleich im ersten Stockwerk
46 abermals auf ein Schild mit »Schadenmüller & Comp.«, dabei aber auch eine Visitenkarte mit »Louis Wohlwend«. Er zog die Klingel an, es schlürfte jemand in schlechten Pantoffeln herbei, und als die Türe aufging, stand ein schäbiger, unreif aussehender junger Mensch vor ihm, einen Gummipinsel in der Hand, und fragte, zu wem er wolle?

»Ist der Herr des Geschäftes hier?« fragte Salander entgegen.

»Das Geschäft ist zur Zeit geschlossen, Herr Wohlwend ist da, wie ich glaube; wen soll ich anmelden, wenn er zu sprechen ist?« erwiderte mißtrauisch der junge Mann.

»Führt mich nur gleich hinein, wo er ist, er wird mich schon kennen!« sagte Salander etwas barsch, indem er den Menschen drehte und vor sich herschob.

Der ging ihm in eine leere Kontorstube voran, bat ihn, da zu warten und begab sich in das Kabinett des Herrn Wohlwend. Salander sah sich inzwischen etwas um und gewahrte, daß man hier beschäftigt war, Abzüge eines unordentlich autographierten Zirkulars zu falten, in

Umschläge zu stecken und mit Gummi zu verkleben. Es dauerte einige Minuten, bis der junge Mensch zurückkam und ihn ersuchte, in das Kabinett zu treten. Salander klopfte zweimal, bis jemand »Herein« rief. Als er eintrat, sah er an einem breiten Schreibtisch von Mahagoni, in einen großblumigen Schlafrock gekleidet, einen Mann sitzen, der ihm den Rücken zuwandte und eifrig zu schreiben schien, ohne sich aufzurichten.

»Herr Wohlwend?« sagte Salander, um sich bemerklich zu machen.

»Stehe gleich zu Diensten«, sagte jener, immer fortschreibend, schaute dann aber einen Augenblick auf, kehrte sich wie der Blitz wieder ab, drehte sich abermals um und warf dem Fremden einen stechenden Blick zu, wie man es einem Todfeinde gegenüber tut und auch dann nur, wenn man selbst bös ist. Doch ebenso schnell nahm er sich zusammen, erhob sich, ging einen Schritt vorwärts und stellte sich, als ob er erst jetzt nach und nach seinen Besucher erkennen würde. 47

»Irre ich nicht? Ist das nicht der Martin Salander?« Martin mußte sich den Mann im Schlafrock auch erst ein wenig betrachten, um ihn zu erkennen, obschon in dessen Aussehen, außer einer ganz leisen Verwitterung, fast keine Änderung eingetreten war, als daß er in dem früher glatten Gesicht einen Schnurrbart hatte stehen lassen, der sich nicht am Platze fühlte und mit seinen Härchen sich nach allen Seiten sperrte und um sich stach. Durch diesen einzelnen Gegenstand aber erschien das Gesicht urplötzlich ungeheuer leer, unwirtlich und trostlos für den, welchem der Schnurrbart neu war.

»Jawohl bin ich's!« sagte Salander.

»Ei der Tausend, so sei willkommen«, sagte der andere, die Hand hinhaltend und den unwillkommenen Ankömmling prüfend anblinzelnd, eher wie ein kritischer Gläubiger als wie ein böser Schuldner; »es ist lange her, seit wir uns zuletzt gesehen haben! Und was führt dich für ein guter Stern her?«

»Dies!« erklärte Martin kurz, von der tollen Manier beleidigt. Er hielt ihm die aus der Brieftasche gezogene Anweisung hin.

Wohlwend empfing sie mit zwei Fingern, wie einen Krebs, zog die Augenbrauen in die Höhe und las den Zettel.

»Ah!« sagte er, »die Atlantische Uferbank in Rio. In der Tat, wir stehen mit derselben im Verkehr!«

»Ist es etwa nicht angezeigt worden?«

»In der Tat, ich erinnere mich an etwas dergleichen, habe aber nicht beachtet, wen es betrifft. Unsere Geschäfte haben sich leider durch zu raschen Aufschwung so sehr ausgedehnt, daß ich den Überblick momentan nicht zur Verfügung habe. Die Bank hat ein bedeutendes Guthaben bei uns; indessen, wir stehen in Gegenrechnung, und ich müßte nachschlagen. Sapperment! Hundertsechzigtausend Francs! Du machst ja große Geschäfte, Freund!«

»Es ist so ziemlich, was ich in sieben Jahren aufgebracht habe! Aber
48 es wäre mir lieb, wenn du nachschlagen wolltest!«

»Das kann ich augenblicklich nicht, guter Martin! Du mußt wissen, daß wir uns in einer unversehens hereingebrochenen Krise befinden, welche hoffentlich vorübergehend ist!«

»Wer sind denn die Wir?«

»Nun, die Firma und ich, deren Inhaber! Früher war ein gewisser Schadenmüller dabei. Kurz, die Bücher liegen auf der Kanzlei, und da begreifst du, daß ich jetzt nicht nachschlagen kann!«

»So schreibe wenigstens auf das Papier, daß es von dir eingesehen wurde!«

»Nichts schreib ich darauf, bis ich orientiert bin!«

Dieses Benehmen brachte Salander etwas auf, sosehr er an sich hielt.

»Es ist jetzt das zweite Mal, daß du so zu mir stehst, und du scheinst dir nichts daraus zu machen, mich womöglich auch diesmal um alles zu bringen!« sprach er mit strengerem Blick. Allein Wohlwend ließ sich nicht beirren.

»Bitte, nicht schimpfen!« sagte er mit gehobener Stimme, »noch bin ich nicht fallit! Und nie gewesen! Und wenn ich es wäre, so stehe ich in der Hut der Gesetze und des Rechtes und ist überall mein Haus meine Burg!«

Salander fiel voll Erstaunen und wie erschöpft auf einen mit Plüsch bezogenen Armsessel, der mit kopfgroßen Rosen bedruckt war. Wohlwend setzte seine Rede mit begütigter Stimme fort:

»Lieber alter Freund! Mach es wie ich, behalte den Kopf oben! Sieh her, in meiner unfreiwilligen Muße bin ich nicht müßig, grüble nicht über Unabwendbares; ich werfe mich auf Wissenschaft und Kunst. Hier treibe ich Heraldik, mit Einbeziehung der bäuerlichen Hauszeichen, der Handwerksinsignien und verwandter Dinge!« Ein paar abgegriffene Wappenbücher, wie sie die Petschaftstecher und Löffelgraveure an den Messen und Jahrmärkten vor sich aufgeschlagen halten, lagen auf dem

Schreibtische, dabei eine Farbenschachtel, wie die Knaben sie brauchen, 49
wenn sie Bilderbogen illuminieren, und einige Papierblätter mit ganz kindisch nachgemalten Wappenbildern. Auch eine verworrene Skriptur machte sich breit.

»Hier lassen sich alte Fäden politischer und kultureller Entwicklung offenlegen und neue anknüpfen im Sinne einer neuen Verteilung der Volksehren –«

Martin Salander hörte nicht länger auf die nachfolgenden Reden des Mannes; er griff nur noch mechanisch nach einem schmierigen aufgeschlagenen, aber auf dem Bauche liegenden Buche, mitten auf dem Tische des Kaufherren und Mäzens. Es war ein uralter Räuberroman mit dem Zeichen einer Leihbibliothek, offenbar die eigentliche Lektüre des Possenreißers in seiner unfreiwilligen Muße.

Er nahm seine brasilianische Anweisung dem guten Freunde aus der Hand, steckte sie sorgfältig ein, unterbrach die Rede und fragte nur noch: »Bist du verheiratet, Louis Wohlwend?«

»Wieso fragst du das? Nein!« erwiderte dieser.

»Ich meinte nur wegen des schönen Winkelriedspruches, der an dein Haus gemalt ist! Du bist wohl im allgemeinen ein Beschützer der Witwen und Waisen oder solcher, die es werden könnten?«

»Du weißt, daß ich von jeher einem idealen Zuge nachgehangen bin, und die Wohnhäuser freier Bürger mit edlen Sinnsprüchen historischen oder moralischen Gehaltes zu schmücken und dazu Anregung zu geben, dünkt mich lobenswert!«

Nach diesem Spruche Wohlwends setzte Salander seinen Hut mitten in der Stube auf den Kopf und verließ ohne ein weiteres Wort das Haus.

Er rief eine Droschke herbei und ließ sich nach der städtischen Notariatskanzlei fahren. Der Notar las die Anweisung, die ihm Salander nach Mitteilung der Umstände vorlegte, rückte die Brille zurück und sagte:

»Sind Sie selbst der Herr Martin Salander? Ja? – Es ist eben eine
böse Sache! Morgen erscheint die amtliche Publikation der Konkurser- 50
öffnung mit den üblichen Fristen, soweit haben Sie noch alle Zeit. Ich will auch heute selbst noch hingehen und den Mann amtlich einvernehmen bezüglich Ihrer Forderung.«

»Das dringendste«, warf Salander ein, »scheint mir zu sein, daß schleunigst die Verwahrung an die Bank in Rio abgeht! Ich bin bereit, die Kosten der nötigen Kabeldepeschen zu hinterlegen!«

»Das ist leider Gottes nicht mehr das nächste für Sie, Herr Salander!« erwiderte der Notar mit ernster Teilnahme, »vorgestern lief die sichere Nachricht ein, die Atlantische Uferbank in Rio de Janeiro zahle nicht mehr, gestern kam der Nachtrag, die Direktoren seien verschwunden und die Angestellten auseinandergelaufen. Hiesige Häuser haben schon vor zwei Wochen schlimme Berichte erhalten, und was das schlimmste ist, man hält bereits die aufgeflogene Bank und was drum und dran hängt für ein ausgebreitetes Raubgeschäft. Ich fürchte, viele anvertraute Gelder sind ins Wasser gefallen, wo es am tiefsten ist.«

Salander mußte sich am Pulte des fleißigen Mannes halten und sagte nichts.

Der Notar sah nach der Uhr.

»Ich werde mit Ihnen zum Gerichtspräsidenten gehen, es ist gerade noch Zeit; denn es ist für alle Fälle nötig, daß Sie eine gerichtliche Beschlagnahme des Guthabens der Bank auswirken, welches die Anweisung angeblich decken soll.«

»Ich habe unten eine Droschke stehen«, sagte Salander. Sie fuhren hin und erhielten die gewünschte Verfügung, welche freilich kaum einen greifbaren Wert vorfand.

Solch ein trauriger Bericht wartete auf Marie Salanders Erwachen, und als das wachsende Frührot am wolkenlosen Himmel ihr schlummerndes Gesicht wie ein glückseliger Traum zu beleben schien, verschob der Mann abermals das Gericht seines Leichtsinns, dessen er sich nun beschuldigte, bis die Kinder zum Einkauf der Lebensmittel ausgesandt worden, dann wieder, bis das Frühmahl eingenommen wäre. Er wollte
51 nicht, daß die Frau am ersten Morgen der Wiedervereinigung in Tränen am Herde stehen sollte.

5.

Die Kinder gingen und kamen, die Frau bereitete das Frühstück und nahm es inmitten der Ihrigen mit an sich haltendem Frohmut ein, während die Kinder so lustig waren, daß sie auch den Vater aufheiterten und seine Sorge noch ein Morgenschläfchen tat, obgleich es aus allen Türmen sieben schlug. Da fielen ihm auch die Geschenke ein, die er in England in freigebiger Laune beschafft hatte. Stracks öffnete er die Koffer und kramte aus, Ledersachen mit Stahlgeräten, merkwürdig hübsche Bilderbücher, deren englischen Text er gleich zum ersten spielenden Unterricht benutzen wollte, feine Tücher und Spitzen für die Frau und die Mädchen, und einen ganzen Haufen vermischtes Backwerk, das überall zum Ausfüllen in die Kisten gestopft war.

Das alles gab eine herrliche Kurzweil und Bestätigung des Anbruches eines goldenen Zeitalters, spornte aber zugleich die Hausmutter an, die solchem Wandel gemäßen Pflichten zu erfüllen. Sie ging hinweg, sich für die nötigen Geschäftsgänge anzukleiden, was den guten Martin plötzlich an die Gewißheit erinnerte, daß sein Unglückshandel jetzt bereits stadtbekannt sein müsse; denn nicht nur hatte Freund Wighart jedenfalls gestern seinen Abendgang durch ein paar Kaffeehäuser gemacht und die Neuigkeit mit allem Anteil verkündet, sondern auch die Beamten hatten keinen Grund, in einer offenen Konkurssache mit so ungewöhnlichen Vorfällen geheimzutun. Er durfte es nicht darauf ankommen lassen, daß die Frau sozusagen auf offener Gasse von dem Gerücht überfallen würde. Hastig gab er den Kindern eines der Bücher und eine Handvoll englischen Biskuits und riet ihnen, sich im Freien unter dem Platanenbaum anzusiedeln, was ihnen gleich einleuchtete.

»Du, Netti! unser Vater gefällt mir, dir nicht auch?« sagte im Hin- 52
ausgehen das altkluge Setti zu seiner Schwester, die nachahmend und überbietend erwiderte: »Oh, ganz gefällt er mir! Und ich finde, daß er sich gut für unsere Mutter schickt! Du nicht auch?«

Arnold, der still hintendrein ging, hörte diese weisen Aussprüche und verstand mehr davon, als die klugen Schwestern dachten; denn er empfand es als ein geheimnisvolles Glück, daß die Eltern gut füreinander paßten und glaubte gern daran, sagte aber kein Wörtchen dazu.

Der Vater war indessen schon in die Schlafstube getreten, wo Frau Marie eben ihr Oberkleid angelegt hatte und die Brustteile zuzuknöpfen begann.

»Marie«, sagte er, »du hast mir nie geschrieben, daß der Louis Wohlwend wieder eine Handlung angefangen habe, sogar eine Art von Bankgeschäft?«

Die Frau hielt inne und sah ihn groß an:

»Davon wußte und weiß ich ja gar nichts! Woher sollte ich es wissen, da ich nicht unter die Leute komme auf meiner Einsiedelei?«

»Auch von dem Haus Schadenmüller und Compagnie hast du nichts gehört?« fragte er weiter, immer noch zögernd.

»Nein doch! Wer ist das wieder?«

»Das ist die Handlung, auf welche ich mit meiner, mit unserer ganzen Ersparnis angewiesen bin, die ich in Rio bar einbezahlt habe. Warte!«

Er lief nach einer der geöffneten Kisten und holte das in Brasilien abgeschlossene Hauptbuch herbei, aus einem dunkeln Instinkte, daß die größere Anschaulichkeit den Vorgang erleichtern könnte.

Auf dem letztbeschriebenen Blatte stand mit schöngemalten Zahlen der Saldo seines Vermögens eingetragen, über einem mittels des Lineals vergnüglich und tadellos hergestellten Federstriche, und unter diesem war zu lesen: »Von obigem Saldo ist abzurechnen die Summe von
53 25000 Fr. eidgenössischer Währung als Guthaben meiner Ehefrau Maria N. N. aus ihrem mir zugebrachten Vermögen.«

Das aufgeschlagene Buch legte er auf den kleinen Tisch, der dastand, und legte den Finger auf den Rechnungsabschluß.

»Siehst du, das sind sechsunddreißig Contos de Reis, etwas über zweimalhunderttausend Franken nach unserm Geld! Um Lebens und Sterbens willen habe ich dein Zugebrachtes daruntergesetzt, wie du es da lesen kannst! Vom Ganzen aber übergab ich drei Vierteile einem angesehenen Bankhause in Rio und erhielt dafür eine Anweisung auf Schadenmüller und Comp. dahier, wo ich das liebe Geld bar in Empfang nehmen sollte. Woraus besteht aber diese Compagnie Schadenmüller? Aus einem einzigen Mann, und der heißt Louis Wohlwend und bezahlt nichts; denn er ist wieder einmal im Konkurs und kommt heute im Amtsanzeiger. Und hier ist schon der Bericht eingelaufen, daß auch das Haus oder die Gesellschaft in Rio de Janeiro verschwunden sei! Bis jetzt kann keine Seele wissen, wo das Geld geblieben ist, ob es in Rio schon beseitigt wurde oder ob es der Wohlwend erwischt hat.«

Dies alles brachte er mit trockener, zuweilen stockender Stimme vor. Frau Marie, zuerst nur halb neugierig, sah bald auf das Buch, bald in sein Gesicht, was ihr die Hauptsache war und ihre Aufmerksamkeit am meisten erregte, bis sie zuletzt totenblaß wurde; ohne etwas zu sagen, heftelte sie mit zitternder Hand das Kleid vollends zu und begann dann erst einzelne Fragen zu stammeln und sich nach und nach in dem Unstern zurechtzufinden. Geduldig und fast demütig fügte sich Martin in die geringe Ordnung ihrer Rede und wiederholte die gleichen Aufschlüsse und Bestätigungen, bis ihr alles klar und deutlich war.

Erst jetzt brach sie händeringend in heiße Tränen aus, indem sie ausrief: »O du armer Mann! Wo sind unsere sieben Jahre der Trennung und der Sorge?«

Plötzlich ging das erstickende Weinen in einen leidenschaftlichen Zornausbruch über. 54

»Unsere letzte Jugendzeit hat er vernichtet, der Hund! Wo ist er hin damit, der Blutegel? Kann man ihm kein Salz auf den Rücken streuen? Kann man ihn nicht zusammenpressen, den Schwamm, der alles aufsaugt? Dieser verfluchte Landschaden! Wart, Mann! Wenn du ihn nicht bändigen kannst, so will ich den Sohn für ihn erziehen, daß er ihm einst den Lohn gibt! Jetzt weiß ich auch, warum mich immer eine Art Ahnung beschlich, wenn ich den Marder sah mit seinem glatten Balg. Ist es möglich, daß ich soeben noch glücklich und gesund war, wie eine Lerche, und jetzt so elend, ja so krank!« Sie schritt wie verzweifelt im Zimmer umher, öffnete ein Fenster und blickte hinaus.

»Was für ein schöner Tag!« rief sie; »welch liebliche Sommerluft ist uns vergällt! Also so geht's, so geht's, so geht es! So, so!« fügte sie mit halb singendem Tone hinzu, vom bittersten Schmerze hervorgehaucht, schloß das Fenster und setzte sich in einer Ecke auf den Boden, den Kopf auf die Arme legend.

Martin Salander erstaunte in allem Elend über die Rauheit einer Leidenschaft, die er an der Frau noch nicht gesehen; an der leisen Hand des Mitleidens gelang es ihm, sich über die Stimmung der Gattin und zugleich über sein Schuldgefühl zu erheben. Er trat vor sie hin.

»Liebe Marie!« sagte er mit weichem Ernste, »sei nicht so untröstlich! Es ist ja nur Geld! Soll dies das Einzige und Höchste sein, was wir haben und verlieren können? Besitzen wir nicht uns selbst und unsere Kinder? Und soll dieser Trost auf einmal ein leerer Gemeinplatz sein, sobald es uns und nicht andere Leute angeht? Komm, kauere nicht wie ein Kind auf dem Boden, so tiefe Trauer ist das ganze Geld samt dem Wohlwend nicht wert! Zwar sehe ich an deinem leidenschaftlichen Gebaren, daß du noch jung genug bist trotz der Klage über die verlorenen Jahre, und das dünkt mich so lieblich, wie die schöne Sommerluft draußen; aber steh dennoch auf, trockne deine Tränen und laß die Kinder nichts merken, so wirst du dich von selbst fassen! Du hast wohl 55
überhört, daß ich einen Teil des Vermögens gerettet habe, ich trage es in guten Papieren bei mir, die Wohlwend nichts angehen, und so stehe ich doch ungleich besser da als vor sieben Jahren, dazu um nützliche

Erfahrungen und Kenntnisse reicher. Komm, mache dich vollends schön, wir wollen jetzt unsere Gänge machen, ich in die Kanzleien und du für die Küche, und nachmittags unternehmen wir einen tüchtigen Ausmarsch mit den Kindern. Wenn wir uns nur ganz gelassen benehmen, so wirst du sehen, daß wir den Ausweg schon wieder finden!«

Er reichte ihr die Hand, und sie richtete sich an derselben auf. Es war in der Tat beinahe die Beschämung eines Kindes, mit der sie die Augen zu ihm aufschlug, aber ebenso kurz andauernd, da ein Strahl besseren Mutes und Vertrauens das Gesicht überflog. Denn sie sah den Mann seiner Lage gewachsen und imstande, sie, die Gattin, zu ermahnen und aufzurichten; auch war seine Demut, die sie am meisten beängstigt, in schicklicher Weise, ohne Aufsehen in den Hintergrund getreten. In einer halben Stunde waren sie bereit, miteinander in die Stadt hinabzuwandern. Setti mußte sich der Mutter anschließen, die beiden anderen Kinder wurden zu ihren Schulbüchern in das Haus verwiesen. Als Salander sich auf dem öden Kiesplatze umsah und mit Ärger bemerkte, wie auch weiterhin eine Menge von Fruchtbäumen verschwunden, die ehemals die Wege beschatteten, fiel ihm auch die Holztafel ins Auge, die über der Haustüre hing und die Inschrift »Pension und Gartenwirtschaft zur Kreuzhalde« aufwies.

»Halt«, sagte er, »die Tafel muß weg, und zwar gleich jetzt.«

Mit Hilfe eines Stuhles hob er das Brett aus den Haken und stellte es hinter die Türe.

»Nun bist du erlöst von der betrübten Herberge!« sagte er; »wir wollen auch sofort einrücken lassen, daß sie geschlossen sei!«

56 Die Befreiung aus ihrer wunderlichen Zwangslage, auf Gäste warten zu müssen, die nicht kamen und denen sie nichts mehr vorzusetzen gewußt hatte, wenn sie kamen, erleichterte der Frau das Herz, so wie auch das Einkaufsgeld, das sie endlich wieder in ausreichendem Maße in der Tasche führte, ihren Schritten die frühere Sicherheit zurückgab; nur das Gesicht wollte bei aller Gelassenheit seinen Ernst nicht verlieren, weil die seit kaum vierundzwanzig Stunden erlebten Übergänge ihr Gemüt erst jetzt im Innern zum Schwanken brachten, da sie das Ende nicht absehen konnte. Aber dies stille Schwanken verstärkte nur ihren Willen, aufrecht zu bleiben und treu zu den Ihrigen zu halten.

Mann und Frau trennten sich bald mit der Abrede, zur Mittagsstunde wieder beisammen zu sein. Martin Salander begab sich in die Notariatskanzlei. Die gerichtliche Bekanntmachung war soeben in den Blättern erschienen. Dem Notar hatte Wohlwend rundweg abgeschlagen, auf Salanders Anweisung irgendeine Erklärung zu unterzeichnen, und in diesem Sinne auch bei der Versendung eines nichtssagenden Rundschreibens an seine »Geschäftsfreunde« den beraubten Freund übergangen.

Auf den Rat des Notars hatte Martin am Vormittage einen angesehenen Rechtsanwalt aufgesucht und ihm die Wahrung seiner Sache mit gehöriger Vollmacht übergeben, derselbe ihm dagegen aufgetragen, beglaubigte Buchauszüge und Korrespondenzen über seinen Verkehr mit der Bank in Rio de Janeiro beizubringen. Jedenfalls stand eine langwierige Abwicklung des ganzen Prozesses in Aussicht. Die Sache stehe so, meinte der Advokat, daß es noch der glücklichere Fall wäre, wenn es auf förmlichen Betrug hinausliefe, wo man mit Verhaftung und Strafuntersuchung einschreiten und den zur Seite geschafften Raub auffinden könnte, während in einem gewöhnlichen Falliment das anvertraute Gut unter allen Umständen verlorenginge.

Hiemit hatte Martin Salander sich einstweilen zu beruhigen und volle Muße zum Überlegen dessen, was er inzwischen beginnen sollte. Demgemäß fand er sich gefaßt und gewissermaßen zufrieden beim
Mittagessen ein, das die Frau ohne jeglichen Aufwand, aber gut und 57
nahrhaft bereitet hatte. Wein sei keiner mehr da, sagte sie, der Mann möge selbst bestimmen, was etwa anzuschaffen wäre; für heute müßten sie sich mit frischem Wasser begnügen, sie denke, wenn man nachher ein bißchen ausfliegen wolle, so werde Martin ohnehin etwa mit ihnen Einkehr halten, wo es zu trinken gäbe, und wenn es nur im Roten Mann wäre.

Diese Anspielung machte sie mit einem kleinen Lächeln und ganz gemütlich; allein sie würde sie ohne die heutigen Enthüllungen doch nicht gemacht haben. Auch verstand er sie wohl und antwortete ungesäumt, sie habe vollkommen recht, ihn daran zu erinnern; er werde trachten, ein Fäßchen von jenem Weine zu erhalten, der ihr gewiß schmecken solle. Mit diesem Vermeiden einer logischen Erörterung war hinwieder die Frau zufrieden, da sie das Geständnis seines Fehltrittes darin sah, fast vor der Haustür noch mit Fremden in ein Wirtshaus zu gehen. Zur Versöhnung erklärte sie übrigens, daß sie sich danach sehne, einige Stunden ins Grüne zu wandern; sie sei niemals nur in den Wald hinauf gekommen, selbst zur Zeit nicht, wo sie noch Dienstleute gehalten habe.

Sie zogen also miteinander aus, in den Wald hinauf, der sie mit seinem durchsichtigen Schatten empfing. Die lange nicht genossene Luft solchen Kulturgehölzes machte dem Familienhaupt wohl zumute; die alte Lebhaftigkeit erwachte in ihm, so daß er Frau und Kindern von dem Unterschiede zu erzählen begann zwischen den Urwäldern des Westens, wo nur Kampf und Ausrottung herrsche, und den von erquickender Luft durchwehten Forsten der Alten Welt, wo der Wald gebaut und gepflegt würde fast wie ein Hausgarten. Und wie auch da noch Gegensätze zu treffen seien, zeigte er ihnen, indem er hier an dem reinlichen Boden und den sauber und licht gehaltenen Stämmen eine Staats- oder Genossenschaftswaldung, dort an Gestrüpp, Wucherzeug und kränklichem Holze den Besitz nachlässiger Bauern erkennen
58 wollte. Auch prüfte er die Kinder, ob sie hie und da eine blühende Pflanze zu benennen wüßten oder den Vogel kennten, der soeben gepfiffen habe. Sie wußten aber nichts, und er sagte zur Frau: »Das ist's eben; die Kinder sind zu einsam!«

»Aber lieber Mann«, erwiderte sie, »die Kinder sind ja das Jahr hindurch unter hundert andern, und in ihren Schulstuben sind alle Wände voll Bilder, auch viele Vögel, die sie bei Namen kennen! Was die lebendigen Vögel betrifft, so habe ich als Mädchen gerade durch meine Unkenntnis etwas erlebt, das mir immer noch nachgeht. Eines Sonntagabends, nach der Singstunde, spazierte ich ganz allein über eine Anhöhe nach Hause und saß oben ein Weilchen nieder. Gegenüber lag ein anderer bewaldeter Hügel, in dessen Bäumen verborgen ein mir unbekannter Vogel sang, so schön, so schön durch die stille Luft und Einsamkeit, daß es mir wahrhaftig das Herz bewegte und ich feuchte Augen bekam. Ich erzählte zu Hause davon und hätte gar zu gern gewußt, was das für ein Vogel mochte gewesen sein. Die Leute rieten hin und her, ein Bursch, der manche Vogelstimmen nachahmen konnte, gab diesen und jenen Ton an und nannte den betreffenden Singvogel; allein keine der Weisen glich dem, was ich gehört. Jetzt, nach soviel Jahren, höre ich in ruhigen Augenblicken noch den unsichtbaren Sänger und bin froh daß er mir unbekannt geblieben ist und auf die Art mir die Feierlichkeit jener Abendstunde stets in Erinnerung blieb.«

»Du hast mir das auch schon erzählt«, sagte Salander lachend, »und es ist artig genug, ich will es nicht bemängeln! Allein wenn es ein Argument gegen das Kennenlernen der Dinge sein soll, so muß ich dich zur Ordnung rufen, Frau Jesuitin! Verkünderin des Mysteriösen und Unbekannten!«

»Geh, du weißt wohl, daß es nicht so gemeint ist, du Schulmeister!«

Der neckische Ton verwandelte sich in ein ernsteres Gespräch über Ziele und Grenzen des erzieherischen Verkehrs mit den Kindern, welches die wackere Frau mit aufmerksamer Teilnahme in allen Ehren bestand. Beide Gatten, indem sie die Kinder vor sich herspringen sahen, 59
vergaßen darüber die Gegenwart und blickten von Hoffnungen belebt in die Zukunft, welche ihnen fast so lieblich dünkte als der unbekannte Vogel der Frau Marie.

So hatten sie einen beträchtlichen Weg zurückgelegt und stiegen in ein Waldtälchen hinunter, durch das ein schöner klarer Bach floß, der sein reichliches Wasser über das bunte Geschiebe und Gerölle wälzte, wie es der Berg abließ. In einer rundlichen Ausbuchtung ergoß sich über einige bemooste Steinblöcke ein kleiner Wasserfall, unmittelbar aus jungem Buchenschlag hervor, und Martin Salander erkannte sogleich den anmutigen Winkel von früher her.

»Dort wollen wir uns ein Stündchen niederlassen«, sagte er und rief den Kindern zu, ihnen den Weg anweisend. Auch Frau Marie pries das Tälchen und eilte rüstig den abschüssigen, von Gestein unterbrochenen Pfad hinunter. Seit langer Zeit war es ihr nicht vergönnt gewesen, sich in freier Natur zu bewegen ohne einen andern Zweck als die Bewegung selbst. Am Bachufer angekommen, hatten sie noch um ein vorragendes größeres Felstrumm zu biegen, welches den besten schattigen Ruheplatz verbarg. Die vorausgelaufenen Kinder standen plötzlich still, und als auch die Eltern am Platze waren, sahen sie einen Mann, der mit bloßen Füßen, ausgestülpten Beinkleidern und Hemdärmeln im Wasser stand und unter den Steinen umhergriff, nach Krebsen suchend. Auf einer trockenen Steinplatte des Ufers lagen ein paar kleine tote Forellen neben einem Gesäße, wie es die Angelfischer mit sich führen, und einer offenen Botanisiertrommel, welche in Papier gewickelte Eßwaren enthielt. An geschützter Stelle befand sich im kühlen Wasser eine angebrochene Weinflasche.

»Der Platz ist schon besetzt«, sagte halblaut Salander, »wir wollen weitergehen!« Er ging vorwärts, um auf dem engen Wege zwischen dem Krebsfänger und seinen Veranstaltungen vorbeizukommen, und seine Familie folgte ihm auf dem Fuße, zunächst die Frau. Da richtete

60 sich der Mann im Bache auf und schaute sich um. Es war Herr Louis Wohlwend, der sich hier still zu vergnügen schien.

Die Überraschung bannte beide Parteien fest, so daß um Wohlwends Beine die Bachwellen einen kleinen Schaum erregten und hinter Salander seine Familie gedrängt stehenblieb. Wie es meistens geschieht, war der unrechtleidende Teil wieder verlegener als der andere, und da Wohlwend die Salanderschen verblüfft vor sich sah, richtete er sich hoch auf, brachte die Hand an den Hutrand und rief: »Ah, salut!«

»Gibst du hier Audienzen?« sagte Salander endlich, ohne sich zu rühren.

»Wie du willst!« versetzte Wohlwend; »wo sollte ich am heutigen Tage mich hinflüchten als an den Busen der Mutter Natur? Es ist gewissermaßen mein Ehrentag, an dem ich das Martyrium unseres Jahrhunderts antrete als Opfer des Verkehrs, des Kampfes ums Dasein! Heut stehe ich im Amtsblatt, da ist die erste Folge, daß ich mein bescheidenes Plätzchen im Kaffeehaus, mein harmloses Spielchen um den Kaffee entbehren muß; das erfordert die Etikette, wie sie einmal ist, bis sich die Sintflut des Geschwätzes verlaufen hat! Du weißt, Freund Martin, daß ich von jeher einem edeln Idealismus gehuldigt; der kommt mir nun zu gut und läßt mich an so idyllischen Gegenständen Trost suchen, wie sie sich hier darbieten! – Ha, die Frau Liebste! Schöne Frau, seien Sie mit aller Verehrung begrüßt nach so langer Zeit –«

»Wohlwend, Ihr könnt hier nicht mit uns von Euren Sachen reden; das sind unsere Kinder, vor denen es sich nicht schickt! Sie sollen dergleichen nicht hören! Bitte, lieber Martin, laß uns unsers Weges gehen!«

Dies sagte Frau Salander, indem sie die Hand an des Mannes Arm legte. Martin wandte sich gehorsam und setzte schweigend den Weg fort; Marie trat etwas zur Seite und schob die Kinder vorwärts, und erst, als das letzte vorüber war, folgte auch sie, ohne sich weiter umzu-
61 sehen. Sie mußte ihre Röcke zusammennehmen, um zwischen den herumliegenden Sachen Wohlwends, wozu auch seine Strümpfe und Stiefel gehörten, durchzukommen, ohne sie zu streifen.

Dieser stand wie versteinert in seinem Bache. In Gesicht und Stimme der Frau hatte trotz einer blassen Unbeweglichkeit eine solche mit Verachtung durchwirkte Strenge gelegen, daß ihm die Furcht aufsteigen wollte, es gäbe noch höhere Mächte als Konkursrichter und Gläubigerversammlungen. Es dünkte ihn nicht mehr geheuer im Wasser; er watete hinaus und zog hurtig seine Fußbekleidung wieder an, um auf alle Fälle besser zu stehen. Dann las er drei oder vier Krebse zusammen, die bereits gefangen, aber dem Fischkübelchen entronnen waren und dem Wasser entgegenstrebten. Zuletzt, um sich von dem lächerlichen Weiberauftritt zu erholen, zog er die Flasche aus dem Wasser und setzte sich mit derselben und der botanischen Büchse auf die Platte.

Aber wiederholt unterbrach er sein Vespermahl. Wie kann das Weib sich herausnehmen, ihn kurzweg mit Wohlwend anzureden, ohne Herr, und ihn zu ihrzen wie einen Knecht oder Lumpensammler! Am meisten beschäftigte ihn das mit den Kindern. Hatte er denn etwas Unsittliches gesagt, was sie nicht hören durften? Gar nicht! Er hatte eher schöne, erhebende Worte gesprochen, wenn sie auch nicht bare Münze waren. Hätte doch Salander geschimpft, dem würde er den Rechtsstandpunkt erläutert haben; aber er hat weislich geschwiegen.

Wohlwends Idylle war durch die Frau entschieden gestört, und er packte zusammen. Doch schlug er einen andern Weg ein, als die Salanderleute gegangen.

Diese stiegen wieder in die Höhe und sprachen einige Minuten nichts, bis Martin über die kurze Rede seiner Frau lachen mußte.

»Du hast ihn scharf behandelt!« sagte er zu ihr, »wie zum Teufel gerätst du auf den Einfall, per Wohlwend und per Ihr mit ihm zu reden?« 62

»Ich denke, man spricht so mit den Sträflingen in den Zuchthäusern; in meinen Augen ist er aber nichts Besseres!«

Sie schien indessen durch den Vorfall ein klein wenig erheitert zu sein; auch Martin lachte abermals, als er bedachte, wie schlau der Konkursit die Kaffeehäuser vermied, um tief im Walde seinen Meister zu finden. Nach einigem Schweigen, als die Frau Raum bekam, ihm zur Seite zu gehen, ergriff er wieder das Wort.

»Ich weiß nicht, ich schwanke doch zuweilen, ob er nicht eher ein Narr sei als ein schlechter Mensch; freilich ein gefährlicher Narr!«

Frau Marie antwortete nur mit einem leichten Seufzer, womit sie die weitere Untersuchung abschnitt. Die Kinder schwärmten links und rechts im Gehölze, die Eheleute aber schritten jetzt längere Zeit schweigend nebeneinander. Martin bemerkte endlich einen mehr auf die Höhe führenden Weg. »Hier geht es, wenn ich mich nicht irre, auf einen guten Aussichtspunkt. Magst du noch so weit gehen, so können wir, statt in dem Loch unten, wo uns der Unhold störte, oben unter dem offenen Himmel ausruhen, so sehe ich zugleich ein Stück meines Landes.«

»Gern geh ich hinauf; es kann nicht mehr weit sein, wir waren früher ja ein paarmal dort!«

Sie erreichten eine Hochstelle, vor welcher das östlich und nördlich gelegene Land sich wirklich weithin ausbreitete und in den Schmelz des schönsten Ferneblaus verlor. Unter einer Gruppe hoher Tannenbäume nahm eine Ruhebank sie auf, und sogleich suchten die Augen zwischen den sanft hinziehenden Erhebungen und dazwischen sich schmiegenden Gefilden ihre Heimatgegenden, und sie glaubten an sonnigem Hange eine Kirche oder ein Schulhaus weiß aufschimmernd zu sehen. Salander rief die Kinder herbei und zeigte ihnen das Land. »Ich habe gelesen, daß in den letzten Jahren in der Schule eine Art Heimatkunde eingeführt worden sei; wie steht es damit? Was liegt
63 dorthin für ein Landesteil?«

Sie wußten noch nichts; nur das ältere Mädchen nannte das nächste, worin sie wohnten, den Bezirk Münsterburg, und wußte auch, daß es zwölf solcher Bezirke gebe.

»Gut! diese nannte man früher Oberämter, noch früher Vogteien, ehmals Herrschaften und Grafschaften«; eine solche umriß er, mit dem Zeigefinger einen bedeutenden Teil des Horizontes entlangfahrend. Die geschichtlichen Erinnerungen wachten auf und schlossen sich aneinander, bis die Gegenwart daraus hervorging, und alles schien ihm das sichtbare Land noch mehr zu verklären.

»Die Neue Welt jenseits des Meeres«, sagte er zur Frau, nachdem die Kinder wieder weggesprungen, »ist wohl schön und lustig für Menschen ausgelebter und ausgehoffter Länder. Alles wird von vorn angefangen, die Leute sind gleichgültig, nur das Abenteuer des Werdens hält sie zusammen; denn sie haben keine gemeinsame Vergangenheit und keine Gräber der Vorfahren. Solange ich aber das Ganze unserer Volksentwicklung auf dem alten Boden haben kann, wo meine Sprache seit fünfzehnhundert Jahren erschallt, will ich dazugehören, wenn ich es irgend machen kann! Ich ginge doch ungern wieder fort!«

»Ums Himmels willen, wie kommst du darauf?« rief Marie Salander erschreckt.

»Ich meine nur so, eben darum!« versetzte er möglichst gleichmütig, um zu verbergen, daß er just eine erste Andeutung des Entschlusses gewagt hatte, der in ihm aufdämmerte, ehe der Abend des zweiten Tages seiner Heimkehr da war.

Wochen auf Wochen vergingen, ohne daß Wohlwends Prozeß einen Schritt vorwärtsrückte; er wußte große und kleine Gläubiger so zu bereden und zu verwirren, daß sie nicht schlüssig werden konnten, und schon war anzunehmen, daß das Jahr ohne Entscheidung ablaufen werde. Von alledem war Salander mit seiner Anweisung ausgeschlossen, welche anzuerkennen Wohlwend sich beharrlich weigerte. Es ging allerdings aus seinen Büchern hervor, daß er mit der Atlantischen Uferbank in Verkehr gestanden und von Zeit zu Zeit Wertsendungen in Wechseln 64
erhalten, die er stets weiterbegeben haben wollte. Aus Rio de Janeiro war, wie die Sachen dort standen, zur Zeit kein Aufschluß erhältlich, und in Münsterburg weigerte sich nicht nur Wohlwend, sondern auch die Masse, Salanders Ansprüche zuzulassen.

Sein Anwalt glaubte, er würde am besten tun, die Reise nach Brasilien rasch nochmals zu verannehmen, um selbst an Ort und Stelle das Mögliche zu unterlassen, wobei ja die Kosten nicht im Verhältnisse zu dem großen Verluste ständen und durch gelegentliches Geschäft mehr als eingebracht werden könnten.

Diese Andeutungen reichten hin, den schon erwachten Gedanken festzumachen, das Glück aufs neue zu versuchen. Wenn er von dem Vermögensreste, der ihm geblieben, das Gut seinem Frau ausschied und sicherstellte, so konnte er mit dem übrigen und beim jetzigen Stande des Handelsverkehrs wohl wagen, die kürzlich abgebrochenen Verbindungen wieder aufzunehmen. Er getraute sich, das Verlorene in weit kürzerer Zeit einzubringen und überdies der Familie ihren regelmäßigen Unterhalt zukommen zu lassen.

Also bereitete er im stillen alles vor, erhielt auch von verschiedenen Häusern sogleich nützliche Anerbietungen, mietete für Frau und Kinder oder eigentlich für sich selbst mit eine bescheidene, aber anständige Wohnung und machte sich schließlich daran, der guten Marie die Sachlage zu eröffnen.

Obgleich die Dinge diesmal ungleich besser standen als bei der ersten Trennung, so wurde sie doch tieftraurig. Sie saßen am Fenster des Schlafzimmers sich gegenüber, durch welches Marie an jenem Morgen in ihrer Fassungslosigkeit den schönen Tag angerufen hatte.

»Als ich«, sagte sie nach einem Weilchen mit halber Stimme, »dort in der Ecke auf dem Boden saß, hast du mich ermahnt, ob das Geld

65 denn das einzige und Höchste sei, wonach der Mensch trachten könne? Du hast so recht gehabt, Martin, daß ich dir nun das Wort zurückgeben möchte!«

»Es ist nicht der gleiche Fall!« erwiderte Martin, »es ist nicht dasselbe, ob wir wegen verlorener Güter verzagen oder ob wir verzichten wollen, mit frischer Tatkraft Verlorenes wiederzuerringen! Ich kenne nun einmal den Weg, soll ich ihn geflissentlich vermeiden? Denke an unsere Kinder, Marie!«

»Ach, ich denke eben an unsere Kinder! Müssen sie denn durchaus reich werden, um leben zu können?«

»Marie! Du hast ja erfahren, wie es kommen kann, wenn man nichts hat!«

Ohne hierauf zu antworten, fuhr sie fort:

»Sieh, als wir im Walde droben auf der Bank saßen und in das heimatliche Land hinausschauten, da dachte ich bei mir selbst, es wäre vielleicht das beste für uns und die Kinder, wenn du dort herum wieder eine Schule übernehmen und der bösen Welt aus dem Wege gehen würdest! Mit dem Gelde, das du gerettet hast, wollten wir bequem auskommen und noch zurücklegen –«

Salander war durch die Rede seiner Gattin im alten Lehrergewissen getroffen, ohne daß sie es wußte; er war freilich ein Fahnenflüchtiger. Aber er ließ sie nicht ausreden, sondern faßte etwas krampfhaft ihre Hand:

»Nach den Geniestreichen, die ich mit unserem Wohlerworbenen schon gemacht, begreife ich deinen Gedanken sehr gut, er ist billig und verständig! Aber ich kann nicht! Erstens würde ich kaum noch die nötige Übung und auch Erhaltung und Mehrung der Kenntnisse besitzen, um ohne weiteres ein Lehramt anzutreten, und zu einem Wiederholungskurs bin ich doch zu alt! Dagegen fühle ich mich noch jung genug, freiwirkend in der Welt zu stehen, wozu mich eben der Geist getrieben hat. Dazu brauche ich diejenige Unabhängigkeit, welche nur ein mäßiger Besitz verleiht; denn ein zu großer macht natürlich den
66 Mann auch unfrei. Glaub nur, es wird mir gewiß noch gelingen! Ich werde nicht so lange fortbleiben, ein Teil der Geschäfte wird sich sogar hier abspielen und eine unvermutete Zwischenreise mit fröhlichem Wiedersehen nicht ausgeschlossen sein!«

»So nimm uns mit!« sagte sie mit brechender Stimme.

»Um euch Krankheit und Tod auszusetzen? Und dann geht es nicht, weil die Kinder hier im Lande geschult werden müssen.« Er nahm sie mit diesen Worten zärtlich in die Arme und hielt sie so lang, bis sie sich seinem Willensschlusse ergeben hatte.

Er besorgte nun zunächst den Umzug in die neue Wohnung, die so gelegen war, daß die Frau Salander allenfalls einem kleinen Warenhandel vorstehen konnte, den er von Brasilien aus eigens für sie zu unterhalten gedachte. Zu diesem Zwecke war im Erdgeschoß ein Magazin mit Schreibstübchen für die Frau Prokuraträgerin vorgesehen. Der Mann wollte auch sofort vorläufig eine Magd eintun mit der Mahnung, sobald notwendig, auch ein Gewerbsknechtlein zu beschaffen. Doch die Frau widersetzte sich ebenso vorläufig jeder Idee von Dienerschaft im Hause.

Als auch alles übrige verrichtet war, begleitete die kleine Familie den Martin Salander auf den Bahnhof, zu guter Zeit. Auch Herr Möni Wighart stellte sich um so pünktlicher ein, als er in der Restauration, den lustigen Verkehr des Frühherbstes betrachtend, eine Tasse kräftiger Fleischbrühe zu genießen pflegte. Er versprach dem Abreisenden, die Wohlwendsche Konkurssache unter der Hand zu beobachten und getreu zu berichten, was im Publikum vorgehe und geredet werde.

So fuhr Martin wieder den atlantischen Ufern zu.

6.

Die Zeit floß ruhig über die Schicksale hin, oder sie trug sie vielmehr
unvermerkt, und so saß auch nach drei Jahren Frau Marie wirklich in
ihrem Schreibstübchen und verzeichnete im Buch eine Anzahl Kaffee- 67
säcke, welche der Fuhrmann abgeladen und ein rüstiger Arbeitsmann in das Magazin trug, worauf er wieder an das Verpacken von Zigarren ging; es war eine beliebte neue Sorte, die Martin Salander von den Kolonien sandte und zum Teil selber pflanzen ließ, da er eigens dazu Land gekauft hatte. Auch eine Dienstmagd erschien, die Frau wegen des Abendessens zu befragen; sie erhielt die Weisung, man wolle einmal von dem Paraguay-Tee kosten, welchen Herr Salander versuchsweise geschickt habe, ob er wohl Abnehmer finde. Hierauf brachte ein Landkrämer das Geld für einen Sack Kaffee und bestellte einen neuen, während ein Herr kam, der sich ein Probekistchen von den Zigarren ausbat, von denen er gehört.

Der Postfaktor kam, eine Mandatsumme auszuzahlen, und endlich kehrten die Mädchen aus der Sekundarschule, die sie besuchten, nach Hause, und das ältere, Setti, wurde sofort mit den eingegangenen Geldern auf die Bank geschickt, wo das kleine Handelshaus im Kontokorrentverkehr stand. Dieses gleiche Mädchen, das seinem sechzehnten Jahre entgegenging, erhob bereits den Anspruch, auf nächste Ostern bei der Mutter als »Buchhalterin« einzutreten. Der Rechnungslehrer hatte gesagt, sie addiere wie ein Maikäfer.

Da es Herbstzeit war, so wurde es früh Abend; Frau Salander zahlte ihrem Arbeitsmann den Tagelohn aus und entließ ihn für heute. Zuletzt kam Arnold vom Turnplatz heim, ordentlich gestreckt, und so sah die Mutter bald ihre Kinder beim Scheine der alten Lampe um sich versammelt. Sie erfreuten sich des einfachen Abendbrotes, welches die Magd mit ihnen teilte, und alles war zufrieden, bis Setti, die künftige Buchhalterin, eine Streitfrage aufwarf, indem sie die Vermutung aussprach, sie werde im Geschäft eine Brille tragen müssen.

»Warum nicht gar!« rief die Magd entrüstet, »es wäre ewig schad um dein Gesicht, du würdest aussehen wie unser alte Gemeindeschreiber, wo ich her bin!«

68 »Viele höhere Berufsdamen, und von den besten, tragen Brillen!« versetzte das Mädchen mit überlegener Ruhe, und Netti stimmte ihr bei, mit dem Zusatze, daß es eine blaue sein müsse, das stehe schöner.

»Nimm eine rote Brille, dann siehst du das Feuer im Elsaß!« sagte plötzlich der still gelassene Arnold. Diesen sah die Mutter groß an, fast erschreckt.

»Seit wann machst du Witze, Arnold?«

Verblüfft schaute er die Mutter an, denn er wußte nicht, was sie meinte und was er Übles getan habe.

Die Magd lachte. Recht habe der Arnold, behauptete sie. Frau Marie aber faßte sich zusammen von der kleinen Verwirrung, in die sie geraten, als sie entdeckte, daß der Knabe zu Worten kam. Dem Elternsinne erscheint es schon merkwürdig, wenn die Kinder ein Sprichwort zum ersten Male gebrauchen.

Es zog jemand die Klingel, eines der Mädchen lief und brachte ein Telegramm herein, das von Basel kam und von Martin Salander aufgegeben war:

»Bin im Lande. Komme mit letztem Zug nach Münsterburg. Holt mich nicht ab, weil mit Gepäck zu tun habe und Wagen nehme.«

Nach der ebenso frohen als ernstlichen Überraschung, welche die Botschaft mit sich brachte, wurde beraten, ob dem Befehl des Vaters zu gehorchen sei, oder ob man nicht dennoch auf den Bahnhof gehen wolle; die Mutter entschied für Dableiben und Warten, weil es elf Uhr nachts werden konnte und der Vater rascher zurechtkam, wenn er nicht die ganze Familie im Gedränge begrüßen mußte.

Dadurch gewann die Mutter Zeit, sich selbst mit dem unerwarteten
Bericht nachdenklich auseinanderzusetzen. Erst vor drei Wochen hatte
sie den letzten Brief Martins erhalten, worin er sich zufrieden über
seine ökonomische Lage ausgesprochen mit der Ankündigung, er dürfe
bereits an die Heimkehr denken, sei es für immer, sei es, um für kurze
Zeit und einzelne Geschäftsausführungen, wie er vorausgesagt, noch
das ein oder andere Mal den Weg zu machen; er glaube aber beinahe, 69
es werde dies nicht nötig werden. Hierauf folgte in dem Briefe eine
Schlußbetrachtung über die politische Gegenwart und Zukunft im Vaterlande, die Marie Salander nur oberflächlich beschaut und zum aufmerksameren Lesen für eine stillere Stunde zurückgelegt hatte. Sie achtete und liebte sogar den bürgerlichen Freisinn ihres Mannes und seine Neigung, für das Ganze und Kommende zu leben, worin er durch den Louis Wohlwend jetzt schon bis ins zehnte Jahr in so merkwürdiger Art aufgehalten worden. Allein sie beanspruchte keinen Weitblick über Zusammenhang und Zukunft, sondern begnügte sich, für den Tag und Augenblick bereit zu sein.

Jetzt holte sie jenen Brief hervor, um nachzusehen, ob sie nicht doch eine Stelle übersehen, die eine nahe bevorstehende Ankunft verhieß, und auch um auf seine Worte so gut als möglich eingehen zu können, wenn er darauf zurückkam.

»Wenn Du«, schrieb er, »erfreut bist, daß wir so leidlich bald wieder auf einen guten Weg gekommen sind, so mußt Du das nicht meiner besonderen Geschicklichkeit und Tatkraft zuschreiben, sondern dem freundlichen Glücke, welches mir zur Seite ging. Allerdings habe ich auch einigen Fleiß aufgewendet, wie es der Mensch etwa tut, wenn er sich ein Ziel sichtbar winken sieht. Die Dinge, welche bei Euch zu Hause sich vollzogen haben, diese neue Verfassung, welche unsere Republiken sich gegeben haben, diese unbedingten Rechte, die das Volk ruhig, ohne irgendeine Störung sich genommen hat, alles das möchte ich in seinen glorreichen Anfängen noch sehen und mit genießen, alles ruft mir zu: komm! wo bleibst du? Und nun kann ich als unabhängiger

Mann kommen, der seinen Boden hat und nichts zu suchen braucht als die Gelegenheit, zu helfen und zu nützen! Und welch ein großer Augenblick ist es, in welchem unsere alte Freiheit den großen Schritt tut! Ringsum uns hat sich in den großen geeinten Nationen die Welt wie mit vier eisernen Wänden geschlossen; zugleich aber hat sich mit
70 dem moralischen Schritt, den wir getan, eine tiefste Quelle neuen Freiheitsmutes und Lebensernstes geöffnet, welche das Äußerste ertragen und das Härteste überdauern läßt und am Ende die Welt überwindet, wäre es auch im Untergang! Ein solches Gefühl der Selbstbestimmung, der Furchtlosigkeit und der Pflichtliebe schützt stärker als Repetiergewehre und Felswände usw.«

Da stand freilich nichts von einer schon beschlossenen Reise. Der Drang danach mußte also seither plötzlich so gewachsen sein, vielleicht auf neue verlockende Berichte oder sich verbreitende Sagen, daß Martin nicht länger hatte widerstehen können.

Er erschien denn auch, noch vor elf Uhr, so frisch, freudig und fast stürmisch bei den Seinen, wie wenn er sieben Jahre jünger statt dreie älter geworden und ein brausender Windstoß neuen Lebens mit hereingekommen wäre. Als die Frau Marie ihn umarmte, empfand sie eine Art ehrerbietiger Scheu vor der Macht der Ideen, die in den Worten des Briefes lagen und jetzt über den Ozean her ihr den Mann in die Arme geweht hatten.

»Holla! Welch niedliche Backfische, die darf man ja kaum berühren!« rief er, als er die zwei Mädchen erblickte und sie trotzdem herzhaft küßte.

»Man sagt ihnen auch Hasenbraten!« rief Arnold, der sich auch bemerklich machen wollte.

»Ei, du Tausendskerl, Arnoldi, was sagst du da?«

»Du kommst gerade recht, Männchen!« rief die Frau, die laut lachend und voll Behagen sich niedersetzte, »dein Bub macht heut schon zum zweiten Mal eine Art Witz! Er scheint unnütze Worte aufzulesen!«

»Mag er sie auflesen, wenn er sie nur gut anbringt! Komm, Arnold, und gib mir recht patriotischen Gruß und Handschlag! Laß sehen, wie bist du gewachsen? Nicht übermäßig, doch soso für deine elf Jahre! Und wie steht's mit der Schule?«

Er begann den Knaben abwechselnd mit den Mädchen zu befragen, während er das ihm bereitete Nachtmahl mit vielen Unterbrechungen
71 einnahm; er merkte aber endlich, daß er in Hinsicht auf Methoden

und Gegenstände nicht mehr auf dem laufenden war und daher die Kinder nicht ganz richtig fragen konnte.

Als Frau Salander es wahrnahm, säumte sie nicht länger, dem Manne den bereitgehaltenen Heimatsgruß zu bieten, nämlich die erste Kanne gärenden Weinmostes, der eben im benachbarten Wirtshause zu haben war. Sie wußte, daß er den Trank liebte, aber seit zehn Jahren nicht mehr gesehen. Zugleich trug die Magd eine Schüssel voll gebratener Kastanien auf den Tisch, womit den Kindern ihr Recht wurde zum Gedenken dieser Glücksnacht. Um ein Uhr hob Frau Marie die Tafel auf und würde es wohl früher getan haben, wenn nicht soeben ein Sonntag angebrochen wäre.

Der erhellte sich denn auch zum schönsten Herbsttage, dessen Morgenstunden Salander im traulichen Verkehr mit den Seinigen verbrachte. Einmal nur wollte er die Frau nach Wohlwend fragen, brach aber ab und sagte: »Nein, heut will ich davon nicht sprechen!«

Er aß noch mit der Familie zu Mittag; dann erklärte er unversehens, wie er nun einen tüchtigen Gang in das Volk hinaus tun wolle, an die freie Luft, und sehen, wie es sich atme. Allein wolle er den Gang tun, nur von seinen Gedanken begleitet. Im letzten Augenblicke jedoch besann er sich anders und erlaubte dem Knaben, mitzugehen. Arnold ließ sich das nicht zweimal sagen und schritt ansehnlich an des Vaters Seite aus dem Hause.

Die Jahreszeit mit den Erstlingen der Kelter belebte die Straßen. Salander machte mit dem Knaben einen weiten Weg in der Runde um die Stadt; überall hörte man Tanzmusik, welcher junges Volk beiderlei Geschlechts zustrebte. Man sah auch etwa einen Zug Schützen, die mit ihren Gewehren einer letzten Sonntagsübung nachgingen, oder eine Schar Turner mit Stäben auf der Schulter, den Tambour voran. Dazwischen mannigfaches Volk durcheinanderwimmelnd, fröhlich oder gleichgültig, einzelne mürrisch und über irgend etwas fluchend; den
Hauch und Glanz aber der neuen Zeit, das Wehen des Geistes, den 72
etwas feierlicheren Ernst, den er suchte, konnte er nicht wahrnehmen. Man hörte singen auf den Gassen und in den Schenkhäusern; es waren die alten Lieder, von denen die Leute, ganz wie ehemals, nur die erste Strophe kannten und etwa die letzte; wenn einer noch eine mittlere aufbrachte, so lallten die anderen das Lied ohne Worte mit. Auf einer staubigen Straße balgte sich ein Haufe angetrunkener Jünglinge, als ob es keine edlere Verständigung für junge Bürger gäbe, welche über die

Gesetze nachzudenken gewohnt sind, über die sie mitzustimmen haben. Alle hundert Schritte bettelte ein Mann mit einer Ziehharmonika oder einem leeren Rockärmel, während der Arm auf dem Rücken lag. Kurz, es war alles, wie es vor altem an einem Herbstsonntag gewesen, und zu gewärtigen, daß später am Tage einige der freiesten Männer nicht mehr auf ihren Füßen würden stehen können.

Salander schüttelte leise den Kopf, indem er sich aufmerksam umsah. Nun, sagte er bei sich selber, alle großen Veränderungen müssen einen Übergang haben und sich einleben! Aber ich hätte geglaubt, schon die Tatsache eines solchen Ereignisses würde Land und Himmel eine andere Physiognomie machen! Am Ende ist es aber und wird wohl sein die angeborene Bescheidenheit des Volkes, seine schlichte Gewöhnung, welche es nicht leicht die anspruchsvollere Toga umwerfen läßt!

Sie gelangten jetzt vor ein größeres Vergnügungslokal, welches von volkstümlichen Elementen angefüllt schien; ein kräftiges gleichmäßiges Gemurmel war darin verbreitet, wie es so tönt, wenn der Löwe Volk bei ruhiger Laune ist. Da Salanders Knabe die Frage, ob er nicht Durst habe, unverweilt bejahte, so ging der Vater mit ihm hinein, wo ein großer Saal ganz mit jungen und älteren Männern angefüllt war, worunter wenige Weiber saßen.

Mit einiger Mühe fanden Vater und Sohn noch einen unbenutzten
73 kleinen Tisch. Kaum hatten sie sich aber gesetzt und etwas Bier erhalten, so kamen noch zwei Leute, die ohne weiteres den übrigen Platz einnahmen und sich ebenfalls Bier geben ließen. Der eine war offenbar ein Süddeutscher, der andere ein Schweizer, und zwar aus dem Münsterburggebiet. Er trug Schnurr- und Kinnbart nach französischem Zuschnitt und den Hut ins Genick zurückgeschoben, um verwogener auszusehen. Sie führten ein lautes Gespräch, ohne sich um jemand zu kümmern, unverzüglich weiter.

»Wie gesagt«, meinte der Schweizer mit fast brutalem Tone, »du kennst mich! Ich bin ein Kerl, der sich nicht foppen läßt!«

»Wer will dich denn foppen? Ich gewißlich nicht!« warf der andere bescheiden ein.

»Ich sage nicht wer, ich sage es ganz allgemein! Da sieh den Brief, den mir mein früherer Meister in St. Gallen geschrieben! Jede Stunde kann ich wieder hin, wenn ich will!«

Er kramte einen Brief hervor und gab ihn dem Kameraden, der ihn las und bekannte, das sei ein schöner Brief, nicht jeder könne derglechen Zeugnisse aufweisen, ein schmeichelhafter Brief, der Tausend, jawohl!

»Es braucht sich nichts Schmeichelhaftes zu sagen! Ich brauche keine Speichellecker, ich bin ein freier Mann, unabhängig, stolz, wenn du willst, aber ich verachte die Schmeichelei!«

»Ei, ich schmeichle ja nicht, wo werd ich denn schmeicheln! Es ist ja die lautere Wahrheit!«

»Das ist's! Aber ich geh nicht hin, ich will mich noch lang nicht binden, und ich weiß, daß er mir nur die Tochter anhängen will. Ich könnte freilich zugreifen, auch meine hiesige Kostfrau hat eine Tochter, die mir überall in den Weg steht! Aber ich will mich nicht binden! Ich will noch gar nicht Meister sein, obgleich ich meine Achtundzwanzig auf dem Buckel habe! Da müßt ich ein Narr sein und mich plagen! Lieber kujoniere ich die Meister!«

»Ja, ja, du bist halt ein strammer Kerl!«

»Wahrscheinlich! Glaub's nur!« 74

»Ich für mein Teil habe leider Frau und Kind und bin leider auch Meister, das ist nun so, ich bin angebunden und ein armer Teufel!«

»Warum hast du so früh geheiratet?«

»Das hab ich getan, weil ich nicht mehr heim wollte; da hab ich gedacht, du heiratst hier bei erster Gelegenheit, dann bist du festgemacht!«

»Ha, ich begreif' schon, daß du lieber in der Schweiz bist! Aber alle könnt ihr doch nicht hier hocken, so schön es bei uns ist!«

»Ja, ihr seid eben ganze Leut'! Sapperment, ich hab's schon oft gedacht. Und dir löst keiner die Schuhriemen auf!«

»Hm, das brauchst du mir nicht zu sagen, ich nehme keine Schmeicheleien an! Aber die Fliegen lasse ich mir allerdings nicht auf der Nase heiraten!« Der Schweizer strich sich grimmig geschmeichelt den Schnurrbart und stieß mit dem Deutschen an: »Trink aus, ich zahle noch ein Glas!«

Martin Salander hörte diese Reden, die von einer gemeinen Gesinnung und zügellosen Eitelkeit zeugten, mit Verwunderung, indem er zu sich sagte: Dieser verfluchte Kerl! Dieser Schreiner- oder Schustergesell hat sich ja ganz ausgezeichnet eingerichtet: Wie die Ameisen sich Blattläuse halten, die sie melken, hält sich der einen eigenen Lobhudler, einen Schwaben, wie man's hier nennt!

Er mußte nur weiter hören. Der schweizerische Arbeiter hob ein solches Selbstrühmen an, wie es nur ganz schlechtgezogene Menschen tun können, die zudem niedrig denken und fühlen. Aber je mehr er prahlte und sich selbst herausstrich, desto kleinlauter wurde der deutsche Gesell oder tat wenigstens so. Denn Gott mochte wissen, was der Schläuling für einen Grund hatte, dem Flegel den Hof zu machen.

Allein je demütiger er sich bezeigte, desto übermütiger wurde der andere.

75 »Du bist einer von den Gescheitern«, rief er, »du weißt es doch zu schätzen, daß du in der Schweiz und bei einer Nation bist, wie die meinige! Schau mich an! Alles machen und ordnen wir selbst, wie wir es haben wollen, und ich bin einer davon und frage weder Gott noch Teufel etwas nach! Heut noch geh ich in eine Beratung über ein Gerichtsgesetz, das über tausend Paragraphi hat, und morgen mach ich Blauen, denn es wird lang dauern. Der Meister kann dafür aufstehen und schaffen! Anerkennst du das?«

»Ich sag es ja immer, ich schäme mich, ein Deutscher zu sein!«

»Das ist nicht ganz aus dem Weg, obgleich ihr auch energische Bursche habt! Sieh uns jetzt nur aufmerksam zu und lerne was Rechtes!«

Salander konnte nicht mehr an sich halten. Rot vor Zorn schlug er auf den Tisch und rief dem Deutschen zu: »Schämen sollte man sich, so zu reden, wenn man ein so gewaltiges Vaterland hat! Und Ihr, Herr Landsmann«, wandte er sich an den Münsterburger, »solltet Euch schämen, einen arglosen Fremden so zu bedrücken und Euch von ihm anpreisen und beloben zu lassen! Zehn Jahre bin ich in Amerika gewesen und habe nirgends einen so eitlen Tropf und Prahlhans reden gehört, wie Ihr einer seid! Da sind wir schön bestellt, wenn das junge Volk schwatzt wie die Elstern und alten Hebammen! Pfui Teufel!«

Er hatte in seiner törichten Aufregung so laut gerufen, daß die Leute an umstehenden Tischen sich drehten und zuhörten. Der Schweizer Landsmann hatte zuerst verdutzt ausgesehen; jetzt stand er schon auf den Beinen, streckte die Hand aus und rief:

»Wer seid Ihr da, wer heißt Euch, zu horchen, was die Leute reden?«

»Ich habe nicht gehorcht! Ihr seid mit Eueren Reden dahergekommen, wo ich schon gewesen bin!«

»Ihr seid dennoch ein Schleicher! Wenn Euch nicht gefällt, was wir sagen, so geht weiter! Aber Ihr seid jedenfalls ein Spion und Volksver-
76 ächter!«

Er rüttelte an dem kleinen Tisch, der zwischen ihnen stand, daß die Gläser klirrten, die Umstehenden drängten sich näher heran, und einige riefen, was der wolle?

»Schimpfen tut er, wir seien eitle Tröpfe und alte Hebammen, wir junges Volk, wenn wir Freiheit und Vaterland rühmen!«

Auch der Deutsche verlor seine Gutmütigkeit und fing an, Lärm zu machen.

Salander blickte auf seinen Knaben, nahm ihn an die Hand und drückte sich unversehens durch die Leute und aus dem Saale, nicht ohne dem Tisch einen kräftigen Stoß gegeben zu haben, den jener ihm auf den Leib rücken wollte. Er hätte nicht übel Lust gehabt, die aufgewachten Dämonen oder den Löwen mit beharrlicher Rede zu zähmen; allein die Rücksicht auf sein Kind gebot ihm, allen weiteren Händeln aufzuweichen, damit er nicht gar erlebe, vor den Augen desselben mißhandelt und gedemütigt zu werden.

Voll Verdruß und Beschämung suchte er den kürzesten Weg nach Hause, war aber froh, dem Herrn Möni Wighart zu begegnen, dem er, da es noch zeitig am Tage war, gern in eine stille Wirtschaft folgte, um sich zu fassen und für den Knaben einen freundlicheren Schluß des Spazierganges zu gewinnen.

Sie trafen aber in einer Ecke des Hauses den Rechtsanwalt, welchen Salander einst mit seiner Angelegenheit betraut hatte. Der vielbeschäftigte Mann erholte sich hier bei einem Sonntagsschöppchen von der Wochenarbeit gleich einem biederen Handwerksmeister, zeigte sich indessen nach dem unerwarteten Erscheinen des Klienten freundlich bereit, den Wohlwendhandel in die Unterhaltung aufzunehmen und beim Glase zu beraten. Martin Salander schickte daher den Knaben bald mit dem Berichte nach Hause, der Vater werde in einer oder zwei Stunden nachkommen.

Leider war nicht viel zu beraten, da der Stand der Sache immer der alte geblieben. In Rio lag sie fast ganz eingepökelt. Die verantwortlichen
Personen der Atlantischen Uferbank wurden eine Zeitlang verfolgt; allein 77
sie drückten sich immer rechtzeitig von Staat zu Staat und hielten sich nur an solchen Orten auf, wo nicht nur an niemand ausgeliefert, sondern wo auch von keinem Verfolgten das auf ihm gefundene Vermögen verwahrt, überhaupt kein Recht gehalten wurde. Ein- oder zweimal ward einer verhört und über das nichtsnutzige Ergebnis ein Protokoll eingesandt, der Betreffende hingegen samt seinem Gelde, das offenbar

aus der Kasse der Uferbank herrührte, freigegeben, und das war sogar auf englischem Grund und Boden geschehen und hatte so viel gekostet, daß Salander sich scheute, dem Teufel noch den Weihkessel nachzuwerfen, wie er sagte.

Doch gab es in Brasilien Geschäftsleute, welche dafürhielten, Martins berühmte Anweisung sei ihm noch in guten Treuen ausgestellt worden, weil die Uferbank in jenem Augenblicke noch nicht daran gedacht habe, aufzufliegen. Hierüber war nun eben nichts Aktenmäßiges zu erfahren.

In Münsterburg hatte Wohlwend nach langen Verhandlungen seine Gläubiger mit einigen bettelhaften Prozenten abfinden können, wobei Salanders Forderung gar nicht in Betracht kam. Das Guthaben der überseeischen Bank, welches gerichtlich in Beschlag genommen war zu seinen Gunsten, ließ sich bei dem Mangel aller gutwilligen Aufschlüsse nicht ausscheiden, und der Anwalt hielt nichts als die dunkle, nicht angenommene Anweisung in der Hand. Nachher verschwand Wohlwend aus der Gegend. Sein Haus hatte der Baumeister an sich ziehen müssen, der dabei zu Verlust kam. Der Maler des Arnold von Winkelried erhielt gar nichts.

»Ich bin überzeugt«, sagte der Anwalt, »daß er schon vor zehn Jahren gerade durch den Betrag Ihrer Bürgschaft, den Sie auf dem Platz erlegen mußten, um das Falliment herumgekommen ist; und so glaube ich, daß er auch diesmal durch Ihr Geld, das er ganz oder zum Teil in die Klauen bekam, in den Stand gesetzt wurde, sich mit den Gläubigern, wenn auch noch so elend, abzufinden; denn natürlich hat er den Lö-
78 wenanteil für sich behalten. Aber dennoch, ich kann mir nicht helfen, ist er ein interessantes Subjekt, juristisch genommen. Da mich die unverbrüchlich kalte, schweigsame Haltung, die er stets der Anweisung gegenüber einnahm, ohne sich je mit einem Worte in Verlegenheit zu setzen, betroffen machte, geriet ich auf den Einfall, ein etwas ungewöhnliches Experiment mit ihm auszustellen. Ich kenne einen sehr erfahrenen Irrenarzt; der hat als Vorsteher einer auswärtigen Heilanstalt die Simulanten von Verrücktheit zu behandeln, welche ihm in Untersuchungsprozessen übergeben werden, wenn sie mit solchen Künsten dem Geständnis entrinnen wollen. Er hat eine treffliche Übung darin und bringt diese Spitzbuben in der Regel binnen zwei Tagen oder auch zwei Stunden zur gesunden Vernunft zurück, soweit sie ihnen überhaupt beschieden ist. Freilich bindet er sich nicht an die Schranken, die dem Untersuchungsrichter vorgezeichnet sind. Als der Mann zu jener Zeit

sich einige Tage hier aufhielt, erzählte ich ihm von Louis Wohlwend und seinem putzigen Benehmen. Wir wurden einig, daß er als Vertreter eines fremden Beteiligten an dem überseeischen Bankhandel, der auch mit mir Rücksprache gepflogen habe, zu Wohlwend gehen und ihn unter dem Vorwand einer geschäftlichen Erkundigung beobachten und ausholen solle. Es gelang ihm, den Mann länger als eine Stunde hinzuhalten, aber nicht, ihn auf einem verfänglichen Worte zu ertappen. Es gebe, sagte der Arzt, einzelne Menschen, welche die Macht haben, ein unbequemes Faktum sozusagen in ihrem Bewußtsein so gut aus dem Wege zu räumen, daß sie nicht einmal im Schlafe, geschweige im Wachen davon sprechen, wenn sie nicht sollen. Und es seien das durchaus nicht geistig starke Leute, vielmehr solche, denen jedes Bedürfnis mangle, sich mit sich selbst auseinanderzusetzen. Dieser Mangel vermische sich dann mit einer ordinären Verschmitztheit und bilde sich zu einer nützlichen Kraft aus. Nur die Nähe des natürlichen Todes vermöge zuweilen den Bann zu brechen. Zu diesen scheine Herr Wohlwend zu gehören, wenn auch als merkwürdige Abart. Während der Unterredung 79
habe er nicht krampfhaft vorsichtig getan, sondern ganz unbefangen geplaudert, aufmerksam, scheinbar, zugehört und sich gestellt, als ob er nach gutem Rat suche, den Kopf geschüttelt und schließlich gesagt: ›Es ist eine verzwickte dumme Geschichte! Ich würde Ihrem Klienten raten, es zu machen wie der andere, der Herr Salander, und selbst hinzureisen nach Rio; es muß dort noch eher etwas auszurichten sein als hier!‹ Dabei habe er sich mit einer alten Pappschachtel beschäftigt, in welcher ein Dutzend zerzauste Schmetterlinge und Käfer, von Staub bedeckt, auf einem Häufchen gelegen. Diese verjährten Lebewesen auseinandersuchend und auf frische Korkhölzchen befestigend, habe er schließlich mit einem untiefen Seufzer gerufen: ›Ja, ja, mein lieber Herr! Ohne das bißchen Wissenschaft würde man oft nicht mehr den Mut zum Leben behalten in dem Wirrsal dieser Welt! Haben Sie sich nie mit Insektenkunde befaßt?‹«

Die Männer schwiegen einige Zeit, wohl um sich zu besinnen, was sich über das ärgerliche Vorhandensein eines so unbequemen Gesellen weiter denken lasse, der gewissermaßen, gleich einer Qualle, sich selbst aufzuheben vermöge, wenn er merke, daß er ausgeforscht werde.

Mittlerweile betupfte Möni Wighart mit dem Finger seine Nase, bis er unversehens rief:

»Wie ist mir denn? Da geht mir etwas im Kopfe herum, das ja ganz hierher gehört und just von der heutigen Überraschung zurückgedrängt wurde! Richtig! Nicht lang ist's her, daß ich von einem hiesigen Holzhändler hörte, er habe tief in Ungarn den Louis Wohlwend gesehen, munter wie ein Fisch, verheiratet mit einer schönen jungen Frau, und schon gesegnet mit zwei kleinen Kindern! Den Ort kann ich nicht mehr nennen. Ich fragte den Holzhändler, ob er ihn gesprochen habe. Freilich habe er ihn gesprochen und Wohlwend ihm erzählt, wie ihm durch diese glückliche Heirat nicht nur ein hübsches Weibchen, sondern auch ein artiges Weibergut zuteil geworden sei. Er habe aber nicht viel mit ihm reden können, weil jener sich kurzerhand entfernt. In einer Gaststube der Sache nachfragend, sei sie ihm von seßhaften Leuten bestätigt worden mit der näheren Angabe, der Schwiegervater Wohlwends, ein Schweinehändler, habe einer seiner Töchter vor der Hochzeit ein schönes Vermögen nicht nur vorbestimmt, sondern gerichtlich verschrieben als künftiges Erbe, und sich zugleich verpflichtet, bis zu seinem Ableben dem Wohlwend die Zinsen davon jährlich zukommen zu lassen. Einige bezweifeln allerdings die Geschichte, weil der Schwiegervater keineswegs für so wohlhabend gelte, daß er jeder Tochter ein solches Erbe zu teilen könnte; andere dagegen weisen darauf hin, daß das betreffende Frauenzimmer eine Tochter aus erster Ehe sei und nur ihr Mütterliches beziehe, während eine dritte Partei behaupte, sie sei gar nicht das rechte Kind des Schweinehändlers. Eine vornehme Dame habe es heimlich zur Welt und bei dem Manne untergebracht.«

»Kurz und gut«, ergriff Martin Salander das Wort, »mein Louis Wohlwend hat ohne Zweifel im Osten Europas einen Schweinehändler drangekriegt!«

»Hm!« machte der Rechtsanwalt, »ich möchte fast lieber sagen, ein östlicher Schweinehändler hat den Meister Louis drangekriegt!«

»Ei wieso denn?«

»Nun, wieso denn? Wie wäre es, wenn er seine beiseitegebrachten Raubgelder, die schönen Contos de Reis des Herrn Martin Salander, ganz still an die Grenze der Türkei geschleppt und auf diese geniale Weise in Weibergut verwandelt hätte? Und wie wäre es, wenn der Ferkelkrösus den Schlaukopf um Kapital und Zinsen zu prellen wüßte und ihm obendrein das Weibchen auf dem Halse ließe? Was mich allein stutzen macht, ist die Schwatzhaftigkeit, mit welcher er sich dem Holzhändler entdeckt hat, nach dem, was ich vorhin von dem Psychiater

erzählte. Er muß eben ungemein fidel gewesen sein oder wie Homer
ein Schläfchen getan haben! Der Umstand, daß wahrscheinlich hier 81
zwei Hechte am nämlichen Karpfen stehen, hindert mich auch, Herr Wighart, Sie jetzt schon zu ersuchen, Sie möchten Ihren Gewährsmann um genaue Bezeichnung von Orts- und Personennamen angehen. Ich will nur meine Phantasiearbeit noch einige Tage überlegen und werde mir dann erlauben, bei Ihnen anzuklopfen, natürlich im Einverständnis meines Herrn Klienten, sofern er sich überhaupt noch als solchen betrachtet! Eigentlich aber würde es sich sofort um eine Kriminalsache handeln und für die Behörden der Anlaß dasein, von sich aus vorzugehen.«

»Überlegen Sie, Herr Fürsprech!« erwiderte Salander; »am Ende schadet es nichts, wenn wir den Schadenmüller, den Hecht, wenigstens ein bißchen aufstören und herumjagen können!«

Die drei Männer unterhielten sich noch eine Viertelstunde und brachen dann auf, um sich, jeder an geeigneter Stelle, zu verabschieden. Martin Salander ging nach Hause.

Der Eindruck, den er von seinem Gang durch das neue Volk und von dem Auftritt mit dem Maulhelden davongetragen, erwachte wieder, als er unter dem alten Sternenhimmel dahinschritt, und das quälende Verhältnis zu dem alten Freunde Wohlwend, an den er wie mit eisernen Ketten gebunden schien, verdunkelte die trübe Stimmung noch mehr, die ihn befallen. Er nahm sich vor, den Advokaten von der weiteren Verfolgung Wohlwends abzumahnen, damit der Mensch aus seinem Gedächtnis eher verschwinde. Aber trotz dieses Vorsatzes bedurfte es des freundlich erleuchteten Wohngemaches, in das er trat, und der um den Tisch versammelten Kinder, die seiner harrten, um ein leichteres Herz zu gewinnen. Die Gattin, die seine trüben Augen noch schnell gesehen, kam mit einer sorglichen Ansprache schon zu spät.

Als Martin bald darauf zu seinem Advokaten ging, fand er diesen schon selbst von dem Gedanken abgekommen, amtliche Nachforschungen über die Natur des Wohlwendschen Frauenvermögens zu veranlas-
sen. Es schien ihm doch nicht tunlich, auf Grund unbestimmter Ge- 82
rüchte und einer bloßen witzigen Vermutung in entlegenen Ländern so vorzugehen. »Wenn wir die Angel jetzt auswerfen«, sagte er, »so wird sie uns kurz abgerissen; halten wir sie aber noch zurück, so kann sie uns unversehens einmal nützlich werden.«

7.

Martin säumte nun nicht, seine Handelsgeschäfte wiederaufzunehmen, d.h. sich für deren Fortführung auf dem Platze Münsterburg einzurichten. Er mietete die nötigen Räume für Kontor und Magazine, und bald saß auch ein Schreiber am Pult und lief ein Lehrling ab und zu. Frau Marie bat sehr, ihr die kleine Handelsanstalt im Hause zu lassen, und er tat es mit Vergnügen, da er ihr gewisse Gegenstände zuzuweisen gedachte, deren Bewältigung ihm selbst zu umständlich und wenig lohnend schien. Aber es stellte sich heraus, daß die wackere Frau nicht so leicht auf alles einging, sondern bereits so gut ihre Grundsätze besaß wie ein altbewährtes Handelshaus. Sie wollte sich mit nicht vielen, aber als gut bekannten Waren begnügen, für welche sie eine sichere Kundschaft wußte; diese vermehrte sich unausgesetzt, aber gemächlich und ohne Gedränge, so daß sie nie genötigt war, den Bedarf in ungeordneter Weise zu decken; kurz, ihr Geschäft war eines von denen, welche man ein stilles Goldgrüblein zu nennen pflegt.

Der Mann hütete sich, sie hierin zu stören, und ließ sie gerne fernerhin ihre besondere Rechnung führen, die er geprüft und in Ordnung gefunden hatte. Freilich mußte er dabei die buchmäßigen Posten des Soll und Haben aus ihren verschiedenen Heften und Büchelchen zusammensuchen, und Marie Salander schaute ihm etwas ängstlich zu, was wohl herauskommen werde; doch lachte sie vergnügt, als schließlich bis auf den letzten Franken alles in schwarzer und roter Tinte an seinem
83 Orte stand, mit Bilanz und Nachweis.

So hauste Martin Salander mit den Seinen wieder auf altem Grunde und konnte beruhigt in die Welt und in die Jahre hinausschauen, soweit es der Mensch verlangen kann; denn wer auch nicht Welt und Zeit zu überholen strebte, dem kamen sie von selbst vor die Füße gerollt.

Trotz der Täuschung, die ihm auf seinem Sonntagsspaziergang ins Volk so trübselig zerflossen war, mußte er die Augen doch wieder auf die öffentlichen Dinge richten und sich näher mit ihnen vertraut machen, wie sie sich nun darstellten. Die neue Verfassung, die die Münsterburger angenommen hatten, wurde von den vorgeschrittensten Staats- und Gesellschaftsfreunden fremder Länder als etwas Zufriedenstellendes belobt, womit sich erreichen lasse, was man mit Entschlossenheit wolle; und die gleichen Grundsätze, welche man dem Volke in einem gemäßigten, ja bescheidenen Sinne hatte belieben können, sollten

schon in ihrer jetzigen wörtlichen Gestalt genügen, von Tag zu Tag die ungeheuersten Veränderungen einzuführen, an welche dasselbe Volk nicht gedacht hatte. In diesen ersten Jahren summte es denn auch wie ein Bienenkorb von Gesetzesvorschlägen und Abstimmungen, und Salander sah mit Verwunderung, wie im Halbdunkel eines Bierstübchens zwei Projektenmacher den Entwurf eines kleinen, Millionen kostenden Gesetzes oder Volksbeschlusses fix und fertig formulieren konnten, ohne daß die vom Volke gewählte Regierung ein Wort dazu zu sagen bekam. Dazu erhielten die massenhaften Wahlen aller kleinen und großen Beamten in Verwaltung, Gericht, Schule und Gemeinde, sich in kurzen Zwischenräumen drängend, die stimmberechtigte Bevölkerung unaufhörlich auf den Beinen, und da Martin Salander keine dieser Pflichten versäumte, so befand er sich unvermerkt mitten in der Strömung. Um sich besser zu unterrichten, besuchte er die politischen Versammlungen, fing an mitzureden und Vorschläge zu machen, und da seine Unabhängigkeit bekannt war und man daher wußte, daß er für sich nichts wollte, wurde er in allerhand Ausschüsse gewählt, deren Arbeiten er sich mit ehrlichem Eifer unterzog, obgleich ein Umherreisen 84
im Lande damit verbunden und er eigentlich kein Vagant war.

Auf diesem weitläufigen Wege geriet er in die unmittelbare Volksleitung oder unterschlächtige Regierung hinein, welche in Gestalt von Wanderlehrern dem Volke die schwierigeren Punkte seiner Selbstbestimmung zu erklären, d.h. vom übel unterrichteten an das besser zu unterrichtende Volk zu appellieren hatte.

Zwar gab es Gegenstände, die ihm selber nicht recht geläufig waren, weshalb er sich vorher rasch mit ihnen bekanntmachen oder die gedruckten Aktenstücke auf Treu und Glauben verteidigen mußte. Indessen ließ er sich dergleichen nicht oft zuschulden kommen, während er es an anderen häufiger beobachtete. Zuweilen wollte ihn eine trübe Ahnung beschleichen, als ob das Personal der politischen Ober-, Mittel- und Unterstreber gegen früher im ganzen ein klein wenig gesunken wäre, so daß die etwas geringere Beschaffenheit der einen Schicht diejenige der anderen bedinge und erkläre. Allein er faßte bald wieder guten Mut, auf den unverlierbaren guten Ackergrund des Volkes vertrauend, der stets wieder gradgewachsene hohe Halme hervorbringe. Und er gelobte dann, obschon nun kein Jüngling mehr, auf sich selbst zu achten, wissentlich nie ein gemeiner Streber zu werden und das gedachte Niveau nicht auch herunterdrücken zu helfen.

So löblichem Vorsatze getreu erlebte er aber nochmals einen Verdruß, ähnlich demjenigen des ersten Spazierganges nach seiner Rückkehr aus Brasilien. Ebenfalls an einem Sonntagnachmittage wohnte er in seinem eigenen Heimatorte der Besprechung einer Nahrungsfrage bei, die in allen Kulturstaaten dieselbe ist und die gleiche neutrale und rein sachliche Behandlung erfährt. Hier aber handelte es sich um den Vorschlag einer nicht nur absonderlichen, sondern ganz unsinnigen Einrichtung, die ein einzelner Kopf ausgeheckt und die in der Gegend einigen Anklang gefunden hatte. Martin Salander sollte im Einverständnis mit seinen Freunden dagegen auftreten. Erst hörte er die Begründung des Vorschlages und eine Anzahl weiterer Reden an, in welchen von ungeschulten, meist jüngeren Leuten statt eingehender Gründe nur immer das Wort Republik, republikanisch, Würde des Republikaners usw. vorgebracht und geschrien wurde. Dieses Pochen auf die Republik bei jedem passenden und unpassenden Anlaß hatte ihn schon lange betrübt, gerade weil er ein aufrichtiger Republikaner war in Ansehung seines Vaterlandes. Als er sich nun zu seinem Votum erhob, fühlte er sich gedrungen, eine diesfällige Ansprache vorauszuschicken, zumal ihm die anwesende Mannschaft einer wohlgemeinten Belehrung bedürftig schien.

»Liebe Mitbürger!« begann er mit möglichster Ruhe, »ehe ich meine abweichenden Ansichten von der vorwürfigen Sache darlege, kann ich nicht umhin, das auch mir teure Wort Republik zu berühren, das wir jetzt seit einer Stunde gewiß zwei Dutzend Male gehört haben. Unsere Vorfahren haben seit bald sechshundert Jahren die Republik in heißen Schlachten begründet und befestigt, ohne das Wort je in den Mund zu nehmen, und die vielen alten Bundesbriefe und Landbücher enthalten es nicht. Erst später haben es die Patrizier und Bürger der herrschenden Städte für sich angewendet, um mit dem schönen Wort ihrer irdischen Herrlichkeit einen antiken Glanz zu verleihen. Wir haben es jetzt im Sprachgebrauch, aber nicht zum Mißbrauch. Mich will bedünken, wer es immer im Munde führt und dabei auf die Brust klopft, könne ebensogut sich der Gleisnerei schuldig machen wie jeder andere Pharisäer oder Mucker! Doch damit haben wir jetzt nichts zu schaffen; nur darauf möchte ich aufmerksam machen, werte Mitbürger, daß auch der Republikaner alles, was er braucht, erwerben muß und nicht mit Worten bezahlen kann; über Naturgesetze hat die Republik nicht abzustimmen, die Vorsehung legt ihr den Plan über die dem Landwirte

nützliche Witterung der Jahreszeiten so wenig zur Annahme oder
Verwerfung vor als den Untertanen der Könige und diesen selbst, und
der Weltverkehr kümmert sich nicht um die Staatsformen der Länder 86
und Weltteile, die er durchbraust. Dies wollte ich mir zu bemerken
erlauben, ehe ich zur Eröffnung meiner Ansicht übergehe und dabei
mich mehr mit den faktischen Verhältnissen beschäftige, als bisher
geschehen ist.«

Die unerwartete Predigt war nicht wohl angebracht. Nachdem schon früher ein Murren vernommen worden, unterbrach jetzt einer den Sprecher und verlangte das Wort:

Es scheine wieder einmal Eile zu haben mit der Reaktion! Kaum seien einige Jahre dahingeschwunden, so möge ein Kind dieser Landesgegend, ein ehemaliges Mitglied der Volksschule, freilich jetzt in goldenen Ketten hängend, so vermöge Herr Martin Salander das Wort Republik nicht mehr zu vertragen! Unter solchen Umständen sei denjenigen, die sich noch dazu bekennen, nicht zuzumuten, in ernster Volksverhandlung Reden der Feindseligkeit anzuhören. Wenn sonst niemand mehr zu sprechen wünsche, so trage man auf Schluß der Diskussion und Abstimmung an.

Salander, der stehen geblieben, wollte mit gehobener Stimme fortfahren. Einige, die aus der Sache nicht klug wurden, unterstützten ihn, andere, denen der Sinn seiner Rede ebenfalls zu hoch gewesen, aber verdächtig schien, ereiferten sich dagegen; es entstand ein Wirrwarr, in welchem diejenigen obsiegten, welche ihn wohl verstanden, wie Martin es meinte, aber eben das von ihm Gemeinte haßten und nicht leiden wollten.

Das Wort blieb ihm entzogen, ein Gegenantrag wurde nicht gestellt und die betreffende Sache für geschlossen erklärt. Sie fiel freilich im weiteren Verlaufe später unrühmlich dahin; Martin Salander hingegen war heute um eine Erfahrung reicher. Er verließ das Haus und das ansehnliche Dorf, ohne weiter jemand zu sehen, und anstatt die Bahn zu benutzen, auf welcher er gekommen, schlug er einen Fußweg ein, der quer durch Felder und Wälder nach Münsterburg führte.

Auf diesem einsamen Gange konnte er überlegen, inwiefern es nicht
nur für den höheren Staatsmann, sondern auch für den Volksmann 87
zweckmäßig sei, moralische Aufrichtigkeiten zu unterdrücken. Am
Ende, dachte er, bin ich doch froh, daß ich es gesagt habe! Etwas bleibt
davon doch hängen; und wenn sie mich nach ihrem Sinne in die Zei-

tungen tun, so will ich erst laut predigen, daß der Name Republik kein Stein sei, den man dem Volke für Brot geben dürfe.

Das redliche Vorhaben erhellte ihm das etwas verdrossene Gemüt; rüstigen Schrittes bestieg er die Anhöhen, die ihn noch von der Stadt trennten, und der lange Hochsommertag ließ ihn vor Sonnenuntergang die Scheitelhöhe erreichen, wo seiner eine seltsame Überraschung wartete. Auf einer frischgemähten Wiese, zum Teil von Gehölz umgeben, hatte der Wirt des nahen Hofes eine kleine Lustbarkeit aufgeschlagen, indem er im Schatten der Bäume einige lange Tische hinstellte und auf die Wiese einen großen Bottich umstürzte. Auf diesem saßen drei bescheidene Musikanten, die eine gemächliche Tanzmusik aufführten. Martin hatte die durch die stille Luft fast sehnsüchtig klingende Kunstlosigkeit schon ein Weilchen vernommen; jetzt erblickte er ein junges Völkchen, welches in lockerem Ringe und freien Gruppen um den Bottich herumtanzte, ohne allen Lärm, im goldenen Abendschein, daß die verlängerten Schatten der Tänzer auf dem grüngoldenen Boden mitspielten.

Salander ergötzte sich an dem Anblick.

Ein Bild wie aus einer andern Welt! dachte er, wie friedlich und grundvergnügt! Was mag das nur für eine Gesellschaft sein? Die meisten sind gut gekleidet, einige zierlich, andere schlichter! Junge Mädchen, junge Knaben!

Aber wie erstaunte er, als er nähertretend seine eigenen Töchter erkannte, die jetzt, im Alter von achtzehn bis neunzehn Jahren, schlank und anmutig, an der Seite von jüngeren Knaben sich drehten, die nicht minder hübsch aussahen und schon hoch aufgeschossen waren, wie die Mädchen.

Salander konnte nicht umhin, das erste Paar, Netti und ihren Knaben,
88 mit den Blicken zu verfolgen und den muntern Tänzer näher ins Auge zu fassen. Es war, wie gesagt, ein feingelenker Bursche, dessen blonde Haarwellen im Sonnengolde flogen und schimmerten.

Indem er dem Paare nachblickte, verlor er dasselbe aus den Augen und suchte daher das andere Mädchen, Setti, das er von weitem bemerkt hatte. Und soeben kam es herangeschwebt, aber, wie ihn dünkte, mit dem gleichen Jüngling, demselben Goldhaar, wie Netti.

Die Wetterhexen haben schöne Anlagen! fuhr es ihm durch den Sinn, die verstehen es ja schon vortrefflich, die Knaben auszuwechseln! Da muß man doch ein wenig zusehen!

Er ließ das Pärchen vorbeigehen und schaute ihm genau nach, indessen von der andern Seite her wiederum Netti, immer mit dem gleichen Cherub zur Seite, anrückte, diesmal aber dicht vor ihm anhielt, da die Musik aufhörte.

»Oh, da ist ja der Vater! Hast du uns aufgesucht und gewußt, daß wir hier sind?« rief die Tochter erfreuten Herzens.

»Woher sollte ich es wissen? Ich komme ganz zufällig daher! Was ist das für ein Ball? Ist Setti auch hier?«

»Natürlich ja, und die Mutter mit Arnold auch, die sitzen dort an einem der Tische! Weil du gesagt hattest, du würdest mit dem letzten Zuge um zehn Uhr heimkehren, anerbot sie uns, auf den Berg zu gehen.«

Salander wollte nun nach ihrem Tanzgesellen fragen, wer der junge Herr eigentlich sei (der jetzt den Hut zum zweiten Male zog), als die Schwester mit dem ihrigen zur Stelle kam, so daß jener beide nebeneinanderstehen sah und sich noch mehr wunderte.

»Das sind die Herren Isidor und Julian Weidelich, Schulkameraden von Arnold!« erklärte die ältere Tochter.

»Ei so?« sagte Martin, ohne sich sogleich an den Vorgang am Brunnen im Zeisig zu erinnern, seit welchem wohl sieben bis acht Jahre
mochten verflossen sein. »Auch vom Gymnasium?« 89

»Aber nicht von der gleichen Klasse, denn wir sind etwas jünger!« sagte Julian; »wir kommen nur in der Singstunde zusammen!«

»Also ein Paar Zwillinge, ohne Zweifel! Und woher zu Haus?«

»Wir wohnen im Zeisig, nicht weit von der Kreuzhalde!«

Jetzt dämmerte es wie eine Erinnerung in Salanders Seele; er sah nach und nach die rundlichen Bübchen mit ihren Schürzen, von denen freilich an den vor ihm stehenden Heranwüchslingen keine Spur mehr zu erkennen war.

»Und was macht die Mama? Lebt sie noch?« fragte er weiter.

»Sie ist auch dort am Tisch und ganz gesund!« lautete die Antwort.

»Das freut mich! Und ihr jungen Leute wollt also auch studieren? Und was, wenn man fragen darf?«

»Das wissen wir noch nicht! Vielleicht die Rechte, einer vielleicht Medizin!« sagte Julian; Isidor fügte hinzu:

»Wir können auch Professoren werden, wenn wir wollen, weil sie jetzt so hoch bezahlt werden, sagt die Mama; nur sollten wir hierbleiben.«

»Gut so!« erwiderte Herr Salander; »nun wollen wir aber doch sehen, wo die Mutter ist! Kommt, Kinder!«

Die Töchter wiesen ihm den Weg, und die keineswegs schüchternen Jungen folgten ihnen auf dem Fuße, während die Musikanten eine neue Tanzweise anstimmten.

Frau Marie war sehr froh, ihren Mann so unverhofft vor sich zu sehen. Sie saß, das Waldesgrün dicht im Rücken, unter einfach bürgerlichen Leuten, welche sich an den billigen Getränken und Speisen gelassen erquickten, an dünnem, aber gesundem Wein, süßer Milch, Bauernbrot, Kraut und Speckkuchen. Neben ihr saß die Frau Amalie Weidelich, so rüstig wie je, einem Kessel voll Lauge vorzustehen. Dabei gedieh sie offenbar vortrefflich; denn sie war höchlich herausgeputzt, trug einen bunten Blumenhut und eine goldene Uhr an langer Kette auf dem Leibe. Das breite Gesicht glänzte kräftig gebräunt, und ein zarter Rosenton auf den Höhen der Wangen, des vollen Kinns und der Nase zeugte nur von dem Fleiße der Frau, die ein Haus voll Wäscherinnen und Plätterinnen zu regieren hatte und deren zahlreiche Erfrischungen in Wein wie billig vorkostete. Am frühen Wintermorgen, ehe die mächtige Kaffeekanne aufrückte, gab es sogar ein Gläschen Kirsch- oder Nußwasser.

Sie begrüßte den Martin Salander sehr freundlich und ganz unbefangen.

»Denken Sie«, rief Frau Weidelich, »wir haben gar nicht gewußt, daß wir vor Jahren einmal Nachbarn gewesen sind! Nun sind's unsere Söhne in der Schule!« Sie blickte mit Stolz auf die ihrigen und suchte dann wohlwollend den Salanderschen.

»Arnold ist in das Holz hineingegangen, um Pflanzen zu suchen«, bemerkte Frau Salander, »geht, Mädchen! und ruft ihn herbei, damit wir auch ans Aufbrechen denken können. Die Sonne dort geht bald hinab!«

»Das eilt ja nicht so«, versetzte Frau Weidelich, »wir haben ja Mannsleute genug bei uns! Ja, ja, Herr Salander! Ihr habt Eueren Weg tapfer gemacht und seid jetzt ein reicher Herr, wie ich glaubwürdig finde! Aber nicht wahr, es freut einen nur, wenn man erfreuliche Kinder hat, an die man es wenden kann? Gott sei Dank, uns geht es auch ordentlich! Aber alles, was wir aufbringen, opfern wir unsern zwei Söhnen und ihren künftigen Tagen. Ich hoffe, sie werden es einbringen und von sich reden machen; denn in der Lehre und allem, was nötig ist, soll es an nichts fehlen! Wir hätten gerne im Zeisig ein neues Haus gebaut statt der alten Bauernhütte! Aber nein! sagten wir, es tut's noch, solange wir da sind, und wo die Söhne sich niederlassen und bauen werden, kann man ja noch gar nicht wissen. Also wollen wir lieber das Geld behalten und uns schicken!«

Sie wollte wieder einen Blick auf ihre Zwillinge werfen, fand sie aber nicht, weshalb ihre Augen dieselben sogleich suchten. 91

Die zwei Salanderfräulein hatten ihren Bruder Arnold im Innern des Gehölzes nicht lang gesucht, sondern nur ein paarmal gerufen, und waren dann wieder unter die vorderen Bäume gekommen, wo sie, einander um die Hüften fassend, Schwesterliebe oder Mädchenfreundschaft darstellend, auf und ab spazierten, begleitet von den Zwillingen links und rechts.

Die Mama Weidelich nahm den Aufzug wahr.

»Seht doch!« sagte sie gerührt, »wie lieblich die jungen Leutchen dort spazierengehen! Man könnte glauben, es seien zwei Brautpärchen!«

»Ei freilich, warum nicht«, meinte Frau Salander lachend, »die Mädchen wären wenigstens alt genug für die Knaben, und zu wachsen brauchten sie auch nicht mehr!«

»Das hat nichts auf sich!« rief wiederum die andere Mutter; »meine Buben werden Bursche abgeben, aus denen man zwei machen kann vom Stück!«

Frau Marie fühlte sich von diesen Scherzen nicht angenehm berührt; als sie daher nach den Kindern sah und bemerkte, wie dieselben im Begriffe waren, mit dem Beginne eines Walzers wieder nach der Mitte der Tanzwiese abzuschwenken, jede der Töchter am Arm eines der Zwillinge, stand sie rasch auf und holte sie ein.

»Was fällt euch ein, Setti, Netti!« rief sie den Mädchen in entschiedenem Tone zu, »daß ihr wieder anfangen wollt, während die Sonne untergegangen ist und wir bald fortgehen werden? Kommt nur gleich mit und nehmt euere Sachen zusammen!«

Die Mädchen ließen ihre Knaben ohne sichtbare Trauer gehorsam fahren; die letzteren aber erröteten und waren verlegen, was der Frau nicht entging und sie ein bißchen ärgerte; denn es schien ihr nicht schicklich, daß die Bürschchen rot zu werden brauchten. Sie spielten mit ihren silbernen Uhrkettchen, folgten aber den Frauen zu den Tischen.

Ihre Mutter empfing sie mit leuchtenden Blicken. 92

»Was ist das für eine Aufführung, ihr Tausendkerle«, rief sie ihnen zu, »mit den Jungfern zu tanzen, und wo habt ihr es nur gelernt?«

»Hei, das weißt du ja wohl, Mama, in der Tanzstunde!«

»Schweigt! Freilich weiß ich's! Danket Gott, daß ihr Eltern habt, die soviel für euch tun und alles aufwenden, was sie vermögen! Und der Vater arbeitet von früh bis spät; jahraus und -ein plagt er sich, kauft Land und pflanzt und schwitzt, und im Winter läßt er es aus Frankreich und bis aus Algier kommen! Denn er sagt, die Kosten gehen erst recht an, wenn ihr Studenten seid, da müsse es zu Tausenden parat liegen! Herr Salander, ich hab gehört, daß Ihr jeden Augenblick Ratsherr werden könntet, wenn Ihr wolltet. Nun, Ihr seid Kaufherr, das ist auch schön, und eine Art milder Ratsherr noch dazu! Aber ein paar so studierte Räte oder Fürspreche oder Pfarrherren, wie die zwei Schlingel da, ist doch auch nicht übel?«

Mit glückseligen Augen blinzelte sie die Söhne an, welche sich den Wein eingeschenkt hatten, der noch in der Flasche gewesen, und sich weidlich den Durst löschten.

»Trinkt und eßt«, rief sie, »und mög' es euch gut tun! Soll ich noch eine Halbe befehlen?«

Die Knaben verneinten es, da sie noch nicht einmal in das Alter vorgerückt, in welchem man über Durst zu trinken gelernt hat.

»Nun denn, so wollen wir aufbrechen, die Suppe wird bald fertig sein und der Vater die Milch auch besorgt haben. Dann geht er noch zum Sonntagsschöppchen, und das ist ihm wohl zu gönnen! Kommt, macht vorwärts, ihr Sapperlöter! Ich will wetten, wenn ihr einmal die weißen Mützen tragt, oder auch rote, so denkt ihr, die halben Nächte lang nicht heimzukommen! Aber wartet nur, wartet nur! Man wird euch die Schneckentänze vertreiben! Jetzt empfehle ich mich höflich dem Herrn und der Frau, und freut mich sehr der werten Bekanntschaft,
93 hoffentlich nicht das letzte Mal, und denen Jungfern – heda, ihr Buben, bedankt ihr euch nicht für die schöne Unterhaltung, und steht dort wie Opferstöcke?«

Die Knaben ließen sich blöder und unbeholfener herbei, als sich nach ihrem kecken Tanzen hätte vermuten lassen, um den Mädchen die Hände zu geben und gute Nacht zu sagen. Endlich zog die glückliche Mutter mit den Söhnen von dannen, und es wurde nun stiller.

Martin Salander wünschte noch ein wenig auszuruhen, da er einen dreistündigen Marsch hinter sich hatte; der Sohn Arnold, der mit einer buschigen Handvoll Waldpflanzen eintraf, warf sie auf den Tisch, um sie zu ordnen, und entdeckte, daß er mit Trank und Speise zu kurz gekommen sei, wodurch er den Vorteil erreichte, mit dem Vater extra einen Schoppen auszustechen, da Mutter und Schwestern nur Milch mit eingebrocktem Brot gegessen hatten.

Salander fragte, wie sie denn in die Gesellschaft dieser Familie Weidelich geraten seien?

»Das weiß ich selber kaum!« sagte Frau Marie, »wir hatten soeben hier Platz genommen, als wir auf einmal mittendrin waren. Arnold kennt, wie es scheint, die jungen Herren!«

»Ich habe sie früher schon im Scherz gefragt«, erzählte nun Arnold, »ob sie auch noch wüßten, wie sie als kleine Buben am Brunnen im Zeisig einen andern mit Wasser gespitzt haben, weil er zu seiner Mutter nicht Mama sagte. Das dünkte sie sehr lustig, und sie haben es ohne Zweifel zu Hause wiedererzählt, wo man sich der Begebenheit auch erinnert haben mag. Heute haben sie, wie ich bemerkte, ihrer Mutter sogleich zugesteckt, ich sei jener Junge, und wir alle seien die Leute von der Kreuzhalde, von denen nachher soviel die Rede gewesen.«

»Dann kam sie heran«, fuhr die Mutter fort, »machte sich an mich und hatte keine Ruhe, als die armen Musikanten laut wurden, bis ihre Knaben ihre Tanzkunst zeigen durften, was unsern beiden Springmäusen da, versteht sich, ganz genehm war!« 94

»Sie tanzen aber auch schon sehr gut«, riefen Setti und Netti, »und nehmen jetzt noch Tanzstunden!«

»Gott sei Dank!« versetzte Frau Marie, »ich sehe sie deswegen doch noch, wie sie die Mäuler aussperrten damals, als wir hungerten, und die Reste verschlangen, auf die wir so sehnlich harrten!«

»Ach, es waren ja Kinder! Wir hätten's auch hinuntergeschluckt, wenn man uns Butterbrötchen mit Honig in den Mund steckte!« meinten die Mädchen.

»Solche Zwillinge sind doch unbequem und vexierlich«, sagte der Vater, »ich kann diese wenigstens gar nicht voneinander unterscheiden!«

»Oh, sie haben doch ihre Abzeichen!« rief Netti fast vorlaut; »das linke Ohrläppchen des Julian ist ein bißchen in sich gewickelt, etwa wie ein Stücklein Spritzkuchen, ganz appetitlich! Ich sah es, wenn sein welliges Haar auf und nieder schlug.«

»Das ist ja merkwürdig!« fiel Setti ein, »der andere, Isidor heißt er, glaub ich, hat das rechte Ohrläppchen genauso wie ein Eiernudelchen!«

»Wissenschaftlich höchst merkwürdig!« erklärte der Bruder mit schalkhafter Trockenheit, »das sind einfach entweder die Überbleibsel einer untergegangenen Form oder die Anfänge einer neuen, zukünftigen! Laßt eure Ohrläppchen untersuchen, Mädchen! Wenn ihr Ähnliches aufweiset, so nehmt euch in acht, sonst wählen euch die Zwillinge zu ihren Frauen, um nach der Selektionstheorie eine neue Art von wickelohrigen Menschen zu stiften! Oder heiratet sie lieber gleich freiwillig!«

Die Mutter hielt ihm die Hand über den Mund, da er neben ihr saß, und rief: »Schweig, du Nichtsnutz, wenn du nichts Gescheiteres aus der Schule zu schwatzen weißt als solche Possen!« Der Vater aber lachte und sagte: »Das hast du gut gemacht, Arnold! Und jetzt wollen wir auch heimwandern, sonst wird es zu dunkel; denn wir haben Neumond, aber die Sterne kommen schön, seht doch, einer nach dem andern!«

8.

Die Söhne Weidelich fuhren fort, kräftig emporzuwachsen und leiblich zu gedeihen; sie gingen in guter Haltung einher, voll sichtlicher Zufriedenheit mit dem Aufsehen, das sie erregten, wenn sie beisammen waren. Auch an geistigen Gaben litten sie nicht eben Mangel, wohl aber an der Ausdauer, die vorgenommenen Studien zu vollenden. Als sie in die oberen Klassen rückten und das Leben und Lernen ihnen täglich ernster und tiefsinniger wurde, war Julian der erste, der nicht mehr »wollte«. Er sprang ab und ging auf die Schreibstube eines Notars. Isidor hielt aus, bis zum Schlusse, machte aber die Prüfungen zum Übergang an die Hochschule nicht mehr mit, sondern besuchte als sogenannter Zuhörer ein halbes Jahr lang einige juristische Vorlesungen und stand dann auch auf einer Notariatskanzlei unter.

Beide besaßen eine regelmäßig schöne Handschrift, wie sie der angehenden Gelehrsamkeit, die andere Bedürfnisse hat, sonst nicht eigen zu bleiben pflegt, und beide liebten gleichmäßig, sich im Malen kalligraphischer Kunststücke zu ergehen. Sie erwiesen sich als sehr brauchbar in den vorkommenden Geschäften und eigneten sich durch die tägliche Erfahrung beinahe spielend die diesem Kanzleiwesen zugrunde liegenden Kenntnisse an.

Dem Vater Weidelich wollte ein solcher Ausgang zwar nicht gefallen; er fragte, ob das die ganze Herrlichkeit sei, die man habe erreichen wollen? Die Mama hingegen war höchlich zufrieden. »Die Buben sind klüger als wir«, sagte sie, »die wissen schon, wo sie hinaus müssen! Können sie nicht alles, was man ihnen zu tun gibt? Warum sollen sie sich ihre jungen Köpfe zerbrechen wie andere Narren?«

Und weil sie nun, anstatt fernere unabsehbare Kosten zu verursachen, bereits selber etwas Geld verdienten, fand sich auch der Vater zufriedengestellt und blieb es, als im Alter von knapp zwanzig Jahren die Zwillinge von den Vorgesetzten zu ihren Amtsvertretern befördert 96
wurden und demgemäß bereits gerichtliche Zeugnisse über ihre Wahlfähigkeit als Notare besaßen.

Um diese Zeit ungefähr ereignete es sich, daß ein seltsames Phänomen verliebter Leidenschaft mehr in der Welt war oder ruchbar wurde.

Martin Salander glaubte wahrzunehmen, daß seine zwei Töchter und deren Mutter nicht mehr in einem vertraut unbefangenen Verhältnis zueinander standen, daß die Töchter in einer geheimnisvollen Übereinstimmung zusammenhielten und lebten, die Mutter dagegen von einem tiefen Ernst, wo nicht Kummer, erfüllt schien, den sie nicht immer zu verhehlen wußte, besonders seit sie nicht mehr in ihrer Handlung beschäftigt war. Denn Salander, dessen Hauptverkehr ohne besondere Anstrengung fortwährend ordentlich blühte, vielleicht gerade weil er nicht künstelte und spekulierte, mehr von seinen bürgerlichen Liebhabereien oder Pflichtleistungen eingenommen: Salander mochte nicht länger ansehen, wie Frau Marie ohne alle Not sich als Handelsfrau plagte. Er hatte daher das Filialwesen einem tätigen jungen Kaufmann um gutes Geld überlassen und die treffliche Gattin zur Ruhe gesetzt, was sie sich ohne überflüssige Reden gefallen ließ. Den ganzen Gewinn, der ein schönes Kapital ausmachte, hatte er, ohne Widerspruch zu dulden, zu ihrem längst versicherten Frauengute geschlagen, damit sie unabhängig von ihm selbst und seinem Stern oder Unstern, und im Falle seines Todes auch unabhängig von den Kindern sein sollte in einer unsichern Zeit. Da sie also nun mit Gedanken und Sorgen, die sie drückten, nicht mehr hinter dem Kaufmannspult untertauchen konnte, lag ihr Angesicht offen vor dem Manne, und dieser fragte, was vorgehe?

Wenn die gute Frau reden mochte, so hätte sie es ja von selbst getan. Sie sah vor sich nieder, rieb sich die Hände als ob es sie frösteln würde. Dann sagte sie:

97 »Ein Ziegel ist uns auf den Kopf gefallen!«

»Ein Ziegel? Von welchem Dache denn?« fragte Martin betreten, da er aus dem Ernste der Gattin auf etwas Bedenkliches, ja Gefährliches schließen mußte.

»Ich kann es doch nicht länger für mich allein verwinden! Unsere Töchter haben eine Liebschaft!«

»Zusammen dieselbe?« fragte der Mann lächelnd, etwas erleichtert, daß es nicht auf Schrecklicheres hinauslief.

Die Frau verharrte in strengem Ernste.

»Nein, es ist eine Doppelliebschaft, kurz und gut, sie haben sich mit den Zwillingsschreibern aus dem Zeisig verlobt!«

»Die Hexen! Wie kommt denn das, wann, wie, wo denn? Da muß ich mich allerdings langsam hineinfinden! Das ist fast eine Nachricht wie ein Dachziegel, wenn es auch nicht gleich ein Loch in den Kopf macht!«

»Mir hat es den Kopf genug durchlochert. Denke dir doch, zwei Mädchen von fünf- und sechsundzwanzig Jahren wollen zwei zwanzigjährige Zwillinge heiraten! Das ist ein ungehöriges Abenteuer, beides, das Alter und die Zwillinge! Wären es alte Weiber, die sich junge Männer nehmen, so kommt das ja oft vor, man lacht, und damit ist's gut! Aber Mädchen, in der Blüte ihrer Jahre und doch an der Grenze ihrer Jugend stehend, eine solche Wahl treffen, flaumbärtige Gecklein, zwei Schwestern zwei Zwillinge!«

»Nun, es ist schon eine Art Roman und auch mir nicht just angenehm; allein die Liebe macht ja stets fort solche Streiche; sagt man nicht hundertmal, was man erlebe, sei oft krasser als alles, was man erfinde?«

»Ja, ja! Es ist dann auch meistens danach, ich danke dafür! Ach, liebster Mann, wir haben gewiß gefehlt, daß wir die Kinder nirgends in die Welt geschickt haben und auch nichts erlernen ließen, was einem Berufe ähnlich war! Du sagtest, wer Töchter im Hause zu behalten vermöge, der solle es tun, und von Pensionen wolltest du nichts wissen, noch weniger von Berufssachen. Das nanntest du den Ärmeren das
98 Brot vor dem Munde wegnehmen und eine Hungerschluckerei, wo es sich nicht um bestimmte Talente handle, die zu pflegen seien. Du schwärmtest für die freien Töchter des Hauses und für die freien Hausfrauen, welche nicht der Dienstbarkeit zu verfallen brauchen, und ich stimmte dir bei, weil ich selbst von unserm Glück betört war, ob-

gleich ich wußte, wie gut es mir gekommen wäre, wenn ich einstmals einen Beruf gelernt hätte! Du mußt das nicht übelnehmen, es soll nicht der leiseste Vorwurf sein!«

»Ich versteh es auch nicht so, mein liebes Weib, weil ich genau weiß, wie gut du dich durch die Welt schlägst! Daß sie dir auf der Kreuzhalde die Bäume weggeschlagen haben, war nicht deine oder meine Schuld!«

»Lassen wir das; ich will nur sagen, hätten die Mädchen nicht über eine so vollkommene Muße und Freiheit verfügt, so hätten sie schwerlich das widerwärtige Abenteuer zusammen ausspintisiert! Jetzt, was sollen wir mit dem Zwillingsgemüse anfangen? Und die aufgeblasene Waschfrau obendrein!«

»Ei, was die betrifft, so ist es gewiß eine rohe Muschel; aber auch sie birgt die Perle der Muttertreue! Doch mit alledem, erfahre ich nicht, was eigentlich vorgeht. Haben sie sich dir offenbart?«

»Gott bewahre, sie sind ja volljährig! Sie würden die Eltern allerdings zur gutfindenden Zeit begrüßt haben; auch wäre, wie ich sicher glaube, keines der Kinder für sich allein so verschlagen, so rücksichtslos gegen uns gewesen, aber das verwünschte Doppelgespann hat die traurige Geschichte zu einer verschworenen Heimlichkeit gemacht –«

»Liebe Marie«, unterbrach Martin, »wir wollen die Frage der Zulässigkeit einstweilen ruhen lassen! Du kannst doch nicht im Ernste behaupten, daß Zwillinge sich nicht verehelichen dürfen, und ebensowenig, daß es zwei Schwestern, denen sie gefallen, verboten sei, sie zu nehmen.«

»Das behaupte ich alles nicht, ich sage nur, daß es mir in unserem
Falle nicht gefällt, nicht konveniert, mich bekümmert, weil es eine un- 99
gesunde Laune ist! Denke dir, wie ein paar unreife Knaben unsere erwachsenen Töchter aufs Korn gefaßt und sie förmlich erobert haben, während die törichten Mädchen im Besitze des schönen Geheimnisses die besten Anlässe verschmähten, zu Männern zu kommen! Und wir freuten uns bald ihrer Zurückgezogenheit, wenn sie wie Nonnen hausten und in dunklen Kleidern, verschleiert, einhergingen, bald bedauerten wir, daß sie das junge Leben nicht froher genießen wollten! Freilich, sie haben es auf ihre Weise genossen – du mußt wissen daß die jungen Leutchen Zusammenkünfte halten, wenn es ihnen beliebt; Mondscheinnächte, Sonnenaufgänge im Sommer, lange Spaziergänge im Frühling, im Winter die Eisbahn – unsere alte Magd hat mir alles hinterbracht, nachdem sie jahrelang geschwiegen. Und warum? Weil sie sich mit der Weidelichsfrau auf dem Markte gezankt hat, die ihr schon von oben-

herab aufspielen wollte. Sie klatschte nämlich, unsere Töchter seien jedenfalls eine halbe Million wert, das Stück, das höre man allenthalben sagen! Diese Schwätzerei und Vertraulichkeit wollte sich die Magdalene doch nicht gefallen lassen, sie gab eine ablehnende Antwort, sie forsche nicht nach, was die Herrschaft besäße und dergleichen, worauf die andere entgegnete, da möge sie als Dienstbote recht haben, sie, die Frau Weidelich, sei eben im Falle, sich eher darum zu kümmern, was diese oder jene Leute für Vermögen hätten. Sie solle nicht zu neugierig sein, sagte wiederum unsere Magd, noch sei nicht aller Tage Abend. Wenn eine Waschfrau aus dem Kalten waschen wolle, so möge sie immerhin zwei Zuber in den Regen hinausstellen, das gebe ein schönes Wasser zum Reinspülen; wenn sie aber eine Million auffangen wolle, so genüge es nicht immer, zwei Zwillinge auf die Welt zu stellen und auf die Suche zu schicken! Worauf sie sich ausschalten, bis es hinreichte und die Magdalene ganz erhitzt nach Hause gelaufen kam und mir alles hinterbrachte und beichtete. Als ich ihr natürlich die Leviten las und sie fortzuschicken drohte, weil sie uns so schmählich und fortgesetzt hintergangen, redete sie sich damit aus, daß die Kinder ihr heilig versprochen hätten, bei erster Gelegenheit die Sache den Eltern selbst zu entdecken, womit sie ja ganz aus dem Spiele käme. Ich habe aber aus dem Zanke auf dem Markte erfahren und bin überzeugt, daß die Mutter der Zwillinge die Urheberin und das Triebrad des ganzen Elendes ist. Geschwiegen habe ich bis jetzt, weil ich mich schämte, mich von den eigenen Kindern so beiseite gesetzt zu sehen!«

»Du hast da wohl recht, arme Marie«, versetzte der Mann mit trüber Miene, »nur teile ich dies Schicksal mit dir. Aber doch möchte ich sagen, es sei nicht die Gesinnung oder übler Charakter, was die Mädchen zu ihrem kuriosen Wandel getrieben, sondern das Bewußtsein des Auffälligen und Untunlichen des ganzen Verlaufes, den ihr dummer Liebeshandel genommen hat. Eh ich sie nun zur Rede stelle, wünschte ich nur zu wissen, welcher Art eigentlich der intime Verkehr des artigen Quartetts ist; ich möchte mich nicht im Tone vergreifen, du wirst mich verstehen?«

»Die Magdalene hat mir geschworen, daß es in aller ehrbaren Sitte zugehe. Sie sähen sich höchstens des Monats einmal, und die Mädchen hielten die jungen Menschen streng in den Schranken eines sogar pedantischen Verkehrs. Wenn man nicht wie ein Sperber aufpasse, so merke man kaum, daß zwei Liebespaare zusammen seien. Die willfährige Person hat die Kinder nämlich schon mehrmals auf nächtlichen Ausgängen begleitet und bewacht, während wir ahnungslos schliefen.«

»Ich muß einer solchen Zusammenkunft unbemerkt beiwohnen und glaube, das beste wäre, alsdann je nach den Umständen mitten unter das Völkchen zu treten und die Sache zum Austrag zu bringen, jedenfalls die Burschen nach Hause zu schicken und die Mädchen gleich mit heimzunehmen.«

»Wenn es damit getan ist!« sagte Frau Salander; »es ist mir aber jedenfalls lieb, wenn du die Sache nun rasch an die Hand nimmst und zum Rechten siehst. Ich bin dem Handel nicht gewachsen, es beklemmt mir die Brust, mit Töchtern, die keine Kinder mehr sind, von Dingen 101
zu sprechen, die nicht sein sollten. Wenn nur unser Arnold hier wäre, so wüßte ich schon, was ich täte!«

»Nun, was denn?«

»Er müßte mir als ein flotter Student, der er ist, die Schreiberlein verjagen und seinen Schwestern die tollen Ideen austreiben!«

»Ach, du gute Frau, da bist du nicht auf dem rechten Wege! Tolle Ideen sind leider ein zäheres Herz als die heißeste Leidenschaft. Übrigens kommt er ja nicht mehr als Student, sondern als Doctor juris zurück, und ich fürchte, er würde nicht mehr die frühere Laune dazu haben.«

Die Gelegenheit, einer Schäferstunde der verratenen Liebesleute beizuwohnen, ergab sich nach wenigen Tagen. Martin Salander hatte vor einiger Zeit die Töchter genötigt, aus ihrer nonnenhaften Haltung herauszutreten und sich in einen Gesangchor aufnehmen zu lassen, welcher jeweilig größere Tonwerke einübte und in Verbindung mit einem zahlreichen Orchester in einer der Stadtkirchen hören ließ. Sie hatten gute Stimmen und konnten auch ordentlich singen. Es sei barbarisch, sagte er, solcher Übung aus dem Wege zu gehen, anstatt durch dieselbe anderen Freude bereiten zu helfen und sich selbst für die späteren Jahre die Fähigkeit zu erwerben, mit Verständnis zu hören und zu genießen, wenn man nicht mehr mittun könne.

Um die gleiche Zeit traten auch die Brüder Isidor und Julian in den Chor.

Jetzt hatte Magdalene der Frau Salander die Kunde zugeraunt, daß in der morgigen Konzertprobe, welche bis spät in die Nacht dauern werde, die Salanderschen Fräulein mit ihrer Leistung ziemlich früher fertig würden und mit den Liebhabern eine Zusammenkunft verabredet hätten.

»Rate, wo sie hingehen!« sagte Marie zum Manne, als sie ihm die Ankündigung hinterbrachte. »Du errätst es nicht, und doch sind sie oft dort gewesen: in dem großen Garten, der sich hinter dem Hause
102 deines Geschäftslokales erstreckt!«

»Die Wetterhexen! Wie kommen sie hinein? Sie werden mir doch nicht die Haus- und Kontorschlüssel ausführen und die fremden Bursche überall durchlassen?«

»Bewahre! Sie haben den alten rostigen Schlüssel gefunden, der die kleine Hintertüre in der Gartenmauer aufschließt, der Mauer, welche das große Grundstück an der entlegenen Seitenstraße eingrenzt. Die Mädchen gehen zuerst hin, zehn Minuten später machen sich die Zwillinge aus der Probe fort.«

An dem betreffenden Tage hielten sich die Töchter still zu Hause bis am Abend, rollten dann ihre Singstimmen zusammen und begaben sich richtig in die Konzertprobe. Der Vater hatte sie am Mittagtische beobachtet, etwas verlegen, denn es waren ja stattliche Frauenzimmer von guter Haltung und lang nicht mehr Kinder. Er hatte auch nichts Besonderes an ihnen gewahrt, als daß sie dem musikalischen Abend mit einiger Spannung entgegensahen, der schwierigen Aufgabe wegen.

Das Haus, in welchem er seine Geschäftsräume gemietet, war im übrigen zur Zeit unbewohnt, und Salander ging zuweilen mit dem Gedanken um, das alte Wesen zu kaufen und umzubauen, kam aber immer wieder bescheidentlich davon ab. Inzwischen hatte er einen Buchhalter und den Gewerbsknecht darin untergebracht; die hausten aber auf einer anderen Seite, als wo der Garten lag. Salander begab sich am vorgerückten Abend unbemerkt auf sein Kontor, machte bei verschlossenen Läden Licht und verweilte so lange, bis er die Stunde für gekommen hielt. Dann zog er Gummischuhe über die Füße und ging leise über den mondhellen Hof weg bis an das Gittertor des parkartigen Gartens. Vorsichtig guckte er eine Weile durch das krause Eisenzeug, hörte und sah jedoch weder einen Laut noch eine Bewegung von Menschen. Also öffnete er sachte das Gitter und betrat den Garten, der überall mit schlanken hohen Bäumen besetzt war, wie sie jetzt nicht mehr gepflanzt wurden.

Ungefähr in der Mitte stand ein altes, in Sandstein gearbeitetes und
103 verwittertes Brunnenwerk mit Delphinen und Tritonen, von einem

spärlichen Wassergeträufel umflüstert. Vor dem Brunnen dehnte sich ein geräumiger Rundplatz, von mächtigen Akazien umstanden, und da die Bäume noch unbelaubt waren, schien der Vollmond ungehindert auf den Platz wie auch auf die Alleewege, die in denselben mündeten. Dicht hinter dem Brunnen stand ein neues Gebüsch von Nadelhölzern. Martin Salander schlüpfte hinein; es verbarg ihn vollkommen. Diesen Platz beschloß er besetzt zu halten, da dem Brunnen gegenüber eine halbrunde Steinbank den zu dieser Jahreszeit einzigen Ruhesitz darbot.

Es war auch Zeit, daß der lauschende Vater seinen Standort eingenommen. In wenig Minuten hörte er ganz nahe gedämpfte, aber rasche Schritte, und die dunklen Gestalten seiner Töchter glitten wie Nachtschatten an dem Brunnen vorüber und umwandelten nebeneinander den runden Platz, ohne ein Wort zu sprechen, zwei- oder dreimal, bis sie plötzlich vor dem Brunnenbecken anhielten. Salander konnte sie nicht erkennen, sie hatten die Schleier tief über die Gesichter und um Hals und Kinn gezogen. Sie streiften die Handschuh' ab, suchten die hohle Hand unter den Delphinen mit Wasser zu füllen und schlürften es begierig in sich hinein. Zwar wehte eine milde Aprilnacht in der Luft, fast wie eine Mainacht so lau, aber doch nicht so warm, den Durst der Jungfrauen zu erklären.

Himmel, da brennt's, daß sie so löschen! dachte Martin Salander hinter seinen Koniferen; natürlich, trägt doch jede ein Elmsfeuer im Herzen!

Sie schöpften abermals Wasser und kühlten die Stirnen, nachdem sie die Schleier etwas gelüftet.

Die armen Würmer! dachte der Vater wiederum, das ist eine schwierige Geschichte!

Jetzt erkannte er auch die jüngere, Nettchen, an der Stimme, als sie nicht laut, aber vernehmlich sagte:

»O Setti, ich fürchte, unser Glück hat am längsten gedauert!«

»Warum? Wegen der schlechten Madlene?« erwiderte die ältere 104
Schwester, freilich auch nicht ohne einen unfreiwilligen Seufzer.

»Ach, schilt sie deswegen nicht, sie ist unserer Mutter doch auch etwas schuldig! Und einmal mußte es doch kommen, jetzt ist es da!«

»Nun ist es freilich da oder wird bald kommen, ja! Nun heißt es eben kämpfen und ausharren! Oder sollen wir die liebsten Menschen, dies Wundergeschenk des Himmels, leichten Sinnes fahrenlassen und verstoßen?«

»Und kannst du dich so leichten Kaufes im Unfrieden von den besten Eltern trennen? Wenn nur die Mutter die armen Knaben für brav halten könnte! Aber ich weiß, sie tut es nicht und tut es nicht!«

»Sie hat gut sagen, weil sie alle mit unserem Vater vergleicht, der freilich ein Ausbund ist, dem nicht jeder das Wasser reicht! Und doch ist er vielleicht nicht minder ein kleiner Springinsfeld gewesen, so gut wie unsere blonden Schätze, die Goldköpfe! Und sind sie nicht jetzt schon so fleißig wie die Bienen, ehe sie nur die Nahrungssorgen kennen? Ich verlasse mich auf die nie ganz versiegende Güte der Mutter und hauptsächlich aber auf den freieren Sinn des Vaters! Ich habe neulich ein gewiß wahres Wort gelesen, daß nur ein Mann im vollen Sinne des Wortes human sein könne, human in allen Lagen des Lebens! Ich fühle wenigstens, ich als Weib bin es nicht imstande, ich will nichts weiter sagen!«

Salander war von solch ungeheuerlichen Reden seiner Ältesten so verwundert und zugleich erschüttert, daß er sich unwillkürlich an einer jungen Tanne festhielt und so ein Geräusch in dem Busche verursachte. Die Schwestern schwiegen mäuschenstill, voll Schrecken in die Finsternis hineinstarrend. Als nichts weiter erfolgte, sagte Setti: »Es ist der Wind oder ein Vogel gewesen, den wir aus dem Schlafe geweckt haben. Wir wollen uns niedersetzen!«

Sie wandten sich nach der Steinbank, hatten sie aber noch nicht erreicht, als im Hintergrunde die Mauerpforte knarrte. Die Mädchen standen wie gebannt und sahen die Zwillingsherren auf den Fußspitzen die mondhelle Allee einhersäuseln. Auf dem Brunnenplatze angelangt, breiteten sie ohne Säumen die Arme nach den Liebhaberinnen aus, wurden jedoch zurückgewiesen.

»Halt, ihr Herren!« schalt Setti mit verhaltener, aber entschiedener Stimme, »es ist ausgemacht, daß ihr bei solcher Gelegenheit ungleiche Hüte tragen sollt, damit jede Dame ihren Ritter erkennen kann! Nun kommt ihr mit Hüten, die sich so gleich sehen wie zwei Eier! Welcher ist denn nun der Isidor?«

»Und welcher der Julian?« fügte Netti bei.

Beide riefen gleichzeitig: »Ich!« offenbar aus Mutwillen.

»Laßt sehen!« befahl Setti unwillig, »die Ohrläppchen her!« Sie ging auf den einen zu und griff nach seinem rechten Ohre, während Netti das gleiche mit dem linken Ohre des andern tat.

Aha! sagte Salander bei sich selbst, das Eiernudelchen und das Zuckerschneckchen! und wieder mußte er an sich halten, um sich nicht durch lautes Gelächter zu verraten. Soll ich diese meine zwei Meisterstücke mit ihren Liebhabern nicht um Geld sehen lassen?

Inzwischen hatten die Schwestern richtig herausgefunden, was ihnen gehörte, ohne sich von den Schäkern länger hänseln zu lassen. Jeder erhielt einen feierlichen Kuß und sodann auf der halbrunden Bank einen Platz angewiesen neben seiner Liebsten, worauf sogleich die Befehlsworte doppelt zu vernehmen waren: »Nicht umfangen, oder wir gehen!«

Zuerst schien die kleine Versammlung sich paarweise zu unterhalten, weshalb Salander nicht ein Wort verstand. Er sah nur, daß die Töchter aufrecht und bewegungslos saßen, wie Steinbilder, während Isidor und Julian, jeder der Seinigen bescheiden zugeneigt, sich begnügen mußten, die nur mondhellen Gesichter mit den Augen zu liebkosen.

Herr Salander wunderte sich aufs neue über die Mädchen; sie erschienen ihm wie zwei dämonische Verkörperungen einer und derselben 106
Wahnidee, von welcher die Unglücklichen besessen wären. Wenn nun der eine der Zwillinge sterben müßte oder sonst abhanden käme, würden sie dann vielleicht durch die bloße Halbierung geteilt, oder würden sich am Ende beide an den übrigbleibenden Teil hängen, gleich den salomonischen Müttern, und das Gespenst ihrer eingebildeten Leidenschaft sie aufreiben?

Es schauderte ihn bei dem Gedanken, daß solche Seelenstörungen den so blühenden Mädchen beschieden sein könnten. Und immer saßen sie noch da und flüsterten Unvernehmliches mit den Jünglingen, die jetzt aufsprangen, von irgendeinem Worte getroffen.

Setti sprach allein weiter und so laut, daß es der Vater im Busche verstehen konnte:

»Ja, ihr schönen Brüder! Es ist geschehen, was uns weh tut! Aus gewissen Reden, die eure Frau Mutter auf offenem Markte hören ließ, müssen wir schließen, daß man uns Schwestern für reiche oder reich werdende Personen hält und somit alle Lieb und Treue dem vermeintlichen Vermögen unserer Eltern gilt!«

Die Brüder prallten zurück und standen betreten vor den gestrengen Mädchen; denn auch Nettchen wendete sich düster, obgleich mit weicher Stimme, gegen ihren Zwillingsanteil, zwar schon nicht mehr genau wissend, ob es der rechte sei, wegen des vorgegangenen Platzwechsels. Auch die Schwestern waren nämlich aufgestanden und zwischen die verwirrten Zwillinge getreten, die nach Worten suchend hin und her schritten.

»Ja, so ist es, wir sind keine Marktware!« sagte Netti und wischte sich die Augen, mit denselben trotzdem den durch das Hin- und Hergehen der Unterscheidung entschlüpften Julian zu haschen suchend. Das beliebte Greifen nach dem Ohrläppchen war durch den Ernst des Augenblicks unmöglich geworden.

107 Setti befand sich in gleicher Lage, jedoch mit mehr Geistesgegenwart.

»Sprich du, Isidor, wenn ihr etwas zu sagen habt!« rief sie in leidenschaftlicher Vergessenheit dennoch lauter, als sie wollte. Und sofort sich fassend, ergriff er endlich das Wort.

»Was können wir dafür, wenn unsere gute Mama sich freut, daß ihre Söhne reiche Bräute haben? Ist es eine Sünde für sie? Und wäre es selbst für uns eine Sünde, die Geliebte vor allen Nahrungssorgen gesichert zu wissen? Obgleich wir hoffen und vertrauen, sie aus eigener Kraft dagegen zu schützen! Nein, teure Elisabeth! Ich habe nicht notwendig, dein Erbe zu lieben; aber dich zu lieben habe ich notwendig, das schwöre ich dir! Lasse Geld und Gut, Eltern, Haus und Heimat und alles im Stich und komm mit mir! Auch ich verachte nicht, um der Armut oder um meiner selbst willen einzig und allein geliebt zu werden, auch ich will alle schönen Hoffnungen und was mir von den Eltern zukommen wird, dahinten lassen und mit dir bis ans Ende der Welt gehen!«

Er hatte sich während dieser Worte dem ältern Fräulein Salander zu Füßen geworfen, was bisher unter den vier Leuten noch nie vorgekommen und auch sonst gerade nicht landesüblich war. Das gleiche tat Julian und hielt eine noch feurigere Rede an Netti, in welcher er aber nicht arm, sondern reich werden zu wollen versprach, um zu beweisen, daß er nicht auf den Reichtum der Braut zu schauen brauche.

Sie hielten die Hände der Schwestern fest umklammert und bedeckten sie, durch die eigenen Worte zu Tränen gerührt, mit Küssen. Da nun jede wieder ihren Anteil sicher an der Hand fühlte und noch größere Rührung empfand, so endete der prüfungsvolle Augenblick damit, daß die Jünglinge sich emporschwangen und die schmucken Mädchen ohne Widerstand umarmten, und dies unter so heftigem Küssewechsel, wie es auch noch nie geschehen. Man sah dabei, daß die Jünglinge kräftig genug in die Höhe geschossen waren, um die auch nicht kurzen Frauengestalten zu überragen.

Das bemerkte auch Martin Salander, der unversehens zwischen den 108
zwei Paaren stand und vielleicht noch lang hätte stehen können. Allein er legte links und rechts eine Hand auf die entsprechende Zwillingsschulter und sagte:

»Laßt's für heute genug sein, ihr jungen Herren! Und ihr artigen Frauenzimmer seid so gut, euch von ihnen zu trennen! Hier steht der Vater, wie es scheint für euch eine überflüssige Person!«

Die vier Liebesleute fuhren weit auseinander, Setti und Netti mit Schreckenslauten, Isidor und Julian aber sich bald ermannend.

»Herr Salander, es geht alles mit rechten Dingen zu, wir sind mit Ihren Fräulein Töchtern verlobt!«

»Wir sind nämlich alle volljährig, soviel wir wissen!« sagten die Jünglinge etwas patzig; Salander merkte indessen wohl, daß es mehr aus Unbeholfenheit denn aus Trotz geschah.

»Das freut mich«, versetzte er, »es überhebt mich einigermaßen der Verantwortlichkeit, wenn ein dummer Streich geschehen sollte. Einstweilen kann ich den edlen Wettstreit wegen des zu erwartenden Vermögens sogar entgegenkommend schlichten und den Kummer meiner Kinder, es möchte sich um eine schnöde Geldheirat handeln, zum voraus mäßigen, indem ich einfach die Töchter enterbe, wenn sie in Mißachtung der Eltern und unschicklichem Lebenswandel verharren sollten!«

Das Wort Enterbung lief wie eine gemeinsame sanfte Erschütterung durch die vier Verlobten. Sein harter Klang brachte die Töchter Salanders, die an dergleichen als etwas Mögliches nie gedacht, unmittelbar zum Weinen, ohne daß sich vorläufig der kürzeste Gedankengang damit verband; und die Brüder Weidelich senkten, in der Mondscheindämmerung freilich kaum bemerkbar, auf einen Ruck die Köpfe.

Niemand sprach zunächst ein Wort. Salander benutzte die Stille, die Szene zu schließen.

»Für einmal«, sagte er in ruhigem Tone, »muß ich im Namen beider
Eltern nun wünschen, daß in Zukunft dieser geheime Verkehr unter- 109
bleibt; es wird für jeden das beste sein. Darf ich die jungen Herren zu dem Hinterpförtchen begleiten, durch welches sie hereingekommen sind, damit ich den Schlüssel an mich nehmen kann? Meine Töchter werden den Garten mit mir auf dem gewohnten Wege verlassen. Nehmt Abschied!«

Die weinenden Mädchen schickten sich an, dem Gebote zu gehorchen; da sie aber über dem Auftritte die Spur der Erkennens wieder verloren hatten und die Jünglinge unentschlossen, ja störrisch sich nicht rührten, reichte jede dem Unrechten die Hand, ihm mit klopfendem Herzen den Mund zum Kusse bietend. Die wackeren Jungen wollten es nicht hiebei bewenden lassen, sondern änderten rasch die Stellung, wechselten Mädchen und Hände und umarmten jeder die Seinige, worauf sie, durch die Verwirrung mürbe geworden, dem Herrn Salander folgten, indessen Setti und Netti trauernd auf die Steinbank sanken.

Nachdem ihr Vater die Zwillinge durch das Mauerpförtchen entlassen, den Schlüssel zweimal umgedreht und zu sich gesteckt hatte, kehrte er auf den Rundplatz zurück.

»So, nun wollen wir zur Mutter gehen«, rief er den Töchtern zu, »sie grämt sich zu Hause! Es ist zehn Uhr vorbei!«

Er ging ihnen voran in das Haus und das Kontor, wo noch das Licht brannte. Während sie sich dort so gut wie möglich von dem erlebten Schreck erholten, sann Vater Martin über den Zuspruch nach, den er ihnen halten sollte und auch wollte; je länger er aber die so vollkommen ausgereiften Jungfrauen betrachtete, desto schwerer dünkte es ihm, da viel hineinzureden. Er beschränkte sich daher auf ein paar anzügliche Brocken, die er hinwarf, um der Mutter den intimeren Teil der nötigen Vorstellungen zuzuschieben.

»Ist das nun«, sagte er, vor ihnen stillstehend, »die große Rarität, die ihr euch ausgesucht habt? Denkt ihr großen Staat damit zu machen? Zwei Männer, die ihr nicht voneinander unterscheiden könnt, wenn
110 es etwas dämmerig ist? Dem ließe sich zwar abhelfen durch eine Bedingung im Ehekontrakt, daß sie die Bärte ungleich tragen sollen, zum Beispiel der eine einen Vollbart, der andere einen Schnurrbart. Allein genauer überlegt, haben sie leider noch gar keine Bärte und bekommen am Ende niemals solche, die dicht genug wären, unterschiedliche Charaktere daraus zu schneiden!«

Der Spott brachte nicht die gewünschte Wirkung hervor; er betrübte nur die Mädchen auf das tiefste, daß sie wieder zu weinen anfingen, nachdem sie schon sorgfältig die Augen getrocknet hatten.

»O lieber Vater«, schluchzte Setti, »es nützt gar nichts, es hängt nicht von uns ab! Solange sie uns treu bleiben, lassen wir nicht von ihnen!«

»So?«

»Ja, Vater!« rief jetzt Nettchen, »wie können wir unsere Wahl denn anders rechtfertigen als durch die Standhaftigkeit, mit welcher wir den armen Menschen die Treue halten?«

Da haben wir den starren Wahn! dachte Salander.

»Und was die größere Jugend unserer Verlobten betrifft«, fuhr die ältere Tochter nicht ohne Zierlichkeit fort, »so bedürfen sie nicht nur liebevoller, sondern auch mit einem mütterlichen Sinne begabter Frauen, die sie wohltätig zu lenken verstehen! Ihre eigene Mutter hat nicht diejenigen Eigenschaften, welche zur Bezähmung so kecker Burschen erforderlich wären. Wir aber, Netti kann es bezeugen, haben schon einen veredelnden Einfluß über sie gewonnen, sie hören auf uns und lassen sich gefallen, was wir ihnen sagen.«

Nettchen gab ungesäumt ihr Zeugnis ab:

»Es ist wahr, was Setti sagt, sie sind schon viel manierlicher, selbst gesitteter, als da wir sie kennenlernten!«

Das läßt sich bei Gott hören, es mag etwas dran sein! dachte der umhergehende Herr Vater; dann müssen die Gesellen aber ziemlich ungezogen gewesen sein! Laut sagte er: »Wir werden heute mit dieser Materie nicht fertig! Kommt, wir wollen gehen!« 111

Er löschte das Licht und führte die bedrängten Fräulein unbemerkt auf die Straße. Schweigend schritt er neben ihnen her; daß er nicht fröhlich wie sonst an jeden Arm eines der Kinder nahm, dagegen zwei- oder dreimal einen Seufzer vernehmen ließ, machte ihnen das Herz auch wieder schwerer, je näher sie der Wohnung kamen. Und als sie in die Stube traten, wo die Mutter ganz allein am Tische saß und strickte, fühlten sie, daß sie trotz ihres schönen und klugen Mädchenalters einen tiefen Fall getan. Sie suchten jedoch nicht etwa in ihr Schlafzimmer zu entfliehen, sondern setzten sich still an eine Wand und blickten traurig auf den Boden.

»Guten Abend, Frau!« sagte Salander, »da haben wir die Vögel eingefangen! Sie bitten dich um Verzeihung und willigen ein, daß alles weitere Ausfliegen einstweilen unterbleibe! Denn sie waren mehr unbesonnen als leichtsinnig und jedenfalls mehr leichtsinnig als böse!«

»Das fehlte noch, daß es mehr bös als leichtsinnig heißen müßte!« erwiderte Marie Salander ohne aufzublicken.

Die den Gegenstand dieses kurzen Gespräches bildeten, waren solche Worte nicht gewöhnt und hätten nie geglaubt, daß es dergleichen für sie gäbe. Wehrlos verharrten sie im Schweigen.

»Wenn ihr noch Hunger habt«, sagte die Mutter, »so könnt ihr in die Küche gehen; hier hat man längst abgeräumt. Das Bett werdet ihr auch wohl finden, alt genug seid ihr!«

Sie standen auf und gingen hintereinander her in die Küche, nahmen dort jedoch nur das nötige Licht und stiegen ohne zu essen eine Treppe hinauf in ihr Schlafgemach. Über ihnen auf dem Estrich lag mäuschenstill in ihrem Bett die Magd, die sich kurz vorher weggeschlichen.

Unten strickte die bekümmerte Frau fort, ohne eine Masche fallen zu lassen.

»Du hast sie also wirklich beisammen getroffen?« fragte sie den Mann.

112 »Gewiß, ja! Zuerst kamen die Kinder anmarschiert, im hellen Mondschein, dann die vertrackten Weidelichsjungen; ich steckte in dem Gebüsch hinter dem Brunnen, sah alles, was vorging, und hörte beinahe alles, was gesprochen wurde. Ich muß dir nun zuerst sagen, daß ich, abgesehen von der Heimlichkeit, mit welcher sie uns hintergingen, nichts sah oder hörte, was ehrbaren Liebesleutchen nicht erlaubt ist; ich möchte behaupten, ich sah und hörte nicht einmal alles Erlaubte, soviel ich mich wenigstens, mit deiner Genehmigung zu sagen, aus unserer eigenen Praxis erinnern kann. Die Kinder scheinen eine merkwürdige Gewalt über die Bengel zu haben –«

»Nimm es mir nicht übel, Martin«, unterbrach ihn Marie, »aber du sprichst ganz verkehrt und närrisch! Das Gegenteil ist wahr, die Bengel üben ja die unglückliche Gewalt über die Kinder!«

»Nicht so, Marie! Diese Gewalt, die du meinst, die sitzt auch in den Mädchen selbst, die Jungens würden sie nie haben; es ist das Wahngebilde, an dem sie leiden! Doch laß dir erzählen, wie es herging!«

Er beschrieb ihr so genau und anschaulich als möglich den ganzen Hergang, indes sie bald ungläubig, bald verwundert, aber immer unwillig aufschaute, den Kopf schüttelte und wieder strickte.

Plötzlich warf sie den Strumpf auf den Tisch.

»Ich komme nicht darüber hinweg! Sie haben mich als Mutter beleidigt; ich bin nie gewöhnt gewesen, seit ich die Kinder besaß, und war von Hause aus nicht gewöhnt, von gewissen Dingen zu reden und zu sagen, die nicht sein sollen. Ich glaube auch jetzt noch, daß gutgeartete Kinder am besten durchkommen, wenn sie die Leute im Haus, namentlich Vater und Mutter, offen und tadellos wandeln sehen, ohne sie darüber predigen zu hören. Und nun diese jahrelange Verschlagenheit zweier Töchter gerade gegen die Mutter!«

»Das mußt du nicht von der Seite allein nehmen. Es ist in Gottes Namen einmal geschehen, ein neuer Fall von Menschengeschichten, 113
wo sollen diese herkommen, wenn es nicht immer neue Erscheinungen gibt? Vielleicht ein lumpiges Lustspiel, vielleicht ein erbaulich ernsthaftes Schicksal!«

»Und wie steht es nun! Wie soll es werden?«

»Wie ich dir sagte, sie erklären, von den Zwillingen nicht zu lassen, sie meinen, aus ihnen zu machen, was sie wollen und was gut sei! Daß aber der Verkehr in bisheriger Weise aufhört, dessen bin ich ziemlich sicher. Denn als ich ein Wort von Enterbtwerden fallen ließ, fühlte ich deutlich, daß die Herrschaften mürbe wurden. Ich mußte es tun, weil ihrerseits bereits das Wort Volljährigkeit gefallen war.«

Frau Salander wurde in diesem Augenblicke totenbleich und griff nach der Seite, wo das Herz hängt.

»Enterben!« wiederholte sie mit jammervoller Stimme, »kannst du denn das wegen einer solchen Sache?«

»Eigentlich wohl nicht leicht«, erwiderte Martin möglichst ernsthaft, »ein guter Advokat könnte indessen einen unordentlichen Lebenswandel, fortgesetztes Mißachten und Hintergehen der Eltern, Kinderundank u. dergl. schon so herausdrechseln, daß es durchzusetzen wäre vor nicht allzu scharfsichtigen Richtern.«

Maria Salander packte ihr Strickzeug zusammen. Es rannen ihr Tränen über die Wangen, die sie nicht beachtete.

»So weit ist es schon gekommen«, sagte sie, indem sie die Lampe löschte und den Leuchter zum Schlafengehen ergriff, »so weit, daß in diesem Hause ein solches Wort ertönen muß! Zwei Kinder verlieren!«

Martin stützte und führte die schwankende Frau und tröstete sie im Gehen:

»Ei, bedenke doch, ich müßte ja tot sein, wenn das Testament eröffnet und angegriffen würde! Wenn ich unter dem Boden dann den Prozeß gewänne, so könnten du und dein Sohn Arnold den Mädchen alles wieder zurückgeben!«

Isidor und Julian Weidelich waren sehr erschrocken und kleinlaut
in der dunkeln Straße hinter der Gartenmauer gestanden und dann 114
einig geworden, nach dem Singhause zurückzukehren, ihre Abwesenheit eher zu vertuschen. Sie setzten sich, als sie hörten, daß immer noch

geübt wurde, in ein Trinkstübchen, in welchem sich pausierende Sänger erfrischten, und sie taten, als ob sie die ganze Zeit über vorhanden gewesen wären. Dann schlugen sie erst den Weg nach dem Zeisig ein, wo im elterlichen Hause für jeden ein artiges kleines Studierzimmer gebaut und eingerichtet war.

Nach und nach fanden sie Worte, von dem Ereignis dieses Abends zu reden, wurden aber nicht recht klug daraus. Für sie ragten vornehmlich zwei Dinge aus dem Abenteuer heraus: die Anfechtung ihrer verlobten Bräute wegen der Liebe aus Habsucht, ehe der Vater kam, und die Drohung des letzteren mit Enterbung der Töchter. Beide Punkte standen in unheimlicher Beziehung zueinander. Die Fräulein wollten nicht des Vermögens wegen geliebt sein und der Vater ihnen dasselbe entziehen, wenn sie sich überhaupt lieben ließen. Aber konnte denn der Alte sie wirklich enterben? Über diesen Gegenstand waren sie als angehende Notare schon von einiger Erfahrung, der betreffende Abschnitt des Erbrechtes ihnen geläufig. Das Ergebnis des Ratschlages fiel auch ziemlich verständig aus: sie fanden, es dürfte besser sein, sich den Geboten des Herrn Salander zu fügen und die Zusammenkünfte mit den Töchtern einzustellen, um die Frage jedenfalls nicht zu verschärfen. Sie hielten dafür, daß die Mädchen auch keine Neigung hätten, die unbestimmte Gefahr herauszufordern, und von der Volljährigkeit allein nicht leben könnten, wenn es zum Bruche mit den Eltern käme; und sie fürchteten die Mutter noch mehr als den Vater.

Dagegen wollten sie einen schriftlichen Verkehr einführen und so die Zeit erwarten, die ihre Aussichten und Hoffnungen krönen würde. Der Treue der beiden Geliebten waren sie ja sicher, wie ihrer eigenen, und indem sie über diese Seite der Angelegenheit ein paar jugendliche Redeblumen von leichter Bauart in die Verhandlung streuten, nahm
115 diese den verwunderlichsten Ton von der Welt an. Und doch war es ihnen auch hiemit Ernst, da es ja sonderbar hätte zugehen müssen, wenn so junge Gesellen keines dankbaren Gefühles für die Hingabe eines solchen Schwesternpaares fähig gewesen wären.

Zu Hause wollten sie den Vorfall verschweigen, damit die Mama nicht neue Verwirrung stifte.

9.

Im Salanderschen Haushalt schien der gute Hausgeist der Unbefangenheit irgendwo krank zu liegen. In Erwartung eines schweren Tages hatten Setti und Netti, die in jener Unglücksnacht nicht geschlafen, einander gelobt, dem Gerichte der tiefverletzten Mutter mit kindlicher Bescheidenheit, aber auch mit wandelloser Treue dem erwählten Geschicke standzuhalten.

Als sie am Morgen in der Familienstube erschienen, sagte niemand ein Wort, und auch als der Vater fortgegangen und sie mit der Mutter allein waren, schwieg diese beharrlich von der Sache, gab auch nicht den geringsten Anlaß, den die Töchter zu einer Beichte hätten ergreifen können. So ging es den Tag hindurch, den folgenden Tag und alle anderen Tage. Die Mutter begrub ersichtlich für sich das Unheil in die Nacht des Schweigens, um es so zu vernichten, im Glauben, daß es gelingen müsse. Der Vater tat auch, als ob er es rein vergessen hätte, und nur die Magdalene flüsterte ihnen einmal zu, sie dürfe nicht davon sprechen, wenn sie nicht fortgeschickt werden wolle.

Arnold schrieb wie gewohnt nach Hause, bald an die Eltern, bald an die Schwestern. Die Briefe an Vater und Mutter wurden offen herumgeboten, kein Wort verriet darin, daß er etwas von dem Kummer der Mutter wußte, und was er an die Schwestern schrieb, war ebenso ahnungslos und brüderlich ungeniert wie von jeher.

Wenn sie ausgingen, so bemerkten sie nicht die kleinsten Zeichen 116
einer Überwachung; man fragte gar nicht, wo sie hinwollten, und noch weniger sah ihnen jemand nach. Kehrten sie zurück, so kümmerte sich niemand darum, wo sie gewesen seien, wenn sie es nicht selbst sagten.

So wußten diese stattlichen Hochjungfrauen nicht, woran sie waren, und gingen wie Schatten in ihrem durchsichtigen Doppelgeheimnis herum. Sie fühlten sich um so unbehaglicher, je mehr ein ruhiges Einvernehmen sich herzustellen, eine versöhnliche Ausgleichung in alter Gewohnheit neu zu befestigen begann; denn die Mutter sah bei alledem so aus, wie wenn ein einziges Wort die Finsternis wieder verbreiten könnte. Eines Mittags saß Salander mit den Töchtern allein bei Tisch, weil Frau Marie verreist war, dem Leichenbegängnis einer auf dem Lande verstorbenen Verwandten beizuwohnen. Salander zog einige Privatbriefe aus der Tasche, die er vom Bureau mitgebracht, und beschaute sie näher.

»Da ist auch einer von Arnold«, sagte er, »was schreibt er?« und legte den geöffneten Brief auf den Tisch. Setti nahm das Papier und las. Arnold berichtete, daß er leidlich doktoriert habe, soundso viel Geld draufgegangen sei und daß er nun von der Erlaubnis Gebrauch zu machen gesonnen sei, über London und Paris heimzureisen und dazu ein Jahr zu verwenden.

»Das ist mir recht wegen der Sprachen, in denen er noch zurück ist«, sagte der ehemalige Sekundarlehrer, »für das andere gebe ich ihm nicht soviel. Wenn er von England spricht, wird er Dschury sagen, und Schüri, wenn er von Paris erzählt, mehr kann er in einem halben Jahre kaum erschnappen, was die Rechte betrifft!«

Inzwischen hatte Setti den Brief hingelegt, ohne ihn fertig zu lesen, und hielt das Taschentuch vor die Augen. Gleich darauf auch Netti, die den Brief aufgenommen und ebenfalls hineingeblickt.

»Was gibt es denn? Was habt ihr?« fragte der Vater betroffen,
117 »warum lest ihr nicht zu Ende?«

Er nahm den Brief an sich, suchte den abgebrochenen Schluß und las laut: »Nun grüße ich auch treulichst das holde Geschwisterpaar! Der Kürze halber habe ich, um mir den teuren Zwiebegriff schneller vor die Seele zu führen, die Namen Setti und Netti zusammengezogen und denke nur ›Snetti!‹, so stehen sie vor mir! Aber wie steht es denn mit ihnen? Ist noch keine Verlobung in der Luft? Sie sind nachgerade keine Hasenbraten mehr! Mir kann's recht sein, wenn ich sie noch hübsch zu Hause treffe; denn bei so wählerischen Stiftsdamen weiß der Kuckuck, was sie einem für Schwäger aussuchen!«

»Ja so!« brummte der Vater gutmütig. »Hätt' ich gewußt, was da steht, so blieb der Brief in der Tasche. Aber tut die Augentröckner weg und eßt eure Suppe!«

Seine Art zu reden tröstete die Mädchen ein bißchen; es war doch das Freundlichste, was sie in der ganzen Zeit gehört, und sie aßen mit dem Vater zu Ende.

Als die Magd nichts mehr im Zimmer zu tun hatte und Martin seinen Wein gemächlich austrank, während die Frauenzimmer nach bestehender Sitte des Hauses noch so lange ihre Plätze behielten, nahm er in gemütlichem Tone wieder das Wort.

»Da das leidige Verhältnis, das uns alle behext, durch Arnolds arglosen Scherz einmal berührt worden ist, so wollen wir vernünftig ein bißchen weiter davon reden! Ihr haltet euch sehr achtungswert; wir glauben, die Mutter und ich, daß ihr den Umgang mit den jungen Leuten wirklich meidet; hinwieder wissen wir nicht, woran wir mit der Zukunft sind und ob ihr selbst etwas mehr im klaren seid? Vielleicht, dachten wir, finden sie sich doch allmählich zurecht und sich selbst wieder, und zwar ohne die zwei seltsamen Beisterne! Da kommt neulich der Laufknabe von der Post und erzählt, er habe auch die Fräuleins am Schalter gesehen. ›Haben sie Briefe hingebracht?‹ frag ich, und er sagt: ›Nein, sie haben Briefe geholt, die für sie dort lagen.‹ – ›Gut, ich weiß schon, was es ist‹, gab ich zur Antwort. Verkehrt ihr also poste restante mit ihnen?« 118

»Ja!« entgegneten die Töchter beide zugleich.

»Und in welchem Sinne? Der hoffenden Zuversicht oder der entsagenden Freundschaft? Ihr seht, daß ich mich in dem Sprachgeiste auszudrücken weiß, der in der bewußten Korrespondenz walten wird!«

»Unsere Freunde entsagen nicht, solange sie zweier Herzen sicher sind, die es nicht von ihnen verlangen!«

Dies sagte Nettchen, und Setti fügte hinzu:

»Wie wollten wir freilich die Hoffnung aufgeben, der geliebten Personen verlustig gehen und dagegen für das ganze Leben erst recht eine spottende Nachrede eintauschen?«

»Gut getrumpft!« sagte der Vater, mit innerer Trauer der Gattin gedenkend, die mit ebenso fest eingewurzeltem Gegensinne in derselben Stunde in einem fernen Trauerhause am Tische sitzen und vom Leichenmahle genießen mochte.

»Liebe Kinder!« fuhr er nach einem kurzen Schweigen fort, »wie lang wollt ihr denn eigentlich auf das vermeintliche Glück warten? Wenn ich nur das wüßte! Ja, wenn ihr zwanzig Jahre alt wäret, wie die Liebhaber, dafür diese von eurem Alter, das ließe sich hören!«

»Immer das gleiche!« riefen die Töchter durcheinander, »habt doch Geduld, in wenig Jahren werden wir mit ihnen gleich alt scheinen, sie so alt wie wir und wir so jung wie sie, wenn wir nur erst verbunden sind! Sie werden Männer sein! Übrigens bekommen sie schneller die ihnen gebührende Stellung, als manche glauben, und dann hat das Elend ein Ende!«

»Trumpf!« rief der Vater lachend, aber voll Verwunderung über die Reden der Töchter; »das tönt ja alles wie im heroischen Zeitalter, wo Männer und Frauen ewig jung blieben! Wir wollen es abwarten, und mögt ihr nicht eine Zeit erleben, wenn es nach eurem Willen geht, wo

ihr wirklich heroischer Kräfte bedürftet! Jetzt wollen wir die Sitzung aufheben. Heute abend muß ich in eine Versammlung wegen der kommenden Wahlen gehen und kann nicht wegbleiben. Da wäre es
119 artig von euch, wenn ihr statt meiner euch auf den Bahnhof begeben und die Mutter abholen wolltet. Ich weiß, es tut ihr gut, wenn sie euch unerwartet dort trifft!«

Die Töchter versprachen, es zu tun, und erröteten leise aus geheimer Freude über den erhaltenen Auftrag.

Martin Salander ging in sein Geschäft, arbeitete ein paar Stunden darin und dann noch eine gute Zeit in der Wahlsache, indem er Briefe und andere Papiere durchging und dies oder jenes anmerkte. Es handelte sich um die Ermittelung einer Vorschlagsliste für die Kreiswahlen in den Großen Rat des Standes Münsterburg, die Durchmusterung der bisherigen Inhaber der Stellen, den Ersatz abgehender, den Eintritt neuer Mitglieder. Salander freute sich immer noch seiner Unabhängigkeit von allen Wahlverlegenheiten in Ansehung seiner eigenen Person, indem er trotz seiner oft in Anspruch genommenen Dienste und mehrfachen Zumutens dem förmlichen Amts- und Titelwesen ferngeblieben.

Jetzt wollte es ihm aber heimlich bedünken, daß er, wie so mancher andere auch, vieles doch am besten in dem gesetzgebenden Rate vertreten und sagen könnte, als am entscheidenden Orte; denn was half es ihm, wenn er in freien Vereinen und Zusammenkünften eine Meinung durchsetzte gegen irgendeinen Gegner, der dann in der Behörde saß und dort allein das Wort hatte.

Er brachte aber nicht über sich, was doch gang und gäbe ist, sich selbst vorzuschlagen, d.h. vertraulich den andern Führern zu eröffnen, daß er Lust verspüre, gewählt zu werden; und um nicht den Anschein davon zu gewinnen, nahm er ausdrücklich an der Leitung der heutigen Zusammenkunft teil, während diejenigen wegblieben, die genannt zu werden wünschten oder wußten, daß es geschah. Freilich nicht alle; denn einige wiederum erschienen freimütig und setzten sich breit hin.

Im Saale zu den Vier Winden, der den verschiedensten Parteien und
120 Vereinen als Sammelort diente, fand Salander zwei lange Tische von dichteren Gruppen und einzelnen Bürgern ungleich besetzt, während ebenso viele Männer noch an den Wänden herumstanden und miteinander sprachen. Unter diesen trieben sich die Einberufer umher, hier und da Rücksprache nehmend oder einen der schwierigeren Kannen-

gießer bearbeitend. Auch Salander gesellte sich zu ihnen. Er war der Haupturheber des Gedankens, in versöhnlichem Sinne beiden Hauptparteien Rechnung zu tragen; er selbst gehörte der demokratischen an, deren Macht seit einiger Zeit im Volke zu wanken begann, und so hielt er es für ebenso klug als billig, den Altliberalen wieder mehr Raum zu gönnen. Namentlich war er ein Verehrer der modernen Liebhaberei der Minderheitenvertretung geworden, der nicht nur politische Philosophen, sondern auch allerlei praktische Leute anhingen, welchen der schöne Grundsatz nächstens selbst nützlich werden konnte, nachdem sie bislang keine anders gesinnte Fliege zugelassen hatten, noch ferner zuzulassen gesonnen waren.

Da die Tische sich allmählich dichter bevölkerten, gab der Vorsitzende das Zeichen des Beginnes. Salander, durch die noch Herbeieilenden schreitend, begegnete einem jungen Manne, der ihm bekannt schien und ihn durch Hutabnehmen ehrerbietig grüßte, was er höflich erwiderte. Er mußte einen der Tische entlang gehen, um seinen Platz am Kopfende desselben unter den Anführern zu finden. Auf demselben Wege stieß er abermals auf den jungen Mann, der die gleiche Höflichkeit wiederholte und den Hut zog, diesmal mit einer Verbeugung. Der scheint seinen Hut gar nicht ablegen zu wollen, dachte er eben, als es ihm wie Schuppen von den Augen fiel; das waren ja die Zwillinge! Ei nun, sie zeigten doch eine wackere Teilnahme an den Landesangelegenheiten; das steht jungen Leuten gut und beweist einen ernsten Sinn! Wenn sie nichts Schlimmeres treiben, so ist es so übel nicht mit ihnen beschaffen!

Durch diese Gedanken und die Erinnerung an das mittägliche Gespräch mit den Töchtern halb zerstreut, nahm er endlich seinen Platz 121
ein, das Schöppchen Wein bestellend, das der Ehrbarkeit halber in dieser Gegend des Saales nur ganz langsam, gleichsam unmerklich getrunken werden durfte.

Die Verhandlungen nahmen ihren Anfang mit einer politischen Rede des Vorsitzenden, der Wahl der Stimmenzähler und anderer Funktionäre, worauf der Umgang der Vorschläge eröffnet wurde. Einige gedruckte Zettel, von den bestellten Berichterstattern mündlich erläutert, lagen zugrunde, und fünf bis sechs unbestrittene Namen waren bald erledigt. Aber schon beim siebenten Namen, als der Präsident die Frage stellte, ob ein weiterer Vorschlag gemacht werden wolle, erschallte aus dem Hintergrunde eine kräftige Stimme, die rief:

»Ich schlage vor Herrn Martin Salander, Kaufmann in Münsterburg!«

Und aus einer andern Ecke des Saales her rief einer ebenso laut:

»Unterstützt!«

»Ah! Gut so! Schon längst verdient!« u. dergl. murmelte es an den Tischen, und jeder sah sich nach den Rufenden um.

Der Vorsitzende aber klingelte an seinem Glase, und als es still geworden, sprach er:

»Ich möchte die Versammlung fragen, ob wir jetzt schon auf neue Namsungen eintreten oder vorerst die noch vorhandenen Vorschläge bereinigen wollen, die voraussichtlich rasch und mit Einmut abgetan sind!«

»Ich beharre auf meinem Antrag!« rief die erste Stimme, und das laute »Unterstützt!« aus der andern Ecke folgte unmittelbar wieder darauf. Der Präsident verkündigte:

»Es ist vorgeschlagen, Herrn Martin Salander als siebentes Mitglied unseres Kreises im Großen Rate auf die Wahlliste zu nehmen! Ich bitte den Antragsteller, sich zu nennen!«

»Notariatssubstitut Isidor Weidelich!« erschallte es vom alten Orte her noch lauter, und von der Unterstützungsecke her schrie der andere
122 Rufer, offenbar Bruder Julian:

»Bravo! bravo!«

Alles sah sich wieder um.

»Was ist das für ein Weidelich? Welcher ist es? Der junge Mensch dort?« hieß es.

Der Präsident klingelte wieder und rief:

»Wem es also beliebt, daß auf den Wahlvorschlag des Herrn Isidor Weidelich schon jetzt eingetreten werde, der hebe die Hand auf!«

»Auf!« schrien nun eine Anzahl junger Leute, die Hände in der Luft schwenkend, und ihnen folgte eine Hand um die andere etwas zögernd; als es aufhörte, ersuchte der Vorsitzende, die Stimmen zu zählen. Es ergaben sich sechsundfünfzig Hände.

»Es scheint dies die Mehrheit zu sein! Oder wird das Gegenmehr verlangt?«

Zwei oder drei erhoben die Hand, ließen sie aber wieder sinken, als sie sahen, daß sie allein blieben.

»Es ist also beschlossen, die Vorschlagswahl des Herrn Martin Salander sofort vorzunehmen. Wer dafür stimmt, daß derselbe an nächstfolgender Stelle auf die Liste gesetzt und dem Volke im Namen der gegenwärtigen Versammlung zur Wahl empfohlen werde, der beliebe die Hand zu erheben!«

Mit Ausnahme weniger Lücken, die fast nicht bemerklich waren, erhoben sich alle Hände mit einem beifälligen Geräusch, welches bewies, daß. Salanders Wahl den anwesenden Bürgern an sich als erwünscht erschien.

Der so gut wie gewählte Mann befand sich in verdrießlicher Aufregung. Den geheimen Wunsch im Herzen, den ihm wohl gebührenden Sitz im Rate endlich einzunehmen, sah er sich denselben durch das kecke und verfrühte Eingreifen der Zwillinge zugewendet und zugleich durch die unhöflichen Umständlichkeiten des Vorsitzenden das Abstimmen aufgehalten, ein Zusammentreffen, das ihm nur unwillkommen sein konnte. Erwägend, daß er die Wahlbewerbung unter solchen Umständen nicht übernehmen und die Ratsstelle namentlich nicht den Zwillingen verdanken dürfe, hatte er in der Zerstreuung den rechten 123
Augenblick entschiedener Einsprache versäumt und war so unruhig und verlegen, daß er sein Schöppchen, das unberührt stand, in lauter kleinen Schlücken beinah ausgetrunken hatte, als der Vorsitzende das günstige Ergebnis mit einer gewissen Feierlichkeit bestätigte und im Geschäfte fortfahren wollte. Er dankte für das ehrende Zutrauen, erklärte aber, die Kandidatur aus Gründen ablehnen zu müssen, die er hier nicht auseinandersetzen könne, und bat mit sehr bestimmten Worten um Vornahme einer neuen Wahl. Jetzt erst machten sich zwei ältere Männer geltend, um ihn zur Umkehr zu bewegen. Diesen war er im Herzen wahrhaft dankbar; allein er blieb fest in seinem Entschlusse, und so nahm das Geschäft seinen weiteren Verlauf, bis es mit den üblichen Zwischenfällen und unvorhergesehenen Wendungen zu Ende geriet.

Auch der Vorsitzende, mit Salander in ähnlicher Lage geheimen Wunsches, wurde beim Aufstellen neuer Kandidaturen auf Martins Vorschlag gewählt, womit dieser seine Bürgerpflicht ruhig erfüllte, weil er jenen als einen tüchtigen Mann kannte.

Auf dem Heimwege hatte er sehr widersprechende Gefühle zu überwinden. Ein, wie er glaubte, ihm zu fernerem Wirken notwendiges Amt mußte er fahren lassen, weil er es nicht aus den Händen derjenigen empfangen durfte, die es wie aus dem Ärmel geschüttelt ihm schenkten. Was würde Frau Marie dazu gesagt haben, wenn es hieß, die Weidelichs hätten ihn öffentlich ausgerufen! Und doch, sosehr er sich über die

Schlingel, wie er sie nannte, ärgerte, empfand er widerwillig einen Schimmer von Wohlwollen für sie und den mißlungenen Streich, den sie ihm gespielt. Dann schämte er sich, das erstemal, wo er nach mehrjähriger Tätigkeit auf die Schwelle des Rathauses getreten, in einen so kleinen Fallstrick geraten zu sein und sich zudem gestehen zu müs-
124 sen, es gebreche ihm an der derben Rücksichtslosigkeit, welche zum rüstigen Vorgehen auf politischer Laufbahn unentbehrlich sei.

Schließlich ward er doch mit seiner Handlungsweise zufrieden, da er die Folgen, alle die weiteren Anforderungen bedachte, wenn der Pfad des amtlichen Lebens einmal beschritten war. »Nein«, sagte er, »das Bewußtsein, von den zwei Bürschchen auf den Schild gehoben zu sein, wäre mir überall nachgelaufen, und gewiß hätten sie selbst sich sehr unbequem an meine Füße geheftet! Und was heut nicht geschieht, kann ja in glücklicherer Stunde besser geschehen!«

Für sein Verhalten erntete er auch den schönsten Lohn, als er das Erlebnis der Frau erzählte und sie ihn höchlich darum belobte. Er hatte sie in zufriedener und weicher Stimmung zu Hause gefunden, weil sie das Entgegenkommen der Töchter als einen Anfang zum Bessern empfand und auslegte, deshalb auch den Abend in freundlichem Vernehmen mit ihnen verlebte, was die Mädchen hinwieder zu ihren Gunsten deuteten, als sie zu Bett gingen.

Die Urheber all dieser Gemütswirrnisse, Julian und Isidor, steckten nach der Versammlung in einem Bierhause der Stadt die Köpfe zusammen.

»Das ist uns nun schlecht gelungen mit dem verhofften Schwiegerherrn!« vermeinte der eine von ihnen.

»Was den Alten unserer teuren Schätze betrifft, so glaube ich, er rechnet uns den guten Willen an bei Gelegenheit, und übelgenommen hat er es gewiß nicht!« erwiderte der andere; »aber sonst ist unser Auftreten ja vollkommen gelungen, er wurde ja so gut wie einmütig gewählt!«

»Freilich, ja, wer hätte gedacht, daß wir zwei das erste Mal schon, so wir in eine politische Versammlung gehen, einen Ratsherrn machen würden?«

»Das sag ich auch, ein guter Anfang! Anstich, trink! Das müssen wir fortsetzen! Wenn wir mit folgendem Erfolg ferner politisieren, so wird
125 uns das sehr fördersam sein! Mein Chef sagt, er wolle dies Jahr noch abgehen; ich muß jetzt schon fast alles machen!«

»Und meiner wird nicht mehr gewählt, sehr wahrscheinlich, wenn seine Amtsdauer abläuft.«

»Da kannst du gleich schon jetzt vorarbeiten in deinem Kreise! Trink deinen Rest!«

»Es gilt deinen Anstich! Hör einmal, was mir neulich eingefallen ist, ich wollt es mir reiflicher überlegen!«

»Los damit!«

»Ich kalkuliere, es wäre nützlich, wenn wir zwei nicht zu der nämlichen Partei gehen würden, da könnten wir uns besser in die Hände arbeiten! Es kommt das öfter in Familien vor, daß der eine Bruder grau, der andere schwarz, der dritte rot ist, und alle stehen sich gut dabei; einer macht dem andern Freunde, indem er mit Liebe von ihm spricht und ihn empfiehlt!«

»Das leuchtet mir ein! Wahrhaftig, je deutlicher ich's denke! Du Himmelhund! Aber wie sollen wir den Kuchen teilen? Hast du eine bestimmte Vorliebe, ein Prinzip?«

»Ich? Noch nicht, das werden wir später mit der Erfahrung erwerben, wenn es unerläßlich ist! Aber für jetzt ist es mir gleichgültig, welches Lied ich pfeife; man braucht überhaupt nicht immer zu schwatzen, wenn man nicht bei der Sache ist!«

»'s kommt dir ein Quart!«

»Trink und Anstich!«

»Sieh, so denk ich gerade! Nur einen Haken hat die Sache, den flotten oder minder flotten Klang des Namens! Jetzt sind die Demokraten oben und gelten für schneidig; die Altliberalen werden schon von ihnen Zöpfe genannt. Konservativ wäre dem Ohr genehmer, aber das Simpelvolk braucht den Ausdruck nicht!«

»Da ist etwas dran! Schon das Wort altliberal oder altfreisinnig gleicht einer Nachtmütze!«

»Und doch, auf der andern Seite fängt der Begriff Demokrat an zu brenzeln! Und ein Notar hat es hauptsächlich mit dem Kapital zu tun!« 126

»Jawohl, aber du vergissest, daß auch die verschuldeten Bauern, die Debitoren und Konkursiten, arme Leute aller Art, mit dem Notar zu tun haben, das muß man dir ja nicht sagen! Und diese haben bei den Notarwahlen die Mehrheit, wie anderwärts!«

»Auch wieder wahr! Hör jetzt, da Vorteil und Nachteil sich so gleichmäßig gegenüberstehen, so schlag ich vor, die Parteien unter uns auszuwürfeln!«

»Kellnerin, den Würfelbecher!«

Als das Geräte da war, ergriff es Julian und schüttelte es.

»Wie soll es nun gelten? Ich denke, wir schließen alle Nebenparteien aus und spielen nur um die zwei Hauptlager!«

»Also Demokrat oder Altliberaler! Da reicht ein Wurf hin; wer die meisten Augen wirft, wird das, was vorher bestimmt wurde, der andere nimmt den andern Namen an.«

»So sagen wir, der Gewinnende wird Demokrat, der Verlierende Altliberaler! Soll es gelten?«

»Fest soll es gelten!«

»Trink vorher den Rest, a tempo, prosit!«

»Drauf los, prosit!«

Julian schüttelte nochmals die drei Würfel und stürzte den Becher auf den Tisch. Es lagen achtzehn Augen, alle drei Sechser.

»Es ist schon fertig!« rief Isidor.

»Nein, du wirfst auch, du kannst ja ebensoviel werfen und dann stechen wir!« sagte der Bruder Julian.

Der andere warf, aber nur dreizehn Augen.

»Prosit Anstich, Herr Demokrat!« rief er und der andere, Julian, rief: »Prosit Anstich, Herr Altliberaler, vulgo Zopfius!«

10.

Die Brüder, so einig sie waren, trennten sich nur insofern vor der Welt,
127 als jeder denjenigen Volks- oder Bürgerkreisen nachging, die seinem Parteinamen entsprachen. Da sie noch wenig politischen Verstand und Gedankenvorrat besaßen, so fiel es ihnen nicht schwer, sich mehr durch ihre Anwesenheit als durch Reden bemerklich zu machen und dagegen mit einer den Sprachführern gewidmeten schmeichelhaften Aufmerksamkeit deren Wohlgefallen zu erwerben. Nach und nach erwiesen sie sich nützlich durch vorkommende mindere Schreibarbeiten, die sie bereitwillig besorgten, und durch vertrauliche Mitteilungen aus dem Lager der Gegenpartei, von Absichten und Beschlüssen, drolligen oder nachteiligen Vorfällen, persönlichen Reibungen und dergleichen, was sie einander jeweilig ungesäumt zuraunten. Das gab ihnen unter ihren Leuten dann den Ruf rühriger und gut unterrichteter Politiker, wenn sie vorsichtig und ganz wie beiläufig die Neuigkeit an den Mann brachten. Es ist übrigens anzunehmen, daß der letztere Zug nicht sowohl

aus bösartiger Falschheit, als aus dem leichtsinnigen Spiel hervorging, das sie mit dem Parteiwesen trieben. Noch andere, unschuldigere Ränke übten sie fleißig. Wenn sie in eine öffentliche Zusammenkunft, einen Verein oder auch nur sonst ins Wirtshaus gingen, sorgten sie dafür, daß ihnen ab und zu dringliche Geschäftsbriefe und Telegramme aus ihren Kanzleien nachgesandt oder daß sie persönlich hinausgerufen wurden. Das belächelten zwar erfahrene Unterstreber, aber mit Achtung und Wohlwollen. Sie hielten es für etwas durchaus Tüchtiges, quasi Staatsmännisches, und verrieten das ihnen bekannte Geheimnis keineswegs an die Menge.

Die Brüder gediehen auf das beste und gewannen jeder an seinem Orte, täglich an Ansehen und Beliebtheit im Volke. Die sicheren Hoffnungen auf die Ämter ihrer beiden Vorgesetzten erfüllten sich allerdings nicht. Der eine, der hatte abgehen wollen, ward plötzlich eifersüchtig und besann sich anders; derjenige, der nach Ablauf seiner Amtsdauer gestürzt werden sollte, machte verzweifelte Anstrengungen und empfahl sich persönlich in den Häusern der Stimmberechtigten, so daß er mit knapper Mehrheit wieder bestätigt wurde. Sein Substitut 128
Julian, der sich unbefangen beworben, erhielt aber so viel Stimmen, daß er durch die Ziffer schon eine Anwartschaft unter den hervorragenden Kandidaten bekam.

Die zwei jungen Männer säumten unter solchen Umständen nicht länger, sich außerhalb ihrer Notariatskreise umzutun und erworbene Freundschaften zu benutzen, und so währte es nicht zu lange, bis jeder in einer fruchtbaren, wohlhabenden Gegend des Landes zum Notar erwählt worden, Isidor, der Altliberale, im Norden, und Julian, der Demokrat, im Osten von Münsterburg.

Im Zeisig herrschte Freude. Frau Amalie Weidelich rief: »Zwei Landschreiber zu Söhnen!« und der Vater Jakob sagte: »Ja, du hast's erreicht, was die Ehre betrifft! Aber mit dem Einkommen der Notare soll es nicht mehr glänzend stehen! Wir werden noch weiter opfern müssen!«

»Ei, da sorg du nicht!« eiferte die Mutter, »diese Sorte bleibt nicht lang auf dem Fleck stehen!«

»Jedenfalls«, fuhr Jakob Weidelich unbeirrt fort, »braucht jeder alsbald ein Haus, einen anständigen Wohnsitz; denn mit einer Landschreiberei kann man nicht bei Bauersleuten zur Miete wohnen! Das wird auch Geld kosten!«

Die Söhne beruhigten den Vater. Zu einem artigen Haus oder gar einem mäßigen Landgute zu kommen, ergebe sich die vorteilhafteste Gelegenheit aus dem amtlichen Geschäftsleben selbst bei Anlaß von Konkursabsteigerungen, Erbverkäufen und anderen Fällen von Handänderungen, wo ein gewandter Notar, wenn er die Augen auftue und etwas wage, ja zunächst bei der Anrichte stehe.

Vater Weidelich verstand sich nicht recht auf solche Geschäftsläufe; von den alten Landschreibern seines Gedenkens hatte man dergleichen Praxis nicht vernommen; doch war er selber kein Gewinnverächter und fand es schließlich um so besser, wenn hier das biblische Wort gelte:
129 Dem Ochsen, der da drischt, sollst du nicht das Maul verbinden.

Die gute Mutter vermochte kein Wort mehr zu sagen, so gerührt, so betroffen war sie, die Söhne in eigenen Herrenhäusern sitzen zu sehen, weit auseinander im Lande wohnend.

Während die jungen Notare einstweilen noch in den Wohnräumen ihrer Vorgänger die Ämter antraten und verwalteten, suchte gelegentlich jeder in den Ortschaften seines Kreises eine Behausung. Das gab Gelegenheit, sich der angesessenen Wohnerschaft zu zeigen und Leutseligkeiten mit ihr zu tauschen. Um auf der nunmehrigen Laufbahn nicht mehr verwechselt zu werden, hatten sie auch das Äußere so ungleich als möglich gemacht, Julian das üppige Haar kurz gestutzt und ein zartes Schnurrbärtchen gepflanzt, Isidor das Haar mit Pomade glatt gestrichen und gescheitelt; dazu trug jener einen schwarzen Filzhut, breit wie ein Wagenrad, dieser ein Hütlein wie ein Suppenteller.

Das Glück wollte, daß beide in kurzer Zeit Anlaß fanden, ein schönes Grundstück zu billigem Preise an sich zu ziehen und statt der bisherigen Besitzer lediglich den eigenen Namen in die Grundbücher einzutragen. Nachher konnten sie soviel Land davon verkaufen, daß sie beinahe zinsfrei wohnten. Julians Sitz lag im Osten in der großen Dorfschaft Lindenberg; die weit zerstreuten Häuser zogen sich um den Fuß des Berges herum, die neue Kanzlei aber glänzte weiß von der Höhe ins Land hinaus. Isidor hatte zur Residenz die Kirchgemeinde Unterlaub gewählt, und das kleine, aber zierliche Landhaus, das er bezogen, war ebenfalls auf einer anmutigen, aus grünem Buchengehölz ragenden Erdbrust gelegen, wo es »im Lautenspiel« hieß. Wenn die Eltern Weidelich zu einer gewissen Jahreszeit des Abends, bei schönem Wetter, die Anhöhen über dem Zeisighofe bestiegen, so konnten sie in der

Ferne die weißen Mauern und die Fenster beider Häuser im Scheine der niedergehenden Sonne schimmern und funkeln sehen.

Aber nicht nur das Himmelslicht, auch die Gunst der Menschen schien die glückseligen Wohnungen und ihre Eigner zu verklären; denn 130
als wiederum eine kleine Zeit verstrichen, starb in Isidors Gegend ein altes Mitglied des Großen Rates und nahm in Julians Revier ein anderes, durch Verhältnisse genötigt, seinen Austritt. Die Altliberalen, über den Verlust ihres alten Genossen betrübt, wollten es auch einmal mit jungem Holze versuchen und hoben den jungen Notar im Lautenspiel auf den Schild; die Demokraten im Osten holten schon seines großen Hutes wegen den Julian vom Lindenberg herunter; denn dieser Hut, als ein unverhohlenes Zeichen der Gesinnung, bildete einen trefflichen Gegensatz zu dem gescheitelten Haar und dem glatten Gesicht Isidors und eine Herausforderung aller Andersgesinnten überhaupt.

Sie wurden zur nächsten Versammlung des zweihundertköpfigen Rates einberufen und, nachdem die Wahlen anerkannt, zum Handgelübde in den Saal geführt; schon vor der Sitzung hatten sie unter Anleitung des Weibels sich die Plätze ihrer Vorgänger gesucht und nahmen nach vollzogener kurzer Handlung dieselben ein.

Als sie nun dasaßen, der eine hier, der andere dort, waren beide gleichmäßig still und doch unaufmerksam, so daß sie kaum wußten, was jetzt verhandelt wurde. Nach und nach fiel es ihnen ein, daß sie gedruckte Sachen in einem Umschlag mit sich führten, neue Vorlagen wurden ausgeteilt, sie vertieften sich blätternd darein und erwischten auch den Faden, an welchem die Beratung eines Gesetzentwurfes sich hinspann. Aber schon bei der ersten Abstimmung, die im Laufe des Morgens stattfand, fehlten sie im Saale, da sie ihren guten Bekannten gefolgt, die ihnen gewunken, und mit denselben zum Frühstücke in eine Schenke gelaufen waren. Es konnte wegen Unvollzähligkeit überhaupt nicht abgestimmt und mußten die Weibel ausgesandt werden, aus den umliegenden Wirtschaften die Abwesenden herbeizuholen, während der ernstere und an Ausdauer mehr gewöhnte Teil der Senatoren, der auf dem Rathause saß, irgendeinen Bericht anhörte. In den
ihnen wohlbekannten dunkeln, von Geräusch erfüllten Zechstuben 131
stellten sich die Weibel unter die Türen und ersuchten mit lauten Ausruferstimmen die hochgeachteten Herren, zur Abstimmung zu kommen. Mit einigem Tumult erhoben sich die eifrigen Frühstücker

und kamen, die Zwillinge mitten unter ihnen, eilig in einer dichten Wolke durch die uralte Türe hereingeströmt.

Isidor und Julian fanden die Sache lustig und kamen mit lachenden Gesichtern, während der verdrießliche Präsident auf dem Hochsitze zum ersten Vizepräsidenten neben ihm sagte: »Das geht ja bald wie in einer Schule, wenn man die Knaben hineintreibt!«

Es wurde mit dem Entwurf fortgefahren, wollte aber nicht recht klecken, weshalb der Präsident vorschlug, abzubrechen und eine Nachmittagssitzung zu halten. Das beliebte der Versammlung und verschaffte den zwei jüngsten Mitgliedern ein neues Vergnügen, indem sie, jeder unter einer Schar seiner Gesinnungsgenossen, zum Mittagessen ins Gasthaus wanderten. Dort tauten sie vollständig auf, beim Kartenspiel um den schwarzen Kaffee die Weihe der Ebenbürtigkeit erwerbend.

Als man nach zwei Stunden in die Ratssitzung zurückkehrte, fühlten sie sich schon wie zu Hause. Sie begannen an diesem ersten Tage die äußerlichen Gewohnheiten älterer Stammgäste und vielbeschäftigter Männer nachzuahmen, Julian verließ seine Bank, um sich an einen Tisch zu setzen, welcher mit Schreibmaterial bedeckt in der Mitte des Saales stand. Einen Vorrat klein geschnittener Blätter nicht beachtend, löste Julian von einem Buche des schönsten Papiers einen großen Bogen ab, schlug ihn auseinander und statt ein Falzbein zu gebrauchen, riß er ihn aus freier Hand, um seine Kanzlistenkünste zu zeigen, mit *einem* Zuge mitten durch, allerdings schnurgerade.

»Ratsch!« machte der Herr Präsident, dem der schrille Laut in den Ohren weh tat, gegen seinen Nachbar, »diesen Vergeuder möchte ich nie zum Finanzminister machen! Wie er nur mit dem schönen Papier
132 umgeht, das ihn nichts kostet!«

Julian aber fuhr fort, die Stücke entzweizureißen, bis er endlich eines passend fand, darauf zu schreiben, die Feder eintauchte, nachdenklich zur Saaldecke emporschaute und dann anfing, etwas zu schreiben, zuweilen ein wenig aufhorchend, um den Gang der Beratung nicht außer acht zu lassen. Zuletzt drehte er sich auf seinem Stuhle nach dem Redner hin, lehnte sich zurück, schlug die Beine übereinander und schien, die Feder hinter dem Ohre, aufmerksam, ja gespannt zuzuhören. Dann schrieb er weiter, sandelte endlich, las das Geschriebene, faltete es zusammen und schritt nach seinem Platze zurück.

Bald darauf begab sich Isidor an den Tisch, wo er ein Bögelchen Postpapier nahm und mit fliegender Hand einen Brief schrieb. Die

Unterschrift aber vollzog er langsam und nachdrücklich, bis er plötzlich die Faust in eine kreisende Bewegung versetzte, die eine Weile in der Luft spielte, ehe sie sich auf das Papier niederließ und eine Wolke von kraus durcheinandergeringelten Federzügen auf und um den Namen kritzelte. Schließlich spritzte er geschickt drei Tupfen dazwischen, zur Erbauung der Leute, die ihm von der Galerie herab zuschauten. Dann faltete er den Brief, tat denselben in ein Kuvert und schrieb die Adresse, streckte den Federhalter empor und winkte dem Weibel, der aufmerksam auf seinem Posten stand. Diensteifrig eilte der auf seinen Zehen herbei, den silbernen Schild an drei Kettlein vor der Brust, nahm den Brief in Empfang und legte ihn mit einer Oblate unter die an den Tisch befestigte Siegelpresse, das kleinere Staatswappen daraufdrückend, worauf er ihn hinaustrug oder vielmehr durch das mit einem kleinen Türchen versehene Guckloch in der schweren Eichentüre einem der draußen stehenden Läufer hinausbot. Isidor lehnte indessen ausruhend in seinem Sessel am Tische, mit verschränkten Armen sich das Publikum auf der Galerie betrachtend.

Der Vorsitzende sagte zum Nebenmanne: »Ich wollte wetten, der hat sich gewiß ein halbes Dutzend Frankfurter Bratwürstchen bestellt, die er heut abend mit nach Hause nehmen will!« 133

»Er kann auch um eine halbe Million Franken für seine Hypothekarklientel geschrieben haben«, erwiderte lachend der Vizepräsident; »Sie scheinen übrigens unserer neusten Ratsjugend nicht sehr gewogen zu sein?«

»Nun, je nachdem! Wenn sie anfangen, zwillingsweise aufzuziehen und sich benehmen wie auf dem Fastnachtstheater oder bei sonst einem Knabensport, so muß ich gestehen – darf ich Sie bitten, mir Ihren Zusatzantrag schriftlich einzureichen!« unterbrach sich der Präsident, als ein Redner sein Votum schloß und sich niedersetzte; »wer begehrt ferner das Wort?«

Diese Nachmittagssitzung dauerte so lang, daß die Herren Volksvertreter nach Schluß derselben sofort die Bahnhöfe aufsuchen mußten, um die Heimat zu erreichen. Denn seit das Ländchen überall von den Schienenwegen durchzogen war, galt es nicht mehr für wohlanständig, die Nacht in der Hauptstadt zuzubringen, während man in einer halben oder ganzen Stunde zu Hause und am Morgen ebenso rasch wieder dasein konnte.

Um nicht nachteilig aufzufallen, sahen sich auch die Brüder Weidelich genötigt, mit den Ratsgenossen nach ihren betreffenden Bezirken zurückzufahren. Es gehörte überdies zum Tageslauf, an den Gesprächen der Heimkehrenden teilzunehmen, wenn auch nur mit den Ohren, und so gewissermaßen bis zum Ende dabeizusein.

An diesem Abend saßen im Zeisig die Eltern der jungen Großräte unwirsch, fast betrübt am Tische. Stolz auf das heutige Ereignis, welches die Gutheißung all ihrer Opfer und Hoffnungen enthielt, hatten sie den ganzen Tag auf den Augenblick geharrt, den die Söhne finden würden, Vater und Mutter aufzusuchen und zu begrüßen. Schon zur Mittagszeit hielten sie kräftige Speise und besseren Trank bereit und zögerten lange vergeblich, bis sie endlich zu essen begannen. Öfter verließen sie ihre Geschäfte und liefen auf die Straße, in der Hoffnung, die neuen Würdenträger von der nahen Stadt heraufkommen zu sehen.
134 Allein sie kamen nicht.

»Sie werden nicht Zeit finden«, sagte Jakob Weidelich, »sie sind jetzt eben angebunden bei den Geschäften, an allen Enden!«

Als die guten Leute spätabends nochmals hinausgingen und die letzten Bahnzüge in der Ferne durch die Stille rollen und pfeifen hörten, wußten sie, daß sie die Söhne nun nicht mehr sehen würden. Die Frau wischte sich die Augen, was seit undenklichen Zeiten nur geschehen, wenn sie Zwiebeln schälte; es war ihr zumute, als ob die Söhne für immer entschwunden und in ein unbekanntes Land gefahren wären.

»Sie kommen ja morgen wieder«, sagte Jakob, »und übermorgen wahrscheinlich auch!«

»Wer weiß, ob sie dann an uns denken! Es ist mir ums Herz, wie wenn sie uns nichts mehr angingen!«

Die Frau schlich ins Haus zurück, damit niemand ihre Betrübnis bemerke und deren Ursache errate, und der Mann drückte sich nach ein paar Minuten auch hinein. Sie tranken zusammen von dem besseren Wein, den sie für die Söhne bereitgehalten.

»Und warum brauchen sie denn alle Tage hin- und herzufahren wie die Maulaffen?« schalt die Mutter, »da sie ja so bequem bei uns übernachten könnten und kein Geld ausgeben müßten?«

»Das verstehst du nicht! Sie haben doch in ihren Kanzleien nachzusehen, was vorgegangen ist; und morgens früh, eh sie weggehen, weisen sie den Schreibergesellen die Arbeit an. Das macht sich auch besser, als wenn sie sich drei oder vier Tage lang nicht blicken ließen! Zu was hat man alle die Eisenbahnen, für die sich die Gemeinden und der Staat so überschuldet haben? Das kommt ihnen jetzt zugute, sie können den Tag über prächtig hier im Rathaus sitzen und am Abend wie am Morgen früh doch ein paar Stunden zu Haus arbeiten! Denn sie haben eine große Verantwortlichkeit!«

Auch in Martin Salanders Wohnung war der Tag nicht ohne seltsame Spuren vorübergegangen. Als die Familie beim Mittagsmahle vereinigt
saß, zog er eine Zeitung aus der Tasche, die um elf Uhr ausgegeben 135
worden. Er warf nur einen Blick auf die neuesten Nachrichten, worunter die Eröffnung des Großen Rates nebst den zwei oder drei ersten Geschäften; des Eintrittes der beiden jungen Notare war erwähnt.

Salander, dem die Wahlen nicht unbekannt geblieben, hatte noch nicht daran gedacht, daß heute eine Session begann und die Gebrüder Weidelich an derselben teilnahmen. Er fühlte sich wunderlich überrascht. Die unwillkommenen Liebhaber seiner Töchter waren nicht nur als seine Gönner aufgetreten und nahe daran gewesen, ihm selbst in den Obersten Rat zu verhelfen, sondern sie saßen jetzt selber darin, während er, der bewährte und erfahrene Volksfreund, der Vater, in der Zeitung lesen mußte, was dort vorging. In Gegenwart seines weiblichen Haushaltes überlief mit dem Schatten der Menschlichkeit eine unbequeme Eifersucht sein Gemüt.

»Was gibt es in der Zeitung, daß du so ein bedenkliches Gesicht machst?« fragte Frau Marie, die ihn ansah, weil die Töchter ihn verstohlen zu beobachten schienen.

»Ich?« sagte er, die Augen nicht von dem Blatte wegwendend, »es gibt weiter nichts! Ich lese da just, daß die Herren Weidelich heut in das Rathaus eingezogen sind.«

Erst jetzt blickte er auf, da die Gattin sich bewegte, wie wenn sie erschräke. Mit ihr zusammen nahm er wahr, daß die Augen der Jungfrauen seltsam glänzten und ihre Lippen zuckten, als wollten sie sagen: Sind sie nun alt genug?

»Die gute Suppe ist versalzen, Magdalene, nehmt mir den Teller weg!« rief die Mutter der eintretenden Köchin zu. Diese nahm den Teller samt dem Löffel und kostete die Suppe.

»Ich begreife nicht«, entgegnete sie, »ich habe gewiß nicht mehr Salz genommen als gewöhnlich!«

»Gleichviel, sie ist versalzen! Ich mag überhaupt nicht essen!« Hiemit legte Frau Salander ihr Tellertuch weg und erhob sich.

»Marie, sei nicht töricht und iß! Oder ist dir nicht wohl?« rief nun
136 Martin, als er sah, daß die Frau blaß geworden. Besorgt stand er auf, und auch die Töchter schoben mit ganz veränderten Gesichtern die Stühle zurück, um der Mutter beizuspringen. Sie faßte sich jedoch unvermutet. »Bleibt nur sitzen und eßt!« sagte sie, »ich will es auch tun, so gut ich kann!«

Als alle ihre Plätze wieder eingenommen und die bewegte Frau etwas ruhiger geworden, fuhr sie zu sprechen fort:

»Ich sehe, daß ihr nicht von eurem Willen weicht und die Dinge ihren Lauf nehmen. Wenn ihr etwas zu sagen habt, so redet offen, ich mische mich nicht mehr darein und überlasse eurem Vater den Rat und die Tat, wenn etwas zu tun ist!«

»Sprich nicht so!« sagte Martin, »wir wollen nicht als geschiedene Leute vor den Kindern stehen! Wie steht es denn nun«, wandte er sich an die Töchter, »was geht vor mit den jungen Leuten, den Zwillingen?«

Es blieb ein Weilchen still. Dann nahm Fräulein Setti sich zusammen. »Liebe Eltern!« sagte sie mit gesenkten Augen, während Netti mit Herzklopfen neben ihr saß, »die Zeit ist jetzt da. Am nächsten Sonntag wollen sie kommen und um uns anhalten. Wir bitten euch, uns nicht entgegen zu sein!«

Wieder herrschte ein kurzes Schweigen. Dann sagte Salander: »Wir wollen sie kommen lassen! Bis dahin dürfen eure Eltern wohl noch ein wenig nachdenken und auch dann die übliche Bedenkzeit ausbitten, insofern es wünschenswert scheint.«

»Oh, wir wollen ja nichts überstürzen!« rief Nettchen.

»Schon gut, iß jetzt nur, es wird ja alles kalt!« schloß Salander und setzte allein die Mahlzeit fort, da die Mädchen feierten und die Mutter wieder aufgestanden war und sich schweigend im Zimmer zu schaffen machte.

Die Töchter zeigten sich von dieser Stunde an unterwürfig und sehr liebenswürdig gegen Vater und Mutter. Wenn sie auch entschlossen waren, ihr persönliches Recht zu behaupten, so wußten sie doch den Unterschied zwischen einem friedlichen Ausscheiden aus dem Elternhaus und einem gewaltsamen Bruche richtig zu schätzen. Sie hatten
137 auch ihr gutes Gewissen wiederhergestellt, indem sie mit den Geliebten nicht mehr zusammengetroffen und den brieflichen Verkehr auf das Notwendige beschränkten. Zur etwelchen Entschädigung bestiegen sie in schönen Morgen- oder Abendstunden zuweilen die Berghöhe, wo

man das Haus des Notars am Lindenberg und dasjenige des Notars im Lautenspiel sehen konnte. Jede trug ein Doppelglas an schmalem Riemen umgehängt, und wenn sie oben anlangten, forschten sie mit beseelten Augen in dem Ferneblau, welches die darin entrückten Gegenstände ihrer Liebeswahl noch tausendmal verschönerte. Netti vermochte durch ihr Glas die Fenster am Hause Julians zu zählen; der Schwester gelang das an Isidors Hause nicht, weil es zu jener Zeit im Schatten stand. Dafür sah sie im Lautenspiel einen weißen Rauch aufsteigen und deutlich einen Streifen Sonnenlichts auf einem Weiher und durch die Bäume blitzen.

»Wie schön wird es sein«, rief sie, »wenn ich meinen Brief an dich datieren kann: ›Lautenspiel, den 1. Mai‹!«

»›Auf Lindenberg, am 1. Juni‹ wird sich auch nicht übel ausnehmen!« meinte Nettchen und guckte weiter; »wenn ihr zum Besuch kommt, so essen wir in der obern Eckstube, sieh mal das äußerste Fenster links, dort muß man weit ins Land hinaussehen! Es soll ein allerliebster kleiner Saal sein, hat er mir geschrieben.«

Jetzt aber sahen sie mit noch größerer Sehnsucht, als in das Land hinaus, dem kommenden Sonntag entgegen, so daß derselbe für sie nicht so unversehens da war wie für die Eltern.

Frau Salander hatte sich inzwischen aus den Unterredungen mit Martin schmerzlich überzeugt, daß kein greifbarer Grund zu längerem Widerstande vorhanden war, der das bevorstehende Heiraten vor der Welt nur noch auffälliger machen würde, wenn die Töchter einfach wegliefen. Sie brachte es aber nicht über sich, der Heimsuchung und dem Triumphe der beiden hinterlistigen Töchter als Opferlamm beizuwohnen; daher beschloß sie, den Tag zu einem längst verheißenen Besuch auf dem Lande zu benutzen und zugleich durch ihre Abwesenheit 138
den nach ihrer Meinung mutwillig verirrten Kindern eine Strafe anzutun. Da sie jedoch dem Mann zugegeben hatte, man werde die Freier in jedem Falle zu Tische behalten müssen, so sorgte sie selbst für ein anständiges und doch in richtigem Maße gehaltenes Essen, und niemand war froher mitzuhelfen als Magdalene, welche durch den glücklichen Ausgang ihrer Sünden völlig entlastet zu werden hoffte. Sie diente gern in dem Hause und wünschte dasselbe nie zu verlassen.

Als am Sonntagvormittag der Wagen für die Mutter schon vor dem Hause stand, sprach sie gegen Mann und Töchter noch die Hoffnung aus, man werde, was auch kommen möge, von einer Verlobungsfeier absehen, welche ja keinen Sinn haben würde, da man sich auf Grund der Volljährigkeit ohne Zutun der Eltern schon verlobt habe.

Die zwei Fräulein verzichteten in ihrer Freude gern auf das Fest, das die Mutter selbst für überflüssig erklärte; sie waren sogar ja froh, daß sie für heute fortging, weil sie wußten, wie die Zwillinge sich vor ihr scheuten und die heutige Handlung leichter abgewickelt werde.

Martin Salander hingegen sah die Frau fast mit Trauer wegfahren, betroffen von ihrer beharrlichen Strenge in dieser Sache; er wußte, wie redlich und frei von aller Gehässigkeit sie war, und fühlte daher aus ihrem Verhalten eine schwere Ahnung von Unglück heraus, die er nicht zu teilen vermochte und doch achten mußte.

Nicht lange war Frau Salander fort, so erschienen die Brüder Julian und Isidor, beide feiertäglich gekleidet. Mit ihnen trat ein voller Sonnenschein in das Zimmer. Salander war wie geblendet von den Gesichtern der Mädchen, die nicht einmal lachten und doch so von Glück leuchteten, daß er wünschte, die Mutter könnte die merkwürdige Erscheinung auch sehen.

Die Fräulein saßen standesgemäß auf dem Sofa des Besuchzimmers,
139 der Vater und die Freiersjünglinge auf Stühlen, und letztere so befangen, daß es einer guten angeborenen Bescheidenheit gleichsah. Das kam vornehmlich von der Abwesenheit der Hausfrau her. Die Spazierstöcke hatten sie vor der Türe stehenlassen, wie es die Landleute taten, wenn sie auf die Kanzlei kamen; die Hüte hielten sie in den Händen und schauten während der ersten Wechselreden verlegen im Zimmer umher.

Endlich brachte Salander sie auf den Zweck ihres Besuches; es gefiel ihm, daß so kecke und jugendliche Politiker doch bescheiden und sogar schüchtern sein konnten in ernstem Augenblick. Selbstverständlich hatten sie nach allem, was geschehen, nicht mehr viel zu sagen und taten es auch kurz und natürlich; der Herr Großratspräsident hätte nichts daran zu tadeln gefunden. Wieder sahen sie sich an den Wänden um, während Salander seine Antwort erst flüchtig erwog; der wohlgeordnete Raum erhöhte ihre ungewohnte Achtung und diese wieder Salanders gute Meinung; jedes Bedenken, jede Vorstellung über diesen oder jenen Punkt, alle Fragen nach ihren Lebensplänen und Aussichten unterlassend, erklärte er, immerhin mit ernster Miene, daß er und die Mutter dem Willen der Töchter nicht entgegen seien und nur der Hoffnung leben könnten, diese Verbindungen werden usw., worauf er kurz abschnitt und die Notare, wenn sie nichts anderes vorhätten, auf den Mittag zum Essen einlud.

Sie waren noch immer so befangen, daß sie nicht einmal wagten, in Bräutigamsweise sich den Mädchen zu nähern, die sie doch so gut kannten, und diese von ihrer feierlichen Würde zur Verlegenheit übergingen und darob fast erbost wurden; denn sie wußten selbst nicht, wie vornehm sie plötzlich den Zwillingen erschienen. Der Vater, solche Zartheit mit neuem Wohlgefallen bemerkend und in der Absicht, die Verlobten jetzt allein zu lassen, nahm für kurze Zeit Abschied, um auf das Kontor zu gehen und die eingegangenen Briefe zu öffnen.

Am Mittagsmahle tauten die Notare ein wenig auf, doch nicht genug, um das Gespräch zu würzen. Salander wollte von Politik und den Ratsverhandlungen reden; sie schienen aber nicht dazu gelaunt und 140
ließen ihm meistens allein das Wort, was er schließlich auch als Bescheidenheit auslegte. Er bedachte hierauf, daß man den Eltern Weidelich, die so nah wohnten, doch auch entgegenkommen müsse, und daß der Anfang am besten zu bewerkstelligen wäre, wenn er jetzt die Töchter ermahnte, mit den Herren nach dem Zeisig zu spazieren und sich den künftigen Schwiegereltern vorzustellen. Dadurch würde Frau Marie Salander des ersten Schrittes überhoben; er selbst wollte sie auf der einsamen Rückfahrt überraschen und dem Mietwagen ein paar Stunden weit entgegenwandern.

Sein Vorschlag wurde von jedermann sehr gebilligt, von den Töchtern, weil sie auf einen ergiebigen Spaziergang rechneten, von den Zwillingen, weil sie ein böses Gewissen hatten und die Eltern zu versöhnen hofften. Die drei Sitzungstage im Beginn der verflossenen Woche waren nämlich vorübergegangen, ohne daß sie ein einziges Mal Zeit gefunden, die sehnsüchtig ihrer harrenden Eltern aufzusuchen, die nicht wußten, was sie denken sollten, bald mit der Wichtigkeit der Geschäfte und der Personen ihrer Söhne sich tröstend, bald an ihrem Herzen, ihrer Kindesliebe verzweifelnd, und wahrscheinlich in beidem irrend. Auch wußten sie nichts davon, was heute, an diesem schönen Sonntage, vorging. Die Zwillinge hatten ihre Absicht verschwiegen, damit nicht etwa auf dem Markte durch Schuld der mütterlichen Reden eine schädliche Szene entstand.

So saßen nun Jakob Weidelich und seine Frau Amalie auf der Bank vor dem Hause und machten Kalender, als sie zwei schwarzgekleidete junge Herren mit hohen Hüten daherkommen sahen, jeder mit einer

hübschen, blühenden und schön geputzten jungen Dame am Arm. Denn die Salanderfräulein hatten es darauf abgesehen, den fremden Eltern wie ihren Söhnen Vergnügen und ein wenig Ehre zu bereiten, da die eigenen Eltern kein sonderliches Freuden- und Ruhmesgeschrei erhoben. So wollten sie nun die Elternlust im Zeisig zu erhöhen suchen
141 und sich mit daran gütlich tun.

Mann und Frau Weidelich dachten eher an den Tod, als daß das ihre Söhne wären, bis sie ganz herangekommen.

Jetzt endlich erkannten sie ihr Blut, von gutem Weine und noch besserem Abenteuer so rosig angehaucht wie noch nie; als aber vollends die zwei Fräulein Salander genannt und als Bräute vorgestellt wurden, da vergaßen sie, insbesondere die Mutter, alles Leid schneller, als ein Licht ausgeblasen wird. Wenigstens ward es ihr fast dunkel vor den Augen: die Salanderinnen, von denen das Stück erst eine halbe Million Franken gelten sollte! Das heißt, wenn ihr Vater nicht wieder Dummheiten machte! Denn wer kann heutzutag noch fest auf seinen Willen bauen? Das ist jetzt so, sie haben die Bräute und sind Mannes genug mit und ohne die halbe Million!

Solche Gedanken stürmten in der Brust der guten Frau, wurden aber nicht laut; denn sie war stracks in das Haus hineingelaufen und putzte sich in der Geschwindigkeit so gut als möglich heraus. In der Zeit führte der ehrliche Milch- und Gemüsehändler den Ehrenbesuch in die ländliche Stube, nötigte die jungen Leute, um den Tisch herum Platz zu nehmen, und eilte, um nicht sofort reden zu müssen, mit der blanken Weinkanne in den Keller.

Während er dort war, kam die Frau gesprungen, rief: »So ist's recht, ruhet nur aus!« lief aber zur andern Tür wieder hinaus, um die Magd auszutreiben, wie sie sagte, damit sie schnell Küchlein backen helfe, nur eine Schüssel voll, zum Kaffee, der gemacht werden müsse. Umsonst gingen und riefen die jungen Leute ihr nach, sie solle doch alles bleiben lassen, sie hätten weder Hunger noch Durst. Das gehe sie nichts an und der Tag sei noch lang und noch nichts bereit, gab sie zurück und trollte sich weiter. Sie prallte mit ihrem Manne zusammen, der mit der gefüllten Zinnkanne und einem großen Stück Käse auf bemaltem Teller gemessenen Ganges hereinkam, auf den Tisch abstellte, denselben mit Gläsern bedeckte, dann aber nicht dablieb, sondern wieder hinausging
142 und nach einer Weile mit einer riesigen Schüssel voll Schinkenschnitze zurückkehrte. Dann nahm er kleinere, ebenfalls mit bunten Nelken

verzierte Teller, Messer und Gabeln aus dem Schrank und holte zuletzt ein großes Bauernbrot herbei, das er anschnitt. Dazwischen hörte man von der Küche her schon das Feuer knistern und die Butter in der Pfanne spratzeln.

»Ei, was machst du denn, Vater?« rief Frau Weidelich, in weißer Küchenschürze und mit gerötetem Gesichte eintretend, »das wäre ja später nach dem Kaffee recht gewesen! Wo soll ich denn damit hin?«

»Bring nur, was du hast, wenn du fertig bist!« sagte gelassen Jakob Weidelich, »wir stellen alles durcheinander, so sieht unsere Armut um so reicher aus! Ohnehin trinken ich und die Buben lieber ein Glas Wein als Kaffee.«

»Die Buben, ja! Wißt ihr ungeratenen Ratsherren, daß wir den schönen Schinken vergangene Woche schon für euch gesotten haben? Aber ihr habt euch nicht ein Augenblicklein gezeigt und uns vergeblich warten lassen!«

»Du mußt es nicht übelnehmen, Mama!« entschuldigten sich die Söhne, »wir gehören unseren Stellungen, nicht mehr uns selbst an; Geschäfte und Umstände nahmen uns dies erste Mal so in Anspruch, daß wir uns vor der Abfahrt nie losmachen konnten. Künftig wird es hoffentlich nicht mehr so gehen!«

»Gott bessere es!« sagte die Mutter, »aber das Kücheln macht mir einen Heidendurst! Gib mir ein halbes Glas voll Wein, Vater, und schenke den jungen Herrschaften auch ein, weil's einmal dasteht!«

Weidelich goß einen klaren, halbroten Wein in die Gläser.

»Zur guten Gesundheit, ihr lieben Jungfern! Zur Gesundheit, Vater! Und Isidor und Julian!«

Sie trank das halbe Glas mit einem Zuge leer und wischte den Mund mit der Schürze, sichtlich erfrischt weitersprechend:

»Und was machen denn die lieben Eltern, ihr Fräulein? Ist die Mama wohlauf und der Herr Papa auch?« 143

»Vater und Mutter sind beide wohlauf, wir danken der Nachfrage!« sagte Setti, »wir sollen Sie und Herrn Weidelich freundlich von ihnen grüßen, und sie hoffen bald Gelegenheit zu haben, die geehrten Eltern unserer Bräutigame selbst zu begrüßen!«

»Jetzt ist's Zeit für dich als Vater, auch dein Wörtlein zu sagen«, stieß die fröhliche Frau den Mann an, der, von der Verlobungsgeschichte zwar nur halb unterrichtet, den Stand der Sache im ganzen doch zu beurteilen wußte; er räusperte sich ein weniges, eh er sprach:

»Was soll ich da viel sagen, als daß es mir eine Ehre ist, oder uns, wollt ich sagen! Ich bin ein schlichter Landwirt (die Söhne hatten ihm diesen Ausdruck eingelernt, weil der alte Name *Bauer,* der immer einen *Herren* voraussetze, im souveränen Volke nicht mehr üblich sei), ich bin ein schlichter Landwirt und weiß nicht gelehrte und wohlgesetzte Worte zu machen! Ich kann nur die freundlichen Jungfern, die mir ganz gut gefallen, willkommen heißen, und hätte nie gedacht, zu so vornehmen Sohnsfrauen zu kommen! Möge der Herr seinen Segen dazu geben!«

»Ich hab es schon lang getan!« rief Mama Weidelich, »es soll gelten! Laßt uns darauf anstoßen!«

Sie trank die andere Hälfte ihres Glases aus, wischte sich aber diesmal mit der Schürze gerührt die Augen, statt des Mundes; denn ein schöner Teil all ihres Sinnens und Trachtens schien jetzt in Erfüllung zu gehen. Vorderhand lief sie wieder in die Küche, um ihrerseits die Arbeit am Glücke nicht ausgehen zu lassen; man hörte sie Kaffee mahlen, Zucker zerstoßen und dazwischen laut mit der Magd reden, die, einen Spritzkuchen an einer langen Gabel emporhaltend, nicht aus dem Staunen über das Ereignis herauskam.

Es blieb keine Zeit für den Spaziergang, auf den die Jungen gehofft; die Frau wollte die unverhoffte Verlobungsfeier nicht unterbrechen, den Triumph sich nicht verkürzen lassen, und sie teilte die Heiterkeit ihres Gemütes auch den anderen mit, zumal den zwei Bräuten, welche
144 für die Ausdauer ihrer Gefühle hier mehr Anerkennung fanden, als im eigenen Elternhause, und sich offenen Herzens daran erfreuten. Es wurden sogar einige Liedchen im Chor gesungen; vor dem Hause sammelten sich neugierige Kinder, bei dem alten Brunnen mit dem abgesägten Flintenlauf standen Weiber aus der Nachbarschaft, welche das Gerücht herbeigelockt, und suchten des Anblickes der Brautleute teilhaftig zu werden.

Das gelang ihnen auch. Die Herren Notare konnten trotz des mütterlichen Eindringens nicht über Nacht bleiben, weil für beide auf den nächsten Morgen Geschäfte vertagt waren; die Bräute aber waren zuletzt doch froh, sich auf den Heimweg zu machen, um noch vor der Mutter zu Hause zu sein.

Die Zuschauer auf dem Brunnenplatze, Weiber und Kinder, sahen daher unvermutet den kleinen Festzug aus der Tür treten und sich über den Platz bewegen, zu zwei und zweien, voran die Brautpaare, zuletzt die Eltern als Nachhut. Mama Weidelich wollte sich sehen lassen und bestand darauf, eine Strecke weit das Geleite zu geben.

»Seht!« flüsterten die Leute, »da kommen sie! Das sind die Landschreiber, potztausend! Und das also die Fräulein, die hortreich sein sollen! Sauber sind sie, leutselige Weibsbilder! Und die Alte, die blüht ja wie eine Rose! Guten Abend, Frau Weidelich, guten Abend, Herr Weidelich!«

Sie nickte den Weibern dankbar zu, weil sie so hübsch am Wege standen.

11.

Nachdem das Doppelbündnis einmal entschieden war, nahm sich die andere Mutter, Marie Salander, der Aussteuer ihrer Töchter um so sorgfältiger und freigebiger an. Nicht nur alles Gewobene, sondern so ziemlich die ganze haushältliche Einrichtung im Lautenspiel zu Unterlaub und in Lindenberg sollten sie mitbringen. Martin, ihr Mann, meinte, man müsse doch den Leuten im Zeisig auch das Übliche zu 145
tun einräumen; allein sie sagte, vor allem wünsche sie, daß die Kinder in ihrem Zugebrachten sitzen und stehen, schlafen und wachen können; man wisse nicht, wozu es gut sei. Ein weiterer Vorteil bestehe in dem gleichmäßigeren, einfachen Geschmack, der dabei herauskomme; wenn man nicht in altgewohntem Väterhausrat lebe, so müsse man sich das Neue auch für die Augen wohnlich zu machen suchen.

»Hör' auf, Frau!« lachte Salander, »woher fliegen die Mücken? Du wirst mir am Ende gelehrt und arbeitest an einer Mobiliarpsychologie!«

»Laß mich zufrieden«, sagte sie, »ich bin nicht zu Possen aufgelegt!«

Setti und Netti ließen die Mutter gerne gewähren, um sie bei gutem Willen zu erhalten; glich sie doch in ihrem Walten beinah einem jungen Mädchen, das eines Tages nochmals über seine alte Puppenstube gerät und träumerisch damit zu spielen beginnt. Sie sah dabei aus, wie wenn man sie nicht stören dürfe, um nicht das öffentliche Geheimnis ihres Kummers zu wecken.

Die Töchter hatten indessen andere Schmerzen; die Frage, wer alles zu der Hochzeit geladen werden solle, gab ihnen zu schaffen. Daß beide Hochzeitsfeste in eines verschmolzen werden müssen, schien in der Natur dieser außerordentlichen Heiratsgeschichte selbst zu liegen und eine gerechte Krönung des ganzen Liebeskunstwerkes, eine Vergütung

der dabei erlittenen Unbilde zu sein. Nun erfreute sich aber die Salanderfamilie keiner ausgebreiteten Freundschaft und geselliger Beziehungen, einmal wegen ihrer wechselreichen Schicksale, dann auch wegen Salanders politischem Wesen. Wohlhabende Geschäftsleute und ähnliche, die aus den für besonnen geltenden Reihen des bisherigen Zustandes heraustreten und mit den bewegten Massen voranstürmen, gelten bei jenen Standesgenossen mindestens für wunderliche, unvertraute Käuze, denen die gesicherte Staatsordnung ein Spielball der Leidenschaft oder
146 des Ehrgeizes sei; hieraus erwächst immer ein Lösen des engeren Verkehrs, während die allgemeine Achtbarkeit schon der nützlichen Geschäftssachen wegen bestehen bleibt. So wenigstens suchte Martin Salander den Seinigen entschuldigend die Verlegenheit zu erklären, die bei der Auswahl der Hochzeitsgäste zutage trat. Die Töchter vollends besaßen gar keine »intimen« Freundinnen mehr. Unter diesen Umständen dachte der Vater eine Zeitlang daran, aus der Hochzeit ein freiheitliches Volksfest zu gestalten und eine Schar Demokraten mit ihren Frauensleuten zu laden, die in Verbindung mit dem zu erwartenden Anhang des Hauses Weidelich ein wackeres Bild, einen Auszug des Volkes darstellen würden. Die Mutter wußte ihm jedoch den Gedanken auszureden, und er sah ein, daß es vielleicht nicht gut wäre, diese Hochzeit zu einem politischen Parteifeste zu machen mit einem nicht abzusehenden Verlaufe. Auch die Töchter scheuten sich, mit ihrem erkämpften Glücke ein öffentliches Schauspiel zu geben.

Desto eifriger wünschten die Bräute den Bruder Arnold zur Hochzeit herbei. Sie hatten einen mit den Eltern gemeinschaftlich geschriebenen Brief an ihn nach England gesandt, nachdem er die erste Verlobungsanzeige mit einem kurzen Glückwunsch ohne alle scherzhaften Wendungen erwidert.

Auf die vierfache Einladung traf nun ein Brief Arnolds an den Vater ein. »Liebster Vater!« schrieb er. »Euere dringende Gesamtaufforderung, zur Hochzeit zu kommen, hat meinem gut Salanderschen Sohnes- und Bruderherzen gewiß wohl getan, und fast tut es mir weh, dem Vergnügen, das ich mir versprechen dürfte, entsagen zu müssen. Vielleicht werden die l. Schwestern es auch nicht galant finden, wenn ich über dies Müssen eigenmächtig selbst entscheide; allein es ist so, ich kann jetzt wegen der Hochzeit nicht den hiesigen Aufenthalt plötzlich unterbrechen, um möglicherweise, wie es eben so geht, nachher nicht mehr zurückzukehren, wenn ich einmal dort bin. Die l. Mutter, welche, es sei gesagt, ohne Eifersucht erregen zu wollen, eine Spezialität meines Herzens ist, wird mich verstehen! 147

Liebster Vater! Ich habe Dir zu bekennen, daß ich hier nicht Jura treibe, wie wir verabredet, sondern englische Geschichte, wobei ja ›wünschendenfalls‹, wie sie in Münsterburg sagen, immer etwas Recht mit unterläuft. Ich weiß wohl, daß man nicht gerade in die Länder zu gehen braucht, deren Geschichte man im allgemeinen studieren will; wenn man aber da ist, kann man in Land und Leuten einen Anschauungsunterricht genießen, der nicht zu verachten ist.

Ich muß nun gleich zu dem übergehen, was hiemit zusammenhängt und ich Dir vorzulegen habe. Du hast bis jetzt gewünscht, daß ich sofort die juristische Praxis antrete, wenn ich heimgekehrt bin, und zugleich beginne, mich am politischen Leben zu beteiligen. Das möchte ich mit Deiner Zustimmung gern etwas anders anfassen. Die Jurisprudenz werde ich nach Kräften weiter pflegen, fühle aber einen lebhaften Drang, mehr als bis zur Stunde geschehen, mich den historischen Studien zu widmen, was ich mir folgendermaßen denke. Unsere Mittel würden mir gestatten, eine Zeitlang in der Heimat als unabhängiger Privatgelehrter zu leben, womit sich, damit ich nicht ganz umsonst esse, wohl vereinigen ließe, in Deinem Handelsgeschäfte diese oder jene Funktionen zu besorgen. Ich habe ja früher schon manche Stunde an Deinem Pulte mitgeschrieben. Würde so allmählich ein leidlicher Kaufmann daraus, so täte die etwelche Gelehrtheit ihm keinen Abbruch, und die Frage, welches die Zukunft Deiner Firma sein soll, wäre im Notfall zugleich für eine weitere Zeit gelöst. Also: ein junger Jurist arbeitet nach Bedürfnis und Gelegenheit im Handelshause seines Vaters mit, treibt daneben Geschichte für seinen Hausgebrauch, um die werdende Geschichte besser zu verstehen und ihre Dimensionen messen, ihre Bedingungswerte schätzen zu lernen.«

»Was Teufel ist das?« unterbrach sich Martin Salander im Lesen, vergeblich über den Sinn der Phrase nachdenkend; las dann aber weiter:

»Wo will das hinaus? wirst Du fragen! Ich will gleich den Schlüssel 148
hersetzen. In G. ging ich mit einigen Landsleuten um, welche sich vorzugsweise gern über die politischen Zustände der Heimat unterhielten und die empfangenen Nachrichten unter weisen Betrachtungen austauschten. Einer davon aus dem Kanton X. wurde von seinem Vater ausgesucht, der nach dem Seebade reiste. Er brachte einen Abend mit dem Sohne und uns zu, hörte unsere Gespräche an, in die wir den alten

Herrn bald verwickelten. Als er ein und das andere ungeduldige und vorschnelle Urteil vernahm, woran sich der Schluß knüpfte, es dürfte der betreffende Übelstand wohl erst durch ein neues Geschlecht von Gesetzgebern, von frischen Kräften gehoben werden, lächelte der Alte und meinte, es handle sich nach seiner Erfahrung nicht sowohl um einen Mangel an frischen Kräften, die ja ohnehin schon durch das allgemeine Menschenschicksal unaufhörlich zuflössen, als im Gegenteil um einen bedächtigeren, beharrlicheren Ausbau des Geschaffenen. Er erzählte nun anschaulich, wie er zum dritten Mal erlebt habe, daß nach einem kraftvollen Umschwung die Söhne der Männer, die ihn bewirkt und im besten Mannesalter standen, als Schüler sich zusammengetan und verabredet hätten, sie wollten noch etwas ganz anderes herstellen, wenn sie drankommen würden. Ohne zu wissen, was das Unerhörte eigentlich sein solle, hätten sie später wirklich Wort gehalten, wie wenn sie auf dem Rütli geschworen hätten, und ihre Zeit lang die heilige Gesetzgebung verwirrt und gestört, bis ihre eigenen Sprößlinge den gleichen Schwur getan und als neue Generation ihnen vom Amte halfen oder wenigstens mit großem Spektakel zu helfen suchten. In diesem Lichte gesehen, sei der Fortschritt nur ein blindes Hasten nach dem Ende hin und gleiche einem Laufkäfer, der über eine runde Tischplatte wegrenne und, am Rande angelangt, auf den Boden falle, oder höchstens dem Rande entlang im Kreise herumlaufe, wenn er nicht vorziehe, umzukehren und zurückzurennen, wo er dann auf der entgegengesetzten Seite wieder auf den Rand komme. Es sei ein Naturgesetz, daß alles
149 Leben, je rastloser es gelebt werde, um so schneller sich auslebe und ein Ende nehme; daher, schloß er humoristisch, vermöge er es nicht gerade als ein zweckmäßiges Mittel zur Lebensverlängerung anzusehen, wenn ein Volk die letzte Konsequenz, deren Keim in ihm stecke, vor der Zeit zu Tode hetze und damit sich selbst.

Wir waren von dieser zurechtweisenden Rede des alten Herrn nicht wenig verblüfft, nahmen sie aber mit Achtung auf; wir mußten das Tatsächliche daran zugestehen, da wir Ähnliches selbst schon unter der Jugend beobachtet, und belachten den Humor davon.

Nachher sprach ich mit einem der Freunde, dem ich näher stehe, wiederholt von jener Unterhaltung; wir dachten von dem Gesichtspunkte des Alten aus mehr über die politischen Tagesläufte nach, die wir aus der Heimat vernahmen. Kurz, wir gelangten endlich zu dem Entschlusse, im Gegensatze zu den Schulbankagitatoren, uns nicht als neue Generation aufzutun, sondern uns im stillen für alle Fälle brauchbar zu machen in Zeiten, wo es notwendig werden könnte, mit einzustehen und den Rang finden zu helfen. Am allgemeinen mitzudenken sei immer nötig, mitzuschwatzen aber nicht.

Lieber Vater! So ist nun die Gesinnung oder Stimmung beschaffen, aus welcher heraus ich mein Verhalten, wie ich es oben dargelegt, einzurichten vorhabe, insofern Du den Sohn in solcher Gestalt zunächst im Hause dulden kannst. Den Tribut, den ein Haus dem öffentlichen Leben schuldig ist, bezahlst Du ja indessen mit Deiner Person so vollgültig, daß ich noch lang hin im Schatten Deines Beispiels mich ruhig fortbilden kann!«

Martin legte den weitläufigen Brief offen auf sein Pult, nahm ihn wieder auf, wandte die Blätter und sagte:

»Was ist nun das? Treibt er Spaß oder Ernst? Mit seiner Geschichte! Und was ist das für ein alter Herr mit dem Käfer auf dem Tisch, den er dem Fortschritt vergleicht? Halt, da dämmert was – ich glaube bald, ich habe einen jungen Doktrinär in die Welt gesetzt! Er weiß, daß ich ein Mann des Fortschrittes bin, und kommt mir mit dem Käfer! Das 150
ist doktrinäre Kritik, am Ende die ganze Geschichte von dem alten Kerl erfunden! Und doch nicht, er ist dafür zu ehrlich und ernsthaft! Im Grunde, wenn er im Geschäfte mithelfen will, kann mir das nur lieb sein, ein doctor juris steht ihm nicht schlecht an. Der historische Doktrinarismus im politischen Gebiete wird ihm schon vergehen, wenn er in den Zug kommt. Dimensionen und Bedingungswert der werdenden Geschichte! Gras wachsen hören! Will er eingeschlagene Eier backen, den Thermometer in der Pfanne? Sei es! wenn er nur was Rechtes weiß, so ist ihm zuletzt dies oder jenes abzulernen, woran er selbst nicht denkt! Das Ding mit dem stillen Privatgelehrten und dem Kaufmann, der es drauf ankommen läßt, ob er hervortreten wird oder nicht, hat doch etwas für sich und sieht gut aus, zumal wenn man es ja bequem machen kann! In der Tat, es gefällt mir immer weniger übel! Was schreibt er denn da noch? Er wünschte noch ein Jahr zu reisen, wenn es anginge! Warum nicht? Ich wollt, ich hätt es auch tun können, als ich jung war, nur um mich zu unterrichten! Nachher mußte ich freilich reisen, weit genug, hab aber vor Plackerei kaum was gesehen und an Weib und Kind denken müssen!«

Er teilte den Brief den Frauenzimmern mit, die aus verschiedenen Gründen betrübt waren, die Töchter, weil der Bruder nicht zur Hochzeit

kam, die Mutter, weil sie den Sohn noch länger entbehren mußte, und gerade jetzt, wo sie die Töchter verlor. Und er hatte ihr noch nie Kummer gemacht. Sein Lebensplan aber, oder wie man die Auseinandersetzung seiner Absicht benennen will, auf die Martin sie aufmerksam machte, erfüllte sie mit stolzer Freude, so würdig und ernst erschien ihr alles, was er schrieb, und sie billigte zuletzt alles, selbst das Reisen. Mit dem Manne später allein, konnte sie sich nicht enthalten, sich mit einiger Überhebung der Gegenschwäherin gegenüberzustellen und im
151 Hinblick auf deren Zwillinge den eigenen Sohn zu preisen.

Salander wurde ordentlich eifersüchtig auf ihn.

»Du bist ein bißchen Aristokratin«, sagte er, »ich weiß gar nicht, warum du die Leute so wenig leiden kannst! Warte das Ende ab, wer zuletzt lacht, lacht am besten! Die Zwillinge werden noch ein paar handfeste Männer werden und obenaufkommen, während unser Arnold mit seinen Schrullen vielleicht ein unbedeutender Stubenhocker wird!«

Er nahm den Brief mit auf das Kontor und las ihn nochmals durch. Wieder lief ihm der fortschrittliche Käfer des alten Herrn über die Leber und ärgerte ihn; ein Gedanke gab den andern, Salander hätte Arnold auch gern an der Hochzeit gehabt, und bei diesem Punkte angekommen, änderte er plötzlich wieder seine Ansicht von dem Feste und beschloß, dem doktrinären Sprößling zum Possen doch eine politische Volkshochzeit zu feiern, damit er in der Ferne vernehme, was die Glocke geschlagen!

Ohne die Gattin weiter einzuweihen, verband er sich mit den künftigen Schwiegersöhnen und setzte mit ihnen den Plan fest. Dem Geiste der Zeit entsprechend, wurde von allem Auffahren einer Menge Kutschen abgesehen und die Eisenbahn als Beförderungsmittel gewählt. Die aus der Stadt und ihrer Umgebung geladenen Gäste verfügen sich nach dem Bahnhof, wo die Hochzeitspaare und deren Eltern sie erwarten. Jedermann ist anständig gekleidet, wie zu einem sonntäglichen Ausfluge; aber keine Ballroben, keine Fräcke werden gesehen. Im Saale der Bahnhofswirtschaft wird die Morgensuppe genossen, mitten im Verkehr des reisenden Publikums, ein Bild des rastlosen Lebens. Es ist indessen dafür gesorgt, daß das Beste aufgetragen wird in der stillen Zeit, da die Züge abgefahren und die Säle leer sind. Dann führt ein Extrazug die Hochzeit nach dem Orte, wo die Trauung stattfinden soll; es ist ein ansehnliches Dorf mit guter Wirtschaft, das ziemlich in der Mitte zwischen der Stadt, dem Lindenberg und Unterlaub liegt. Zwei

kleine Sängerchöre, die von den beidseitigen Freunden und Anhängern
der Bräutigame gestellt sind, empfangen die Versammlung und begleiten 152
sie, eine kräftige Landwehrmusik voran, in die Kirche, wo ein geistlicher Demokrat die Predigt und den Trauungsakt verrichtet. Dann geht es zum Hochzeitsmahle, für das bei gutem Wetter im Baumgarten beim Hauptwirtshaus, also im Freien, die Tische gedeckt stehen, und eine Zahl fernerer Gäste der Landesgegenden sind herbeschieden, worunter redekundige Leute.

Ein kleines Festspiel unterbricht den Schmaus und die Gesänge. Auf die verschiedene Parteistellung der zwei jungen Großräte anspielend, wird von allegorischen Figuren ein Waffenstillstand zwischen den Demokraten und den Altliberalen beraten und abgeschlossen, nicht ohne Hinweis auf die doppelte enge Verschwisterung der Hochzeitsparteien, die als schönstes Vorbild für das Wiedervereinigen der Landesparteien ausgerufen werden usw. Hat sich, wie zu erwarten, aus der zuschauend teilnehmenden Bevölkerung, welche freundlich zu bewirten ist mit den Gästen zusammen eine kleine Volksversammlung gebildet, so treten die Redner auf und benutzen die Reihe der üblichen Toaste zum Einflechten derjenigen Betrachtungen, welche geeignet sind, das Volksbewußtsein zu heben, und in den höchsten sittlichen Prinzipien des freien Staates gipfeln, dessen Wurzeln in der freien Familie gegründet sind.

Vom Tanzen wird vorläufig abgesehen und vielmehr auf die Musik zum Anstimmen und Begleiten einiger National- und Freiheitslieder gerechnet, welche durch die anbrechende Nacht bei Fackelglanz, von der ganzen Menge gesungen, weithin sich hören lassen sollen. Als Salander das Programm mit den Söhnen Weidelichs an Ort und Stelle des Festes zu ihrem anfänglichen Erstaunen und nachherigen großen Vergnügen vereinbart hatte, und zwar mit dem schließlichen Bemerken, daß er selbstverständlich als Urheber des Projektes die ganzen Kosten übernehme, fuhr er guter Laune nach Münsterburg zurück.

»So, Meister Arnold, der das Gras will wachsen hören«, schmunzelte
er in sich hinein, »kämest du an die Hochzeit deiner Schwestern, so 153
würdest du es einen guten Atemzug tun sehen, vielmehr hören, will ich sagen, oder beides zusammen! Du würdest lernen, daß dies Land noch keine runde Tischplatte ist, wo Käfer drauf hin und her rennen! Sein alter Herr hat vielleicht an Krebse gedacht, die keine Augen in den Schwänzen zu haben pflegen, wenn sie ihre Fortschrittswege zurücklegen!«

In der fröhlichen Laune machte er auch Frau und Töchter mit dem Festverlaufe, wie er bestimmt worden, bekannt. Zu seiner Verwunderung blieb die Frau ganz gelassen und schien gar nicht so unzufrieden zu sein.

»Ich freue mich«, sagte er, »daß du keinen Widerspruch mehr erhebst, du wirst sehen, es wird eine gelungene Hochzeitsfeier absetzen, wie sie nicht alle Tage vorkommt!«

Sie erwiderte mit schonendem Lächeln für die Töchter:

»Ja, es ist mir soeben, während du erzähltest, ein anderes Licht aufgegangen: ich glaube jetzt, daß durch diese außerordentliche Art von Hochzeit die ungewöhnliche Geschichte derselben in den Hintergrund rückt oder vielleicht ganz ausgeglichen wird!«

»Nicht wahr? Siehst du, wie klug du bist? Daran habe ich nicht einmal gedacht!«

»Übrigens ist es mir auch sonst ein wenig besser zumute in der Sache. Ich bin heute im Zeisig oben gewesen wegen Aussteuersachen und habe die Frau Weidelich in großer Wochenarbeit getroffen und ein Weilchen warten und zusehen müssen. Es gefiel mir, daß sie gar keine Komplimente machte. Und dann hab ich mich ordentlich erbaut an dem rüstigen Fleiße, mit dem sie hantierte und die Arbeit regierte, wahrhaftig unermüdlich und auch umsichtig; sie ließ nichts durchgehen, legte überall Hand an und sorgte zugleich für die Waschweiber und Plätterinnen. Den Mann hab ich auch gesprochen, und er gefiel mir in seiner ehrlichen Bescheidenheit und Ruhe noch besser als die Frau.
154 Auch er scheint nie müßig zu sein, so gemessen er sich herumbewegt. Nun, dachte ich, wenn die Äpfel nicht weit vom Stamme fallen, so kann es auch da nicht stark fehlen!«

»Hört ihr, Kinder! freut es euch nicht?« redete Salander die Töchter an.

»Was?« sagten sie, aus düsterm Sinnen erwachend, in welchem sie gar nicht auf das Gespräch der Eltern geachtet hatten. Ihre Augen waren sogar voll Wasser.

Nach und nach stellte sich heraus, daß die Morgensuppe ihres Ehrentages nicht im Gasthofe oberen Ranges, sondern in der Bahnhofrestauration, unter Geschäftsreisenden und glotzenden Engländerinnen eingenommen, ihre Betrübnis verursachte; daß es keine Kutschen geben sollte, gerade für sie allein, während die ärmste Magd in einer Droschke zur Kirche fahre, machte sie traurig; daß sie entweder im

Brautgewand und Schleier, die Myrten auf dem Kopf, vielleicht den Regenschirm in der Hand, zu Fuß nach dem Bahnhof marschieren, oder dann, wie es den Gästen vorgeschrieben, als Rigireisende verkleidet gehen würden, beleidigte sie.

»Merkwürdig! Euere Verlobten haben gerade diese Idee mit wahrem Gaudium aufgenommen und denken sich damit auszuzeichnen! Sie gehen sogar damit um, weiße leinene Sommeranzüge machen zu lassen und Strohhüte zu tragen!« berichtete der Vater.

»So, tun sie das? Dann gehen wir einfach nicht mit!« sagte Setti; »wir haben nicht so lange geharrt und ausgehalten, um aus unserer Vermählung eine Maskerade zu machen!«

»Nein, das tun wir nicht!« bestätigte Netti; »wir haben auch etwas dazu zu sagen!«

Die Mutter schlichtete den Streit.

»Genaugenommen haben sie recht, was den hiesigen Teil des Festes betrifft«, sagte sie, »es wäre im Bahnhof doch eine wunderliche Existenz und auch die Küche in einem guten Hotel angemessener. Das Getrappel zu Fuß geht ja eigentlich auch nicht, dazu ist die Stadt zu bevölkert; tausend Kinder würden uns vor- und nachlaufen. Den Mädchen können 155
wir das Brautkleid, das sie nur einmal im Leben tragen, auch nicht absprechen, und so sind Kutschen im voraus notwendig und damit müssen wir für die ganze Gesellschaft Kutschen haben! Wie es draußen im Dorf gehalten werden soll, mag bei eurem Programm bleiben, dieser Teil ist ja die Hauptsache.«

»Gut, ich füge mich!« entschied sich Salander. »Dann frühstückt man aber im großen Saal zu den Vier Winden und fährt dahin und von dort nach dem Bahnhof, meinetwegen in hundert Kutschen und noch mehr! Die Vier Winde möchte ich haben, weil das Lokal einen politischen Beigeschmack hat.«

Frau Marie Salander blickte den Mann mit unmerklich zuckendem Munde an, vielleicht das erste Mal mit dem zweifelhaft fragende Ausdruck, der in ihren Augen lag.

Der Tag war nach allen Vorbereitungen endlich da, inmitten des Junimonats, und der Himmel unbewölkt. Vom Salanderschen Hause fuhren zwei Wagen mit den Braut- und Elternpaaren nach den Vier Winden, während in einer Anzahl anderer Fuhrwerke gegen vierzig Personen beiderlei Geschlechts dort anlangten. Außer den Bräutigamen und ihren Vätern erschienen fast sämtliche Männer in bequemen

Kleidern jeder Farbe und Machenschaft. Nur Herr Möni Wighart, vielleicht der einzige nicht demokratische Gast, kam schwarz gekleidet. Er stimmte stets mit der liberalen Partei, freute sich aber zuweilen, wenn sie eine Ohrfeige bekam, weil er es vorausgesagt, und ließ im übrigen die Dinge sich nicht viel zu Herzen gehen. Heute war er überaus gespannt auf das Hochzeitsfest, das schon im voraus von sich reden gemacht, und hatte die Einladung des alten Freundes mit Dank aufgenommen.

Die Frauensleute der ganzen Gesellschaft kamen hochzeitlich gekleidet, mit frisierten Haaren, Blumen und anderer Zierat, wie es Alter, Geschmack und Mittel erlaubten. Und das ohne alle Verabredung; jede tat, was sie wollte, und alle hatten das gleiche gewollt, trotz den Mah-
156 nungen der Männer, die sich an Salanders Vorschrift hielten. Sie freuten sich jetzt doppelt, als sie sich mit beflissener Neugier um die Bräute versammelten und deren romantischen Staat und Anblick bewunderten, den sie feenhaft nannten, während man ihnen hatte weismachen wollen, sie würden auch in gewohnten Sonntagsröcken auftreten.

Setti und Netti aber fühlten eine große Befangenheit, denn noch nie war eine Hochzeit in Münsterburg gewesen, an welcher die Braut so wenig bekannte Gesichter unter den Hochzeitsgästen sah.

Indessen schuf das gute Frühmahl, verbunden mit dem sonnigen Tage, bald eine vertrautere Stimmung, und der Extrazug in der Bahnhalle nahm eine zur Heiterkeit ziemlich gleichmäßig vorbereitete Gesellschaft auf. In einer Stunde war man an Ort und Stelle. Auf dem Stationsplatze bliesen acht gediente und geübte Musikanten einen schönen Marsch, bis der Zug anhielt und die Insassen ausgestiegen; im Wartesaal begrüßten die versammelten Gäste von der Landschaft die Ankommenden und ordneten sich mit denselben zum Gange nach der Kirche. Beim Heraustreten machte die Musik kehrt und führte den Zug unverweilt mit klingendem Spiele in den Tempel. Der Teil des Volkes, das nicht schon dort saß, besonders die Jugend, lief nebenher, am dichtesten, wo die denkwürdigen Zwillingsbrüder und die geschmückten, ebenso merkwürdigen Bräute gingen.

In der gefüllten Kirche standen auf der Empore in der Tat zwei Häuflein Sänger, jedes von einem Schulmeister mit gelber Stimmpfeife angeführt, die ihm zugleich als Taktstock diente. Takt im weiteren Sinne besaßen sie nicht genug, denn statt sich als ein Chor zusammenzutun, hatten sie sich ausgestellt, als ob sie gegeneinander das bekannte

Pintschgauer Wallfahrtslied singen wollten. Dennoch intonierten sie gemeinschaftlich unter dem Schwingen der zwei Stimmpfeifen ganz ordentlich ein kirchliches Lied, welches vom Gemeindegesang kräftig gedeckt wurde.

Der Pfarrer verlas hierauf ein eigens verfaßtes Gebet, welches den
kirchlichen Sinn und die Rechte des freien Denkens gleichmäßig vertrat, 157
und hielt eine schöne Predigt oder religiöse Rede über das gefeierte
Ereignis, dasselbe mehrseitig erklärend und zu einer Parabel ausgestaltend, die allgemein wohlgefiel und wahrhaft erbauend genannt wurde.

Zum Schlusse trugen die Sänger eine treffliche Komposition von Uhlands »Brautgesang« vor, die ihnen etwas schwieriger wurde als der vorige Choral, indem sie jetzt ohne die Gemeinde singen mußten und die gelben Stimmpfeifen nicht ganz gleich auf und nieder gingen. Auch war im Text durch den heutigen Sonderfall eine kleine Änderung als geboten erachtet worden. Statt des Einganges:

Das Haus benedei' ich und preis es laut,
Das empfangen hat eine liebliche Braut;
Zum Garten muß es erblühen;

wurde gesungen:

Das Haus benedei' ich und preis es heut,
Das empfangen hat zwei liebliche Bräut' usw.

und statt »Aus dem Brautgemach tritt eine herrliche Sonn'« hieß es: »tritt eine doppelte Sonn'«.

Allein niemand bemerkte die unnötige Verschlimmerung, und die kleinen Takt- und Harmoniewirren fanden duldsame Hörer. Zufrieden mit dem guten Willen, wenn es unter sich ist, betrachtet das Volk eine stramme Kunstübung eher als ein aristokratisches Wesen und ist durch alle Schichten hindurch darauf aus, eifrig zu demokratisieren, was in seinen Bereich kommt. So ungefähr äußerte sich Martin Salander der Gattin gegenüber, als sie später neben ihm am Tische saß und bemerkte, es dünke sie, die Sänger hätten ein wenig stark falsch gesungen.

»Und das Volk hat recht!« schloß er.

»Warum recht? Früher, es ist freilich lange her, dachtest du anders, als der Wohlwend so falsch sang und deklamierte!«

158 »Hm! Ja, das heißt, es ist nicht der gleiche Fall! Dieser tat es in einer gebildeten Welt, inmitten eines Vereines wohlgeübter Leute, die er störte. Hier hätte er niemandem die Freude verdorben!«

Marie Salander ließ aber den Mann noch nicht los von dem leise geführten Zwischengespräch.

»Es will mir aber doch scheinen, daß es nicht ganz recht sei, das gute Volk nicht auch darüber aufzuklären. Was brauchen sie denn so schwere Stücke zu singen, die sie nicht ausführen können? Mich dünkt, wer in der einen Sache pfuscht, gewöhnt es sich auch in allen anderen Dingen an, und man darf ihm zuletzt nirgends mehr die Wahrheit sagen, er leidet es einfach nicht!«

Martin schwieg hiezu eine Minute und sann, in das Kelchglas blickend, das er in der Hand hielt. Dann ließ er es sanft an dem ihrigen klingen und sagte:

»Trink auf deine Gesundheit, Marie! Du sollst den ersten Toast haben an dieser Hochzeit, ganz im stillen! Und jetzt wollen wir der Sache den Lauf lassen!« Sie trank unverweilt einen besseren Schluck als gewöhnlich und mit ihm einen jener kurzen Sonnen- oder Silberblicke, die mit der Länge der Zeit sich immer mehr verlieren, wenn die Menschen sich in Wind und Wetter leise ändern, so daß die Klugen weniger klug, die weniger Klugen Narren und die Narren oft schnell noch Halunken werden, eh sie sterben, wie wenn sie Gott weiß was versäumten.

Als die Mama Weidelich, die gegenüber saß, das verstohlene Anstoßen des Ehepaars Salander bemerkte, hielt sie ihr Glas auch herüber und rief fröhlich: »Potztausend, darf man nicht dabei sein?« Sie stießen mit ihr an, der Weidelichsvater kam auch herbei, und von da verbreitete sich das Klingeln über den ganzen Tisch, über alle Tische wie ein Sturmgeläute, ohne daß man wußte, wie es entstand und was es bedeute; und als man nichts Gewisses erfahren konnte, lachte alles über den
159 blinden Lärm, der darum nicht minder vergnüglich gewesen.

Da das Essen eben erst begonnen und Salander ein verfrühtes Reden befürchtete, welches die Gastgemeinde darin störte, die Ordnung des Auftragens unterbrach und die Schüsseln kalt werden ließ, so forderte er die Musik auf zu blasen und fleißig fortzufahren. Das taten die ältlichen Kriegstrompeter auf die zweckmäßigste Art. Statt der geläufigsten Soldatenmärsche führten sie eines ihrer Konzertstücke auf, mit denen sie Staat zu machen pflegten, nämlich die für eine kleinere Blechmusik arrangierte Ouvertüre zu der Oper »Wilhelm Tell«. Mit redlicher Mühe, im gemächlichsten Zeitmaße halfen sie sich so vorsichtig und Gott vertrauend über das Meer von Schwierigkeiten hinweg, daß die tafelnden Völker weder im Essen noch im gemütlichen Gemurmel der einzelnen Nachbargruppen beirrt wurden und am Ende, welches auch diese Tathandlung nahm, mit einem donnernden Bravo die gewissenhaften acht Männer lohnten. Dankbar ließen sie nach kurzer Pause eine mutig schmetternde Marschweise erschallen, und etwas später ein beliebtes Volkslied, worauf sie aber schleunig das Wasser aus den Instrumenten ablaufen machten und dicht hintereinander das Treppchen an ihrer Bühne herunterstiegen, um in die Ecke zu eilen, wo auch für sie der Tisch gedeckt war.

Da soeben in Erwartung neuer Gerichte die Teller gewechselt wurden, benutzte der Herr Pfarrer den Augenblick, das erste Lebehoch auf die Brautpaare und beiderseitigen Eltern auszubringen. Er schlug mit dem Messerrücken kräftig an das Glas, blickte gebieterisch umher, bis das Tellerklappern nachließ, unterstützt durch Silentiumrufen, und erhob dann die weithin tönende Stimme. Seine Toastrede bildete die Ergänzung der gehaltenen Predigt. Erst schilderte er das Elternhaus der soeben vermählten Jünglinge, den schlichten Landmann, der im Verein mit der rastlosen Hausfrau sich zu bescheidenem Wohlstande emporgeschwungen, aber wozu? »Nur um das blühende Knabenpaar, welches der im All waltende Gott in christlichem Ehestande ihnen aus reicher Hand geschenkt, des Segens der Schulanstalten teilhaftig werden zu 160
lassen mit derselben unermüdlichen Opferwilligkeit, mit welcher unser Volk sie begründet hat und durch alle Stürme aufrecht hält! Und wie hat dieser Segen angeschlagen? Es ist ein ewig denkwürdiges Beispiel! Nach kaum erreichtem Alter hat das Volk die Jünglinge, ja Jünglinge sage ich! an wichtige Amtsstellen berufen, deren treue Verwaltung namentlich der landwirtschaftlichen Ökonomie so unendlich wichtig ist! Und nicht nur das; in unsere höchste Landesbehörde, die nur das Gesamtvolk und Gott allein über sich hat und sonst niemanden fürchtet, hat es sie gleichzeitig entsendet, eine Ehre, welche wohl kaum je einem so bescheidenen Hause widerfahren ist. Blicket hin und seht sie dort beieinander sitzen, Eltern und Söhne, in all ihrem Werte, als ob es sie nichts anginge!«

Sie schauten den Sprecher unverwandt an, als alles Volk nach ihnen sah und Beifall rief. Erst jetzt kehrte sich der Vater ab und blickte verlegen vor sich nieder; die Mutter wischte sich die Augen, aus denen

die Tränen flossen, und faltete die Hände; die Söhne neben ihren Bräuten verneigten sich leicht gegen die Rufenden und den Redner, der weitersprach: »Treten wir hinüber in das bräutliche Haus, was sehen wir da? Auch einen aus dem Volke hervorgegangenen Mann, der sich durch Fleiß und Intelligenz emporgeschwungen und gegen alle Schicksalsschläge immer wieder erhoben hat, höher als vorher. In fernen Weltteilen ums Dasein kämpfend, kehrt er immer wieder mit der gerechten Siegesbeute zu den Seinigen zurück, zu den Kindern, die ihm die Gattin, ein Muster edler Weiblichkeit, treulich erzieht. Ein geachteter Handelsherr, ist er jetzt ein reicher Mann, ein Großer unter den Großen. Was tut er? Baut er sich Paläste und Villen? Fährt er in Kutschen, hält er Pferde wie die andern seinesgleichen? Nein, er kennt schönere Freuden! Die Ideale seiner Jugend sind es, welchen er nachgeht, fort und fort, jetzt wie einst; an ihnen hängt er, an sie denkt er im Wachen
161 und im Schlafen, für sie arbeitet und lebt und webt er! Und was sind das denn für Ideale, wo liegen sie? Sie liegen bei dir, o Volk, dein Wohl, deine Bildung, deine Rechte, deine Freiheit sind es, denen er einzig Zeit und Arbeit widmet, die er dem Geschäftsdrange abringen kann. Und was verlangt er dafür? Anerkennung? Ehrenämter? Titel und Würden? Nicht daß ich wüßte, meine Freunde! Da sitzt er unter uns mit der verehrten Gattin, wie der Geringste so anspruchslos, um dem Volke sein Bestes darzubringen, den jugendlichen Söhnen und Vertretern desselben die geliebten Töchter! Eine bedeutungsvolle Hochzeit! Hat er sie in den blumengeschmückten, teppichbelegten Domkirchen, in den Prunksälen der Hauptstadt feiern wollen? Hierher in unsere ländliche Gegend hat es ihn gezogen; unser altes Dorfkirchlein, dieser grüne Rasen, der Schatten dieser Fruchtbäume ist der Schauplatz, den er sich auserwählte, um so recht in der Mitte, am Herzen des Volkes das Fest abzuhalten; da ist ihm wohl und da soll es auch den neuen Familien wohl sein und bleiben; denn hellere Sterne könnten nicht über ihren Dächern strahlen als die Ideale unseres Freundes Martin Salander! Sehet dort die lieblichen Bräute in Schleiern und Myrtenkränzen und sehet die edeln Eltern und helfet mir nun, das feurigste Lebehoch mit Glück-, Heil- und Segenswünschen den vier verbundenen Gastfreunden darzubringen!«

Bis das Hochrufen und Gläserklingen verrauscht war, hatten sich die Sänger zusammengestellt und trugen ein bei politischen und sonstigen öffentlichen Akten übliches Vaterlandslied vor. Der Geistliche, von der Bühne heruntergestiegen, drang mit seinem Notpokale, einem vom Wirte gelieferten Schützenbecher, bis zu dem Tischhaupte vor, wo die Gefeierten saßen und auch er seinen Platz hatte.

Salander sagte just zu seiner Frau, die blutrot im Gesichte war und nicht aufblickte, der Herr Pfarrer habe ihm die Rede unmöglich gemacht, die er nun zu halten beabsichtigt. Alle Gesichtspunkte seien ihm von der gewaltsamen Schmeichelei schiefgedrückt – da unterbrach
ihn der Pfarrer mit dem Pokale, mit dem er herumging. Salander 162
schwieg und stieß mit ihm an.

»Ich danke herzlich für die gute Meinung!« sagte er, ihm die Hand schüttelnd.

»Wieso gute Meinung? Hab ich etwa gelogen?« erwiderte jener mit dem Tone, in welchem derartige Naturen in solch unvermuteten Fällen sogleich eine Schraube anziehen.

Einen Schritt weiter, mit Frau Marie Salander anstoßend, sagte er: »Wie steht es mit Ihnen, verehrte Frau, sind Sie auch nicht zufrieden mit meinem Toast?«

»Im Gegenteil, mehr als zufrieden, Herr Pfarrer«, gab sie zur Antwort, »ich danke Ihnen auch nur für das, was mir wirklich zukommt!«

»Das kann ich nicht so genau bemessen, wie Sie sich denken können, und nehme daher an, Sie danken mir für alles, was ich gesagt. Ein Volksredner muß immer ein Ganzes bieten, das sozusagen künstlerisch abgerundet ist. Wer sich in Gefahr begibt, kommt darin um, das müssen Sie nicht vergessen!«

»Wir wollen uns nicht streiten, Herr Pfarrer! Auf Ihr Wohlsein!«

Damit schien sie ihn abzudanken, und er schritt würdig um das obere Tischende herum zu den Gegeneltern.

Jakob Weidelich äußerte gar nichts, als daß er mit ihm anstieß, als daß er für die Ehre danke, worauf der geistliche Herr sich an Frau Amalie wandte:

»Und wie sind Sie mit meinem Trinkspruch zufrieden, Frau Weidelich, hab ich's Ihnen recht gemacht?«

»Schön haben Sie's gemacht, Herr Pfarrer; wenn ich so reden könnte! Es muß doch, der Tausend noch einmal! etwas Schönes sein, wenn man den Menschen eine solche Freude machen kann! Sehen Sie, es ist mir nicht um mich zu tun, ich bin eine unwissende Frau; aber der Söhne wegen freut es mich doch, solche Dinge zu erfahren! Sie sollen
auch hochleben, Herr Pfarrer! Ich danke Ihnen tausendmal!« 163

Der Pfarrer betrachtete sie mit wohlwollendem Lächeln. Sie glühte vor Vergnügen und auch vom heute zahlreicheren Nippen wie ein Rose, durch welche die Sonne scheint, und sah dabei aus wie eine Landvögtin. Auf den Rat der Salandertöchter hatte sie eine frisierende Frauensperson kommen und sich von ihr die immer noch braunen Haare besser ordnen und mit ein wenig Spitzenwerk bereichern lassen. Auf dem nagelneuen dunkeln Seidenkleide prangten Uhr und Kette nebst einer Agraffe, welche die auf Porzellan übertragenen Photographien der Zwillinge enthielt, wie sie als Knaben gewesen.

Sie war aufgestanden, und da der Pfarrer sich mit seinem Schützenbecher den Brautpaaren selbst näherte, ging sie, das Glas in der Hand, in ihrer Lebhaftigkeit mit, um auch mit ihnen anzustoßen und anzufragen, wie es ihnen gefalle und gehe?

»Gut!« sagten sie mit einer seltsamen Mischung von Glück und Befangenheit, indem sich jedes Paar bei der Hand faßte. Die Jünglinge hatten sich die Rede des Pfarrers als bare Münze zu Herzen genommen und doch das Gefühl, daß nicht alles ganz richtig sei; überlegend, ob sie nicht redend auftreten sollten, wußten sie im Augenblick nichts zu sagen, das ihnen genügen würde, und fanden, es sei angemessener, wenn sie sich still verhielten an diesem Tage. Dennoch strahlte die jugendlich unvorsichtige Eitelkeit und das Selbstgefallen von ihren hübschen Gesichtern und gaben ihnen einen Anflug von Unreife neben den in voller Reife aufgeblühten Bräuten, und diese verspürten denn auch im hellen Tageslicht dieses Festes eine wunderliche Empfindung, etwa wie diejenige einer reichen Schönen, die sich mit vollem Bewußtsein einem armen, unansehnlichen Menschen mit ihrer Neigung zugewendet hat und doch wünscht, das Hochzeitsfest möchte überstanden sein.

Da jetzt neue Speisen aufgetragen wurden, beschloß das Salandersche Ehepaar, das für einmal genug gespeist hatte, einen Gang zwischen den Tischen und um die Baumwiese herum zu machen. Das Weidelichsche
164 Paar wollte späterhin das gleiche tun.

Als Marie an Salanders Arm ging, drängte es sie nachträglich, sich über den Geistlichen auszusprechen.

»Das scheint doch ein schnurriger Herr zu sein!« sagte sie, »erst die dicke Lobhudelei und nachher, wenn man nur das Nötigste dagegen höflich bemerkt, wenn er kommt, den Dank zu holen, gleich spitzige Worte, deren Zusammenhang man suchen muß. Wie verfänglich grob hat er dir so blitzschnell geantwortet! Und mir hat er mit gleicher Artigkeit zu verstehen gegeben, daß es sich nicht um mich, sondern um eine künstlerisch abgerundete Volksrede handle!«

»Du mußt das nicht für so gefährlich auffassen«, entgegnete Martin Salander, »er liegt eben immer im Kampfe mit seiner eigenen Sophistik, die sich stets in seine Rede drängt, auch wenn er nichts damit will. Er braucht sie unbewußt, wie ein natürliches Verteidigungsmittel, auch wo kein Mensch ihn angreift. Ich habe einmal über einen Parteigenossen mit ihm gesprochen und beklagt, daß dieser soviel lüge. Da gab er mir zur Antwort, er sei der beste Hausvater und erziehe seine Kinder musterhaft. Damit war ich abgefertigt, weil es ihm nicht bequem war, über das Thema zu sprechen, und er nicht wußte, wieweit es sich gegen ihn drehen könnte.«

»Du lieber Gott«, sagte die Frau Marie in ihrer Einfalt, »das ist ja eine traurige Existenz!«

»Nicht so traurig! Es ist nur Manier! Jeder, der viel spricht, besonders in Politik, hat seine Manier, und es gibt solche, welche eine Manier der Unwahrheit haben, ohne gerade etwas Übles damit zu bezwecken; diese sind immer damit geplagt, anderen kleine Fallen zu stellen, sie aufs Eis zu führen, verfängliche Fragen an sie zu richten; das alles bildet mehr eine schützende Hecke für sie selbst, ein System der Abschreckung, als ein Angriffsmittel. Aber was führen wir da für Hochzeitsgespräche!«

Sie hielten da und dort grüßend bei den Gästen, welche sie nicht gerade am Tafelvergnügen störten. Dann wandelten sie längs des Einfanges um den Baumgarten herum, wo sich bereits allerlei Zuschauer 165
zu sammeln begannen und im Schatten überhängender Bäume auch etwas zu hören trachteten. Es war dafür gesorgt, daß dem sich zusammenschließenden Menschenkranze späterhin erfrischendes Getränk und Körbe voll Kuchenbäckerei geboten wurden für jeden, der zugreifen mochte.

Schon wurden einige Tische für Gefäße und Körbe an den leichten Stangenzaun gerückt. Ein Bübchen in weißen Hemdsärmeln, die Daumen beider Hände in den Armlöcher des Sonntagswestchens haltend, wie ein Alter, stand zuvorderst und verfolgte mit offenem Munde und großer Spannung diese Anstalten. Frau Marie konnte sich nicht versagen, vom nächsten Tafeltische ein Stückchen Torte zu holen und es dem Kinde vor den Mund zu halten, das gleich hineinbiß. Der Knirps machte Miene, so fortzufahren, ohne die Däumchen aus der Weste hervorzuziehen; erst als ein zweiter, größerer seine Zähne auch ansetzen wollte, packte jener das süße Stück und fuhr wie der Blitz hinweg.

Auch für die Brauteltern war es Zeit umzukehren; sie wurden benachrichtigt, es sei das kleine Festspiel in Bereitschaft, und sie eilten an ihren Platz. In dessen Nähe, auf der hölzernen Terrasse des anstoßenden Hauses, hatte man mittels einiger Dutzend Ellen weißer und rotgefärbter Baumwolltücher einen Spielraum abgegrenzt. Das aufzuführende Stück bestand aus einem in gereimten Versen geschriebenen Zwiegespräch, ungefähr nach der von Salander angegebenen Idee. Den Inhalt oder Text kannte er selbst nicht, da er nach getroffener Verabredung mit den betreffenden Genies nicht mehr Zeit gefunden, sich darum zu kümmern.

Als ein Trompetenstoß das Zeichen gegeben und die ganze Hochzeit nach dem Theaterchen guckte, trat aus den Tüchern hervor eine derbe, junge Bauernfrau auf, mit einer hölzernen Kelle oder Kochlöffel im Gürtel, und stellte sich als die reine Demokratie, das heiße Volksherr-
166 schaft, vor, die gewohnt sei, ihren Brei selbst zu kochen, anzurichten und warm zu essen usw. Von der andern Seite kam sodann ein sogenannter ältlicher Halbherr in der Tracht der ersten dreißiger Jahre, mit hohem Hut, Vatermördern, blauem Frack und kleinen Ohrringen. Er sah ungleich komischer aus, als Salander gedacht, daß er aussehen sollte und sich für den Fall gebührte. Befragt, wer er sei und wo er denn hin wolle, stellte er sich als den Liberalismus vor. Er habe vernommen, daß eine große demokratische Hochzeit gefeiert werde, und obgleich ihm sonst die Demokratie von weitem lieber als von nahem sei, möchte er doch gern ein bißchen sehen, wie sie sich im Familienleben ausnehme, wenn es unbemerkt geschehen könne. Da sei er gerade vor die rechte Schmiede gekommen, sagte die rüstige Person, sie sei die Demokratie, er solle sich nur an sie halten, sie wolle ihm alles zeigen. Als er aber näher trat und ihr das Busentuch neugierig ganz sachte etwas lüften wollte, zog sie die Kelle und schlug ihn damit so derb auf den Hut, daß er tönte wie eine Trommel.

Von solchen Späßen begleitet, setzten sie einen gegenseitigen Unterricht in Gang, wobei aber der Liberalismus, so ziemlich wie es im Leben geschieht, ohne es zu merken, einen Satz der Demokratie nach dem andern zu dem seinigen machte und gegen sie selbst verteidigte, während sie mit neuen Sätzen wieder weit voraus war und auf seinem Hute trommelte.

Als sie endlich sahen, daß sie auf diese Art nicht so bald zusammenkämen, schlossen sie einen vorläufigen Frieden, um die Hochzeit lustig mitzumachen und sich vielleicht zu heiraten, wenn es sein müßte. Worauf die Musik plötzlich einfiel und einen Hopser spielte, die Demokratie und der Liberalismus aber sich zu packen kriegten und einen drolligen Tanz aufführten. Dabei riß die wilde Person den guten Herrn so gewaltig herum, daß seine Frackschöße flogen, die Füße stolperten und die Vatermörder die Spitzen nach hinten kehrten. Kurz, die beiden darstellenden Gesellen unterließen keine der bei solchem Anlaß üblichen Hanswurstpossen. Zuletzt zogen sie ab, indem das Weib auf dem Hute 167
des Mannes mit der Kelle den Zapfenstreich schlug und dazu die bekannte Weise pfiff.

Das fröhliche Gelächter inner- und außerhalb des Baumgartens verwandelte sich in ein jubelndes Beifallrufen. Nur ein Häuflein altliberaler Wähler Isidor Weidelichs, die ihm zu Gefallen eingeladen und gekommen waren, machte verdrossene Gesichter, und sie murrten untereinander, wenn sie das gewußt hätten, so wären sie nicht gekommen. Es waren biedere Leute, die durch alle Ungunst der Zeit ihrer Gesinnung treu geblieben und die im Grunde richtigen Anspielungen auf den Wankelmut oder die Nachgiebigkeit, welche das, was sie fürchtet, selbst herbeiführen hilft, nicht einmal verstanden.

Auch Martin Salander war betroffen von der Gestalt, welche seine Anregung bekommen hatte, und fühlte sich als Gastgeber verletzt. Er benutzte daher die eingetretene Stille, die von ihm zu leistende Rede jetzt zu halten und mit einer genugtuenden Wendung den Schaden auszugleichen, die reinere Idee, welche er in der Sache ursprünglich gesehen, wiederherzustellen.

Es gelang ihm auch leidlich, und das gleiche Völklein, welches dem übermütigen Traktieren des Liberalismus zugejubelt, klatschte ihm Beifall, als er sein Hoch unter anderm auch den ehrenwerten anwesenden Vertretern der alten freisinnigen Partei darbrachte, als den Zeugen des wahren Wortes, daß man in Freude und Leid zusammengehen und jener schöneren Zukunft entgegenleben müsse, welche nur *eine* Partei noch kennen werde, diejenige der geeinigten und befriedigten Patrioten!

Das sogenannte Öffnen der Schleusen war nun geschehen. Während zwei voller Stunden wurde fast unaufhörlich und von allen Enden her

toastiert. Zum größeren Behagen oder Troste der Festgenossen hatte aber ein neues Essen begonnen mit anderen Gerichten und feineren Weinen. Die zwei Brautpaare sollten mit anbrechender Dunkelheit das Fest verlassen und die durchgehenden Bahnzüge benutzen, um nach Lindenberg einerseits und in die Nähe des Lautenspiels anderseits zu
168 gelangen. Es waren Züge, die sich bequem und gleichzeitig hier kreuzten. Man hatte von der Hochzeitsreise abgesehen, weil die Notare noch keine Amtsverweser hatten und die Bräute kein Verlangen danach trugen, vielmehr nichts sehnlicher wünschten, als in den Idyllen der neuen Häuslichkeiten sich einzuspinnen, fern vom Geräusche der Welt. Alles war dazu eingerichtet und in jeder Behausung ein tüchtiges Dienstmädchen bereit.

Die zwei Paare beendigten einen Umgang, welchen sie unter den Gästen getan, mit Dank für die erwiesene Ehre und geziemender Verabschiedung, während die Tische bereits mit zahlreichen Lichtern besetzt und am Saume des Baumgartens Pechpfannen angezündet wurden. Am Fuße der kleinen Schaubühne angelangt, standen sie einen Augenblick still; denn den Brüdern tauchte gleichzeitig der Gedanke auf, sie sollten, nach dem Vorgefallenen, als Mitglieder des Großen Rates doch noch einige Worte zum besten geben. Am füglichsten könnten sie es tun, meinten sie, wenn sie in Person die vom Schwiegervater verkündete Versöhnung der Parteien, als Angehörige derselben, sozusagen illustrierten, die Bühne rasch bestiegen und oben sich unter passenden kurzen Reden angesichts der ganzen Hochzeitsgemeinde die Hände reichten. Indem sie berieten, welcher von ihnen das Wort zuerst ergreifen solle, Isidor der Altliberale, oder Julian, der Demokrat, entstand auf der Bühne über ihren Köpfen ein polterndes Geräusch, welches die allgemeine Aufmerksamkeit erregte und aller Blicke dorthin lenkte.

Zwei Rüpel oder zerlumpte Stromer, mit Knotenstöcken und Bündeln am Rücken, zogen Arm in Arm auf und drückten sich gröhlend umher. Sie trugen zerzauste Perücken und Bärte von Werg und mächtige falsche Nasen im Gesicht, daß kein Mensch ahnte, wer sie waren. Sie schienen nicht mehr zu wissen, wo sie hinaussollten, ließen sich endlich fahren und stellten sich einander gegenüber. Es waren offenbar zwei Spaßvögel, die in dieser Verkleidung auftraten, einen Beitrag an die Festlichkeit
169 zu leisten; und man gewärtigte vergnügt, was sie vorbringen würden. Nachdem sie eine Weile über das Schicksal, über Gott und die Welt geschimpft, fingen sie an, zu beraten, was sie denn anfangen könnten,

sich ferner redlich durchzubringen? Sie zählten eine Menge tollen Zeuges auf, was sie schon versucht oder probieren könnten, bis der eine auf den Einfall geriet, seine Gesinnung zu verwerten, die noch irgendwo vorhanden sein müsse, da er sie nie gebraucht. »Gesinnung?« schrie der andere, »eine solche muß ich ja auch noch haben, eine wie ein neugeborenes Kind!« Sogleich nahmen sie die Reisebündel vom Rücken, schnürten sie auf und wühlten in dem unhabseligen Schunde herum, fanden aber lange nichts. »Halt«, rief der eine, »da muß was sein!« und brachte ein hölzernes Nadelbüchslein zum Vorschein. Behutsam hob er das Deckelchen zur Hälfte ab und guckte mit einem Auge in die Höhlung. »Ja, da drin sitzt es«, rief er, und machte stracks wieder zu. Der andere Rüpel fand ein winziges Pillenschächtelchen, öffnete es ebenso vorsichtig wie jener sein Nadelbüchslein, verschloß es ebenso schnell und schrie, da sitze seine Gesinnung auch ganz wohlbehalten drin.

Da nun jeder dieser Habseligkeit sicher war, hieß es, was damit anfangen? Plötzlich erinnert sich der eine Rüpel, daß ehestens in der Gegend eine glänzende Hochzeit zwischen der reinen Jungfrau Demokratie und dem alten Herrn Liberalismus gefeiert und bei diesem Anlasse ein großer Vorrat von Gesinnung benötigt werde, und zwar von beiden Arten, von der liberalen und von der demokratischen. Jeder, der damit versehen sei, und auch kleinere Beiträge sind willkommen, werde trefflich verpflegt, und wenn er tapfer fresse und saufe, so sei er einer gut besoldeten Anstellung mit permanentem Urlaub sicher usw. Sie wurden einig, an die Hochzeit zu gehen und ihre Gesinnung anzubieten. Um sich aber nicht selber hinderlich zu sein, beschlossen sie, sich auf beide Seiten zu verteilen und der eine bei der Braut, der andere beim Bräutigam sich zu melden. Sie besahen nochmals die kleinen Habseligkeiten im Büchschen und im Schächtelchen, ob sie nicht eine
Wegleitung daran zu erkennen vermöchten. Allein sie konnten durchaus 170
nichts erraten und erfanden daher den Ausweg, auszuwürfeln, wessen Gesinnung liberal und wessen Gesinnung demokratisch sein solle.

Sie setzten sich also auf den Boden, zogen einen schmutzigen alten Lederbecher mit Würfeln hervor und würfelten die Parteien unter sich aus, natürlich wieder mit allerhand Schnurren und Possen. »Es ist doch ein lausiges Spiel«, schrie der eine, »wenn man kein Bier dazu hat!« – »Wir wollen uns ein paar frisch gefüllte Töpfe denken«, rief der andere, »sieh den schönen Anstich! Trink!«

Endlich wurden sie mit dem Würfeln, das sie mit vielen Mogeleien lustig zu verlängern gewußt hatten, fertig. Jeder prägte sich seinen Parteinamen wiederholt ins Gedächtnis und machte zur größeren Sicherheit einen Knoten in das alte Schnupftuch, welches der eine von ihnen besaß, so daß dieser beide Versicherungen mit sich trug. Dann gingen sie mit Hallo und Juhe hinter die Bühne und verschwanden, wie sie gekommen.

Die ganze Zeit über waren die Notare mit den Bräuten vor der Bühne gestanden und hatten stumm hinaufgeschaut. Jetzt sahen sie sich mit roten Gesichtern an, durften aber nicht miteinander reden. Glücklicherweise war es für sie die höchste Zeit, nach der Station zu gehen, wozu sie bereits gemahnt wurden. Von den Eltern begleitet, begaben sie sich, nach Vornahme des nötigen Kleiderwechsels, unbemerkt hinweg. Beide Bahnzüge waren zum Ausfahren bereit. Die Brüder fanden einen Augenblick Zeit, einander zu fragen, welcher von ihnen die Würfelgeschichte ausgeschwatzt habe; jeder beteuerte, daß er mit keiner Silbe das getan. »Dann muß uns damals einer beobachtet haben, der uns kannte!« fanden sie einstimmig und trugen von der schönen Hochzeit das unangenehme Bewußtsein hinweg, mit einem Gerüchte behaftet in den Ehestand einzugehen. Als der erste Bahnzug bestiegen werden mußte und die Schwestern Setti und Netti sich zum ersten Male in ihrem Leben trennten, befiel auch sie eine traurige, wie ah-
171 nungsvolle Stimmung; sie fielen sich weinend um den Hals und wußten vor Schluchzen sich beinahe nicht zu fassen.

In dem Hochzeitsgarten wurde inzwischen nichts verspürt, daß der Schwank der zwei Rüpel verstanden worden und seine Bedeutung bekannt sei; er wurde als eine harmlos satirische Hochzeitsposse aufgefaßt und belacht. Man wunderte sich nur, wer die beiden Burschen gewesen seien.

Der vielen jungen Frauensleute wegen wurde im Wirtshaussaale nun doch noch ein Tanz angeordnet, und als Salanders Extrazug um Mitternacht den von Münsterburg gekommenen Teil der Gäste wieder abholte, blieben dennoch Haus und Baumgarten ganz erhellt und voll Gesang und Musik in der schönen Juninacht zurück.

12.

Martin Salander war zur volksmäßig politischen Feier einer Hochzeit, welche bald überall von sich reden machte, durch den Brief seines Sohnes von neuem gereizt worden; er hatte dessen blasierte Weisheit, wie er es nannte, lakonisch mit einer Fortschrittstat beantworten wollen, so wortreich sie in der Ausführung geriet.

Nun stellte sich unvermutet eine Folge ein, an die er nicht gedacht. In der Gegend, wo das Fest stattgefunden, erklärte ein Mitglied des Großen Rates wegen häuslicher Zerrüttung mitten in der Amtsdauer den Rücktritt und mußte durch eine Neuwahl ersetzt werden. Indem sie sich nach dem Manne umschauten, verfielen die Leute auf den Volksfreund Salander, und weil er schon einmal abgelehnt hatte, sandten sie ein paar Männer, die ihn bewegen sollten, dem Rufe zu folgen. Überrascht bat er um kurze Bedenkzeit, sosehr sie in ihn drangen; denn er war aufrichtig gesinnt, nochmals ernstlich zu überlegen, ob er den Schritt tun solle und sich über dessen Bedeutung für seine Person insbesondere Rechenschaft zu geben. 172

Martin gehörte nicht zu den Befreiern oder Gleichstellern des Frauengeschlechts hinsichtlich des bürgerlichen Daseins, und seine eigene Frau, so hoch er sie hielt, fragte er nie ausdrücklich um Rat und Meinung in öffentlichen Dingen. Hiermit wahrte er seinen Standpunkt. Um so lieber gönnte er ihr den Einfluß, den sie von selbst übte, wenn er doch so ziemlich von allem sprach, was ihn bewegte, und zwar meist in Gestalt eines lauten Denkens in ihrer Gegenwart, beim Morgenkaffee, bei Tisch, beim Schlafen und Spazierengehen. Sie hatte dann die Auswahl, einen beliebigen Gegenstand aufzugreifen und ihre Gefühlsansichten oder Widersprüche zu äußern oder ganz zu schweigen. In letzterem Falle nahm er an, die Sache sei ihr ganz gleichgültig, und ließ das Selbstgespräch allmählich verstummen. Wenn sie sich aber zustimmend oder tadelnd aussprach, namentlich über Persönlichkeiten, so hatte er wiederum die Wahl, zu benutzen, was ihm klug und wahr schien, oder auf sich beruhen zu lassen, was etwa aus einem Denkfehler hervorgehen mochte oder aus mangelnder Einsicht. Auf diese Weise beraubte er sich nicht der Hilfsquellen, die aus dem Gemüte einer rechten Hausfrau fließen, und gab ihr die Ehre, die ihr gebührte.

So begab er sich jetzt mit der genommenen Bedenkzeit in die Nähe der Gattin, ihr zunächst den an ihn ergangenen Ruf mitteilend und irgend etwas Unbedeutendes beifügend. Dann ging er weg, kam bei erster Gelegenheit wieder und begann mit langen Schritten im Zimmer auf und ab zu gehen, nunmehr einer Reihe von Betrachtungen Raum gebend.

»Ich habe bis jetzt«, ließ er sich stückweise hören, »mancherlei mitgewirkt und getan, ohne jede Verantwortlichkeit, als diejenige gegen mein eigenes Gewissen, und ohne ein eigentlich zusammenhängendes Arbeiten. Das würde nun anders werden. Ich kann, wenn ich dort etwas nützen will, nicht in den Rat eintreten, um still auf der Bank zu sitzen und bei den Abstimmungen aufzustehen oder sitzenzubleiben. Ich kann auch nicht in den Tag hinein schwatzen, wenn ich reden will, sondern
173 ich muß die Akten studieren und aktenmäßig reden; das ist die einzig ehrliche Beredsamkeit und schafft Einfluß! Wissen ist Macht! Ich tue das, gut! Dann komme ich in die Ausschüsse und Kommissionen, und wenn ich es dort wieder tue, so hängen sie mir die Berichterstattungen auf den Buckel, und ich kann mich hinsetzen halbe Nächte durch und Papier beschreiben wie ein Kanzlist.«

Hier unterbrach ihn Frau Marie oder benutzte vielmehr eine der kurzen Pausen, die er häufig machte.

»Verstehst du denn alle die Akten«, sagte sie, »oder das, wovon sie handeln, so gut, daß du darüber schreiben und reden kannst?«

»Darum sag ich ja eben«, versetzte Martin, ohne stillzustehen, »daß ich sie studieren muß!«

Nach einigen weiteren Schritten hielt er dann doch vor der Frau an, die am Tische saß und für die Küche die letzten vorjährigen Apfel schälte; denn die Magd, sagte sie, gehe mit den raren Früchten so gröblich um, daß kaum etwas dranbleibe.

»Du hast aber«, fuhr er fort, »wohl nicht das gemeint, was man Aktenstudium nennt, sondern was man überhaupt unter Etwasgelernthaben versteht. Da darf man freilich nicht genau nachsehen; der Große Rat soll auch keine Akademie sein. Es handelt sich im Gegenteil darum, in Sachen, die man nicht von Grund aus kennt, nicht mitreden zu wollen, dafür aber die Sachkenner ins Auge zu fassen und sich nach ihnen zu richten, wenn sie einem als ehrlich erscheinen.

Es gilt also in solchen Fällen« – hier setzte er die Füße wieder in Gang – »statt der Akten mehr die Menschen zu studieren, wie wenn zum Beispiel zwei gleich angesehene Fachmänner über eine kostspielige Flußkorrektion, über Bau und Einrichtung einer Landesirrenanstalt,

über ein Seuchengesetz entgegengesetzte Ansichten äußern. In diesen Fällen würde ich in einer begutachtenden Kommission keinen Platz nehmen und mich auf meine Stimmabgabe beschränken wie jeder andere, je nach dem stillen Eindruck, den ich empfangen – und könnte 174
doch unrichtig stimmen!« setzte er mit einem Seufzer hinzu. »Fragt sich nun, überwiegt das Positive, was man leisten zu können glaubt, die Nichtleistung so beträchtlich, daß es der Mühe lohnt, und was habe ich einzuwerfen?«

Er zählte die Fähigkeiten auf, die er zu üben oder zu erwerben sich getraute, voraus im Erziehungswesen, in Staatshaushalt und Volkswirtschaft, Ausbildung und Überwachung der Volksrechte, daß sie redlich arbeiten, und so noch mehreres. Weil aber die Frau nichts mehr fragte oder bemerkte, ließ er die abgebrochenen Sätze endlich ganz eingehen und begab sich, nach der Uhr sehend, rasch hinweg.

Einen Tag ließ er noch verstreichen, worauf er den Leuten in jenem Wahlkreise schrieb, er nehme die Kandidatur an.

Mit den besten Absichten blickte er dem neuen Lebensabschnitte entgegen. Nach der mit großem Mehr erfolgten Wahl las und prägte er sich sogleich die Ratsordnung ein und was in Verfassung und anderen Gesetzen damit zusammenhing. Sodann ließ er ein Taschenschreibbuch binden, auf dessen vorderste Seite er Auszüge aus den jährlichen Voranschlägen der Einnahmen und Ausgaben, aus den Staatsrechnungen usw. schicklich geordnet einschrieb, so daß er die Hauptposten aus allen Gebieten der Staatsverwaltung übersichtlich bei sich trug und sich jeden Augenblick über das ökonomische Gleichgewicht des Landes Rats erholen konnte.

Dies getan, suchte er sich aus gedruckten Berichten der letzten Periode über den Stand der Geschäfte im Großen Rate zu belehren, über unerledigte Anträge, Postulate und Motionen, stockende Gesetzentwürfe, ausstehende Berichte und Anträge der Regierung u. dergl., für welche Gegenstände er in anderer Gegend des Taschenbuches, mit genügendem Raum zur Fortsetzung, eine gedrängte Notizenreihe anlegte.

Das brauche er nicht, bemerkte er der Frau, um sich allenfalls mit Nörgeleien als Topfgucker aufzutun, sondern gerade um überflüssige 175
Anfragen zu vermeiden und sich selbst Aufschluß geben zu können, wo die Sachen liegen.

Auf die Art leidlich gerüstet, seinem Alter und politischen Rufe entsprechend nicht zu sehr als Neuling zu erscheinen, wie er dachte, betrat er den Saal, nahm ohne Suchen den ersten besten Platz ein, der frei war, und verließ ihn nicht mehr vor dem Schlusse der Sitzung. Ohne Zerstreuung folgte er die ganze Zeit über den Verhandlungen und warf auch in die Zeitungsblätter, welche Nachbarn ihm hinreichten, kaum einige Blicke. Das gebührte sich zwar als selbstverständlich sowohl nach dem Wortlaute des Amtsgelübdes, das er abgelegt hatte, als nach dem Inhalte eines langen Gebetes, mit dem jede Session eröffnet wurde und das einen Bestandteil der gesetzlichen Geschäftsordnung bildete; allein wenige, gläubig oder ungläubig, nahmen das göttliche Pflichtenheft streng wörtlich. Martin Salander hingegen, der unkirchlich gesinnt war, erachtete sich nichtsdestominder für gebunden, weil die in Gelübde und Gebet enthaltenen Vorschriften richtig und notwendig waren und die liturgische Form ihre Gesetzeskraft nicht aufheben konnte.

Erst nach beendigter Sitzung fand er Gelegenheit, die Schwiegersöhne zu grüßen, deren öfteres Ab- und Zugehen er nicht einmal beachtet, zumal sie eine gute halbe Stunde nach ihm erschienen waren. Seine Einladung, mit ihm nach Hause zu kommen, lehnten sie dankend ab, weil der eine gewisser Verhandlungen wegen mit seinen Bezirksgenossen beim Essen zusammentreffen, der andere einige Geschäfte besorgen müsse. Nachher aber wollten sie miteinander einen Waffenladen aufsuchen, um sich zwei neue Scheibengewehre zu kaufen; denn sie waren seit einiger Zeit schon Mitglieder von Schützengesellschaften.

Martin Salander ging also allein nach Hause. In sich gekehrt, mit einem Gefühle von Zufriedenheit wie einer, der den langen Morgen hindurch gearbeitet hat, schritt er dahin, obgleich er keine Hand gerührt und kein Wort gesprochen. Lediglich die ununterbrochene Aufmerk-
176 samkeit, welche er während fünf Stunden den Verhandlungen gewidmet, gab ihm das Bewußtsein getaner Arbeit. Er hätte nicht gedacht, daß ein solcher Unterschied zwischen Anwesenheit und Anwesenheit sein könnte, und bedenkend, wie er bald auch angebrachtermaßen etwas zu sagen haben werde, empfand er einen kräftigen Appetit zu dem verspäteten Mittagsmahle.

Frau Marie, die ihn am Zuge der Hausglocke erkannt, trat ihm auf dem Flur entgegen und kündigte ihm einen sonderbaren Besuch an, seinen Vorgänger im Großen Rate, dessen Stelle er heute eingenommen. Der Mann scheine sich in schlechten Umständen zu befinden und würde ersichtlich nicht übelnehmen, wenn man ihn zum Essen dabehielte; sie habe ihn aber nicht einladen wollen, ehe Salander ihn gesehen.

»Was will er denn?« fragte dieser. »Ich habe ihn früher da und dort getroffen und erinnere mich, daß er ein gut und gescheit aussehender Mann gewesen ist. Aber ich kann mir nicht vorstellen, was er will?«

»Er sagt, er habe viel von dir gehört und auch von der berühmten Hochzeit; er freue sich, daß er einem solchen Nachfolger habe den Platz räumen können, und fühle sich dadurch erleichtert und sei gekommen, das zu sagen und zu der Wahl Glück zu wünschen!«

»Der arme Teufel! Laß ihm nur ein Gedeck hinsetzen, die Herren Tochtermänner sind ohnedies nicht mitgekommen!«

Als Salander in die Stube trat, erkannte er den Mann kaum wieder, der bescheiden auf einem Stuhle am Fenster saß, sich erhob und mit unsicher gewordener Beredsamkeit ihn begrüßte und seine Gratulationsworte vorbrachte. Er habe, sagte er, an der Staatskasse ein kleines Guthaben an Taggeldern beziehen wollen, leider aber nichts erhalten, sondern noch einen Überschuß von Bußen wegen versäumter Sitzungen erlegen müssen. Da habe er gedacht, er wolle den Weg nicht ganz umsonst gemacht haben und wenigstens dem würdigen Nachfolger
seine Aufwartung machen. 177

»Aber, Herr Kleinpeter!« erwiderte ihm Martin Salander lächelnd, »wie mir scheint, ist hier nicht viel Glück zu wünschen, wenn man noch Geld verliert! Haben Sie schon zu Mittag gegessen, oder darf ich Sie vielleicht zu unserer Suppe einladen?«

Verlegen dankte der Mann, doch mit einem verräterischen Blick auf den gedeckten Tisch; Salander wiederholte daher die Einladung etwas entschiedener und nahm ihm den Hut aus der Hand, denselben beiseite legend.

Der offenbar einst hübsche Mann zeigte alle Anzeichen des Verfalles. Die frühere Wohlbeleibtheit war aus den Kleidern geschwunden, daß sie zu weit geworden und schlotterig an ihm hingen, dabei aber so abgetragen waren, daß es lange her sein mußte, seit er etwas machen lassen. Die Wäsche war unordentlich und das zerschlissene Halstuch so schlecht umgebunden, daß man die lieblosen und trägen Hände leibhaft zu sehen glaubte, die den Mann so aus dem Hause gehen ließen. Seine eigenen Hände hafteten gewohnheitsgemäß an verschiedenen Stellen der Rockklappen, um einen Fadenschein, einen Schmutzfleck oder ein zerrissenes Knopfloch zu decken. Die kümmerlich unfreie Haltung, welche ihm hiedurch anklebte, entsprach auch dem farblosen gedunsenen Gesichte, dessen Züge die Spuren von Niedergeschlagenheit und Kummer, sowie von zahlreichen Anläufen verrieten, im Trunke sich selbst zu vergessen.

Das Ehepaar Salander ermunterte den merklich erschöpften Kleinpeter, sich schmecken zu lassen, was da sei; Frau Marie legte ihm selbst auf den Teller; er war jedoch bald satt, oder vermochte wenigstens nicht viel zu essen. Dagegen sprach er dem Glase, welches Martin pünktlich füllte, mit unbewußtem Fleiße zu und wurde darüber fast aufgeweckt und zutraulich. Dies gewahrend, ging jener selbst in den Keller, ein paar bessere Flaschen auszusuchen; es kam ihn die Laune an, den Tag seines Einzuges ins Rathaus zu Münsterburg durch solche Mildtätigkeit an dem verarmten Manne zu feiern. Die Frau holte indes-
178 sen gern neue Gläser herbei, den Gast freundlich unterhaltend; denn auch sie empfand ein seltsames Mitleid mit ihm, und sie glaubte vielleicht, sein Schicksal oder anderes Unheil von ihrem Martin abzuwenden, indem sie sich gegen das Unglück menschlich erwies.

Salander sprach einiges von den Ratsangelegenheiten zu dem redseliger werdenden Herrn Kleinpeter und glaubte ihn nach diesem oder jenem Verhältnis und dem Standpunkt, den er dazu eingenommen, befragen zu sollen; allein obschon der Vorgänger nicht viel länger als ein halbes Jahr keiner Sitzung mehr beigewohnt, so war es doch, als ob alles wie ein Traum hinter ihm läge. Er besann sich kaum auf die Dinge und beantwortete die Fragen gleichgültig und ungenau, während das Gesicht sich wieder zu trüben begann.

Salander entkorkte sogleich eine der Flaschen, die Frau nahm sie und füllte zwei Gläser, deren lieblicher Duft sich verbreitete und das Herbstsönnchen auf das blasse Gesicht zurückrief. Das ruhig teilnehmende Wesen dieser Eheleute, der tiefe Frieden, der zwischen ihnen zu walten schien, und der die Nerven belebende Wein ließen ihn jeden Unstern vergessen und machten sein Herz fröhlich, so daß er mit schwimmenden Augen und geröteten Backen dasaß und freiwillig begann, alte Drolligkeiten und Geschichten aus dem ländlichen Amtsleben zu erzählen, bis die erste der feinen Flaschen zu Ende ging. Während Salander die zweite zurechtmachte und der Gast mit froher Aufmerksamkeit zuschaute, benutzte Frau Marie die Pause, ihn zu fragen, welchen Familienbestand er zu Hause besitze und ob alles gesund sei.

Da sah sie der Mann wie aus süßem Schlafe geweckt groß an, die glückselige Weinröte verzog sich gegen die Augen hinauf, die so schon glühten, er ließ den Kopf sinken, stützte ihn auf die Hände und weinte

gleich darauf wie ein kleines Kind. Erstaunt und erschrocken betrachteten Martin und Marie Salander den Vorgang und den gewaltsam schütternden, angegrauten Kopf vor ihnen. Doch standen sie von ihren Stühlen auf, sich um den schluchzenden Gast zu bemühen und ihn 179
aufzurichten. Es gelang zuletzt; doch stand er beschämt vor ihnen, entschuldigte sich wegen des krankhaften Anfalles, wie er sich ausdrückte, und wollte sich entfernen.

Salander sah aber wohl, daß es nicht eigentlich das »trunkene Elend« war, das ihn befallen, wie man landesüblich das Weinen der Betrunkenen nennt, sondern die plötzliche Erinnerung an ein unglückliches Dasein, welche den widerstandsarmen Altrat übermannt hatte. Er redete ihm daher freundlich zu, sich zu setzen und zu erholen.

»Bereite uns jetzt einen guten schwarzen Kaffee«, sagte er zur Gattin, »nachher wird uns die andere Flasche um so besser munden; denn die muß Herr Kleinpeter noch trinken helfen!«

Frau Salander besorgte den Kaffee auf das beste und ließ es nicht an einem Gläschen alten Kirschgeistes fehlen.

So dauerte es nicht lange, bis die Gedrücktheit des neuen Gastfreundes abermals wich und das Feld der froheren Laune überließ, welche das unverhoffte Wohlergehen nicht durch ihre Abwesenheit verabsäumen wollte. Kleinpeter wurde wieder so gesprächig und offenherzig, daß er mit beruhigten Sinnen selbst auf den Ursprung des krampfhaften Tränenvergießens zurückkam; ein Wort gab das andere, und da er vielleicht zum ersten Mal einer teilnehmenden Aufmerksamkeit begegnete, erzählte er unbefangen und aufrichtig, wie es sich mit ihm verhalte. In Zeit einer Stunde wußten Martin und Marie Salander so ziemlich seine Geschichte, nach Maßgabe ihres Verständnisses.

Der Alt-Großrat Kleinpeter war ein geringer Fabrikant von Baumwolltüchern gewesen, mit einigem Vermögen das vom Vater überkommene Geschäft vorsichtig und gemächlich fortbetreibend, ohne stark vorwärts, aber auch ohne zurückzugehen. Als ein umgänglicher und beliebter Mann setzte er mehr Wert auf die Anforderungen des gesellschaftlichen und bürgerlichen Verkehres als auf den Erwerb von Reichtümern. Ein eitles, leichtsinniges Weib, das er geheiratet, trieb ihn noch dazu an; denn sie setzte das unschuldige Ansehen, dessen er 180
sich erfreute, auf ihre alleinige Rechnung und spreizte sich in demselben wie ein Pfau. Alles, was er tat, war *ihre* Tugend, was an ihm gefiel, *ihr* persönlicher Vorzug, was ihm widerfuhr, *ihr* Verdienst. Es war *ihr*

Mann, von dem man sprach und mit dem sie großtat, und weiter nichts, und überall wollte sie dabei sein, wo er hinging; auch fuhr sie allein im Lande herum, sooft sie konnte, sich sehen zu lassen und zu prahlen. Zu Haus aber machte sie ihm das Leben sauer durch die verächtliche Art, mit der sie sein Tun und Lassen und ihn selbst zu behandeln sich förmlich die Mühe gab, damit er ja nicht gegen sie aufzukommen sich unterstehe. Auch sonst lebte er schlecht in seinem Hause, weil ihr alles zu viel war, was einer Sorgfalt gleichsah. Zwei heranwachsende Söhne schlugen in ihre Art.

Als Kleinpeter, dem just kein Besserer im Lichte stand, zum Mitgliede des Großen Rats und bald zum Amtsstatthalter gewählt wurde, stieg der Hochmut der Frau auf den höchsten Gipfel. Die Titel schienen nur für sie da zu sein, und es war niemandem zu raten, sie nicht mit dem einen oder anderen anzureden. Und während sie dem ärmsten Mann es mißgönnte und ihm beinahe haßte, weil er doch der Inhaber der Titel war, benutzte sie dieselben wiederum, das damit verbundene Ansehen zum Schuldenmachen und anderen Mißbräuchen auszubeuten.

Hierin fand sie bald genügende Aushilfe, als die Söhne die Verwaltung der bescheidenen Fabrik übernahmen, die der Vater ihnen überließ, um sich ausschließlich seinem Amte zu widmen und Frieden zu haben. Darin täuschte er sich arg.

Die Söhne waren seit dem Verlassen der Schulen nicht vom Fleck zu bringen gewesen, um etwas von der Welt zu sehen und zu lernen, woran auch der Vater schuld war, der sie nicht dazu gezwungen und sie zu Hause herumlungern ließ, wo sie sich nur die Gemütsroheit und ungeschliffenen Sitten der Mutter und einer Anzahl von Gesellen glei-
181 chen Schlages zum Vorbild nahmen. Anstatt das Geschäft ordnungsgemäß zu führen, vernachlässigten sie dasselbe und gerieten in die ärgste Wechselreiterei, ohne daß etwas verdient wurde. Da zogen sie dann stets den Vater Statthalter mit hinein, der sich verbürgen oder geradezu seinen Namen auf die Papiere setzen mußte; und auch die Frau Statthalter und Großrätin entblödete sich nicht, ihm mit Schuldpapieren zum Unterschreiben zu kommen. Die von ihm mitunterzeichneten Wechsel und Obligi waren lange Zeit immer unterzubringen, kehrten nach weitläufigen Wanderschaften zu ihm allein zurück und mußten mit saurer Mühe und tausend Sorgen von ihm eingelöst werden.

Das alles ging unter stetem Zank und Streit vor sich, da Mutter und Söhne sich immer gröber und unverschämter gegen ihn betrugen, als ob er ein schlechter Hausvater wäre. Dies Elend zu vertuschen und den Lärm, der täglich auszubrechen drohte, zum Schweigen zu bringen, mußte er um seiner Ämter willen immer nachgeben. Er hatte seine Amtsstube mit einem Schlafzimmerchen in ein kleines Nebengebäude verlegt, um Ruhe zu finden. Allein das Weib ließ sich das nicht anfechten. Sie kam während der Audienzen, die er hielt, oder der Verhöre, die er leitete, durch die Amtsstube gelaufen mit brutalem Auf- und Zuschlagen der Türen, wenn sie nicht zu Wort kommen konnte. Sogar den Schreiber, den Polizeisoldaten und den Amtsboten des Statthalters suchte sie mit einer ganz einfältigen Falschheit und Untreue zu geheimen Gegnern des Mannes zu machen, der doch in all seiner Schwäche die Stütze des Hauses blieb bis zum Zusammenbruche.

Und niemanden gab es, der ihn klagen gehört. Ach, er wußte gut, warum er schwieg; denn niemand würde geglaubt haben, daß ein Mensch, welcher im eigenen Hause so elend dastand, das Wohl des Landes beraten und fremde Leute zu regieren sich unterstehen könnte.

Wie aber alles Menschliche ein Ende nimmt, ging es auch hier dem
Feierabend so vielen Unrechtes und Leidens entgegen. Die Arbeiter 182
waren wegen rückständiger Löhne schon aus der Fabrik weggeblieben und anderwärts angestellt worden. Trotzdem hatten die Söhne noch bedeutende Ankäufe von Garn gemacht, dieses aber sofort versetzt, und als der Zahlungstermin nahte, besaßen sie weder Garn noch Tuch noch Geld und liefen Gefahr, des betrügerischen Bankrotts verdächtig zu werden. Mit dieser schönen Enthüllung überfielen sie den Vater, als die fälligen Wechsel vorgewiesen wurden, in der Morgenfrühe, natürlich wieder im Tone des Vorwurfes, daß er sie in ein so erbärmliches Fabriklein hineingesetzt habe. Und als er hilflos dastand und fragte, wo er um Gottes willen auch Geld hernehmen sollte, da ja alles verpfändet und überschuldet sei, verwiesen sie ihn frech auf die von ihm bezogenen Steuergelder, die bequem bereitlägen und für den Augenblick ohne Gefahr in Anspruch genommen werden dürften.

Der Vater wurde blaß.

»Es ist mir genau vorgeschrieben«, sagte er, »wieviel Gelder ich im Hause behalten darf und wann ich sie an die Staatskasse abführen muß, abgesehen davon, daß ich meine Hand nicht auf irgend andere Art unter den Deckel stecke!«

»So haben wir morgen die Insolvenzerklärung!« sagten sie; »Kleinpeter und Söhne heißt ja die Firma!«

Sie schauten in der Stube umher, nach der alten Geldkiste, wo die denn hingekommen sei. Der Vater hatte sie kürzlich in eine andere Ecke geschleppt und an den Boden festgeschraubt, unter welchem sich dort ein starker Balken hinzog. Eben stand die Kiste offen; der eiserne Deckel war zurückgeschlagen, in einer Abteilung lag in Rollen abgezähltes Geld nebst einem Pakete Banknoten und obenauf ein mit den betreffenden Zahlenangaben beschriebener Zettel. Der ältere Sohn schritt unverweilt nach der offenen Kasse und ergriff den Zettel, indem er rief:

»Hier ist mehr als genug für den Augenblick! Der vierte Teil sogar
183 genügt, und später wird sich Rat schaffen lassen!«

Gleichzeitig wollte er nach den Banknoten greifen. Doch der Ratsherr stürzte sich dazwischen und hielt ihm den Arm fest; der zweite Sohn sprang herzu, dem Bruder zu helfen, und es rang nun der alternde Mann in Todesängsten mit den Söhnen, die sich nicht scheuten, den Vater unsanft hin und her zu stoßen.

Endlich gelang es ihm doch, den schweren Deckel zu packen und zuzuschlagen, worauf die räuberischen Söhne ein wenig zurückwichen, aber nicht aussahen, als wollten sie von ihrem Vorhaben abstehen. Diesen Augenblick benutzte er, einen der Schlüssel abzuziehen.

»Wenn ihr nicht auf der Stelle hinausgeht und euch heute nochmals hier blicken laßt«, sagte er zu ihnen mit bebender, doch gedämpfter Stimme, »so soll euch mein eigener Landjäger festnehmen und in Daumschrauben nach Münsterburg bringen! Er kann jede Minute da sein!«

Die unerwartete Kraft des schwachen Mannes, der um seinen letzten Besitz, den ehrlichen Namen, kämpfte, schreckte die ungeratenen Söhne zurück, und sie entfernten sich ebenso bleich, wie der Vater geworden war.

Zitternd und keuchend saß der Statthalter auf der eisernen Kiste und wischte sich den Schweiß von der Stirne. Mit wirren Gedanken betrachtete er seitwärts die verjährte Schlosserarbeit an dem alten Erbstück, ohne sie zu sehen. Als er sich endlich etwas gesammelt, stand er mit müden Gliedern auf, öffnete die Kasse wieder und nahm die Steuergelder, sie zu verpacken. Er suchte das nötige Papier, Schnüre und Siegellack zusammen, wickelte und schnürte alles mit großer Hast und Eile doppelt und dreifach ein, fest aber ungefüg, denn es war sonst die Arbeit des Amtsdieners, und zuletzt zündete er Licht an und versiegelte das

Paket an drei oder vier Orten, jedesmal mit einem Stöhnen das Siegel betrachtend, eh er es aufdrückte.

Dann schrieb er den zur Ablieferung gehörigen kurzen Bericht, den er mit besonderem Umschlag versah und adressierte, und schickte den eintretenden Weibel mit beiden Stücken zur Post, ihm einschärfend, 184
sich nirgends aufzuhalten und dafür zu sorgen, daß Geld und Brief mit der ersten Gelegenheit abgingen. Auch sollte er nicht vergessen, einen Postschein zurückzubringen. Er blickte dem Mann durch das Fenster nach und sah richtig, wie die Frau ihn auf dem Hof anhalten und sehen wollte, was er da forttrage; wie sie aber vom Weibel kurz stehengelassen wurde.

Hierauf legte er in zwei weiteren Schreiben an den Präsidenten des Großen Rates und an die Regierung seine Stellen als Ratsmitglied und als Statthalter nieder. Denn er wußte, daß es jetzt aus war, wenn auch nicht, was aus ihm werden sollte.

Die leere Eisenkiste ließ er offenstehen. Die Frau kam geschlurft und guckte sogleich hinein; aber es dünkte sie, es blase ein so kalter Wind ans dem leeren Hohlraum, daß sie die Nase stracks zurückzog und den Statthalter fragen wollte, was denn das sei. Dieser gab ihr jedoch keinen Bescheid, sondern wandte sich an den Landjäger, der erschienen war. Der Statthalter hatte ihm am Abend vorher angekündigt, er müsse in Polizeisachen mit Aufträgen nach der Hauptstadt gehen, und die bezüglichen Akten bereitgemacht. Die stellte er ihm jetzt zu und zugleich die beiden Entlassungsschreiben, welche pünktlich zu besorgen er ihm anbefahl.

So hatte er nun sein Haus bestellt und besaß nichts mehr als die hinterlegte Amtsbürgschaft, in ein paar Werttiteln bestehend, welche mit seinem Rücktritt frei wurden und seither wohl auch verschwunden waren.

Als die Herzausschüttung Kleinpeters nach und nach versiegte, herrschte mehrere Minuten lang eine Stille, in welcher Martin und Marie Salander die erschütternden Eindrücke nachwirken ließen, indessen jener, sein Vertrauen nicht bereuend, die fühlbare Teilnahme samt einigen nachgeholten Schlücken des duftreichen Weines ebenso schweigend genoß.

Martin bedachte mit Grauen, welch dunkle Zustände im Leben öffentlicher Vertrauenspersonen verborgen liegen oder auch als öffentli- 185
ches Geheimnis bestehen können. Er wußte zwar, daß einzelne Erschei-

nungen dieser Art zu allen Zeiten hervorgetreten sind; sie waren dann auch als große Unglücksfälle empfunden worden. Jetzt wollte ihn aber eine Ahnung beschleichen, als ob es sich um Symptome handle, die ihm glücklicherweise eine Gegenbetrachtung tröstlich aufwog. Die rasche Entschlossenheit, mit welcher der Statthalter sich nicht mehr für amtsfähig hielt und seine Stelle niederlegte, nur weil die Söhne das Vergehen der Untreue ihm zugemutet und es selbst hatten verüben wollen, erfüllte ihn mit wahrer Achtung, und diese verminderte sich keineswegs, als ihm der Gedanke aufstieg, der scheinbar so schwache Mann habe nicht allein für die Gesunkenheit der Söhne büßen, sondern sich selbst verhindern wollen, doch noch in die Schlingen der wachsenden Not zu fallen. Nein, sagte sich Salander, gerade wenn der Haltlose noch am wahren Bürgersinne sich aufrichten und die Achtung vor sich selbst retten kann, ist das Gemeinwesen nicht im Niedergange.

Die Frau Marie bedachte anderes; sie hatte es mit dem wunderlichen Weibe zu tun, das der Mann mit bitterem Groll und ohne einen Rest von Neigung geschildert; sie zweifelte keinen Augenblick, daß dasselbe die Quelle seines Unglücks sei, verstand aber den Charakter der Unholdin nicht recht.

»Ich begreife nicht, Herr Kleinpeter«, nahm sie das Gespräch wieder auf, »wie eine Frau auf das Ansehen ihres Mannes so eitel sein und es auf jede Weise benutzen kann, während sie es ihm doch mißgönnt und ihn darum haßt, so daß sie sich förmlich abmüht, ihm die schuldige Achtung vorzuenthalten!«

»Ja, Frau Salander«, erwiderte der gewesene Statthalter, »das hab ich nicht so studiert! Wer die Dinge an sich erlebt, der versteht sie, sozusagen, ohne sie deutlich erklären zu können. Nach allem übrigen zu schließen, denke ich, es werde dabei nebst der Eitelkeit eine mit geistiger Beschränktheit verbundene hochgradige Selbstsucht im Spiele sein und überdies das Herkommen sich geltend machen. Meine Frau Gemahlin
186 stammt aus einer Gegend, wo, mit Respekt zu sagen, die Frauen besonders hochfahrig, aufgeblasen und als große Lästermäuler bekannt sind. Nachbarneid und Klatschsucht suchen ganze Dorfschaften heim, und zerklüften weitläufige Familien so gut wie das geringste Hüttenvölklein. Jede, die sich verheiratet, setzt sich vor, zu zeigen, wo sie her sei, und die Oberhand zu behaupten. Die Männer sind tätig, aber grob und fluchen in den unteren Schichten wie Seeräuber, in und außer dem Hause. Da üben denn die Weiber von Jugend an ihre Zungen, und

wenn eine dazu nicht recht gescheit ist, so kann man sich denken, was da herauskommt!«

»Wie sind Sie denn in dies gelobte Land geraten?« fragte Frau Marie.

»Ein guter Freund sagte zu mir, er wisse für mich eine zum Heiraten. ›Wo steht sie?‹ fragte ich in dem damals üblichen schnöden Sprachstil junger Landlöwen. Jener nannte Ort und Namen und strich alle Vorzüge heraus. Ich fand eine hübsch aussehende, schöngekleidete Tochter, welche sich so freundlich und sanft anzulassen verstand, daß ich unverzögert anbiß, obgleich mir von unbekannter Hand zugesteckt wurde, sie habe den Anschicksmann selber abgesandt. Anstatt hiedurch mich schrecken zu lassen, fühlte ich mich vielmehr geschmeichelt und war völlig gerührt. Sie entpuppte sich ziemlich rasch und schrecklich. Indessen ist sie auch unter den Weibern ihrer Heimat noch eine Ausnahme und ärger als die anderen, gewissermaßen ein Extrakt!«

Mitten in der Rede mußte er lachen, da ihm ihr neuster Streich einfiel. Sie habe ein langes Gezänk über seine Verarmung mit der Androhung der gerichtlichen Scheidung geschlossen, worauf er lediglich bemerkt, sie werde dann jedenfalls Gelegenheit finden, die Titel einer Frau Statthalterin und Großrätin endlich abzulegen, die jetzt schon nicht mehr am Platze seien. Da habe sie ganz feuerrot und furibund einen Satz gegen ihn getan und geschrien, es falle ihr nicht ein, zu verzichten; sie besitze das göttliche Recht, sich lebenslang so nennen 187
zu lassen, und werde nicht davon weichen!

Auf die Frage, was sie denn mit all dem Geld angefangen, wofür sie Schuldscheine ausgestellt, erwiderte er:

»Für Kleider und Putz hat sie es ausgegeben! Weil ich das erste Amt im Bezirk versah, hielt sie es für ihre Pflicht, sich am schönsten zu kleiden, und das war in der Tat nicht wohlfeil, indem es einige große Industrielle gibt, deren Damen ordentlich Staat machen. Noch vor einem Jahre mußte ich ein Wechselchen von hundertundzwanzig Franken bezahlen, das sie auf mich gezogen, und für was? Für ein kleines Sonnenschirmchen mit elfenbeinernem Stock und mit kostbaren Stoffen behängt. Sie hatte es hier im Schaufenster eines Ladens gesehen, in welchem sie bekannt war, und es sogleich auf besagte Art gekauft. Mit diesem Schirmchen spazierte sie im ganzen Flecken und weiter herum, wo sie die reicheren Frauen und Fräuleins zu ärgern glaubte. Dann ging sie extra des Parasölchens wegen einige Wochen ins Bad und stellte auch dort wieder eine Anweisung auf mich aus. Überdies bezog sie von ihren bemittelten Eltern, die jetzt noch leben, mehrmals Geld mit der Angabe, *ich* brauche es. Als sich dann endlich herausstellte, daß sie gelogen hatte, erhielt sie nichts mehr auf diesem Wege.«

Der gute Mann würde noch lange geplaudert haben, wenn nicht die Stunde der Heimreise gekommen wäre; denn die bedrängten Umstände erlaubten ihm nicht, das Retourbillett für die Eisenbahn preiszugeben. Außerdem freue er sich, noch eine kurze Zeit ruhig in seinem alten Heim schlafen zu können; die Frau Statthalterin sei gestern mit ihrer ganzen Garderobe und dem Sonnenschirmchen zu ihren Eltern gezogen, die Söhne aber seien vor zwei Wochen nach Amerika gereist, um dort Anstellungen als Fabrikaufseher zu finden, die man ja gern aus der Schweiz beziehe. Jawohl, aber nicht solche! Wären sie früher gegangen! Seine Fabrik samt dem alten Grundbesitz dagegen stehe unter Konkurs-
188 verwaltung; er gewärtige jeden Tag die Gant. Glücklicherweise gehe ihn die Sache weiter nichts mehr an.

»Könnten Sie«, fragte Salander, »das Anwesen jetzt nicht selbst wieder an sich ziehen, wenn sich eine Beihilfe fände, und es neu in Gang bringen?«

»Ich werde mich wohl hüten, Herr Großrat!« versetzte Kleinpeter ohne Besinnen. »Wenn es wirklich gelänge, so wären sie eines Tages alle drei wieder da, die Milch abzurahmen! Lieber will ich eine stillbescheidene Tätigkeit irgendwo übernehmen, sei es, was es wolle; wenn Ihnen etwas vorkommen sollte, das für mich geeignet wäre, so geben Sie mir vielleicht einen Wink, wenn Sie so gut sein wollten!«

»Ich will gewiß daran denken, seien Sie dessen versichert!« versprach ihm Martin Salander und gab ihm die Hand. »Sie sind ja noch wacker und kein alter Mann, wenn Sie sich ein bißchen aufrappeln! Leben Sie wohl, kommen Sie gut nach Hause!«

»Danke tausendmal, und Ihnen auch für alles Genossene, Frau Salander, und für alle erwiesene Freundlichkeit!«

»Es ist nicht wichtig und gern geschehen!« sagte Frau Marie und schüttelte ihm die Hand, »ich wünsche glückliche Reise und daß es Ihnen wieder besser gehe!«

Mit unerwartet raschen Schritten eilte der aufgerichtete Mann von dannen. Nachdenklich schauten ihm die Eheleute nach, wie er die Straße entlangging.

»Er schwankt ja nicht im geringsten!« bemerkte Marie, »ich besorgte, er würde ein Fähnchen bekommen. Es sollte ihm doch noch zu helfen sein, wenn er das saubere Weibsstück los wäre!«

»Und wenn er ein ruhiges Plätzchen hinter dem Winde hat, glaub ich auch, daß er sich noch erholen kann. Aber regieren muß er nicht mehr wollen!«

Der neue Großrat bedachte auf dem Wege zum Kontor, das er noch
aufsuchte, das sonderbare Erlebnis dieses ersten Tages seines späten
amtlichen Daseins, wie er dazukomme, den verunglückten Vorfahren
zu bewirten und zu trösten; und er pries sich glücklich, daß in seinem 189
gutartigen Haushalt solche Gefahren nicht vorhanden seien. Dennoch
behielt er einen melancholischen Eindruck von der so unmittelbar
wahrgenommenen Unsicherheit der menschlichen Dinge in den obersten
Anstalten selbst.

13.

Mit der Zeit ward Martin Salander ein vielbeschäftigter Mann im Rat und außerhalb desselben und kam im Schwanken des Parteilebens, im Sichkreuzen der Anforderungen wie in einen Wirbelwind zu stehen, da ihn alle an sich ziehen wollten.

Der Kampf drehte sich nun vorzüglich um die Frage, ob die neueste schweizerische Volksherrschaft dem Andrange der sozialen Umwälzung ihren Grund und Boden zur Verfügung stellen solle, d.h. ob man dem Volke vorgeben könne, es sei das sein Zweck und sein Wille gewesen. Durch diese Frage entstand ein gelindes Schieben und Verändern der Parteibestände, während das Volk im ganzen, als ein fremder, dunkelartiger Körper betrachtet, schwieg.

Salander verfolgte den Mittelweg, die Fühlung mit dem gesellschaftlichen Umsturz abzulehnen, dagegen die Zustände durch das Verstaatlichen aller möglichen Dinge in den bisherigen Formen zu erleichtern und zu verbessern, so daß er einen Standpunkt einnahm, den er vor kurzen Jahren noch bestritten hatte, die damaligen Inhaber jedoch als einen überwundenen schon preiszugeben bereit waren.

Indessen nahmen auch diese alles Gebotene vorläufig auf Abschlag und zur heilsamen Übung entgegen; in den Gemeinden und draußen im Bunde wehte der nämliche Wind, überall wurden Ausgaben beschlossen zu Hilfs- oder Kulturzwecken; Martin Salander aber war unermüdlich, mitzuwirken und neue Erfindungen in Umlauf zu bringen.

190 Seine Schwiegersöhne leisteten ihm zuweilen Adjutantendienste, indem sie überall, wo sie hinkamen, seine Ideen oder solche, für die er einstand, in den Gemeinden unter das Volk warfen, auch wo niemand an eine neue Unentgeltlichkeit oder öffentliche Wohltat gedacht hatte, die nun sofort unentbehrlich schien.

Marie erbaute sich ordentlich an dem guten Herzen Martins, mit welchem er sich dieser Tätigkeit freute. Eines Tages fand sie in einem seiner abgelegten Röcke das Taschenbuch mit den Budget- und Staatsrechnungsauszügen.

»Hast du das Buch nicht vermißt?« fragte sie, ihm dasselbe zeigend; »es steckte in dem alten schwarzen Rock, den du seit einem Jahre nicht mehr anzogst.«

Salander besah das Buch.

»Hm! wahrhaftig, ich hab es nicht vermißt! Ich brauche es auch nicht mehr so notwendig; denn erstens sind mir diese Dinge jetzt geläufiger und sodann wird unlang eine Verschiebung derselben eintreten müssen. Verschiebung, das ist eigentlich ein schlechtes Wort, welches die heimlichen Sozialisten in den Mund nehmen, wenn sie friedlich verschämt andeuten wollen, wohin sie zielen. Daß eine etwelche Verschiebung stattfinden werde, heißt es dann, sei nicht zu bezweifeln und nur eine Frage der Zeit!«

»Aber was meinst *du* denn damit?«

»Ich? Siehst du, ich meine es ungefähr so: durch den gebieterischen Fortschritt der Zeit wachsen die Ausgaben auf allen Punkten so sehr, daß die Einnahmen sie nicht mehr decken; wenn zum Beispiel die Gemeinden die ihnen gestellten Aufgaben gehörig lösen wollen, so werden sie zu stark belastet, und der Staat, will sagen der Kanton, muß ihnen beispringen und einen Teil seiner Einkünfte abtreten. Da aber die Kantone selbst ihre erhöhten Ausgaben zu bewältigen haben, die Steuern aber nicht ins unendliche vermehren können, so müssen sie den Bund in Anspruch nehmen, der sich zu erklecklichen Beiträgen
191 wird verstehen müssen, wenn er seine höheren Pflichten erfüllen will. Wiederum sind die Einnahmen des Bundes nicht unerschöpflich, und es mehren sich gleichzeitig seine eigenen gewohnten Ausgaben. Also müssen wir suchen, ihm neue Quellen zu eröffnen und die Mittel zu beschaffen, die er für alle das braucht.«

»Das ist ja der reine Ringelreihen!« lachte Marie; »sehr lustig und listig zugleich, wie ich verstehe! Oder wir machen es wie der Mann, der seinen Geldbeutel den ganzen Tag von einer Tasche in die andere steckt; so kann er sich einbilden, er habe hundert Geldbeutel, und kauft sich alles, was er will. Ist es nicht so?«

»Nicht ganz so, meine Liebe! Ich kann es dir jetzt nicht näher auseinandersetzen, es sind eben nationalökonomische Dinge! Man nennt es Volkswirtschaft!«

Sein Lieblingsfeld war aber die Volkserziehung; sie galt ihm als die wahre Heimat, in welcher er seinen frühen Abfall von der Schule gutmachen müsse. In seinem heiligen Eifer ahmte er unbewußt die jüdischen Krämer nach, die das feilschende Publikum so stark überfordern, daß sie eines mäßigen Preises sicher sind. Aber das Ideal, an welchem er arbeitete, stand ihm so fest, daß er doch ernstlich an die Erreichbarkeit seiner Höhe glaubte. Jeder der rastlos auftauchenden Schrullen widmete er seine Aufmerksamkeit, half sie abrunden, zu einem annehmbaren Gebilde ausgestalten und vertrat sie dann mit allem ihm zu Gebote stehenden Einfluß in den Aufsichtsbehörden, in denen er saß, in Vereinen und bei jeder Gelegenheit im Großen Rate.

»Ich hoffe es doch noch zu erleben«, sagte er eines Tages zur Frau, »daß keiner unserer Jünglinge zu Stadt und Land vor dem Antritt des zwanzigsten Jahres aus der staatlichen Lehre entlassen wird!«

»Was sollen sie denn so lange treiben?«

»Lernen und immer lernen! Üben und wieder üben! Bedenke doch nur, wie sehr sich der Stoff häuft! Haben wir erst durchgesetzt, daß der tägliche Schulbesuch bis zum fünfzehnten Jahre dauert und ein
allgemeiner Sekundarunterricht eingeführt ist, so fängt die Fortbildung 192
an in den mathematischen Fächern, im schriftlichen Ausdrucke, in der Kenntnis des tierischen Körpers und Gesundheitspflege, vermehrten Landeskunde und Geschichte. Die stete Ausbildung im Turnen und militärischen Exerzitium ist schon vorgeschrieben, muß aber besser betrieben werden, besonders die Schießübungen müssen früher und zahlreicher stattfinden. Selbstverständlich geht neben allem her die fortgesetzte Pflege des Gesanges und der Musik, letztere, insofern sich in einer Gemeinde genug Knaben finden, die zum Spielen von Blasinstrumenten, den Trägern der heutigen Volksmusik, veranlagt sind –«

»Gottlob, dies gefällt mir am besten!« unterbrach Marie die Rede des Mannes und seinen Spaziergang im Zimmer zugleich. Mit einem »Wieso?« blieb er stehen.

»Ei, wenn ihr erst das gute Volk mit der Kenntnis des menschlichen Körpers und der regelmäßigen Pflege der Gesundheit zu einem einzigen Hypochonder gemacht habt, so kann es sich an der Volksmusik herrlich wieder aufheitern! Und so wird die Demokratisierung der Kunst, von der du damals, erinnerst du dich? an der Hochzeit unserer Kinder gesprochen hast, immer mehr ihren wohltätigen Einfluß bewähren! Aber fahre lieber fort!«

»Ich bin bald am Ende! Nähern sich die jungen Männer ihrem zwanzigsten Lebensjahre, etwa im achtzehnten, werden sie staatsbürgerlich eingeschult. Die Verfassungskunde haben sie schon in der Alltagsschule rasch durchgemacht als Knaben; jetzt wird sie in den flüchtigeren Köpfen halb verblaßt sein. Sie wird also nochmals kräftig aufgefrischt und abschließlich sodann der ganze Kreis der Gesetzgebung für das Verständnis geöffnet, kurz ehe sie in den Genuß und die Pflichten der Volksrechte eintreten. Ich dächte, das wären Sachen genug, die Zeit auszufüllen! Schwierig wird es im Anfang wohl sein, gleichmäßig und beharrlich vorzugehen, doch es wird gehen müssen, wenn die Rechte
193 selbst nicht eine Ironie werden sollen! Ich habe noch vergessen, daß nebenher jeder junge Bursche lernen soll, sich einen schlichten Tisch oder eine Bank zu zimmern, und daß auch hiefür auf eine Einrichtung zu denken ist!«

»Das letztere ist gut, es wird den Übermut unseres üppigen Handwerkerstandes dämpfen! Die Axt im Haus erspart den Zimmermann!« bemerkte Frau Marie.

Martin machte ein ebenso rätselhaftes Gesicht wie seine Frau, da er nicht wußte, wie es gemeint war; denn der genannte Stand war just übel dran.

»Mein Vortrag scheint nicht deine durchgehende Billigung zu haben!« sagte Martin, abermals vor ihr stehenbleibend. »Es ist dir zu vieles darin, nicht wahr?«

Aber mit ernster Miene und prüfend zu ihm aufblickend, erwiderte sie: »Nein, lieber Mann! Es fehlt mir im Gegenteil noch etwas ziemlich Wichtiges an dem Programm, was aber vielleicht nicht dazu gehört und einer besonderen Entschließung vorbehalten ist. Vergessen oder übersehen worden kann es nicht sein!«

»Was wäre denn das? Vielleicht die obligatorische Kochschule auf Staats- und Gemeindekosten? Aber die gehört in das Programm der Mädchenerziehung, das auch in Aussicht genommen ist. Du wirst ohne Zweifel in die betreffende Frauenkommission berufen werden und dich als meine Gattin nicht wohl entziehen können!«

»Das meine ich alles nicht! Ich meine den schrecklichen Kriegszug, welchen die Schweizer nach Asien oder Afrika werden unternehmen müssen, um ein Heer von Arbeitssklaven oder besser ein Land zu erobern, das sie liefert. Denn ohne Einführung der Sklaverei, wer soll denn den ärmeren Bauern die Feldarbeit verrichten helfen, wer die Jünglinge ernähren? Oder wollt ihr diese besolden, bis sie zwanzig Jahre alt sind und dann alles verstehen, nur nicht zu arbeiten, den gezimmerten Tisch und die Bank ausgenommen?«

»Aber Marie! Was soll denn das heißen?« sagte Martin mit rotüber-
laufener Stirne; »du erwiderst ja mein ehrerbietiges Vertrauen heute 194
mit lauter Satiren, und das von den bittern!«

»Verzeih mir, Martin! Ich bin nicht bitteren Herzens, ich weiß ja, wie du in allem gesinnt bist! Ich bin bloß ein bißchen traurig, weil ich auch weiß, daß du einer großen Enttäuschung entgegensteuerst, und das tragen wir in unserm Alter nicht mehr so leicht wie früher!«

»In unserm Alter? Woher sind wir alt, wenn wir es nicht wollen sein? Und was die Illusionen betrifft, so tun sie nicht weh, so wenig als bunte Seifenblasen, die uns an der Nase platzen!«

Dies sagte er mehr zum Scherz, um den ernstgewordenen Ton der Frau abzulenken, der ihm unbequem wurde. Denn unter den zahlreichen Gegnern des so ausgedehnten Unterrichtswesens hatte noch nicht ein einziger Mann gewagt, sich in dieser Weise zu äußern.

»Lassen wir jetzt die Geschichten, die dich nicht freuen«, nahm er wieder das Wort, »und kommen wir auf die Kinder zu reden, deren Hochzeit du vorhin gedachtest! Ich wollte dich schon einmal fragen, warum man die jungen Frauen nie mehr sieht. Oder ist die eine oder andere in meiner Abwesenheit gekommen? Früher, im Anfang, trafen sie gern etwa bei uns zusammen, wenn sie die Männer in die Stadt begleiteten, das ist auch seit geraumer Zeit nicht mehr geschehen.«

Marie Salander wurde noch viel ernster, als sie schon gewesen war, sagte aber nur:

»Ich weiß nicht, was es ist, es fällt mir auch auf. Aus ihren knappen Briefchen ist schon lang nichts mehr zu entnehmen, was sie näher angeht. Ich dachte, du wüßtest mehr von ihnen, weil du ja mit den Schwiegersöhnen verkehrst, die sich noch weniger hier sehen lassen.«

»Es hat auch aufgehört bei mir! Ich habe mich ihrer Dienstleistungen in ihren Bezirken vertraulich bedient; als ich aber wahrnahm, daß sie
195 zu viel Brimborium dabei machten und namentlich jede unbedeutende Geschichte zu einer Reise und Lustbarkeit benutzten, hielt ich es als Schwiegerpapa für meine Pflicht, diese Art Verkehr einzustellen. Übrigens alles ohne üble Nachrede, denn es sind immer noch junge Leute!«

Frau Salander seufzte erst jetzt ein weniges, als sie sagte, sie wisse doch etwas mehr als der Mann, obschon nichts Erkennbares, und wolle nicht länger damit zurückhalten. Sie fuhr also fort:

»Seit einem halben Jahre ist weder Setti noch Netti mehr hier gewesen; von guter Hand habe ich jedoch vernommen, daß sie untereinander sich seit länger als einem Jahre nicht mehr sehen, daß sie sich sogar zu vermeiden scheinen, so gut sie können, während sie in den ersten Zeiten ihrer Verheiratung einander jede Woche einmal besuchten, bald im Lautenspiel, bald auf dem Lindenberg zusammensaßen. Was ist nun das? Was ist geschehen? Ich weiß es nicht, und niemand will es wissen!«

»Vielleicht ist es eine Kinderei«, meinte Salander einigermaßen betroffen, »vielleicht doch mehr!« setzte er nach einer Minute Nachdenkens hinzu; »am Ende hat sich der Zwillingswahn, von dem sie besessen waren, in eine andere Idee verwandelt oder ein Junges bekommen, da sie selbst noch kein Kind haben!«

»Vielleicht und am Ende«, entgegnete die Frau, »wäre es ein Glück, wenn sie überhaupt keine Kinder bekämen. Es will mich eine Ahnung beschleichen, als ob etwas nicht in Ordnung wäre und die Kinder nicht wagten, sich uns anzuvertrauen, namentlich mir, weil sie nur ihrem Willen gefolgt sind.«

»In diesem Falle müßte man doch suchen, dahinterzukommen und ihnen zu helfen!«

»Das habe ich schon gedacht; aber wie, ohne mehr zu schaden als zu nützen?«

»Ich glaube, das einfachste wäre, sie beide eines schönen Tages mit unserer Heimsuchung zu überraschen, die wir den Leutchen sowieso
196 schuldig sind; wir waren erst einmal bei jeder Partei! Wenn wir bei gutem Wetter mit einem Morgenzuge nach Unterlaub führen, zu Setti hinauswanderten und uns dort ein oder zwei Stunden aufhielten, so würden wir zunächst ungefähr merken, wie es dort steht oder ob etwas

zu erfahren ist. Dann kutschieren wir auf der Kreuzbahn nach Lindenberg hinüber und fordern Setti auf, mit uns zu Netti zu kommen. Wir werden ja sehen, ob sie's tut oder was sie sagt und was sich weiter begeben wird. Abends sind wir bequem wieder hier.«

Der Frau Salander war dieser Vorschlag willkommener wie auch die Besorgnis tiefer, als sie erraten ließ. Sie verschoben die Fahrt deswegen aber keineswegs; an einem der nächsten Tage reisten sie nach der Station bei Unterlaub und gingen zu Fuß in das sogenannte Lautenspiel. Als sie die liebliche Lage des Hauses in dem lichten Buchenbestande, der es zur Hälfte umgab und vom Finkenschlag widerhallte, mit neuem Wohlgefallen erblickten, sagte Martin Salander:

»Es müßte doch nicht mit rechten Dingen zugehen, wenn in diesem idyllischen Frieden ein ernstliches Unheil gedeihen könnte! Wie reinlich ist der Kies auf dem ganzen Platz geharkt; und auch das Parkgehölz ist in sauberstem Zustande, und darüber weg sieht man noch eine mächtige Kronenfülle des eigentlichen Forstes sich links die Höhe hinanziehen!«

»Ja, es ist schön hier!« antwortete Frau Marie, »vielleicht nur zu schön für müßige Herzen!«

Sie gingen um das Haus herum, wo an der hinteren Türe wie an der vorderen eine kleine Orangerie in alten Kübeln aufgestellt war. Bei einem der Bäumchen stand Frau Setti Weidelich in schönem Kleide, mit dem Ausbrechen abgängiger Blätter beschäftigt. Ihr Gesicht schien im Profil schmäler als früher, blasser und vor allem freudlos.

»Da sieh!« flüsterte Marie Salander, den Mann am Arme berührend.

Er blieb einen Augenblick stehen und sah die Tochter, ging dann
aber um so rascher vorwärts, so daß Setti die im feinen Kiese knirschen- 197
den Schritte hörte und sich wendete. Kaum erblickte sie Vater und Mutter, so strahlte ungewohnte Freude auf ihrem Gesichte, einen Schleier der Wehmut durchbrechend, der sich gleichzeitig darüber verbreiten wollte. Aber nur zögernd trat sie ihnen entgegen, bis sie sah, daß die Eltern die Schritte beschleunigten, und ihnen nun in die Arme flog.

»Muß man dich aufsuchen, wenn man dich einmal sehen will?« fragten sie, »und Netti auch? Was ist das für eine Aufführung?«

Setti errötete stark und schlug die Augen nieder.

»Ich weiß nicht, ich komme nicht von Hause weg«, entgegnete die junge Frau verlegen, »aber habt ihr denn Netti auch nicht gesehen?«

»So wenig wie dich! Wo fehlt es denn?« fragte die Mutter.

»Wo sollte es fehlen? Auch die zufälligen Ursachen können sich ja gleichen und überall dieselben Folgen haben! Aber wollt ihr nicht ins Haus kommen und ausruhen, liebe Eltern? Wie sehr erfreut ihr mich! Darum hat es nur auch so schön geträumt in der vergangenen Nacht!«

»Geträumt? Und was denn?« fragte der Vater.

»Es war mir, als sei ich ein kleines Kind, das auf der Landstraße wandert und nicht weiß, wohin. Am Arme trug ich ein Säcklein, worin sich ein Apfel und ein Stück Brot befand. Ich hatte Hunger und setzte mich auf einen Stein; allein das Säcklein war so fest zugeschnürt mit einem verwickelten Knoten, daß ich nicht zu dem Brote gelangen konnte und mir sehr weinerlich wurde. Da sah ich plötzlich mir gegenüber ein Haus in einem prächtigen Blumengarten, in welchem Musik ertönte und ein großes Tellerklappern und Gläserklingen, und denkt euch! an eines der offenen Fenster traten ein Herr und eine Frau mit Blumensträußen in den Händen, und das war niemand anders als Herr und Frau Salander, die Hochzeit hielten; jung und sehr hübsche Leute waret ihr und sahet, daß ich mein Säcklein nicht auftun konnte und
198 dazu weinte; so rieft ihr mich zu euch hinauf. Ich kam sogleich, und der Vater sagte: ›Zeig her dein Säckchen, wir wollen dir's aufmachen.‹ Du löstest den Knoten und hieltest es geöffnet der Mutter hin, die griff hinein und zog das Regenbogenschüsselchen hervor, das sie uns Kindern einst gezeigt, als wir ungegessen ins Bett sollten. Es war aber eine ordentliche goldene Schüssel oder vielmehr ein Teller. ›Potztausend!‹ rieft ihr beide, ›wie heißt du, kleines Mädchen?‹ Als ich es sagte, hieß es: ›Der Name ist uns nicht unbekannt! Wir wollen dich an Kindes Statt annehmen um dieses schönen Tellers willen.‹ Da mußte ich zwischen euch an dem Tische sitzen, bekam herrliche Krebssuppe auf den goldenen Teller, daß der Nasenzipfel des Heinricus Rex kaum noch durchschimmerte. Die Krebssuppe, von der ich geträumt, hängt offenbar mit den Krebsschalen zusammen, mit welchen die Erdmännchen im Märchen der Mutter geharnischt waren. Merkwürdigerweise war ich auf meinem Sessel als Kind so groß wie alle anderen Leute!«

So plauderte Setti vergnügt und zufrieden die Treppe hinauf. »Träume sind Schäume«, sagte der Vater. »der deinige soll dir indessen bedeuten, daß wir dich jederzeit von neuem adoptieren! Nicht wahr, Marie?«

Die Mutter nickte nur, und da sie zugleich in die Stube traten, fragte sie:

»Wo ist denn dein Mann? Darf man denn in die Kanzlei gehen, ihn zu begrüßen?«

Die Tochter wurde sofort wieder ernster und errötete abermals, als sie erwiderte, Isidor sei ins Dorf gegangen, wo er Geschäfte habe und zuweilen einen Frühschoppen nehme, besonders wenn etwas Politisches um den Weg sei. Er werde wohl bald kommen, sie wolle übrigens den Schreiber schicken, ihm zu sagen, wer da sei.

»Durchaus nicht! Laß ihn nur ungestört!« sagten die Eltern gleichzeitig.

»So bitte ich, zu befehlen, was ihr für den Augenblick genießen mögt, 199
ein Glas süßen Wein, eine Tasse Tee oder Bouillon? Auch Schokolade haben wir.«

»Wenn die Fleischbrühe schon kräftig genug ist, so gib uns ein paar Löffel voll, der Vater nimmt sie auch am liebsten, wie du weißt«, entschied die Mutter; »mach indessen keine Umstände mit uns, wir wollen uns keineswegs gütlich tun! Und für den Mittag triff nun gar keine weiteren Anstalten, hörst du? Wir sind mit allem zufrieden!«

»Liebe Mutter, ich muß doch etwas dazu holen lassen, nur ein Stückchen Fleisch, ein paar Fische aus unserm Weiher, schon des Mannes wegen; er würde sich sonst geniert fühlen. Bitte, laß mich machen!«

»Nun, so mach zu, du mußt es besser wissen!« versetzte Frau Marie, »sag aber: du kleidest dich im Haus ja wie eine Prinzessin! Dreh dich einmal um, das ist ja ein Staatsrock! Der Tausend, was für Garnituren! Und hast nicht einmal Besuch erwartet!«

Wiederum blickte Setti zur Seite, als sie berichtete, der Mann wolle es so haben und sie müsse es des lieben Friedens willen tun. Nun sei sie es gewöhnt und wisse kaum noch, daß sie hübsch gekleidet gehe.

Martin Salander fragte, ob ihr Schwager Julian es auch so mache, worauf sie erwiderte:

»Freilich! Sie tun in allem das gleiche, und ich glaube nicht, daß sie es verabreden!«

»Was, diese jungen Schnaufer?« warf die Mutter dazwischen. »Auf diese Weise braucht ihr ja die Zinsen von eurer mäßigen Mitgift allein für die Kleider?«

»Ich glaube, wir wissen beide nicht, was wir eigentlich brauchen; denn die Männer heben alles auf den Kanzleistuben in den feuerfesten amtlichen Kassenschränken auf, und alles, was zu bezahlen ist, holen sie dort.«

Die Frau Notarin ging hinaus, ihr Geschäft zu besorgen, worauf die
200 Mutter zu Herrn Salander sagte:

»Da haben wir nun die mütterlich liebevollen, die Jünglingsmänner so wohltätig beeinflussenden Gattinnen!«

»Ich bin ganz stupid!« entgegnen er, »das sind ja verfluchte Kerls von Tyrannen! In *dem* Punkte haben die Mädchen, wie es scheint, völlig recht behalten: sie werden bald Männer sein! Wenigstens ihren Weibern sind sie gewachsen!«

Als Setti zurückkam, sprach die Mutter zu ihr:

»Wir haben uns vorgenommen, nach dem Essen nach Lindenberg zu fahren, um auch deine Schwester Netti zu sehen. Wir rechneten darauf, dich mitzunehmen, um euch beieinander zu haben. Du kannst doch abkommen? Du fährst abends hieher zurück!«

Die Tochter erschrak sichtlich bei dieser Eröffnung und erbleichte. »Ich weiß doch nicht«, meinte sie, »ob ich heute weggehen kann. Isidor hat von Geschäften gesprochen, die er nachmittags irgendwo zu verrichten habe. Wenn niemand da ist, so schleicht sich der Schreiber auch weg.«

»Und da mußt du die Kanzlei hüten?«

»Jedenfalls das Haus; es steht so abgelegen, daß ich die Magd nicht allein darin lassen kann; auch weiß ich den Leuten, die dies oder das zu fragen kommen, eher Bescheid zu geben. Zuweilen arbeite ich sogar ein wenig für die Langeweile, wenn die Kanzlei leer steht, und habe schon manche Hofbeschreibung kopiert!«

Das ließ sich alles hören; allein sie brachte es so ängstlich vor, daß eine gewisse Scheu, mit nach Lindenberg zu gehen, nicht mehr zu verkennen war. Aus der letzten Bemerkung schöpften die Eltern überdies den Verdacht, die Tochter werde zum Abschreiben angehalten, so unwahrscheinlich es sie sonst gefunden hätten, daß sie es leiden würde. Genug, die Mutter vermochte nicht länger die Zeit zu verlieren, dem Ziele ihres Ausfluges näherzukommen, und sagte, die Hand der jungen Frau ergreifend, mit milden, aber eindringlichen Worten:

201 »Sag' uns jetzt den wahren Grund, warum du nicht mitgehen willst! Wir sind deshalb gekommen und wollen erfahren, was zwischen euch

vorgefallen ist, daß ihr nicht mehr miteinander verkehrt und euch bei uns nicht mehr blicken laßt! Warum bist du so gedrückt, ja traurig, wirst rot und bleich, und vielleicht finden wir deine Schwester im gleichen Zustand!«

»Rede nur, Kind, es muß sein, wir gehen nicht fort, ohne Klarheit zu haben!« fügte der Vater hinzu.

Die Tochter stand da, ohne ein Wort hervorzubringen. Die Eltern wurden selbst verlegen und wußten nicht, sollten sie weiter in die Tochter dringen oder nicht. Zuletzt sagte Salander noch aufs Geratewohl:

»Ist vielleicht das Glück ausgeblieben oder schon verschwunden, auf das ihr hofftet?«

»Ja, so ist es!« antwortete Setti fast tonlos. Sie zog ihre Hand aus derjenigen der Mutter, suchte nach dem Taschentuch und bedeckte sich Mund und Augen, indem sie ein krampfhaft ausbrechendes Schluchzen zu ersticken suchte. Sie ließen die Arme sich etwas erholen, ehe sie weiterforschten. Endlich fing sie von selbst wieder an.

»Es ist nichts mit ihnen! Sie haben keine Seelen! O Gott, wer hätte das denken können!«

»Wer? Ihr selbst!« sagte die Mutter, die sich die Tränen zornigen Mitleidens aus den Augen rieb.

»Wir wissen es und schämen uns vor Vater und Mutter, und an den jungen Bruder mögen wir gar nicht denken! Aber auch vor uns selber schämen wir uns gegenseitig und können uns nicht ansehen. Sobald wir der schrecklichen Täuschung recht innegeworden sind, haben wir uns fliehen müssen wie Menschen, die eine gemeinsame Untat verübt haben. Und doch habe ich Heimweh nach der Schwester und sie gewiß auch nach mir! Aber wenn wir zusammen sind, so ist es, als ob jede zwei böse Gewissen in sich fühlte!«

Martin und Marie Salander gingen aufgeregt nebeneinander hin und
her. 202

»Für jetzt wollen wir es genug sein lassen! Du mußt mit uns kommen, Setti; ihr sollt euch wieder zurechtfinden, so wird es schon besser gehen. Jetzt wasch die Augen aus, der Mann kann jeden Augenblick erscheinen, und wir dürfen uns nichts merken lassen, eh wir alles überlegt haben und wissen, was wir tun wollen!«

»Es wird nichts zu tun sein!« entgegnete Setti etwas gefaßter, »es steht eben nicht so, daß wir nach Brauch und Sitte vor der Welt einen Grund zur Trennung fänden.«

Sie begab sich hinaus, den Rat des Vaters zu befolgen und das Gesicht abzukühlen; gleich darauf kam Isidor gestürmt, der unterwegs erfahren, welchen Besuch er zu Hause finden werde. Er war sehr aufgeräumt und begrüßte die Schwiegereltern als eine ihm sehr schmeichelhafte Überraschung, entschuldigte sich aber sogleich, daß er schnell noch in der Kanzlei nachsehen müßte, lief aber statt dessen in die Küche und das Speisezimmer, um das Geköche und den Tisch zu untersuchen, ob auch seine Ehre gewahrt und trotz des Zuwachses für seine eigene Eßlust gesorgt sei.

Am Tische ließ sich von dem, was vorausgegangen, keine Spur entdecken. Frau Setti schien die Gelassenheit selbst, welche durch die Gegenwart der Eltern und das ihnen abgelegte Bekenntnis noch erleichtert und vermehrt wurde. Die Mutter erkannte als Frau aus dieser vollkommenen Ruhe und Selbstbeherrschung, wie nichtig der junge Mann für das Herz seiner Gattin geworden sein mußte. Sie konnte ihn ertragen, wie man ein böses Geschick erträgt, das man selbst verschuldet hat.

Der Vater mußte seine Aufmerksamkeit mehr dem Notar zuwenden, und er wunderte sich, wie ihm nicht früher schon die Schuppen von den Augen gefallen seien. Es fiel nicht ein rundes oder, wie man zu sagen pflegt, nicht ein vernünftiges Wort von seinen Lippen. Der schlaue junge Streber hatte Amt, Haus und Frau; darüber war seine Persönlichkeit schon zu Ende geraten und konnte sich nur noch im Geräusche
203 von vielen ihresgleichen geltend machen. In der Stille des Hauses, wo man die einzelnen Worte vernimmt, war nichts mehr an ihm.

»Wir haben vor«, teilte Salander dem Notar mit, »diesen Nachmittag auch die Leute am Lindenberg zu besuchen, und wollen unsere Tochter mitnehmen. Sie haben doch nichts dagegen, Herr Sohn? Sie sagt uns zwar, Sie hätten auch auswärtig zu tun, es wird sich aber vielleicht beides für einmal vertragen?«

»Ei warum nicht, Herr Vater? Ich hätte Lust, selber mitzugehen und bitte nur um Dispens!«

Isidor war froh, daß er mit guter Manier seiner Wege gehen konnte, denn das prüfende Auge der schweigsamen Schwiegermama tat ihm nicht wohl. Dagegen begleitete er die Frau und ihre Eltern eine kleine Strecke weit, als sie aufbrachen.

Auf dem Hofe bewunderte Salander wieder das Buchenwäldchen und die dahinter emporragenden Wipfelmassen des größeren Forstes, eine Umgebung, die nicht mit Geld zu bezahlen sei.

»O ja, es macht sich nett!« sagte der Schwiegersohn. »Nur wird es nicht mehr so lang stehenbleiben, als es schon steht. Der Wald gehört der Gemeinde Unterlaub und soll in ein paar Jahren geschlagen werden; die Holzhändler sind schon dahinter her. Da werd ich unsere Buchen auch darangeben, es geht in einem zu, und sie tragen ein schönes Geld ein!«

»Sind Sie bei Trost?« rief Salander. »Ihre Buchen schützen ja allein Haus und Garten samt der Wiese vor den Schlamm und Schuttmassen, die der abgeholzte Berg herunterwälzen wird!«

»Das ist mir Wurst!« erwiderte der jugendliche Notar in nachlässigem Tone. »Dann zieht man weg und verkauft den ganzen Schwindel! Es ist ja langweilig, immer am gleichen Ort zu hocken!«

Salander dachte sein Teil und gab keine Antwort. Frau Setti ließ
während Isidors Mitteilung ein paar Worte des Erstaunens hören und 204
verriet so, daß sie von dem bevorstehenden Holzschlage noch gar nichts wußte, was ein neues Anzeichen von des Mannes Lebensart war. Sie schwieg daher auch und sagte nur noch: »Adieu, du schönes Lautenspiel!«

»Woher heißt es eigentlich hier ›im Lautenspiel‹?« fragte die hinzutretende Mutter.

»Das mag der Henker wissen, ich könnt es nicht sagen! In den Grundbüchern heißt es nur: ›Haus und Hofstatt genannt im Lautenspiel‹, und ebenso in meinem Kaufschuldbrief«, erklärte Isidor.

»Hast du denn nicht gehört, was sie in der Gegend davon erzählen?« fragte Frau Setti.

»Nein, ich habe gar nie danach gefragt! Woher soll es denn kommen? Woher heißt es denn bei uns ›im Zeisig‹ und ›im roten Mann‹? Von irgendeiner Dummheit!«

»Es soll hier vor etwa zweihundert Jahren«, erzählte Setti, »ein geiziger Junker gehaust haben, um seine sechs schönen Töchter vor der Welt zu verbergen, damit sie nicht zum Heiraten kämen und er sie nicht ausstatten müsse. Sie hätten alle sechs wunderschön die Laute gespielt und dazu gesungen, aber zusammen nur drei Lauten besessen, mit de-

nen bei schönem Wetter je die Hälfte in den schönen Buchenwald
hinausgegangen sei und sich dort sattgespielt und gesungen habe,
worauf die anderen drei Fräulein sie ablösten und mit frischen Kräften
weiterspielten. So habe das Gehölz stets von dem Saitenspiel und Gesang
getönt, und die Vögel hätten dazu mitgeholfen. Durch den Klang seien
endlich vorbeiziehende Herren, Jäger und Reiter, angelockt worden,
seien in das Gehölz eingedrungen und mit den musizierenden Fräulein
in Verkehr getreten, und allmählich sei eines um das andere doch zum
Heiraten gekommen und habe der Alte mit der Aussteuer hervorrücken
müssen. Als aber nur noch drei Töchter und die drei Lauten übrigge-
blieben, habe er sie mit den Instrumenten in das obere Stockwerk des
Hauses gesperrt und den Schlüssel stets bei sich geführt. Die drei gefan-
205 genen Töchter haben dann in hellen Mond- und Sternennächten erst
recht so rührend und laut an den offenen, aber vergitterten Fenstern
gesungen, daß die Kavaliere von weither angezogen und verliebt worden
sind. Sie stürmten ordentlich das Haus, das umwohnende Volk half
ihnen dabei, die drei Töchter hatten die Wahl, und der Junker mußte
sie auch noch aussteuern. Dadurch sei sein Gut so vermindert worden,
obgleich er wohl noch hätte leben können, daß er sich aus Verzweiflung
ums Leben gebracht habe. Davon rühre auch das Sprichwort her, das
man jetzt noch etwa von alten Leuten in dieser Gegend hört: Er kann
sich ja hängen, wie der Junker im Lautenspiel! Hast du auch dies nie
gehört?«

»Niemals! Oder ich hab nicht darauf geachtet! Ist auch nicht schad drum!«

Vater und Mutter saßen nun mit der älteren Tochter in dem Bahnzuge, der nach Lindenberg führte. Setti fühlte sich halb froher zumut, halb wieder furchtsam, da sie nicht nur die Schwester, sondern auch deren Mann sehen sollte und das Wort, daß Leidensgefährten dem Unglücklichen zum Troste gereichen, hier nicht zutraf. Das durchgehende Doppelwesen verdoppelte auch die Reue, anstatt sie zu vermindern; denn nicht nur sah jede der Schwestern in der andern sich selbst wieder, sondern auch im Gatten derselben den eigenen Verdruß.

Gemächlich stiegen die drei Personen, am Ort angekommen, die Berglehne empor, bis sie die sogenannte Landschreiberei erreichten. Auch hier war ein Sitz der Ruhe und des Naturgenusses; nur bot statt des Laubwaldes eine ausgedehnte Fernsicht dem Gemüte jene Ruhe, insofern es für sie offen stand. Aus einem wohlgepflegten Gemüsegarten

kam die Magd gegangen, zu sehen, wer da sei, als die kleine Gesellschaft sich ein wenig verschnaufte, und aus einem Fenster des Erdgeschosses guckte ein halbwüchsiges Schreiberlein mit einem Zigarrenstümmelchen im Munde, welches der Herr Notar weggelegt haben mochte. Die Magd
aber führte die angelangten Leute, die sie nicht kannte, um die Hausecke 206
herum nach einer Laube, wo die Frau mit Plätten beschäftigt sei.

Auf einem Tische lagen frischgewaschene Kragen, Manschetten und anderes feineres Weißzeug; am Boden stand ein glühendes Kohlenöfchen. Die Frau Netti aber stand an einer fensterartigen Öffnung des Laubwerkes und schaute, die Hand über der Stirne, in die Ferne, nach dem blauen Höhenzuge bei Münsterburg. Auf der Rückseite mußte die Kreuzhalde sein, während aus dem halb zugewandten Scheitel des Berges eine leise grünliche Tinte, von der westlichen Sonne gestreift, jene Waldwiese ahnen ließ, wo der Vater die Mädchen mit den Zwillingen tanzend gefunden hatte! Stille Trauer webte um die reglose Gestalt, und was man von dem halbgeöffneten Munde sehen konnte, war ziemlich weinerlich beschaffen.

Um sie aus dem schweren Traume zu wecken, rief die Mutter, in die Laube tretend, die Tochter beim Namen. Wie heute morgen ihre Schwester, so erblickte auch Netti mit freudigem Erschrecken die Eltern und flog ihnen sogar entschlossener entgegen. Allein sobald sie hinter ihnen die Schwester stehen sah, blieb sie auch stehen und ließ erbleichend die Arme am Leibe niedersinken, wobei sie nur die Worte hören ließ: »Ach, Setti!«

Auch diese Büßerin war dies erste Mal, wo sie sich wiedersahen, befangen und sagte ebenso kleinlaut: »Ach, Netti!« Doch als diejenige, welche mit den Eltern ihren Frieden schon gemacht, war sie schneller gefaßt und bot der armen Schwester die Hand, und Netti ergriff sie so furchtsam, als ob es eine Geisterhand wäre.

»Sie wissen schon alles und meinen es gut mit uns wie früher!« sagte Setti noch. Aber so tief war das Gefühl der gemeinsamen Vergangenheit und des Irrens in derselben, daß sie auch jetzt noch nicht sich zu umhalsen wagten. Martin und Marie Salander umarmten jetzt beide verirrten Kinder zusammen und gingen mit ihnen ins Haus.

Die Mutter musterte die jüngere Tochter, die so schön gekleidet war 207
wie die ältere, nur daß sie zudem ein massives goldenes Armband trug, das ihr einst die Eltern geschenkt hatten.

»Du bist hoffärtig geworden, daß du das Armband zum Plätten trägst!« sagte sie versuchsweise, um zu erfahren, ob auch hier der Wille des Mannes schuld sei. Netti stammelte etwas Unverständliches, Setti sprang ihr bei und bestätigte die Vermutung der Mutter, daß der demokratische Volksmann Julian das Armband sehen wollte, wenn er daheim war.

»Ist er nicht da, daß er sich nicht blicken läßt?« fragte der Vater.

»Er ist schon am Morgen früh in den Wald hinaufgegangen«, erwiderte Netti, »er hat dort einen Vogelherd und bringt zuweilen einen halben oder ganzen Tag droben zu. Er fängt auch viele kleine Vögel, die er gebraten sehr gern ißt.«

»Fängt deiner auch Vögel?« fragte er die andere Tochter.

»Nein, er fischt!« sagte sie.

»Gottlob, das gibt mir etwas Mut!« murrte Martin, »ich habe die Herren schon für zu dumm für solche Künste gehalten, womit ich indessen nicht behaupten will, daß jeder Vogelsteller oder Fischfänger notwendig ein Genie sein müsse!«

Beide Töchter schreckten über den harten Worten leicht zusammen, und die Mutter, es bemerkend, sagte zur jüngeren:

»Du könntest uns dann bald für einen guten Kaffee sorgen, daß wir uns nicht übereilen müssen; denn wir wollen ausgiebig bei dir plaudern!«

Als der Kaffee genossen wurde, gestaltete sich die Plauderei zu einer allgemeinen Beratung, an welcher die beiden Landschreiberinnen mit Verstand und beruhigtem Blute Anteil nahmen, nachdem sie sich an das langgefürchtete Zusammentreten gewöhnt hatten. Und dies war unter den Augen der nur von der Sorge um sie bewegten Eltern leichter geschehen, als sie geglaubt.

Für Martin und Marie Salander handelte es sich zunächst um die
208 Frage, ob sie die Töchter ohne weiteres wieder zu sich nehmen sollten, oder abzuwarten sei, was die Zeit etwa brächte. Die jungen Frauen lebten eigentlich nicht schlecht oder geplagt in den Häusern ihrer Männer; hundert Weiber wären froh gewesen, nur die ganze Woche die schönen Kleider tragen zu dürfen, die diese verlangten. Ihr Unglück war, daß sie die Liebe zu den Zwillingsnotaren verloren hatten, ohne daß dieselben es fühlten oder der Beachtung wert hielten. Dadurch zeigten sie erst recht die traurige Blöße des Innern und blieben von der zerflossenen Traumwelt der Frauen als leere Schemen übrig.

Der Verdacht lag nahe, daß auch diese bloßen Schemen die Frauen roh und schlecht behandelt hätten, wären diese nicht die Töchter eines reichen Mannes gewesen; oder vielmehr tauchte der alte Skrupel wieder auf, sie hätten von Beginn an eine Spekulation herzloser und dazu unreifer Burschen dargestellt, der sie durch den verblendeten Eigenwillen zum Opfer gefallen seien. Nun aber stimmten sie darin überein, daß sie ihr Schicksal hinnehmen und nur froh sein wollten, wenn nicht davon gesprochen wurde, solange nichts Schlimmeres hinzutrat; und wenn nur der Verkehr mit dem Elternhause und unter sich selbst wiederhergestellt war, so hofften sie durch die Macht der Zeit ein Los allmählich tragen zu lernen, das so vielen Frauen nicht besser beschieden sei.

Die Eltern wußten hiegegen vorderhand nichts einzuwenden. Von einem Einwirken auf die jungen Männer konnte gar nicht die Rede sein, da diese sich nicht geben konnten, was sie nicht hatten, und die Sache gar keine greifbare Seite darbot. Sie beschränkten sich also darauf, die in ihren idyllischen Träumen so arg verunglückten Kinder in dem löblichen Vorsatze der Geduldübung zu bestärken und ihnen für alle Notfälle Schutz und Hilfe zuzusagen. Vor allem jedoch verlangten sie, daß die Töchter ihre Eltern nun fleißiger besuchen sollten, so oft als möglich, allein und zusammen, wie es komme, ohne sich abhalten zu lassen. Das versprachen sie gern und nahmen sich auch vor, es zu tun 209
und sich selber gegenseitig wieder heimzusuchen, sooft es sie freute.

Auf diesem Punkte angelangt, wurde die Beratung durch die Ankunft Julians geschlossen. Verwundert grüßte er die Gesellschaft, die er so unvermutet vorfand, und bedauerte höchlich, gerade an diesem Tage in den Wald gegangen zu sein. Einem Bauernknaben, der ihm Proviantsack und Weidtasche nachtrug, nahm er die Sachen ab.

»Glücklicherweise«, rief er, »bringe ich noch wenigstens etwas Gutes zum Abendbrot! Hast du für mich auch noch einen Schluck Kaffee, Frau Großrätin? Ja so, ihr seid ja euer drei da und könnt uns zwei Herren überstimmen! Hier, wollt ich sagen, ist nun was zu braten, was bald geschehen sein wird, wenn das Zeug nur erst gerupft ist. Da will ich mich aber selber dranmachen!«

Er schüttete die Weidtasche auf den Tisch aus, und über dreißig arme Vögel mit verdrehten Hälschen und erloschenen Guckaugen, Drosseln, Buchfinken, Lerchen, Krammetsvögel und wie alle hießen, lagen als stille Leute da und streckten die starren Beine und gekrümmten Krällchen von sich.

»Sie werden sehen, Mama, die Dinger schmecken Ihnen wie Marzipan, wenn sie mürb und gut geraten sind! Ich will aber selbst zusehen! Hat's etwas Speck in der Küche, Frau?«

»Bitte, Herr Sohn, beeilen Sie sich nicht!« sagte Frau Salander, »wir essen jedenfalls nicht mit, mein Mann und ich, wir sind vollkommen satt und wollen noch mit dem letzten Zuge fort!«

»Aber, Meister Julian«, schaltete Martin dazwischen, »wissen Sie denn nicht, daß die Jagd auf Singvögel verboten ist? Sie, als Mitglied des Großen Rates?«

»Herr Vater, ich habe nicht gejagt, sondern das Garn gespannt, und da sind allerdings ein paar Finklein dazwischengekommen, die nicht geladen waren. Übrigens wird sich wohl kein Wächter des Waldes an mich machen!«

»Gleichheit vor dem Gesetze, nicht wahr?« erwiderte Salander auf Julians Rede, der offenbar auf den Schutz seines Ansehens als Ratsmann anspielte, allerdings sehr ungeschickt.

»Nun, mag essen, wer will, ich lass es braten, denn ich habe Hunger!« sagte er und trank die Tasse aus, welche die Frau ihm eingeschenkt; dann raffte er die Vögel bei den Füßen zusammen, je fünf oder sechs zwischen zwei Fingern, und zog mit diesen hängenden Vogelbuketts von dannen.

Als einige Zeit später die Schwiegerleute und Setti abreisen wollten und den Flur entlang gingen, kam er zum Abschied aus der Küche gelaufen, eine weiße Schürze vorgebunden und das Messer in der einen Hand, in der andern eines der nackten aufgeschnittenen Tierchen. Die blutigen Finger vorweisend, entschuldigte er das Unvermögen, in besserer Form ein Lebewohl zu bieten, als daß er den rechten Handknöchel oder Ellbogen darstreckte.

Die Weggehenden sahen sich so gezwungen, den gekrümmten Arm zu berühren und sanft daran zu rütteln, um den Händedruck zu ersetzen.

Seine Frau Nettchen war sehr verlegen und tat, als ob sie die Ungeschliffenheit des gefräßigen jungen Gemahles nicht bemerkte, indem sie rascher voranging; die Mutter Marie wunderte sich, wie schnell die beiden Brüder sich vergröbert hatten, und dachte, das werde mit der Zeit ein Paar recht takt- und gefühllose Philister abgeben.

Den empfangenen Eindruck verarbeitete Martin Salander nach anderer Seite hin. Zur Tochter Netti, die Eltern und Schwester bis zur Station hinunter begleiten wollte, sagte er:

»Hat dein Mann so viel Zeit in seinem Berufe, daß er ganze Tage solchen Liebhabereien nachgehen kann?«

»Was das betrifft«, antwortete Netti, »so ist der Geschäftsandrang ungleich; aber ich könnte nicht mit Wahrheit sagen, daß ich glaube, er vernachlässige wirklich etwas. Er arbeitet leicht, soviel ich sehe, ohne sich lang zu besinnen, und dann macht er sich nichts daraus, wenn 211
mehr zu tun ist als gewöhnlich, die halben Nächte hindurch in der Kanzlei zu sitzen und anhaltend zu schreiben. Erst neulich war er den Tag über fort, in Münsterburg, und als er abends um halb zehn Uhr heimkam, ging er nicht ins Bett, sondern auf die Kanzlei, obgleich er nicht mehr munter schien. Als es drei Uhr schlug und er immer noch nicht in seinem Bette lag, glaubte ich, er sei unten eingeschlafen; ich stand auf, um nachzusehen, schon wegen der Lampe, damit nichts Ungeschicktes geschehe. Aber er saß noch und arbeitete. Er hatte eine ganze Reihe Hypotheken oder Pfandbriefe, Grundbuchauszüge und dergleichen, was sonst die angestellten Gehilfen tun müssen, selbst ausgefertigt, alles sauber geschrieben, sogar die Überschriften in sorgfältiger Fraktur. Eben war er daran, die Urkunden zusammenzufalten und die kanzleimäßigen Titel auf die Rückseiten zu setzen, alles in guter Ordnung. Dies tat er alles, weil der Schreiber und der Lehrling nicht vorwärtsgekommen waren und er einen Schub vorarbeiten wollte, damit es besser flecke. Er hatte nicht einmal gern, daß ich dazukam und sah, wie er eigentlich Arbeit verrichtete, für die er die Leute bezahlt.«

»Da ist doch eine gewisse Gutmütigkeit darin!« meinte Salander. »Ist dein Isidor auch solch ein Nachtarbeiter, Setti?«

»Ja, er treibt sich auch zuweilen lang in der Kanzlei herum«, erwiderte Frau Isidor Weidelich, »ob er mit seiner Arbeit den Angestellten unter die Arme greift, weiß ich nicht. Ich habe nur gesehen, daß er die Bücher durchmustert und sich Notizen daraus macht.«

Auf der Bahnstation Lindenberg mußten sie sich trennen. Die Eltern stiegen sogleich nach Münsterburg ein, während Setti und Netti noch in dem Wartesälchen zusammenblieben, um mit schwermütig verlorenen Worten leise zu plaudern, bis der nach Unterlaub fahrende Zug herankam.

Martin und Marie Salander saßen zu Hause vor dem Schlafengehen
212 sich auch nicht in rosiger Laune gegenüber. Sie hatten sich nun überzeugt, daß das Leben der blühenden Töchter verödete, und das um so trost- und endloser, wenn es im gegenwärtigen Zustande beharrte und sich zu einem ewigen Landregen anließ.

Marie stützte ihren Kopf auf den Arm und sah in Gedanken verloren vor sich hin.

»Nun haben wir noch den Arnold, um eine Hoffnung zu nähren«, sprach sie eintönig, »und wie leicht kann auch die verlorengehen!«

»Er ist aber nicht dazu da, daß wir an diese Möglichkeit denken sollen«, ließ sich Martin hören, »er lebt und ist da, und auch die Töchter leben ja und werden ihres Daseins auch wieder froher werden! Arnold kann übrigens nun bald heimkehren, wenn er will; glücklicherweise ist er gesund geblieben und wird es hoffentlich ferner bleiben!«

»Ich wollte, er wäre schon da! Morgen schreibe ich ihm einen Brief!«

Nachdem er von seinen verlängerten Studienreisen zurückgekehrt, war der Sohn zunächst in die Handlung eingetreten, sich gründlicher darin umzusehen und einzuüben. Es dauerte auch nicht lange, bis er so viel Einblick und Urteil gewann, die Notwendigkeit oder wenigstens das Nützliche einer persönlichen Reise nach jenen Zonen zu erkennen, wohin die hauptsächlichen Beziehungen des Hauses sich richteten. Hierin traf er mit den Wünschen des Vaters zusammen, welcher längst das Bedürfnis nach einem zuverlässigen Stellvertreter empfunden, da er selbst den Gedanken zeitweiliger Reisen aufgegeben hatte. Seit einem Jahre oder etwas länger befand sich Arnold in Brasilien und hatte in der Tat schon gute Dienste geleistet durch glückliches Auge und rasche Hand.

»Die Aufgabe, unsern dortigen Grundbesitz an geeignetem Pflanzland zu erweitern«, sagte Salander, »hat er unter den obwaltenden Umständen möglichst gut lösen können, so daß wir, wie auch die Konjunkturen
213 sich wenden, schon hieran noch langehin einen sicheren Haltpunkt haben. Für Betrieb und Aufsicht hat er einen rührigen und treuen jungen Landsmann gefunden, den wir gelegentlich beteiligen können, so daß wir keine fremden Pächter mehr brauchen. Und was die übrigen Geschäfte angeht, so hat Arnold nach Briefen, die ich habe, bei den Handelsfreunden überall sich schicklich und klug benommen und einen guten Eindruck hinterlassen. Er hat's freilich leichter als ich, da ich mit meinem abgebrannten Lichtstümpfchen in den Kolonien herumhausie-

ren mußte. Was mich aber freut, ist, daß wir einen Sohn und Genossen besitzen, der tüchtig gelernt und die Welt mit Land und Leuten gesehen hat. Und da er dazu unabhängig sein wird, oder es schon ist, so wird ein Wirkungskreis im schönsten Sinne des Wortes ihm zuteil werden, der uns mit zur Ehre gereicht!«

»Mag er leben, wie es ihm gegeben ist«, sagte Marie, »und nicht anders, so wird er zufrieden bleiben! Wär' er nur erst zurück!«

Nach dieser Erbauung am Sohne kehrten ihre Sorgen wegen der Töchter wieder an Ort und Stelle zurück, eine längere Stille herbeiführend. Sein trübes Nachsinnen schloß Martin ab:

»Eines kann ich mir am wenigsten reimen! Wenn ich zurückdenke, wie die Mädchen in dem nächtlichen Garten, wo ich sie mit den zwei Gesellen zuerst belauschte, die Burschen am Bändel führten, daß sie gehen und stehen mußten, wie sie es wollten; wie sie ihnen nachher den Verkehr versagten und jene gehorchten – und wenn ich jetzt sehe, wie sie nicht den kleinsten Einfluß mehr haben und die Lümmel tun und lassen, was ihnen beliebt, den jetzigen Frauen sogar wie orientalischen Sklavinnen Putz und Kleider vorschreiben und diese sich fügen, während sie doch die Männer nicht mehr lieben und achten, so muß ich immer fragen, wie hängt denn das zusammen und wie ist es möglich?«

»Da hilft das Grübeln nicht viel!« entgegnete die Frau Salander. »Man
könnte sagen, es seien auf beiden Seiten nicht mehr die gleichen Leute 214
da, nachdem die Träume der Willkür zerronnen. Dort sind aus den knabenhaften Traumfiguren junge Männer geworden, welche die rohe Seite hervorkehren und überdies zu jenen gehören, welche von einem Bubenalter ins andere fallen; hier wurden die Mädchen zu verheirateten Frauen; das erträumte Phantasieglück ist verflogen und nur der Anstand geblieben, der ihnen verbietet, das Elend auch noch mit täglichem Zanken und Streiten zu verbrämen; denn daß dieses das einzige Ergebnis jeden Versuches wäre, einen erneuten Einfluß zu gewinnen, wissen sie natürlich wohl. Es ist ja schon jene frühere Gewalt über die jungen Leute auch nur ein Teil des Phantasielebens gewesen. Allein alles das ist schon zu viel gesagt! Wir haben es mit einer unerklärten Unregelmäßigkeit, mit einem Phänomen zu tun, wie du dich schon ausgedrückt hast!«

»Es wird wohl so sein«, versetzte der Mann melancholisch, »es gibt dergleichen in der moralischen wie in der physischen Welt! Der Himmel möge uns in Gnaden bewahren!«

14.

Am anderen Tage begab sich Martin Salander zeitig in sein Kontor, um das gestern etwa Versäumte zu ordnen. Als er dies getan, auch die neuen Briefschaften gelesen und eben eine Morgenzeitung ansehen wollte, wurde ein Fremder hereingeführt, der ihn zu sprechen wünschte.

Ein gut gepflegter Mann stand aufrecht mitten im Zimmer von fremdartigem Aussehen. Er trug eine tatarenähnliche Bartpflanzung im Gesicht, lang herunterhängende, steifgewichste Schnurrbärte und eine entsprechende Einfassung des Kinnes. Der Kopf war ziemlich enthaart, dafür die Augen von vielen Fältchen umgeben, die ebensogut von angewöhntem Blinzeln und Zwinkern als vom Alter herrühren konnten; in der Hand hielt er einen kleinen Filzhut mit aufgeschlagenem Rande,
215 die Beine waren bis an die Knie mit glänzenden Stiefeln bekleidet, aus einem Knopfloch des geschlossenen Rockes hing eine dicke goldene Kette, die eine Spanne tiefer in ein anderes Loch zurückschlüpfte.

Salander fragte, mit was er dienen könne.

»Alter Freund! Kennst du mich nicht mehr? Den Louis Wohlwend?«

Salander erkannte die Stimme, wenn es auch nicht der alte Sprachton war, doch im allgemeinen, und mit ihrer Hilfe traten auch einzelne Züge des alternden Gesichtes hervor. Er hätte in diesem Augenblick eher an den Tod gedacht als an den Wohlwend und mußte sich darauf besinnen, wie er eigentlich zu dem Manne stehe. Er beschränkte sich also darauf, denselben anzusehen, ohne etwas zu sagen oder die dargebotene Hand zu ergreifen. Der Mann Wohlwend rückte einen Stuhl herbei, setzte sich darauf und lud den alten Freund und Handelsherrn mit einem Zeichen ein, seinen Platz am Pulte wieder einzunehmen.

»Ich nehme wahr«, hub er nun seine Rede wieder an, »daß ich mich mit dem Zwecke meines Besuches hätte ankündigen sollen, um nicht über den alten Span zu stolpern, der, wie es scheint, noch immer zwischen uns liegt. Du hast mich wegen jener Anweisung der verkrachten Atlantischen Uferbank einst ungerecht verfolgen lassen, aber natürlich nichts ausgerichtet, denn ich vermochte nicht zu zahlen, was ich

schuldig war, mithin noch weniger, was ich nicht schuldete. Ich hatte
damals Gelegenheit, für einen Händler mit eichenem Faßdaubenholz
nach Ungarn zu reisen und trieb mich von dort in den ungarischen
Ländern herum, brachte mich als Anschicksmann und Vermittler in
allen möglichen Handelszweigen so geradehin durch, ohne Gewinn zu
machen, hatte mit Holz, Wein, Schafwolle und sogar mit Schweinsborsten zu tun. Durch die Schweinsborsten gelangte ich in der Gegend
von Essek an der Drau zu einem gewaltigen Schweinezüchter, der Gefallen an mir fand. Er handelte auch mit anderen Produkten und 216
suchte mich als Buchführer oder Faktotum festzuhalten, und ich blieb
dort. Ich war, wie du weißt, immer noch ledig, fand nun Anlaß, mich
verehelichen zu können. Mein Prinzipal hatte zwei Töchter, und zwar
von zwei Frauen. Diejenige von der ersten wurde meine Gattin, und
damit die Vermögensverhältnisse beider sich nicht verwickeln sollten,
jeder zukam, was ihr gebührte, so ordnete er noch bei Lebzeiten seinen
Nachlaß und stellte jeden Teil sicher. Jetzt ist der Mann gestorben. Ich
kann aus den Einkünften meiner Frau ordentlich mit ihr leben und
bei geregeltem Haushalte jährlich etwas zurücklegen. Wenn der nach-
gelassene Grundbesitz vorteilhaft zu veräußern ist, stellt sich der Status
vielleicht noch besser. Das erste, woran ich dachte, war natürlich die
allmähliche Rückerstattung an mir erlittener Verluste, welche etwa nicht
durch Verträge ausgeglichen wurden; voran steht der ganze Betrag der
Bürgschaft, welche du für mich geleistet hast, alter Freund Salander!
eh du das erste Mal nach Brasilien gingst! Ich will hier einen längeren
Aufenthalt machen. Ich kann natürlich nur die Ersparnisse aus den
Jahreseinkünften meiner Frau verwenden und muß mich demgemäß
in einzelnen Abzahlungen bewegen. Kurz, ich bin gekommen, den
Anfang zu machen.«

Er zog eine Brieftasche hervor und legte einige Banknoten auf Martin Salanders Pult, worauf er fortfuhr:

»Hier sind fünftausend Franken! Willst du mir die Liebe tun, sie als erste Abschlagszahlung zu buchen und eine billige Zinsberechnung für den ganzen verflossenen Zeitraum behufs der ebenfalls sukzessiven Amortisation auszustellen? Denn ich habe zwei Knaben, die auch erzogen sein wollen und mir Ausgaben machen werden.«

Jetzt befand sich Martin Salander in Verlegenheit. Wenn die Zahlungslust Wohlwends wirklich ernst gemeint war, so mußte er, Salander, sich in ein freundliches Benehmen zu ihm setzen, und doch wußte er

nicht einmal, ob er das Geld annehmen solle, ohne seinen Advokaten
217 beraten zu haben. Wenn aber Wohlwend in der späteren Geschichte mit der Uferbank dennoch unschuldig gewesen, was ja leicht möglich war, so stand er nun mit seinen guten Vorsätzen und dem tatsächlichen Beginne der Ausführung ehrlich vor ihm, und Salander durfte ihn nicht lieblos zurückstoßen.

Er nahm daher die fünf Banknoten in die Hand, strich sie glatt und sagte nach einem kurzen Besinnen:

»Wenn du mir jenes Bürgschaftskapital vergüten kannst, so ist es mir nur angenehm; man kann verlorengeglaubtes Geld immer doppelt gut brauchen! Behufs der einfachen Verzinsung à vier vom Hundert schlage ich vor, zehn Jahre aufzurechnen, das heißt, die Frist, nach deren Ablauf die Forderung verjährt war, so daß wir für Kapital und zehnjährige Verzinsung eine runde Summe erhalten, die sich nicht mehr verändert, im Falle die Abzahlungen nicht ausbleiben! Diese Fünftausend würden also die erste Rate fraglicher Gesamtsumme ausmachen!«

»Ich erkenne wieder den braven alten Freund!« entgegnete Louis Wohlwend mit biederem Tone. »Zinsfuß und Zeitberechnung sind amikal und ich nehme beides mit Dank an!«

»So will ich dir eine vorläufige Quittung schreiben und, weil es dir vielleicht angenehmer ist, nachher ein ausführlicheres Schriftstück selbst besorgen, damit ich nicht den Buchhalter mit der Skriptur beauftragen muß.«

»Ganz, wie du willst! Nochmals Dank!« erwiderte Wohlwend, ihm gefühlvoll die Hand hinstreckend. »Sieh, nun kann ich mich fröhlich als heimgekehrt betrachten, da ich mit dem ältesten Jugendfreunde daheim Frieden gemacht habe!«

Salander vergaß über der friedlichen Verhandlung, die ihm ja unverhofft altverdientes Geld zurückbrachte, alles, was er wegen Wohlwend erduldet und selbst schon über ihn geredet hatte. Er schüttelte ihm freundlich die Hand, wie ein gutmütiger Mann, dem ein Stein vom Herzen fällt, wenn er auch einen gerechten alten Groll loswerden kann. Er ließ den halb asiatisch aussehenden und auch einen so klingenden
218 angenommenen Deutschdialekt sprechenden Louis gewähren, der auch bis zur Mittagstunde schwatzend dablieb, nach allem fragte, die kommenden und gehenden Geschäftspersonen betrachtete und abwechselnd Salanders Glück pries. Und als dieser aufbrach, um nach Haus und zu

Tisch zu gehen, ging er Wohlwends Gesellschaft nicht aus dem Wege, der ihn ein Stück begleiten wollte.

Sie kamen bei einem Gasthofe an, in welchem Herr Louis Wohlwend wohnte. Er blieb an der Pforte stehen und hielt Salander fest.

»Tu mir den Gefallen und geh nur einen Augenblick mit herein! Ich möchte dir gar zu gern meine Familie, Frau und Buben und die Schwägerin vorstellen!«

»Aber das kann ja leicht ein andermal geschehen! Jetzt erwartet man mich zum Essen!« entschuldigte sich Salander.

»Versteh!« drängte Wohlwend, »ich möchte morgen früh mit ihnen auf den Rigi, um sie ein Stück von unserer Herrlichkeit sehen zu lassen! Und es kann noch anderes dazwischen kommen! Nur ein Augenblickchen!«

Salander ließ sich, um das Unvermeidliche abzukürzen, die Treppe hinaufdrängen und sah sich in einem Salonzimmer zwei stattlichen Frauenzimmern gegenüber, deren Schönheit verschieden, aber gleich fremdartig erschien, ebenso wie ihre Haltung und Reisetracht.

»Dies ist nun mein alter Freund Martin Salander!« verkündete er ihnen, und zu letzterem gewandt:

»Dies ist meine Frau Alexandra Wohlwend, geborne Glawicz! Dies ihre Schwester, Fräulein Myrrha Glawicz, und dies sind meine Knaben Georg und Louis!«

Salander bot ihnen allen, die ihn mit etwas linkischer Respekterweisung begrüßten, die Hand und sprach einiges zu ihnen über die Reise, die sie gemacht, und dergleichen. In der Zeit war Louis Wohlwend hinausgeschlüpft und kam wieder herein.

»So, alter Freund! Du erweisest uns die Ehre, mir uns zu essen! Ich 219
habe den Lohndiener in dein Haus gesandt mit dem Bericht, du seiest bei uns und gut aufgehoben!«

»Aber, guter Freund, das geht doch nicht wohl an!« meinte der sich sträubende Salander. Doch half es ihm nichts, und er ließ sich zwingen.

Es dauerte eine Viertelstunde, bis es zur Tafel schellte, und das Gespräch war nicht eben fließend, besonders wenn Wohlwend nicht schwatzte. Aber es wurde Salandern nicht langweilig, da er die fremden Leute unbefangen betrachtete.

Als es endlich zu Tisch ging, bekam er die Schwester der Frau Wohlwend zu führen und mußte auch neben sie sitzen.

»Nimm dich in acht!« sagte Louis Wohlwend scherzend, »es fließt wahrscheinlich hellenisches Blut in ihren Adern. Mein seliger Herr Schwiegerpapa hat ihre selige Mama vom Schwarzen Meere herübergeholt und deren Vorfahren sollen aus Thessalien dorthin gekommen sein.«

Martin blickte die stille Nachbarin von der Seite an, die ihm jetzt ganz nahe war. Er sah ein paar leuchtende Augen, die sich ihm wie in gleichgültiger Trauer zuwendeten, aus dem dunklen Haarknoten eine tadellose Stirn- und Nasenlinie sich niedersenken und unter dem schwellenden Munde das schönste Kinn sich runden, alles wie nach dem Rezept für altgriechische Frauenköpfe.

Salander fühlte ein prickelndes Behagen neben der seltenen Gestalt, und als Wohlwend Champagner kommen ließ und er ein paar Gläser genossen hatte, war es ihm, wie wenn er einen neuen Weltteil oder ein neues Prinzip entdeckt, kurz, das Ei des Kolumbus gefunden hätte.

Die an der Tafel gewesenen Fremden hatten alle schon den Speisesaal verlassen, nicht ohne daß die meisten unter ihnen im Vorbeigehen einen Blick auf die neben Martin sitzende Schönheit warfen. Jetzt kam auch ein Kellner und anerbot der noch beim Champagner sitzenden Herrschaft, den Apparat in das Nebengemach zu tragen, da in diesem Saale
220 in zwei Stunden wieder gespeist und der Tisch neu gedeckt werden müsse. Zugleich hob er die Flasche aus dem Kühleimer und beschaute sie, die aber leer war.

Durch diese Schnödigkeit, der Flasche sowohl, wie des Kellners, wurde Martin Salander aus einem traumartigen Zustande geweckt. Er stand auf und lehnte Wohlwends dringenden Antrag, dem Vorschlage des Kellners zu folgen, entschieden ab.

»Nun, alter Freund!« sagte Louis Wohlwend, »also auf ein anderes Mal! Ich hoffe, wir werden uns wieder verstehen lernen! Die Freundschaft ist keines der schlechteren Ideale, insonders wenn sie alt ist, wie guter Wein!«

Salander, der wieder ganz wachgeworden, fand zwar den Vergleich nicht zutreffend, da sehr alte Weine heutzutage nicht mehr so hochgeschätzt werden wie früher. Jedoch unterdrückte er diese Bemerkung und eilte, sich im Kreise herum von den dastehenden Personen zu verabschieden. Die letzte war Fräulein Myrrha Glawicz mit dem griechischen Blut und stand hinter ihm; er suchte sie an der unrechten Stelle, so daß er sich in einiger Verwirrung um sich selbst drehte und beinahe ausglitt, eh er der schweigsamen Dame die Hand reichen und endlich abziehen konnte.

»Es dünkte mich wie das Schweigen des blauen Himmels dort im alten Hellas!« sagte er bei sich selbst, mit beschwingtem Gange die Straßen entlangschreitend.

»Es ist doch, bei Gott! eine schöne Sache um das Schöne, das klassisch Schöne!« Dabei schlug er unbewußt ein Schnippchen in die Luft; ein oder zwei Vorübergehende sahen ihm verwundert nach.

»Was ist denn das für ein Fremdenbesuch, mit dem du im Gasthof gegessen hast?« fragte seine Gattin Marie, bei der er für ein Stündchen vorsprach.

»Hat man dir's nicht gesagt?« fragte Martin verblüfft.

»Das kannst du ja wissen, da du nur melden ließest, du kämst nicht
zu Tisch und würdest dort speisen!« 221

»Ich habe gar nichts melden lassen, er tat es ohne mein Wissen!«

»Wer Er?«

»Ja so! Nun rate – der Louis Wohlwend!«

»Der ist da? Und du hast mit ihm gegessen?«

Die Frau Salander saß starr vor Erstaunen, aber nicht von der freudigen Art.

»Erschrick nur nicht so arg! Denke dir, er will unser Bürgschaftsgeld mit Zins abzahlen und hat mir als Anfang fünftausend Franken gebracht!«

»Ich wollte, der Boden hätte ihn damit verschlungen! Wenn das Geld nicht verschmerzt wäre, so hätt er's nicht gebracht! Und da hast du gleich wieder Freundschaft gemacht?«

»Das just nicht! Aber sei doch nicht so wunderlich, liebe Marie! Ich kann nichts anderes darin ersehen, als daß er den Schaden gutmachen will, da er es nun vermag!«

»O Mann, und ich kann nichts anderes erkennen, als daß er gekommen ist, dich zum dritten Mal auszuplündern!«

»Das hätte er jetzt nicht mehr nötig! Ein solcher Spitzbube ist er doch nie gewesen, daß er, der ein Vermögen erheiratet hat, aus bloßer Liebhaberei eine alte Schuld bezahlt, um sie als Köder zu einem neuen Fang zu benutzen. Und dann wäre er nicht mit Weib und Kindern dazu eingerückt!«

»Behüt' uns der Himmel! Weib und Kinder? Das mag ein schönes Volk sein!«

»Schön? Schau sie einmal an, du wirst dich wundern! Die Frau selbst dünkt mich zwar nicht besonders fein, hab sie auch nicht recht angesehen, weil sie eine jüngere Schwester hat, ein Fräulein Myrrha, die ich betrachten mußte! Ich sage dir, eine Antigone, eine Nausikaa, die schöne Helena selbst, würd ich sagen, wenn sie hiefür nicht zu fromm aussähe!«

Erst jetzt faßte Frau Marie den begeisterten Mann besser ins Auge und gewahrte sein leicht gerötetes Gesicht und die glänzenden Äuglein,
222 die er machte. In dieser ungewohnten Anwandlung einer späten Schönheitsverehrung erschien er ihr so liebenswürdig komisch, daß sie herzlich lachen mußte und ihn mit wachsender Heiterkeit betrachtete.

»Es ist gewißlich wahr!« rief er treuherzig, indem er das fröhliche Wesen ihrem Unglauben zuschrieb, nicht ahnend, wie viel edler die Laune war, die sie beseelte. Und als sie ihn mit noch lustigerem Wohlwollen zu betrachten fortfuhr, lief er ungeduldig mit den Worten davon:

»Ach geh! Mit dir ist nichts anzufangen.«

Dieser gute Martin! dachte die in ihrem Sessel lehnende und einen Augenblick die Hände übereinanderlegende Frau, der ändert sich nicht, bis er zerbricht! Immer jagt er einen neuen Osterhasen auf, wenn man glaubt, er sei zu Ende! Jetzt hat er es wieder mit der Griechenschönheit zu tun, wie er es in alter Zeit genannt hat; er wird nächstens mit dem Odysseebuch ankommen, das wir ehemals durchlasen. Nun, er hält seinen Geist immer in Bewegung, immer ist er mit etwas beschäftigt und braucht nicht Kegel zu schieben!

Der so günstig beschriebene Mann ging indessen schon wieder anders gelaunt den Weg nach dem Geschäftshause, als wie er ihn angetreten. Erst auf der Straße wirkte das anmutige Verhalten der Frau in ihm nach, deren innere Jugend den Rest der Jahre um so lieblicher durchschimmert hatte, als das Vorkommnis in seiner Art neu war.

Der kleine Verdruß, den er über ihr Lachen empfunden, verschwand unvermerkt. »Wer hätte gedacht«, sagte er, »daß diese gute Marie, die ich so lang kenne, einer so zierlich goldenen Laune in solchem Falle fähig wäre! Nie hab ich sie so gesehen! Hier kann man wahrlich nicht sagen, der Mensch ändert sich, bis er zerbricht! Stets, wenn man es am wenigsten denkt, bringt sie ein neues Licht zu Tag! Freilich, da sie hiemit stets dieselbe bleibt, kann man doch nicht sagen, sie ändere sich!«

Aber keines von beiden erinnerte sich mit einem Wörtchen an das Gespräch, welches sie am gestrigen Abend vor dem Schlafengehen wegen 223
der Töchter geführt, und was sie von den unregelmäßigen und unerklärten Erscheinungen des menschlichen Lebens gesagt hatten.

15.

Martin Salander hörte mehrere Wochen nichts weiter von Louis Wohlwend und dessen Familie, und wenn er auch zuweilen neugierig war, was der kuriose gute Freund zu guter Letzt noch aufstellen werde, so dachte er doch immer weniger und gleichgültiger daran.

Eines Abends verkündigte ihm Frau Marie, daß sie die Töchter besuchen und bei jeder einen Tag zubringen möchte. Die Männer seien nämlich beide an ein Schützenfest in der Westschweiz gereist und werden es nicht verlassen, bis sie ein paar silberne Becher herausgeschossen, was sie mit vielem Geldaufwand und unendlichem Schießen zu erzwingen gewohnt waren. Ihre Abwesenheit wünschten die Frauen zu einer gründlichen Musterung des Hausgerätes, namentlich Betten und Linnenzeug, zu benutzen und dabei die Mutter mit ihrem Rate zur Seite zu haben. Sie gedachten natürlich, auf diese Weise einen vollen Sommertag der ungestörten mütterlichen Gesellschaft sicher zu sein und es überdies so einzurichten, daß jede der Schwestern an der Visitation und dem Ratschlage im Hause der andern teilnahm, wobei sie nicht nur ein lehrhaftes Wahrnehmen und Vergleichen der erlittenen Schäden, sondern auch ein höchst zufriedenes, vertrautes Stilleben zu dreien tage- und nächtelang zu erzielen hofften. Denn wenigstens eine Nacht wollte jede Tochter den ersehnten Besuch bei sich festhalten.

Martin fand alles in der Ordnung, bis auf die kostspielige Schießerei der Schwiegersöhne, von denen jeder in der Tat ein Glasschränklein mit einer Reihe glänzender Becher im Hause stehen hatte, ohne einen sichern Schuß abgeben zu können. Da es aber einmal so war, so gönnte er allen drei Frauen die zwei oder drei vertraulichen Tage und 224
ermahnte die seinige, solange bei den Kindern zu bleiben, als sie es freue und ihr selbst guttue. An beiden Orten sei ja die Luft so rein und gesund als möglich.

Am bestimmten Tage brachte er die treffliche Gesponsin zum Bahnhofe, wo die Magd schon einen Korb mit guten Sachen hingetragen hatte, das Zusammensein der einsamen Strohwitwen etwas festlicher zu gestalten.

Vom Bahnhofe hinweg machte Salander einen längeren Gang durch abermals neuentstandene oder ausgebaute Quartiere und unterhielt sich damit, ein und anderes Haus zu erspähen, auf welches er flüssiges Kapital geliehen hatte. Da er aber kein fleißiger Stadtgänger war, so vermochte er die Häuser schon nicht mehr herauszufinden. Hierüber fielen seine Gedanken auf das bedenkliche Umsichgreifen der Baulust, welcher er ja selbst Vorschub leistete, und auf die Reden, welche bereits von einem unvermeidlichen Häuserkrach umgingen. Mag er kommen, dachte er, ich habe nur erste Hypotheken, und ohne das: mitgeflogen, mitgefangen! Man muß mit der Zeit marschieren, sie gleicht alles wieder aus; was sollten unsere Handwerker anfangen, wenn nicht das bißchen Bauen noch wäre?

Er betrachtete ein schönes Haus genauer, welches schon bewohnt schien, da im Erdgeschoß eben ein Handelsgeschäft oder Warenlager eingerichtet wurde und die Fenster der übrigen Stockwerke mit Vorhangen versehen waren. Wie er so stand, trat Louis Wohlwend aus dem Hause und erblickte den Martin Salander.

»He«, rief er, »da ist er ja wie gerufen, der alte Freund! Just diesen Augenblick war ich im Begriff, dich auf dem Kontor aufzusuchen! Wie gern würde ich dich gleich hinaufführen, denn wir wohnen einstweilen in diesem Hause, aber meine Frauenzimmer befinden sich noch nicht im Stadium und würden schneuzen wie Katzen, wenn ich einen Herrn brächte!«

225 »Ei so!« sagte Salander, als er endlich zum Worte kam, »du hast eine Wohnung bezogen und gedenkst also hierzubleiben?«

»Es ist wohl möglich, daß wir wenigstens so lang bleiben, bis die Buben geschult sind. Denn das habe ich nun empfunden, daß ich sie hier in die Schulen schicken muß; sie sollen ja doch Schweizer bleiben. Wir sind einige Wochen herumgereist, auch am Genfer See; in Lausanne habe ich ein Privatinstitut gefunden, das mir sehr gefällt. Dort will ich sie für ein Jahr, oder je nachdem, unterbringen, und nachher sollen sie hier oder anderswo in der deutschen Schweiz eine gute Mittelschule, Gymnasium oder Realschule durchmachen.«

»Was sollen sie denn werden?« fragte Salander.

»Mit meinem Willen jedenfalls nicht Kaufleute! Ich habe genug davon bekommen, sintemal nicht jedem das Glück eines Martin Salander beschieden ist!«

Dieser nahm eine Redensart, die er auch schon von anderen Schiefgelaufenen hören gelernt hatte, nicht übel; er lächelte gutmütig:

»Also Studien nimmst du in Aussicht für die Knaben?«

»Studien, hm! Ja und nein! Ich fürchte, die Burschen sind nicht so recht intelligent genug! Dennoch schwebt mir dunkel vor, als ob sie das Studium der Theologie bewältigen könnten!«

»Theologie? Das muß ja heutzutage gerade das Schwierigste sein, das die entgegengesetztesten Fähigkeiten erheischt!«

»Nicht so sehr, wie du meinst!« erwiderte Louis Wohlwend mit überlegenem Zwinkern seiner Augen. Da eigentlich keiner wußte, wie es der andere meinte oder meinen wollte, so ließen sie den Gegenstand fallen.

»Wo gehst du hin?« fragte Wohlwend.

»Auf das Bureau; ich habe meine Frau nach der Eisenbahn gebracht; sie ist für einige Tage verreist, und nachher bin ich ein wenig spazieren gegangen. Jetzt wird es wohl Zeit sein.«

»Ich begleite dich noch eine Strecke! Apropos! Was sagst du dazu,
daß ich in deinem Hause wohne?« 226

»In meinem Hause? Wo denn? Ich habe keines!«

»Wo ich vorhin herauskam? Ich habe mit dem Eigentümer über die jetzigen Bauverhältnisse gesprochen und dabei natürlich erfahren, wo er das Geld her hat. Es ist also so gut dein Haus, wie seines!«

»Ich sehe nicht, wie! Auch wenn der Mann es müßte fahrenlassen, so kämen andere nach mir, denen es zufiele. Ich stehe sicher!«

»Wer kann das sagen? Wenn der Kaufwert um ein Drittel oder Viertel sinkt, so wird das Haus dein und ist dann erst preiswürdig!«

»Aber ist denn das Haus wirklich eines, worauf ich Geld habe? Wie heißt der Besitzer?«

»Wie, du kennst deine Häuser nicht? Martin, du bist bei Gott großartig!« Bei diesen Worten warf Wohlwend einen stechenden Blick auf den alten Freund, der zufällig einen halben Schritt voraus war und das böse Auge nicht fühlte.

Jener wußte wahrscheinlich selbst nicht, was die aufblitzende kleine Wut erregte, ob Salanders Erwerbsglück oder die unbekümmerte Ruhe, welche er besaß. Während jener schon mehr ausgekundschaftet, als er verriet, wußte dieser nicht einmal, wo die Häuser standen, die er belehnte, was wie eine persönliche Beleidigung auf ihn wirken mußte. Tat ihm Salander ja nicht die Ehre an, die Frage nach dem Namen des Hauseigentümers zu wiederholen, die vorhin unbeantwortet geblieben.

Aber kaum hatte er den halben Schritt eingeholt, war die schlimme Anwandlung aus seinen Augen verschwunden, und er plauderte weiter.

»Alter Freund! Was ich sagen wollte: ich weiß nicht, wie ich zu deiner Allergnädigsten stehe? Gern möcht ich sie doch unter den nunmehrigen Verhältnissen begrüßen, zumal ich auch mit Damen behaftet bin, denen ein schicklicher Umgang Bedürfnis wäre. Sie sind durch den frühen Tod ihrer Mütter in der feineren Erziehung nicht gefördert worden,
227 haben zwar durch fahrende, junge geistliche oder weltliche Lehrer Unterricht erhalten, wenn es sich fügte; das wollte aber nicht viel heißen, hätte auch nicht viel zu sagen, wenn sie als Ersatz mehr gesellschaftliches Geschick hätten, als sie sich in ihren heimatlichen Verhältnissen haben aneignen können – aber da hapert's eben, wie du leicht bemerken magst, und aus diesem Grunde muß ich darauf sehen, sie bald in dies oder jenes Haus einzuführen, wo sie etwas lernen können, so das nötigste –«

»Du klopfst da an der unrechten Türe«, unterbrach ihn Salander, »meine Frau lebt ziemlich zurückgezogen und hält nicht einmal eine Stubenjungfer. Seit vielen Jahren behelfen wir uns mit einer älteren Magd, du kannst dir also denken, daß wir kein Haus machen, wo für Damen etwas zu lernen ist.«

»Laß das nur gut sein! Die gnädigste Frau ist mir nicht grün, ich weiß das wohl; allein darum hab ich doch allen Respekt vor ihr und schätze, daß sie für sich allein schon ein gutes Haus vorstellt – versteh mich nur! Ich suche ja nicht Glanz und Geräusch für die armen Weibchen, sondern ein Vorbild ruhig edler Weiblichkeit in allem Tun und Lassen –«

»Da kommst du bei der Marie schlecht an, wenn du dergleichen vorbringst!« unterbrach Salander abermals den Aufdringlichen, »sie kann das Wort nicht ausstehen und hat es dem Redner jetzt noch nicht verziehen, der sie einst an der Hochzeit unserer Töchter vor allem Volk ein Muster edler Weiblichkeit genannt hat!«

»Ha, die famose Hochzeit!« rief Wohlwend, »davon hab ich auf dem Borstenmarkt zu Budapest eine Zeitungsnotiz gelesen. Ich frühstückte ein Schweinshaxerl mit einem Seidel Erlauer, nahm ein Blatt in die

Hand und las aufs Geratewohl: ›Den berühmten Hochzeiten zu Kana, des Camacho (welchen ich nicht kenne) usw. wird man diejenige eines Herrn Martin Salander in der freien Schweiz anreihen müssen, welche derselbe bei der Verheiratung seiner zwei Töchter angestellt hat und wobei nicht nur eine Menge Volkes bewirtet, sondern auch politische Schauspiele und Allegorien aufgeführt wurden, alles unter freiem 228
Himmel!‹ Davon mußt du mir noch erzählen! Stelle dir vor, wie es mich elektrisiert hat und wie mir trotz meines gebratenen Schweinshaxerls der Mund wässerte!«

»Ja, ein andermal!« sagte Salander, der rot und verlegen geworden und nach der Uhr sah, »jetzt muß ich doch ans Geschäft gehen, es ist bald neun Uhr!«

Wohlwend faßte ihn aber am Rockknopf:

»Noch ein Wort, alter Freund! Du bist also allein zu Hause? Wir haben noch gar nie recht ausgeplaudert, nimm vorlieb und iß heute mit uns, wenn du nichts anderes vorhast! Wir sind freilich nur unvollkommen eingerichtet und ohne allen Luxus auch in der Küche – allein ich weiß, du nimmst vorlieb! Wir müssen uns in den eigenen vier Wänden bewegen, wenn wir ungestört sein wollen. Du versprichst zu kommen, nicht wahr?«

Martin fühlte sich durch das neue Andrängen Wohlwends nicht angenehm berührt und gedachte auch des Widerwillens der Frau Marie. Doch der Umstand, daß er sich vorgenommen hatte, auswärts zu speisen, und eine gewisse Neugierde, das Schönheitsbild nochmals zu erblicken, dessen Lob eine so liebliche Heiterkeit der Gattin erweckte, veränderten plötzlich seinen Sinn und verhüllten sein Bewußtsein mit einem aufsteigenden Nebelgewölk, und er sagte zu, worauf Wohlwend sich schleunig entfernte und Salander endlich die Stätte seiner Arbeit aufsuchte. Er blieb einige Stunden andauernd beschäftigt, auch nachdem seine Leute weggegangen, und übersah mit klarem Blicke die Geschäftslage nach allen Seiten. Wo sich eine Schwierigkeit zeigen wollte, rührte sie nicht von Selbsttäuschung oder bedachtlosem Verfahren her, und es ließ sich ihr mit ruhigem Gleichmute begegnen. In der Stille der Mittagsstunde warf er auch einen prüfenden Blick in die Bücher, sowie auf die persönlichen Notizblätter über die wichtigeren Vorkommnisse im allgemeinen, und nahm mit Befriedigung wahr, was er zwar wußte, daß der Gang seiner Handelsangelegenheiten keine verwegenen 229
Sprünge machte, dagegen in gleichmäßigem Flusse sich gelassen vor-

wärts bewegte. Darin glaubte er dankbar ein ihm anhaftendes Glück zu erkennen, seit den früheren Unfällen nur auf redliche und zuverlässige Geschästsfreunde zu stoßen oder dieselben sogar anzuziehen, wenn er so eitel sein wollte, sich dessen zu rühmen.

Nun schnarrte die solide Uhr über dem Schreibtische, viertelte, schlug ein kräftiges Eins und erinnerte ihn daran, daß er dem Louis Wohlwend versprochen habe, bei ihm zu essen, und zugleich, daß dieser älteste Freund beinahe der einzige Mensch war, der ihm wiederholt Unglück gebracht hatte. Er erschrak förmlich, schloß die Aufzeichnungen wieder ein und besann sich schwankend, ob er nicht besser täte, dem Gefühle seiner Marienfrau zu folgen, nicht hinzugehen und überhaupt mit dem wunderlichen Gesellen kurz abzubrechen. Als er jedoch bedachte, wie Wohlwend ja den guten Willen zeige und bereits betätigt habe, das Vergangene freiwillig gutzumachen, dünkte es ihm doch untunlich und grausam, den Mann so zu behandeln, jetzt, wo er sich aus den Wirrsalen eines vielleicht mehr törichten als schlechten Lebens gerettet zu haben und zur Ruhe gekommen schien.

Damit erhob er sich von seinem Stuhle, suchte nach Haar- und Kleiderbürsten seiner Angestellten, welche die Herren in einem Winkel aufbewahrten, wusch die Hände und machte sich schön, soweit es sein Alter erlaubte, da er mit Frauen zu Tisch sitzen sollte. Dann schellte er dem Gewerbeknecht, der im Hause wohnte, und befahl ihm, das Kontor zu schließen, auch dem Buchhalter zu sagen, er würde vermutlich diesen Nachmittag nicht mehr erscheinen.

Er stieg in dem bewußten Hause drei Treppen hoch, bis er die Wohnung fand, an deren Türe eine Karte mit dem Namen *L. Volvend-Glavicz* befestigt war. Zeugte das hochgelegene Quartier von bescheidenem Auftreten, so verkündete die Karte, daß deren Inhaber schließlich
230 in die Zunft derjenigen eingetreten sei, die immer etwas an ihrem ehrlichen Namen herumzubasteln haben. Martin schüttelte den Kopf und zögerte, die Hand an der Klingel ein letztes Mal. Er wird am Ende nichts weiter damit wollen, als ein wenig der Eitelkeit frönen, da er nun die Muße dazu hat! dachte er nach einigem Besinnen und zog die Glocke.

Es dauerte ein kleines Weilchen, bis einer der Knaben öffnete und den Gast mit einem stummen Bückling einließ. Durch die offenstehende Türe eines Zimmers sah man den gedeckten Tisch, an welchem das andere Söhnchen stand und die Mandeln zählte, die auf einem Teller lagen. Beide Knaben trugen Stiefeln, wie der Vater, und darüber lange Röcke von gelblicher Farbe, gleich Herrschaftsbedienten; in ähnlichem Geschmacke waren die Haare mit Pomade bestrichen und dicht an die Schläfen geklebt. So machten sie den Eindruck von Kindern, welche die Eltern nicht zu kleiden verstehen. Als weiter niemand erschien, fragte Salander denjenigen, der ihm geöffnet, wie er heiße, denn er hatte es vergessen.

»Georg!« erwiderte er, abermals mit einem Bückling, »und der dort ist der Louis!«

»Richtig! Nun, und wo ist euer Papa?«

»Dort drin sitzt er!« sagte Georg, auf eine andere Türe weisend. Martin klopfte dran, und es tönte »Herein«.

»Ah! Der Freund Salander!« rief Wohlwend, der an einem Tischchen in der Nähe des Fensters saß und schrieb, jetzt aber aufstand und ihm die Hand reichend entgegentrat, »sei willkommen bei uns!«

»Ich muß mich wegen des Verspätens entschuldigen«, sagte Salander, »ich habe mich auf dem Kontor ganz vergessen, bis es eins schlug!«

»Hat gar nichts zu sagen! Du siehst, ich war auch beschäftigt; ich bin ein armer Teufel und habe stets mit dem Vermögen meiner Frau zu schaffen, es ist eine etwas schwierige Gegend dort hinten! Und
meine Schwägerin hat zwar ihren eigenen Sachwalter, aber auch dem 231
muß ich fortwährend auf die Finger sehen, ich habe eben seine letzte Abrechnung unter den Händen. Jetzt wollen wir aber sehen, wo die Frauenzimmer bleiben!«

Er packte einige Papiere zusammen, die auf dem Tischchen lagen, und verschloß sie in eine Kommode.

»Schau einmal dies Möbel, wie gut es gemalt ist!« sagte er, »reines Tannenholz, und sieht aus wie Nußbaum! Wir sitzen nämlich ganz in gemietetem Hausrat, Betten und alles, bis das Provisorium entschieden ist. Auch das Essen haben wir heute vom Restaurant, haben zwar eine Köchin mitgebracht, die aber mit den hiesigen Einrichtungen noch nicht auszukommen versteht.«

Eine Türe ging auf, durch welche Frau Alexandra Volvend-Glavicz eintrat. Sie ging in rauschender Seide daher und war ziemlich so groß wie ihr Mann; dennoch schien sie ihm auf die Augen zu sehen, wie wenn sie sich scheute, etwas nicht gut zu machen. Das Gesicht war wohlgebildet, aber ausdruckslos und tiefer gefurcht, als den vielleicht bald vierzig Jahren angemessen war, die sie zählte.

»Siehst du«, wendete sich Wohlwend an sie, »hier heißt's nicht: ›Küß die Hand, meine Gnädigste!‹ wenn ein Herr kommt. Die Hand gegeben und geschüttelt, damit Punktum!«

Salander erleichterte der guten Dame das Manöver, indem er es nach der soeben vernommenen Vorschrift ausführte und ihr aufrechtstehend die Hand bot.

»Guten Tag, Herr Staatsrat von Salander«, sagte sie mit fast rauher Stimme, »es freut mich, wenn Sie mit unser einfachem Tisch vorliebnehmen wollen!«

Dabei machte sie statt seiner einen Bückling, genau wie vorhin ihr Sohn Georg.

»Nicht so!« rief Wohlwend lachend, »du darfst deswegen noch kein Kompliment machen, wenn man dir schon nicht die Hand küßt!«

232 Sie errötete stark, weil sie trotz des Lachens den stechenden Blick auffing, den er zugleich damit abgab. Denn er war zornig über die offenbar eingelernte und verkehrt vorgebrachte Phrase ihrer Begrüßung. Zum Glück für sie, die furchtsam dastand, ging die Türe wieder auf und ihre Halbschwester erschien, Salanders Augen sogleich auf sich ziehend und festhaltend. Sie war jetzt wirklich eine schöne Erscheinung, ebenso groß wie ihre Schwester, war sie wohl zwanzig Jahre jünger, und in dem weißen Kleide, das sie trug, von tadellosem Wuchse. Das Kleid war einfach gearbeitet, ohne alles Gebausche, indem der Hauptzierat in einem ebenfalls weißen Spitzenkragen bestand, welcher die schönsten Schultern und Arme spärlich durchschimmern ließ, aber von ihnen um so schönere Falten erhielt. Einen feineren Glanz verlieh alledem die sanfte Schüchternheit, die darüber ausgegossen war und die bescheiden auftretende Gestalt in ihrem so stattlichen Wuchse in der Tat wie Mondlicht verklärte. Sie lächelte leicht, als sie Salander grüßte, aber mehr wie um Atem zu schöpfen, als um ihn oder irgend jemand anzulächeln, und er verbeugte sich bei diesem Anlaß unfreiwillig, trotz seiner demokratischen Gesinnung, und nahm sogar die Hände hervor, die er auf dem Rücken gehalten hatte.

Jetzt kamen auch die Knaben gelaufen und zeigten an, daß die Suppe auf dem Tische stehe.

»So laßt uns gehen, eh sie kalt wird!« mahnte Wohlwend. »Es ist das einzige, was die Köchin heute geleistet hat, eine gut österreich-ungarische Suppen, eine Mehlspeis nicht zu vergessen! Herr Großrat, darf ich dich bitten, meiner Frau den Arm zu bieten und voranzugehen, links durch!«

Martin mußte sich zusammennehmen, der Einladung rasch zu gehorchen. Woher hat er nur diese verfluchten Künste? dachte er, hier wußte er den Teufel davon, sowenig als ich!

Am Tische kam er heute natürlich neben die Frau zu sitzen, erhielt aber dafür die herrliche Myrrha von hellenischer Abkunft zum Gegenüber.

Zu seiner Verwunderung ergriff Louis Wohlwend sofort den Suppen- 233
löffel und tauchte denselben in die Schüssel, nachdem die Köchin, auch eine merkwürdige Erscheinung, den Deckel weggenommen hatte.

»Das ist mein Amt!« sagte er zu Salander, der ihm zuschaute, »darf ich um die Teller bitten, wir wollen sie einfach weitergeben, da wir unser so wenig sind!«

Die Frau war sichtlich etwas beschämt, so regiert zu werden; allein er schöpfte einen Teller um den andern voll, indem er jedem seinen Anteil an den guten Sachen herausfischte, die auf dem Grunde der Schüssel ruhten, und so gerechtes Maß übte, auch dafür sorgte, daß kein Teller im Herumreichen überschwappte.

Martin Salander befolgte in allen Lagen seines Lebens, wo eine Suppe vorkam, die Angewöhnung, ohne Verzug mit dem Genusse derselben zu beginnen, sobald er sie im Teller hatte. Da nun das Schöpfen beendigt war, säumte er auch nicht länger, versenkte seinen Löffel in die Brühe und führte ihn zum Munde. Als er damit auf dem halben Wege angelangt war, und auf diesen Augenblick schien der Tischherr gewartet zu haben, sagte Wohlwend unversehens mit trockenem Tone:

»Georg, bete!«

Verblüfft hielt Martin Salander den Löffel schwebend in der Luft und schaute auf. Alle hielten die Hände gefaltet vor sich hin, während der Knabe ein Tischgebet verrichtete. So blieb jenem nichts anderes übrig, als seinen Löffel niedergehen zu lassen und die Hände wenigstens vor sich auf den Tisch zu legen. Zu einem geheuchelten Mitfalten fehlte es ihm doch an Unverfrorenheit. Inzwischen betrachtete er den Louis Wohlwend ganz unbefangen, wie er ernsthaft vor sich niederblickte und unter seinem tatarischen Schnurrbart die Lippen schloß, wie wenn er einen Schluck Wein auf der Zungenspitze hätte.

Als das Gebet zu Ende, wurde die Suppe ohne weiteres Hindernis verzehrt, und da hiebei wenig gesprochen zu werden pflegt, fand Salan-

234 der Zeit, über den Vorfall seine Gedanken zu machen. Daß in einer Familie mit Kindern das Tischgebet fortgeführt wird und auch Wohlwend, der die Sitte wahrscheinlich im Hause des Schwiegervaters vorfand, es tat, fiel ihm nicht so auf, wie die unverkennbare Absicht, mit welcher er den arglosen Gast den Löffel hatte ergreifen lassen, eh er den Befehl erteilte. Martin schloß also hieraus, daß es auf ihn besonders gemünzt sein müsse, und indem er mit geheimem Ergötzen die alten Schnurren darin erkannte, wunderte er sich nur, zu was sie jetzt noch nötig seien, und daß Wohlwend die beleidigende Form nicht selbst gefühlt habe. Solange er ihn kannte oder zu kennen glaubte, ahnte er doch nicht, daß der gute Freund allmählich auch von einer gewissen Bosheit gefüllt worden, welche ohne sein Wissen durchsickerte, wo er es am wenigsten wünschte, da der Zusammenhalt sich lockerte. Wohlwend merkte übrigens, daß der Gast das Auftrittchen seiner neusten Erfindung nicht ganz unempfindlich hinnahm und eröffnete daher das Tischgespräch folgendermaßen:

»Du bist vielleicht von unserem soeben geübten Brauche überrascht, alter Freund! Du weißt, ich war nie ein Kopfhänger, nie ein Frömmler und gedenke es niemals zu werden! Aber in diesen Zeitläuften und bei einem Leben, wie ich es führen mußte, immer auf der niedrigsten Gewinnsjagd umhergetrieben und fruchtlos abgehetzt, da lernt man wieder mehr nach den alten Idealen der Menschheit ausschauen, um, wenn vielleicht nicht für sich, so doch für die Kinder etwas zu retten, woran sie sich halten können! Du verstehst!«

Salander bemerkte, daß die Frauen wie die Knaben den Sprecher aufmerksam ansahen und seine Worte, die ihnen neu und unverständlich waren, nach dem Ausdruck ihrer Mienen zu schließen, doch für etwas Großes und Weises hielten. Er wollte das Familienhaupt daher nicht einmal durch Stillschweigen im Stiche lassen.

»Du bist ja ganz in deinem Recht!« entgegnete er. »Abgesehen von
235 den Fragen häuslicher Andacht hielt ich stets dafür, daß man überhaupt angesichts der Stellung, welche die christliche Religion in der Weltgeschichte wie im Leben der Gegenwart einnimmt, gar nicht ermächtigt sei, den Kindern deren Inhalt zu unterschlagen, wie er sich jeweilig für einmal darstellt. Man hat die Pflicht, ihnen das Entwickeln freier Überzeugung für das Alter der Mündigkeit offen zu halten; dazu müssen sie erfahren, was bis auf ihre Zeit bestanden hat, und müssen hören,

was die Religion selbst von sich sagt, nicht was andere von ihr aussagen.«

Die Köchin, eine rundliche, von der Natur gebräunte Person in der Tracht einer slowakischen Bäuerin, trug nun zwei oder drei genügende Gerichte auf, deren Anordnung von bescheidenem und verständigem Sinne Zeugnis gab, fern von aller Großtuerei. Auch der Wein, den Wohlwend einschenkte, war ein schmackhafter, jedoch keineswegs teurer Siebenbürgener, offen aus dem Fasse gezapft; feinere Flaschen standen nicht bereit.

»Diesen Wein hab ich schon von Haus kommen lassen, trink nur genug davon, er schmeckt immer besser und macht nichts!« fügte er bei.

Salander erstaunte beinah über das bürgerlich solide Wesen, welchem das Gebet vorausgegangen, während das Mitführen der Dienerin in fremder Volkstracht diesem Wesen wiederum einen fast vornehmen Anstrich verlieh.

Wohlwend setzte aber sein Gespräch fort.

»Du hast dich sehr gut ausgedrückt in deiner Weise, in Betreff der religiösen Kindererziehung! Ich möchte aber einen Schritt weiter gehen und sagen, haben wir's erst auf diesen Standpunkt gebracht, so wollen wir die idealere Anschauung auch für uns Alte beibehalten oder wieder aufnehmen, wir tragen ja nicht schwer daran!«

Wenn ich nur wüßte, was er will! dachte Salander, und verlor darüber einige Worte Wohlwends, fand sich aber ungefähr zurecht, als dieser fortfuhr: 236

»Ja, Freund! Ich bin überzeugt, daß ihr bei der Aufrichtung des unmittelbaren Volkswillens, die ihr glorreich vollzoget, eine große Sache übersehen, sozusagen rein vergessen habt! Die Religion habt ihr links liegen lassen und die Kirche vor den Kopf gestoßen, statt die Geistlichkeit ins Interesse zu ziehen! Das wird sich rächen!«

»Wer hat denn der Religion oder vollends den Geistlichen etwas getan?« fragte Salander, »ich wenigstens, der nicht dabei gewesen, weiß nichts davon!«

»Es ist genug getan, wenn man tut, als ob sie nicht da wären, und es ist jammerschade um die Möglichkeit, den Gottesstaat der Neuzeit zu errichten!«

Salander rief lachend: »Den Gottesstaat der Neuzeit zu errichten? Du sprichst ja in Jamben! So wollen wir auch damit fortfahren! Weißt du noch, wie Schillers Don Carlos schließt? Nicht? ›Kardinal, ich habe das Meinige getan, tun Sie das Ihre!‹ So wird das Stück immer wieder schließen!«

»Und ich werde nicht ruhen und meine Idee an den Mann zu bringen suchen!« entgegnete Wohlwend, für welchen Salanders Zitat unbrauchbar war, da er den Don Carlos nie ausgelesen hatte. »Ich könnte viel Versäumtes nachholen und mich gegen den Lebensabend hin vielleicht dem Vaterlande noch nützlich machen!«

Das wird ja immer merkwürdiger! dachte Salander, er kommt, eine theokratische Bewegung auf unsere Demokratie zu pfropfen, das hat natürlich gefehlt, deswegen haben wir sie ausgebaut! Aber die Narrheit, die er diesmal aushängt, ist ungleich großartiger als die früheren Schnurren; hoffentlich ist es der Konkurs, vor dem er diesmal flieht, nicht im selben Maße! Allein das ist's doch nicht, sonst würde er nicht alte Schulden bezahlen! Am Ende ist es der reine Übermut, da er nun versorgt ist; er will auch seine Rolle spielen, und weil ihm nichts anderes zur Hand liegt, hat er sich irgendeiner missionierenden Sekte angeschlos-
237 sen und macht den Apostel!

Wohlwend hielt indessen wirklich eine Art Predigt, welche Salander in seiner Zerstreutheit gar nicht vernahm. Das übrigens leere Wortgeräusch diente nur dazu, seine Aufmerksamkeit noch mehr einzuschläfern, und auch seine Gedanken verloren sich aus dem Gesichte, wie wenn ein Nebeldunst zwischen sie träte. Um zu wissen, wo er sich eigentlich befinde, blickte er auf und sah gegenüber das Antlitz des Fräulein Myrrha, deren elegisch bewimperte Augen ihn betrachteten und deren Lippen sich mit einem anmutigen Lächeln öffneten, weil seine überraschten Züge ihren Ausdruck änderten. Da sein Glas leer stand, ergriff sie eine Flasche und füllte es, worauf er das Gefäß nahm und ihr ebenfalls einschenkte. Bei der Gelegenheit ließ er sein Glas mit dem ihrigen bescheiden zusammenklingen und trank auf ihre Gesundheit, wobei der Abglanz eines jungen Glücksgefühls über seine Gesichtshaut wallte und die Fältchen derselben sich gleich kleinen Schlänglein winden, strecken und krümmen ließ und beinahe den Eindruck gutmütiger Torheit hervorbrachte. Wohlwend bemerkte den Vorgang und hielt inne mit seiner Rede.

»Halt«, sagte er, »wir müssen zum Anstoßen einen bessern Tropfen nehmen!«

Er ging hinaus und holte nun doch eine Flasche Tokaier herbei, dessen Gold den mäßigen Martin Salander mit wohliger Wärme durchströmte und in seinem Munde zu fröhlichen Worten wurde, wenn auch nicht zu Worten der Weisheit, denn er sprach für die schönen Ohren der Myrrha Glawicz, ohne zu wissen, was in dieselben einging oder ihnen gefallen konnte, und da sein eigenes Licht wie in einem Luftzuge flackerte, wurde auch der Zusammenhang und Sinn seines Redens nicht recht erkennbar.

Doch blieb es unbeachtet, weil durch das unverhoffte Ende von Wohlwends Predigt und das heitere Wesen Salanders sich eine Art Munterkeit einstellte und selbst die Knaben laut wurden. In solchem Tumültchen wandelte Martin plötzlich die Lust an, der Familie um der 238
schönen Genossin willen auch eine Ehre anzutun und sie zu einer Spazierfahrt einzuladen. Er nahm eine Karte aus dem Carnet und schrieb für den Fuhrherrn, dessen Kunde er in Fällen des Bedürfnisses war, die Bestellung eines guten Wagens darauf. Louis Wohlwend, angenehm berührt, erklärte feierlich, die Einladung anzunehmen, und sandte die Knaben mit der Karte weg, sie einem der Dienstmänner zu bringen, die an der nächsten Straßenecke standen.

In einer halben Stunde kam der Kutscher mit dem gutgehaltenen, offenen Wagen angefahren; nach einem weiteren halben Stündchen waren die Frauen bereit und stieg die Gesellschaft die drei Treppen mit großem Ansehen hinunter, und es fügte sich gut, daß der Hauseigentümer, der in der Tat Salanders Schuldner war, unter der Haustüre stand und diesen begrüßte; so konnte sich Wohlwend, heute vollends wie ein ungarischer Stuhlrichter dreinschauend, als Freund des Kapitalisten und Kaufherrn brüsten und schwang wohlmögend sein Hütchen.

Die Damen hatten sich mit breiten Federhüten und bunten Überwürfen versehen. Myrrha trug einen solchen von roter Florseide über ihren weißen Staat. Die zwei Männer auf dem Rücksitze hatten den Knaben Louis zwischen sich genommen, Georg saß neben dem Kutscher auf dem Bocke. Die Pferde waren für Mietrosse rasch genug und hübsch geschirrt, das ganze Fahrzeug mithin augenfällig beschaffen, und so fuhr Martin Salander darin harmlos durch einen guten Teil der Stadt, und jedermann, der ihn erkannte, sah ihm nach, ohne daß er es gewahrte.

Auch den Herrn Möni Wighart sah er nicht, der mit seinem alten Stock unter dem Arme auf einem Platze stand, fast ebensowenig gealtert

oder beschädigt als der Stock, und eben ein abgebranntes Zigarrenrestchen aus dem Meerschaumröhrchen blies, um einen frischen Stengel aufzustecken. Bei ihm weilte Martins alter Rechtsanwalt im Gespräche, sich einer ziemlichen Haarverdünnerung erfreuend, die ihm an dem
239 warmen Tage zustatten kam; denn er hatte den Hut abgenommen, um den Scheitel zu lüften. Beide schauten dem Wagen nach.

»Da fährt ja Martin Salander, der sieht uns nicht einmal!« sagte Wighart, »was hat er wohl für ein Volk bei sich?«

Nachdem der Anwalt durch die Lorgnette die auf dem Rücksitze noch sichtbaren Herren erfaßt hatte, antwortete er:

»Das kann nur *einer* sein – raten Sie, wer?«

»Ich habe keine Ahnung! War vier Wochen im Bade und komme gestern abends zurück!«

»Nun, es ist kein anderer als der ehemalige Schadenmüller und Co., der Louis Wohlwend!«

»Was Sie sagen! Wie ist das möglich? Ich hätte gedacht, das wäre ein verkleideter Chinese mit Familie! Und seit wann ist der Kerl denn da?«

»Schon vor einiger Zeit kam Herr Salander zu mir und erzählte, wie er bei ihm erschienen sei und eine Abzahlung an den ersten Verlust, Sie wissen ja, von jener Jugendbürgschaft her, geleistet habe und sie jährlich fortsetzen wolle, und fragte, ob er ohne Gefährde darauf eingehen dürfe. Ich sagte, er solle nehmen, was er bekommen könne. Von der späteren größeren Geschichte sprach er ihn so gut wie frei. Ich konnte ihm keine Maßregeln anraten, der Mann Wohlwend ist der alte Hexenmeister in Gestalt eines blöden Gehirnes. Er hat hier Niederlassung genommen, und als man ihm das Steuerformular schickte, brachte er sein ganzes Geschäft auf das Gemeindehaus und wies in aller Form nach, daß, was er besitze, alles erheiratetes Weibergut sei, und erklärte, unweigerlich versteuern zu wollen, was nicht etwa in Ungarn liege und dort versteuert werde!«

»Und nun führt Salander ihn in der Kutsche spazieren?«

»Oder der andere ihn, ich weiß es nicht! Aber ein schönes Stück Weiberfleisch saß in dem Wagen, soviel ich in der Geschwindigkeit bemerkte!« fügte der Anwalt hinzu, »ob am Ende der Satan auf diese
240 Art Mäuse fangen will?«

»Da liegt keine Gefahr! Meister Martin hätte früher angefangen, wenn er über solche Steine stolpern wollte! Aber dennoch ist mir das

Ereignis, die Rückkunft des Schadenmüllers, so bitter wie ein Gallapfel! Der verfluchte Kerl mit seinen Kalmückenschnäuzen! Salanders Ölgötz, wie er ihn einst nannte, steht wieder da! Es würde ihm freilich nicht schaden, wenn er nochmals eine nicht allzu derbe Lektion erhielte; schon wegen seiner ewigen Wühlhuberei verdiente er einen etwelchen Nasenstüber! Und dennoch gönn' ich es ihm nicht, er ist doch ein rechter Mensch!«

»Gewiß ist er's!« sagte der Anwalt und drückte dem Herrn Wighart, Abschied nehmend die Hand.

Der also belobte Martin fuhr mit dem Hause Wohlwend-Glawicz nach einem etwa zwei Stunden entfernten, lustig gelegenen Erholungsorte, der wegen guter Bewirtung, schöner Aussicht und schattigen Gärten berühmt und viel besucht war. Dort verbrachten sie den Nachmittag mit Kaffeetrinken und Spazierengehen, wozu die reinlichen Wege eines nahen Tannenwaldes einluden. Dann und wann führte Salander die im grünen Halbdunkel weiß leuchtende Gestalt der Myrrha daher, und wenn sie allein ging, sah er sie, von einzelnen Sonnenlichtern gestreift, mit einer angeborenen Anmut sich bewegen, die ihr zu Gebote stand, sobald sie der angelernten Manieren einer mangelhaften Erziehung sich entledigen konnte.

Ein bekannter Künstler, dem Salander in einem solchen Augenblicke begegnete, stand bei ihm still, der schönen Person nachschauend, und fragte, was er da für eine Muse aufgegabelt habe?

»Nicht wahr, das ist ein hübsches Frauenzimmer?« sagte er mit angenommenem Gleichmut.

»Das will ich meinen! Das sieht man nicht alle Tage! Sapperlot, sehen Sie, welch ein einfacher Rhythmus, ohne allen Aufwand, man weiß kaum, wo es steckt, Form und Bewegung in eines gegossen! Wie edel
das fließt, vom Nacken über Schultern und Arme auf den Rücken und 241
von den Hüften herunter! Wo stammt die Dame her?«

»Sie kommt mit einer Familie aus Ungarn, ihre Mutter soll aber irgend von altem Griechenboden, aus Thessalien herstammen.«

»Ganz glaublich! Und auch in diesem Falle noch eine Rarität! Viel Vergnügen, Herr Salander!«

Die Worte des Künstlers und Kenners bewirkten eine seltsame Aufregung im innern und äußern Martin; sie machten sein Herz klopfen und seine Augen glänzen, während sie zugleich seine Schritte lähmten, daß er sich auf eine im Gehölze befindliche Bank niederlassen mußte.

Welch eine Bestätigung seines Schönheitsgefühles! Wie wurde sein dunkler Trieb aufgehellt, noch eine Strecke Weges im Strahle echter Schönheit zu wandeln, und er ahnte nicht, wie echt pedantisch es war, durch Aussagen eines andern, eines Kenners, sich bestärken zu lassen.

Er nahm sich aber zusammen, von Stimmen nahender Leute geweckt; es waren die Wohlwendschen, die ihn aufsuchten. Mit verändertem Wesen, wie einer, der einen Geist gesehen hat, voll inneren Staunens über den Reichtum des Lebens und zugleich in ernster Zurückhaltung befangen, schritt er mit ihnen nach dem Garten zurück, wo eine Abendkollation bestellt war. Dort verharrte er, wenig sprechend, an Myrrhas Seite, die er ungesucht gefunden, und überließ ihrem Schwager das Wort, der den Frauen und Knaben allerlei Unterricht erteilte und zuweilen unversehens den Freund Salander mit einem »Ist's nicht so?« überraschte und ihn dabei aufmerksam betrachtete.

Unterdes sammelten sich noch andere Gäste, die zu Pferde oder im Wagen ankehrten und den schönen Abend noch rasch genießen wollten, darunter Leute, die dem Herrn Wohlwend nicht gefielen, weil es wahrscheinlich alte Gläubiger waren. Sie erkannten ihn zwar nicht, und wenn es auch geschehen wäre, so hätte es nichts zu sagen gehabt; denn
242 es liefen manche Geschäftsleute herum, welche ein oder mehr Male sich abgefunden, ohne deswegen belästigt zu werden. Allein es war ihm jetzt nicht angenehm, zumal er bemerkte, daß die Herren fleißig nach dem Fräulein Myrrha Glawicz zu blicken anfingen, und aus diesem gleichen Grunde war es auch Martin Salander recht, aufzubrechen. Sie ließen also einspannen und fuhren mit angehender Dämmerung ab.

Als sie die Stadt erreichten, war es Nacht. Martin brachte die Familie Wohlwend in ihre Straße und begab sich dann zu Fuß nach Hause, langsamen Schrittes, bald gesenkten Hauptes, bald nach den Gestirnen ausschauend, welche einzeln und zu zweit hie und da in der Höhe über die Gassen zogen, ebenso säumig, wie der Mann in der Tiefe. Die alte treue Magdalene, die seiner geharrt, öffnete die Haustüre, erfreut, daß der Herr kam, nachdem sie den ganzen Tag allein im Hause gewaltet.

»Habt Ihr auch ordentlich gelebt?« fragte er; »ich will wetten, es war Euch alles zuviel!«

»Mir? Da kennen Sie mich schlecht, Herr Großrat! Ich habe getan, was mich gut dünkte! Mittags hab ich einen dicken Pfannkuchen und einen Salat gehabt, wie ein Fuder Heu, mit heißem Speck angemacht, Herr Großrat! und abends kochte ich eine Milchsuppe, wie meine selige

Mutter sie machte, es ist lang her! mit Brot und Pfeffer drin! Dazwischen hab ich alles Messing in der Küche geputzt und mir dazu extra einen Schoppen Wein im Keller geholt!«

»Ei, warum nicht gar!«

»Freilich, vom letztjährigen, der im Sommer gut für den Durst ist, wenn Sie ihn schon nur Purrligeiger nennen! Aber haben Sie denn auch zu Nacht gegessen, Herr Großrat? Soll ich Ihnen nicht Tee machen und etwas Kaltes dazu?«

»Gar nichts brauch ich!«

»Nur der Sympathie wegen! Denn die Frau sitzt im Lautenspiel gewiß noch mit den Kindern zusammen und sie plaudern und tun sich gütlich!
Die armen Kinder! Wie haben sie sich gebettet! Aber Jugend hat eben 243
keine Tugend, und ich Esel mußte noch mithelfen! Glücklich, wer darüber hinaus ist, über das böse Wesen, und kein unruhiges Herz mehr hat!«

Martin Salander hörte nicht mehr und schickte die Magd zu Bett. Erst als sie aus dem Zimmer gegangen, hörte er nachträglich die Worte: »Glücklich, wer kein unruhiges Herz mehr hat«, wie man öfter in der Zerstreutheit eine Rede vernimmt, die schon verklungen ist wie ein Ruf im Felde.

Aber er achtete nicht darauf, sondern ergriff das Licht und schritt in das Schlafzimmer hinüber, wo es still war, wie in einer Gruft. Der Spiegel seiner Frau warf ihm den Schein der flackernden Kerze entgegen, welche teils von seinen starken Schritten, teils von einem leisen Luftzuge unruhig brannte. Salander stellte sich vor den Spiegel, und das Licht emporhaltend, begann er prüfend sich selbst zu beschauen; allein es beschlich ihn eine Scheu, es ward ihm zumut, als ob Marie Salander ihm mit ernsten Augen über die Schulter blickte und erblassend verschwände. Seine Aufregung verwünschend, ging er in das Besuchzimmer, wo ein großer wohlgeschliffener Spiegel hing, und stellte sich vor diesem auf.

Martin Salander war nie ein Liebhaber seines Gesichtes gewesen und bewunderte es im Spiegel so wenig als in den Bildern, welche die Sitte der Zeit ihm abrang. Er ging nun im fünfundfünfzigsten Lebensjahre; zwar nicht älter erscheinend als die meisten seiner Altersgenossen, die sich leidlich erhalten, sah er doch keineswegs so jung aus wie einer jener Glücklichen, die immer Zweiundvierziger bleiben; das noch volle und sogar buschige Haar, sonst blond, war so bezuckert wie ein Ährenfeld,

auf das der späte Reif gefallen ist, ebenso der krause Bart, der überdies mehr als eine sehnige Furche an Hals und Unterkiefer verhüllen mochte, aus dem zu schließen, was im oberen Gesichte in milderen Farben zutage trat. Die geistige Jugend und gemütliche Rüstigkeit, die trotzdem dasselbe Gesicht und dessen Augen belebten, konnte er selber
244 nicht verstehen und anrechnen, und so fand er sich von dem nächtlichen Spiegelbild weder erbaut noch aufgemuntert.

»Sei es!« sagte er, indem er rasch den Leuchter wegstellte und sich in einen der Lehnstühle warf, »ich hab das ja wissen können, und daß ich Alter ein Gesell bin, gehört ja gerade zu der Frage, die mich bewegt! Noch muß ich wirken und schaffen, und noch brauch ich einen Mund voll Frühlingsluft, welche das Herz erneuert! – Die gute Marie! von Untreue im banalen Sinn ist ja nicht die Rede! Bessere Leute als ich haben ihre Jahre mit der Frauenfreundschaft, Neigung, nenne man es Liebe, verschönt und erweitert; und hat sie nicht im voraus schon gelacht, und wie lieblich gelacht, als ich zum ersten Mal von der schönen Myrrha erzählte? Die Myrrha! Wird sie mich dulden können? fühlen können und wollen, was sie mir zu sein vermag? Hier ist ein Schicksal im Spiele, das so oder so vorübergehen wird! Es vernünftig zu lenken, ist meine Sache, es wird bald getan sein, wenn es nicht ist, was ich wünsche – und wenn es ist, so soll der Pfad eben und sonnig bleiben und niemand straucheln!«

Er verlor sich in süßen Träumen vom Genusse einer jugendlichen Neigung des seltenen Geschöpfes und von einem Verkehre, der ein erfreuliches Schauspiel für die Menschen darbieten würde, weit entfernt, Ärgernis zu erregen; und in unbestimmter Zukunft sah er Myrrhas Leben, befreit von den unheimlichen Banden, in denen er jetzt gefangen war, wohlgeordnet dahinfließen an der Hand eines ihrer würdigen Mannes.

Nicht einen Augenblick fielen ihm seine unglücklichen Töchter ein, deren Liebesphantasie er so klar, wenn auch menschlich zu beurteilen wußte, noch weniger der Unterschied zwischen ihrem und seinem Alter und noch weniger derjenige zwischen ihrer damaligen Lage und der seinigen. Und noch weniger ahnte er, wie klar jetzt zutage trat, daß die guten Mädchen die Eigenschaft, solchen »fixen Ideen« anheimzufallen, von niemand anderem als von ihrem Vater ererbt hatten, und welch
245 tragikomischen Anblick es bot, den armen Mann die Tatsache so sehr nachträglich nach rückwärts hin illustrieren zu sehen!

Und weiter bedachte er keineswegs, wie solch ideales Liebesverhältnis eines weisen älteren Mannes als Hauptsache ein mit ungewöhnlichem Geiste begabtes weibliches Wesen voraussetzt, während er von Myrrhas innern Zuständen noch gar keinen Begriff hatte oder dieselben zusammenphantasierte. Und das war wieder um so bedenklicher, als es darauf hinauslief, es walte auch hierin eine Selbsttäuschung vor und die schöne Neigung beruhe lediglich auf einem sinnlichen Anreiz.

Alles das war dem guten Martin Salander in seiner jetzigen Seelenlage unbewußt, aber darum nichtsdestominder vorhanden in ihm, wie außer ihm, und drückte die Seele, wie wenn er an alles dächte; denn sie war doch immer daheim, wie eine gut gewöhnte Hausfrau. Er fiel daher, als er um Mitternacht endlich das Lager suchte, in einen unerquicklichen Schlaf, in welchem die Seele unwirsch herumfuhr wie ein Poltergeist.

Davon erwachte er am Morgen mit schwerem Herzen, und als er den Druck verspürte und ihm ein tiefer Seufzer entfuhr, sagte er: »Aha, da haben wir's! Eine Leidenschaft! Eine Leidenschaft! Ach du lieber Gott! Wie hat das noch an mich kommen müssen!«

Und so hielt er den Rumor des alten Gewissens für den Anbruch eines späten Liebesfrühlings und litt Liebesschmerzen, wie ein junger Mensch, doch mit dem Kummer eines bejahrten Vaters, der sich voll Sorgen für die Seinen niederlegt und mit Seufzen den Tag erwachen sieht.

Dazu ward er in kurzer Zeit mit Verwunderung inne, wie jung er sich vor diesem unglückseligen Abenteuer gefühlt, und wie er jetzt täglich an seine Jahre denken müsse, während er noch nie so nötig hatte, sie zu vergessen, und zwar nicht allein wegen der unbequemen Leidenschaft, sondern auch wegen des allgemeinen Weltlaufes.

Der Sommer wurde mit jeder Stunde geräuschvoller, sozusagen üp- 246
piger durch eine ungeheure Zahl größerer und kleinerer Feste, Anlässe, Gesamtreisen, Vereinsausflüge und Begehungen aller Art bis in den Herbst hinein in allen Himmelsrichtungen; es war, als ob das ganze Volk wanderte, unter allen Vorwänden, Dorfschaften und städtische Nachbarschaften, Häuflein von Greisen, welche fünfzig, sechzig, siebzig Jahre alt geworden, und Hunderte von Kinderschulen mit flatternden Fähnchen, von denen zuweilen eine an der Sonne lagerte, bis die Vorsteher aus dem berühmten Bierhause kamen, in das sie geschwind untergetreten. Ein unkundiger Fremder hätte fragen können, wer eigentlich

in diesem Lande im Sommer arbeite, außer etwa den Wirtsleuten, weil er nicht bedachte, daß ihrer noch genug da waren, die zu Hause blieben und etwas schafften, und daß auch von denen, die wanderten, manche vor und nach genug taten, um sich die Freude gönnen zu dürfen, wie denn auch immer neue Züge sich auf den Wegen kreuzten und bald wieder verschwanden.

Wenn man jedoch sich der Klagen über schlechte Zeiten und stetig wachsende Volksnot erinnerte, so begriff auch der Einheimische nicht recht, wo sie alle das Geld hernahmen, das sie verjubelten. Scharen katholischer Wallfahrer, die zwischen den weltlichen Lustfahrern sich bewegten, konnten ihn aber belehren, daß früher noch mehr im Volke gewandert und geschmaust wurde, und das gerade in Zeiten der Bedrängnis.

Martin Salander hatte zu besagter Fest- und Wanderfreude sonst redlich das Seinige beigetragen überall, wo irgendeine patriotische, volkserzieherische und fortschrittliche Idee hineingelegt werden konnte; dann begann der wachsende Strom ihn stutzig zu machen, und er mahnte zum Maßhalten. Jetzt, wo das Übermaß im Lande rauschte, wendete sich sein Sinn wieder. Er wollte nicht auf der Seite des griesgrämigen Alters stehen und, gestachelt von dem verliebten Jugendbedürfnis, begab er sich selbst in das Gedränge und war da oder dort
247 hinter den wallenden Fahnen zu erblicken, mit einem Festzeichen im Knopfloch, seidener Armbinde oder mindestens mit einer Alpenrose auf dem Hut. Dergestalt glaubte er das Blühen des Vaterlandes in neuer Jugend zu genießen und räumte an den Festtafeln in Gedanken der Bringerin derselben einen Ehrenplatz neben sich ein, unbeschadet des täglichen Seufzers, mit dem er sich schlafen legte.

Es ist doch ein wahres Wort, sagte er einst bei sich selber, wenigstens für die ideale Liebe, jenes geflügelte: ›L'amour est le vrai recommenceur!‹ Sie macht mir sogar die alte Republik wieder hüpfen wie ein Zicklein!

Die Abendsonne, welche eben unter die betreffende Festhalle hereinschien, spiegelte an der vergoldeten Innenwand eines großen Ehrenpokales, der vor ihm stand, mit rotem Weine frisch versehen, und der Goldschein leuchtete mit unbeschreiblichem Zauber in die durchsichtige Purpurflut.

Martin heftete seine Augen auf das funkelnde Farbenbild, das, urplötzlich aus offenem Himmel gekommen, seine Gedanken zu besiegeln schien wie ein flammendes Siegelwachs. Ein rötlicher Schimmer aus dem Becher spazierte sogar über sein begeistertes Gesicht, was eine ihm gegenübersitzende anmutige Frau wahrnahm und es ihm sagte mit der Mahnung, er solle sich still halten, denn er sähe jetzt hübsch aus. Geschmeichelt hielt er ein Weilchen das Gesicht unbeweglich still, bis auf demselben der Abglanz zu flimmern begann, gleich dem Wein in dem Pokale. Denn es lief eine schwache Erschütterung durch den langen schmalen Tisch herauf, welche auch den Inhalt des Bechers bewegte.

Die Erschütterung rührte aber davon her, daß ein Festgenosse von zwei bürgerlich gekleideten Polizeibeamten unversehens aufgefordert wurde, sich zu erheben und mit ihnen hinauszugehen, und sich dessen weigerte, so daß der leicht gezimmerte Tisch einen Stoß empfing, als sie Hand an den Mann legten und ihn zum Aufstehen zwangen. Erbleichend fügte er sich und folgte ihnen, nicht ohne mit niedergeschlagenen
Blicken verschiedene Dekorationen, bestehend in Rosetten, Schleifen 248
und silbernen oder vergoldeten Emblemen, vom schwarzen Kleide zu nehmen, eins nach dem andern, so unbemerkt als möglich. Er war nämlich nicht nur mit dem allgemeinen Festzeichen des Tages, sondern, da er im Verlaufe desselben mehrere Freundschaften geschlossen, mit den ausgetauschten besondern Vereinsorden geschmückt.

Nur wenige wurden auf den Vorgang aufmerksam; so auch Salander, an welchem der Mann mit seinen Begleitern vorbei mußte, und jener schauderte, als er wohl sah, wie der Unglückliche die Ehrenzeichen der Freude ablöste und verstohlen in die Tasche zu bringen suchte. Es dünkte ihn nicht weniger schrecklich, als wenn einem hohen Offizier vor der Regimentsfront Degen und Ehrenzeichen abgenommen werden.

Erst als der Mann verschwunden war, verbreitete sich an den Tischen das Gerücht von der Ursache der Verhaftung. Er war ein wohlbekannter und beliebter Festbesucher und eines großen Vertrauens teilhafter Verwalter irgendeiner der florierenden Unternehmungen, stets fröhlich und aufgeräumt, wo er hinkam; nur zuweilen, in letzter Zeit, mit einem gesummten Liedertriller einen aufsteigenden Seufzer abdrehend, oder mit den Fingern auf dem Tische trommelnd oder mit langem Absetzen des Glases zerstreute Gedanken verhüllend. Solche Beobachtungen wurden nun mitgeteilt, nachdem man vernommen, daß während seiner Abwesenheit von Hause ein Wirrsal von Unterschleifen, in das er verflochten, entdeckt und gleichzeitig festgestellt worden sei, wie er bei Auswanderungsagenten sich nach Schiffsgelegenheiten erkundigt habe. In seinem Leichtsinn hatte er sich nicht versagen können, vor der

Flucht noch schnell das Fest mitzumachen zur letzten schönen Erinnerung, da ja ein reinlicher Bürger auch das Unliebsame stets zu einem artigen Stammbuchverslein zu gestalten strebt.

Verstimmt verließ Salander das Fest und reiste stracks nach Münster-
249 burg zurück. Nachdem er mit seiner Gattin das Abendbrot geteilt,
nahm er eine Zeitung zur Hand, und das erste, was er las, war die
Nachricht von den zutage getretenen Unterschlagungen eines Beamten
im Osten der Schweiz; im gleichen Blatte stand am Schlusse als Neuestes
der kurze Bericht von der Flucht eines Kassiers im Westen.

»Was ist denn das für ein Unglückstag?« rief er kopfschüttelnd und erzählte, was er soeben an dem Feste selbst mit angesehen.

»Es ist zwar nicht eidgenössisch gedacht«, sagte er; »aber ich bin doch froh, daß diese traurigen Sachen nicht in unserm Kanton vorgefallen sind!«

»Lies nur fertig!« versetzte Marie, »auf dem Beiblatte steht noch etwas Schönes!«

Da las Martin richtig, daß ein Aktuarius Schimmel in Münsterburg infolge einer Reihe von Veruntreuungen und Bestechlichkeiten, deren er verdächtig, am heutigen Tage verhaftet worden sei.

»Das fängt bei Gott an, einem an den Hals zu gehen, wie das Wasser!« sagte Salander, indem er die Zeitung wegwarf, »diesem habe ich durch meine Fürsprache zu der Stelle verholfen. Ich hab es zwar bereut, weil er sich sofort als ein großmäuliger und unverschämter Mensch aufführte und mit seinem Patriotismus prahlte; für unehrlich hielt ich ihn jedoch nicht. Jetzt erinnere ich mich, vernommen zu haben, wie es auffalle, daß er immer an den öffentlichen Wirtstafeln speise, anstatt mit Weib und Kind zu Hause, wo es ihm zu schlecht sei! Da liegt der Lump!«

Auf diesen rauhen Windstoß blieb es den Rest der Woche hindurch
still von so ärgerlichen Dingen; ein mit siebenhundert Franken ver-
schwundener junger Mensch, der am Samstag noch vereinzelt durch
die Abendzeitungen lief, wurde nicht beachtet. Desto heftiger brach
das Unwetter gleich am nächsten Montag wieder los, nachdem durch
die mißbräuchliche und unredliche Führung ihrer Leiter ein paar
250 Geldgewerbe ins Schwanken geraten waren und weite Kreise in Mitleidenschaft zogen. Lag hier die Ursache in der blinden Habsucht reicher
Leute, welche ihren Überfluß der scheinbar glücklichen Hand solcher
moralischen Tolpatsche zum Spielball überließen, so brauste am

Dienstag ein Konsortium abgeschiedener Seelen durch die Luft, welche als arme Erwerbsbeflissene aus den Kassen ihrer Vorgesetzten ein gut geregeltes Börsenspiel unterhalten. Am Mittwoch ritt auf der Unheilswolke ein alter Seckelmeister daher, der die Aufsichtsmänner alljährlich den gleichen Haufen zersägter und als Geldrollen verpackter Besenstiele überzählen ließ. Am Donnerstag kam ein Aktienchef, der wöchentlich eine kleine Mappe auf den grünen Tisch und die Faust darauf legte mit den Worten: »Meine Herren, hier ist meine Ehre und jeder wünschbare Nachweis!« Die Beisitzer flatterten als angeschossene Enten hinten drein, weil nie einer gewagt hatte, das Mäppchen unter der Faust wegzuziehen oder auch nur ein »Erlauben Sie!« zu sagen, denn sie waren abergläubisch, und er streckte aus der Faust zwei Finger weit gespreizt hervor, sooft einer Miene machte; sie glaubten, er könne hexen. Als er spurlos verschwand, blieb das Mäppchen auf dem Tisch zurück; es enthielt nichts als eine hohe Säule von benannten Zahlen, welche der Reihe nach durchstrichen waren, mit schwarzer, blauer, roter Tinte, mit Blei- und Silberstift, je nach der Tageszeit und dem Orte des Unterganges. Am Freitag kam ein Gemeindefaktotum, das den Ertrag eines schönen Lärchenwaldes in die Lotterien aller Länder gesandt bis auf ein weniges, das er versoffen hatte. Am Samstag ertränkte sich ein Vormund über sieben reiche Waisen, die nun arm geworden. Am Sonntag war wieder Ruhetag.

Aber am Montag hob der Tanz von neuem an, und so ging er viele Wochen fort, daß man die Mägde auf den Gassen, wenn sie des Morgens die Zeitungen holten und lasen, und die Männer beim Frühschoppen rufen hörte: »Sie haben wieder einen! Wieder einen!«

Durch das erwachte und wachsende Mißtrauen hervorgerufen, ver- 251
mehrte sich der Untersuch und trieb namentlich ein kleines Heer mittlerer und kleiner Beamten ans Licht, welchen allen es unmöglich gewesen, anvertrautes Gut in Verwahrung zu halten, ohne sich daran zu vergreifen. Und die schlimme Krankheit durchzog das ganze Land, ohne Ansehen der Konfessionen oder der Sprachgrenzen. Nur etwa im Gebirge, wo die Sitten einfacher geblieben und das bare Geld oder Geldeswert seltener, war nicht viel davon zu hören.

Unaufhörlich erstaunte und grübelte Martin Salander von neuem und sann der Möglichkeit der traurigen Tatsache nach, daß die Übel der Zeit nicht an den Grenzen der Republik stehenblieben, deren geistigen und sittlichen Ausbau er so getreulich betreiben half. Das war jedoch etwas anderes als jene materiellen Verkehrsfragen, wegen deren er einst den Leuten die Wahrheit sagte.

Sein Herz wurde aufrichtig bekümmert, was ihm insofern zustatten kam, als er jetzt, wenn er sich schlafen legte, unter diesem Gemütsdrucke hervor einen Seufzer tat und der Frau den Grund sagen durfte, wenn sie danach fragte. Die »schöne Leidenschaft« drückte im geheimen freilich mit; doch wagte sie sich einstweilen nicht weiter hervor.

16.

An einem Sonntagmorgen, als die Glocken verklangen und unversehens die wohlige Stille dieser Stunde eintrat, nahm Marie Salander ein Buch zur Hand. Sie war allein im Hause und brauchte in solchen Augenblicken nur sich selbst überlassen zu sein, um allerlei beschauliche Einkehr zu halten. Es kam wie die frische Luft, wenn ein Fenster offensteht.

Jetzt freilich saß sie nicht lang allein. Ihr Mann hatte das beständige Verschlossenhalten der Haustüre vor einiger Zeit als aristokratisch ab-
252 geschafft, als volksfeindlich mißtrauisch, trotz der überhandnehmenden Hausschleicherei unzähliger Vaganten, die sich aus den Dachkammern der Dienstmädchen deren sauer zusammengesparte Jahrlöhne herunterholten. An Feiertagen arbeiten jedoch die Diebe gewöhnlich nicht in dieser Abteilung; nur im Anfang war Herrn Salander zu solcher Zeit ein neuer Regenschirm vom Flure gestohlen worden. Was heute seine Gattin in ihrer Sonntagsruhe störte, war ein unbeholfenes Klopfen an der Stubentüre. Als sie ging, dieselbe zu öffnen, trat Frau Amalie Weidelich herein. Sie hielt mit beiden Händen ein Gesangbuch samt dem weißen Schnupftuch umfaßt, welches nach ländlichem Weiberbrauche sauber gefaltet darauf lag.

»Mit Verlaub«, sagte sie, »und guten Tag, Frau Schwäherin!«

»Ei, die Frau Schwäherin!« grüßte Frau Marie überrascht. »Sieht man sich auch einmal? Sie sind gewiß zu spät zur Kirche gekommen?«

»Nein, ich war früh genug; aber da ich die Woche hindurch nicht fort kann und immer weniger, je älter man wird, anstatt auszuruhen, sagte ich unterwegs zu mir selber, du willst einmal hinter der Kirche herumgehen und der geehrten Schwäherschaft eine Visite abstatten! Ich besuchte sonst immer eine der Stadtkirchen, wo es immer so voll und interessant ist und die Leute ihre Visitenkarten an die Bänke na-

geln! Aber heute, dacht ich, kannst du aussetzen, einmal ist keinmal,
und die Predigten werden ja nicht abgestellt wie die Brunnen, am
Sonntag lauft's alleweil noch, das Lebenswasser! Aber sonst kann man's
freilich brauchen, meine liebe Frau Schwäherin! Zwar versteh ich nicht
immer recht, wo's hinauswill, weil ich eben nicht gelehrt bin, aber ich
tu's meinen Söhnen zu Ehren, die gebildete Herren sind! Man soll nicht
sagen, daß man ihre Mama nicht in einem gebildeten Gottesdienst zu
sehen bekomme! Sie verdienen es eigentlich nicht! Aber man ist halt
doch die Mutter! Und wenn sie dann auf den Kanzeln von dem lieben
Gott reden, der keine Beine habe und uns persönlich nicht kenne, und
wir doch mit einer gewissen Gotteskindschaft dicktun sollen, so lasse
ich es dabei bewandt sein und bete dafür das Vaterunser desto andäch- 253
tiger mit! Das versteh ich jetzt wieder besser, als auch schon, liebe Frau
Salander! denn ich hab es nicht wie der liebe Gott, ich fange an, meine
Beine zu spüren, sie werden müd.«

»Darum nehmen Sie doch endlich Platz, gute Frau, da steht ja ein bequemer, weicher Sessel! Wollen Sie nicht den prächtigen Hut ablegen? Wer hat den gemacht?«

Marie Salander drängte mit diesen Worten das bittere Gefühl zurück, das der unerwartete Anblick der Zwillingsmutter erweckt hatte: sie entnahm den Gesichtszügen wie den Worten der Frau, daß sie nicht mehr so guten Mutes war wie früher. Diese setzte sich, ihr Kleid vorsichtig in acht nehmend. »Der Hut?« sagte sie, »den hat die Merklin gemacht, er ist aber viel zu schön und zu teuer ausgefallen, es paßt nicht mehr für mich! Abnehmen will ich ihn nicht, es ist mir zu mühsam, ihn wieder ordentlich aufzusetzen!«

Sie betrachtete nun ihrerseits ein Weilchen die Gegenschwäherin und lobte ihr Aussehen: »Ihnen geht es gut, Sie bleiben immer gleich! Und was macht denn der Herr? Ist er zu Hause?«

»Mein Mann ist früh ins Freie hinausgegangen; jetzt wird er wohl für eine Stunde oder zwei auf dem Kontor sein. Was macht der Ihrige, Herr Weidelich? Er ist doch gesund?«

»Gottlob, so ziemlich, die Arbeit hält ihn aufrecht, und doch schont er sich zu wenig und klagt hie und da über Unlust. Es hat eben jedes seinen Teil! Wir wissen zum Exempel nicht, woran wir mit den Söhnen sind; um es gerad herauszusagen, bin ich gekommen, zu erfahren, ob Sie mehr von den Kindern wissen und was vorgeht?«

»Wieso denn vorgeht?« fragte Frau Marie, nicht sowohl überrascht als halb erschrocken.

»Ja, es muß etwas vorgehen oder gegangen sein. Unsere Söhne, die uns leider nicht mehr viel nachfragen, kommen nur zur Seltenheit einmal gelaufen. Früher kamen sie zuweilen miteinander, jetzt scheinen
254 sie sich zu meiden, und wenn sie bei uns unverhofft zusammentreffen, so schwatzen sie etwas weniges, und der eine oder andere macht, daß er fortkommt. Erscheint aber einer allein, das geht nun seit einem halben Jahr oder länger, und man fragt nach seinem Bruder, so heißt's immer: ›Weiß nichts von ihm, hab ihn nicht gesehen! Seh' ihn überhaupt wenig die Zeit her!‹ So heißt's bei Isidor, und so bei Julian! Und doch stecken sie immer hier in der Stadt und haben Geschäfte, jede Woche müssen wir ein paarmal hören, sie seien da und dort gesehen worden, so müssen sie sich doch selber auch begegnen und sollten nicht sagen, sie wüßten nichts voneinander. Da haben wir gesagt, ich und mein Mann, Herr Salander und Frau sind durch ihre Töchter eher auf dem laufenden, gefährlich wird's am End nicht sein, sonst würde man uns doch Kundschaft geben! Da bin ich denn heut richtig abgeschwenkt und zu Euch gekommen!«

Frau Salander schwieg verwundert einen Augenblick, indem sie zugleich überlegte, ob sie der Frau Gegenschwäherin die zum Teil ähnliche Erfahrung an den Töchtern mitteilen solle. Es könne nur zur besseren Erleuchtung der beunruhigten Leute beitragen, dachte sie, wenn sie davon Kenntnis erhielten, die ihnen offenbar ganz abgehe.

»Unsere Töchter«, sagte sie, »haben uns von diesen Dingen nichts anvertraut, wahrscheinlich, weil sie ihnen unbekannt sind; wir haben in letzter Zeit nur gelegentlich von ihnen gehört, daß die jungen Männer viel abwesend seien.«

»Natürlich, das glaub ich schon!« warf Amalie Weidelich ein. »Das ist kein Geheimnis bei der Arbeit, die sie haben! Sonst wußten sie nichts, die Frauen?«

»Diesmal, ich will sagen von diesem Umstande wenigstens nicht!«

»Wie diesmal und von diesem Umstand? Aber ein andermal wußten sie, haben sie geplaudert, he?«

Als Marie nicht sogleich zu antworten vermochte, redete die andere
255 Mutter mit gespannterem Tone fort:

»Seien Sie nur offen und hinterhalten Sie nichts! Sehen Sie, wir haben auch davon gesprochen, ob nicht ein Familienzwist, eheliches Zerwürfnis und dergleichen vorhanden sei; ob die jungen Weiber auch sich in die Verhältnisse schicken oder vielleicht unzufrieden seien und den Männern zu Haus das Leben schwer machen? Sie müssen es nicht übelnehmen, Frau Schwäherin, man hat Beispiele, daß zwei Schwestern, die in die gleiche Familie geheiratet haben, zusammenhalten und gern miteinander Komplott machen, wenn es Unfrieden gibt, und imstande sind, alles auf den Kopf zu stellen! Ich will ja nichts damit gesagt haben, nur die Spur suchen!«

Nach nochmaligem kurzen Besinnen fand Marie Salander es an der Zeit, ihr ohne weiteren Rückhalt auf die Spur zu helfen.

»Sehen Sie, Frau Schwäherin«, sagte sie mit ruhigem Ernste, soweit die innere Erregtheit es zuließ, »es ist sicher nicht alles, wie es sein sollte, da haben Sie recht! Ich will Ihnen jetzt nur erzählen, daß wir vor nicht langer Zeit etwas Ähnliches an unsern Töchtern erlebten, wie Sie nun an Ihren Söhnen. Sie ließen sich gar nicht mehr bei uns sehen, wie wenn sie das Elternhaus geflissentlich fliehen würden, und als das uns endlich auffiel und wir uns deshalb die Köpfe zerbrachen, vernahmen wir von dritter oder vierter Hand, daß die Kinder auch unter sich jeden Verkehr verloren hätten und sich scheuten, zusammenzutreffen. Da haben wir uns auch auf den Weg gemacht, mein Mann und ich, aber wir sind gleich zu den Töchtern gegangen und haben sie zur Rede gestellt.«

»Und nu? Was war's?«

»Wir fanden beide allerdings zu Haus und in einer großen Traurigkeit, jede von ihnen hatte Heimweh nach den Eltern und nach der Schwester und getraute sich doch nicht, die zu sehen, die sie gern gesehen hätte. Wir brachten sie dann am gleichen Tage wieder zusammen, wie mit uns, und halfen ihnen über die Wunderlichkeit hinweg, so gut
es ging.« 256

»Aber was ist's denn gewesen? Ging es meine Söhne an?« fragte die ungeduldige Wäscherin.

»Da Sie es wissen wollen, so muß ich es Ihnen sagen; es dient vielleicht zum notdürftigen Ausgleich der Irrungen oder Mißverständnisse und zur allgemeinen Erkenntnis seiner selbst. Meine Töchter haben ihre Heirat bereut und sich deshalb voreinander geschämt, weil sie den vermeintlichen Irrtum gemeinschaftlich mit langer Beharrlichkeit begangen, und vor uns, weil wir die Heirat nicht gern gesehen haben!«

»So?« sagte die arme Frau Weidelich mit gedehntem Laute, höchst betroffen und bleich geworden; denn trotz ihrer anzüglichen Reden von vorhin traf sie die Eröffnung so unerwartet, wie ein Blitz aus blauem Himmel. Sie fühlte das schöne Lebensgebäude schwanken, das sie mit soviel Sorge und Kunst ihren Söhnen aufgerichtet. Der erste Gedanke war das große Erbgut, das viele Geld, und der zweite, daß nicht einmal Kinder da seien.

Als sie sich vom Schrecken etwas erholt, fragte sie mehr kleinlaut als trotzig, was denn die Frauen groß Ursache hätten, die Heirat zu bereuen und mit so umständlichen Manieren. Ohne weiteres Besinnen erwiderte Frau Marie:

»Ja, das ist eben das Verwunderliche, das sich mit der Zeit verlieren kann, weil es ertragen werden muß; sie sagen von den jungen Herren, es sei nichts mit ihnen, sie haben keine Seelen!«

Mit rotem Kopfe, den sie so stark schüttelte, daß der Hut darauf mit allen Blumen und Bändern zitterte, der müden Beine vergessend, sprang die Frau Weidelich aus ihrem Sessel auf und rief tödlich beleidigt:

»Keine Seelen? Meine zwei Buben, die ich unter dem Herzen getragen? Das ist eine niederträchtige Verleumdung! Rund und nett hab ich sie zur Welt gebracht, wie zwei Forellen, von den Köpfchen bis zu den Füßchen kein Mängelchen, und jedem hab ich sein Seelchen mitgegeben von meiner eigenen unsterblichen Seele, soviel Platz finden kann in
257 einem so kleinen Tümpelchen Blut, und es ist mit den Buben nachgehends gewachsen, wie sie selbst! Wo sollt es denn hingekommen sein? Würden sie Landschreiber geworden sein? Keine Seelen! Die verfluchten Gänse! Die dürfen mir nicht so kommen! Oh!«

Sie war so zornig, daß sie nicht weitersprechen konnte und sich niedersetzen mußte. Marie Salander bereute ihre Tat und suchte nach einem Essenzbesteck, da die Frau jetzt blaß war. Sie verweigerte aber die Tropfen und bat um einen Schluck Wein, wenn er da sei; denn sie fühlte sich wirklich elend.

Frau Salander ging schweigend nach dem Schranke, in welchem dergleichen Dinge für alle Fälle bereitstanden. Während der eingetretenen Stille hörte man schwere Tritte auf Treppe und Flur, und gleich darauf klopfte ein Mann mit harten Fingern an der Türe. Vom Schranke weg eilte jene hin, zu sehen, wer da sei; denn wie erst bei dem ungeschickten Klopfen der Frau vermutete sie jetzt wieder, es poche jemand, der nicht ins Zimmer wolle.

Allein es war der Vater Jakob Weidelich, der dastand mit verstörtem Angesicht und mit unsicherer Haltung hereinkam, als Marie Salander die Tür ganz aufmachte. In der Zerstreuung nahm er den Hut erst vom Kopfe, nachdem er wortlos sich auf den nächsten Stuhl gesetzt, wie ein erschöpfter Mann.

»Verzeihen Sie«, sagte er endlich, sich zusammenraffend, »ich habe mit Herrn Salander reden wollen, ist er nicht zu Hause? Aber da ist ja auch meine Frau! Ich glaubte, du seiest in der Kirche?«

»Und du, Jakob? Wie kommst du hierher?« rief die Frau, die über seinen Anblick die eigene Beschwernis vergaß. Er hatte die gewohnten Sonntagskleider am Leibe, doch mit bewußtloser Hast umgeworfen. Die Weste war ungleich geknöpft, die Halsbinde fehlte, und in der Hand hielt er den abgeschossenen Werktagshut, um welchen statt des verlorenen Bandes sich eine Krone vom Arbeitsschweiße zog, der den Filz durchdrungen. Frau Salander sah dies alles auch und überdies, daß seine Hände leise zitterten. Bänglich erwartend, was noch kommen 258
würde, hielt sie sich schweigend abseits und überließ dem Schwäherpaare das Reden. Frau Weidelich hatte sich auf die Beine gestellt und sich dem Manne genähert, indem sie seinen nachlässigen Anzug musterte.

»Was ist denn das?« rief sie, »wie kannst du ohne Halstuch fortlaufen? Und nicht einmal den Hemdkragen zuknöpfen! Und am Sonntag mit dem alten Hut in der Stadt herumstürmen, pfui Teufel!«

Als sie aber die ratlose Verfassung seiner Gesichtszüge genauer sah, durchfuhr sie ein Schrecken. Sie wußte, daß er nicht um eine Kleinigkeit in einen Zustand geriet, den sie nie an ihm erlebt.

»Was hat's gegeben, Jakob?« fragte sie mit bleicher Furcht, da das Unbekannte, welches den sonst so ruhigen Mann aus dem Hause getrieben, ihr doppelt schreckhaft erschien.

Er suchte seine feuchte Stirn zu trocknen, fand aber kein Tuch in der Rocktasche. Die Frau blickte umher und gewahrte das auf dem Tische liegende Kirchenbuch mit dem Schnupftuch. Sie schlug dieses auseinander und wischte ihm selber Stirn und Schläfen ab. Weidelich nahm ihr das Tuch aus der Hand; etwas gefaßter ließ er sich nun vernehmen:

»Unser Sohn Isidor ist in der Stadt – ich muß es in Gottes Namen sagen, er sitzt gefangen, in schwerer Untersuchung – sie haben ihn gestern abend gebracht.«

Marie Salander suchte mit einem kleinen Schrei den Halt des nahen Fenstersimses; sie sah nur die arme Tochter Setti, die verlassen und geängstigt im Lautenspiel sitzen mußte, vielleicht selbst gefangengehalten oder wenigstens bewacht.

Isidors Mutter aber stand mit offenem Munde, den Mann anstarrend. Sie begriff nicht, was er sagte.

»Was kann er denn angestellt haben?« stotterte sie, »das wird eine schöne Dummheit sein, sie sollen sich in acht nehmen!«

259 »Es ist kein Spaß, du arme Frau!« sagte Jakob Weidelich, der sich jetzt erhob und mit Gehen und Sprechen zu erleichtern suchte. »Es ist einer von den Behörden im Haus erschienen, sobald du fort warst, und hat mir das Unglück angezeigt. Ich hafte ja mit unserm Vetter und Gevatter Ulrich als Amtsbürge für beide Söhne. Drum befragte mich der Herr nach meiner Zahlungsfähigkeit und forderte mich auf, die Mittel auf alle Fälle bereitzuhalten; aber nicht nur das, er wollte wissen, was ich darüber hinaus etwa zu leisten imstande wäre, obgleich es nicht danach aussehe, als ob eine gütliche Auskunft möglich; denn es sei bei unserm Isidor eine große und böse Unordnung gefunden worden. Ich hab in Schrecken und Angst nichts zu sagen gewußt, als daß ich tun werde, was ich vermöge, wenn es helfen könne, und bin hieher gelaufen, um den Herrn Gegenschwäher um Rat zu fragen, was zum Schutz des Sohnes zu tun sei. Denn ich kann nicht glauben, daß er, wie soll ich sagen, daß er sich so vergessen habe! In der Verwirrung hab ich nicht einmal das Nähere vernommen! Ich hätte nie geglaubt, daß dergleichen an mich komme!«

Plötzlich schlug die Frau eine gellende Lache auf und tastete, wie wenn sie in einem dunkeln Raume ginge, mit vorgestreckten Händen nach dem kürzlich verlassenen Lehnstuhl. Dort schöpfte sie Atem, lachte dann nochmals stoßweise und rief bitter gegen den Mann hin:

»Aber an mich kann es kommen? Mir schadet es nicht, hab's am End verdient, gelt? Dein Lebtag denkst du nur an dich! Eine schöne Welt, ein wackerer Sonntag! Zuerst heißt's, die Buben haben keine Seelen, dann werden sie eingekerkert und zu Schelmen gemacht! Ach, ach, ach, wie weh!«

Ihre Worte verloren sich in einem erbärmlich klagenden Tone und dieser in erneuter Übelkeit, die sie befiel, indes Weidelich sich auch wieder gesetzt hatte und, die Hände auf die Knie gestützt, zu Boden starrte.

Frau Marie Salander ergriff die bereits hervorgenommene Flasche
mit altem Xeres und füllte für jedes der geschwächten Eheleute ein 260
Kelchglas, obgleich ihr selbst schlecht zu Mut war. Und wie die Mutter Isidors in seiner Person beide Söhne zusammenfaßte und einseitig nur an diese zu denken vermochte, so dachte Marie Salander an beide Töchter, ohne von ihnen zu sprechen, da die bedrängten Gegeneltern ihre Aufmerksamkeit den jungen Frauen jetzt nicht widmen konnten.

Amalie Weidelich trank einen guten Schluck von dem Weine und stellte das Glas weg, in die Luft, daß es zu Boden fiel.

»Also der Isidor ist eingesperrt«, sagte sie, »und kann nicht mehr gehen, wo er will! Bringt ihm denn jemand zu essen und zu trinken, wenn es ihn gelüstet und die gewohnte Zeit da ist, wie gerade jetzt? Haben sie dort auch etwas Ordentliches für einen Landschreiber, einen Ratsherrn? Für einen armen Menschen, der nicht weiß, was Hunger und Durst ist?«

»Soviel ich mich erinnere«, bemerkte Frau Salander, »können solche Gefangene, solange die Untersuchung dauert und bis sie verurteilt sind, auf ihre Kosten haben, was sie wünschen, so wie sie es ungefähr gewöhnt sind.«

»Verurteilt sind! Ein solches Wort will ich von niemandem hören! Wenn ihm schlechte Teufel aller Art, mit denen er zu tun hat, Unkraut in seine Geschäfte gesät haben, wenn er manchmal nicht weiß, wo ihm der Kopf steht, so klärt er das gewißlich auf, und für seine Verfolger wird es ein schlechtes Ende nehmen! Aber jetzt muß man sorgen, daß es ihm an nichts gebricht! Warum ist seine Frau nicht mit ihm gekommen, über ihn zu wachen und in der Nähe zu sein?«

»Sie wird zu Hause zu wachen haben, da sonst niemand dort ist!« sagte Marie Salander trocken, ihren Unwillen zurückhaltend.

»So müssen wir sorgen, hörst du, Mann! Wir wollen hingehen, oder geh du allein und bring ihm etwas Geld, im Fall sie ihn etwa ausgeplündert haben! Ich will indessen heimlaufen und einen Vorrat von Speis
und Trank bereitmachen, hörst du nicht?« 261

Der Vater Weidelich hörte freilich nicht. Er zergrübelte unablässig den Gedanken, daß ihm Unehrlichkeit und Verbrechen in Gestalt des eigenen Sohnes nahetreten und überdies sein ganzer bescheidener Wohlstand, den er in so vielen Jahren mit saurer Arbeit errungen, in Rauch aufgehen solle und er ärmer dastehen würde, als er im Anfang gewesen; denn den Hof im Zeisig hatte er zu seiner Zeit noch mit

Hilfe eines kleinen väterlichen Erbes erworben. Und wenn es so käme, könnte er von vorn anfangen in seinem Alter? Wolle es Gott, so würde es doch nicht so kommen, es könne ja nicht sein!

Da er solchergestalt in seiner Grübelei verharrte und keine Antwort gab, vergaß die Frau ihren Vorsatz und sank mit zerfahrenen Sinnen in sich zurück.

Marie Salander benutzte die herrschende Stille, um nach einem Glase frischen Wassers zu gehen und sich dann still in eine Ecke zu setzen, in der Absicht, nicht nur selbst einen Augenblick der Sammlung zu gewinnen, sondern auch das vom Unheil ergriffene Ehepaar zu einer kurzen Ruhe zu verlocken. Es gelang ihr auch, beinah ein halbes Stündchen zu überstehen, ohne daß die Stille anders als durch ein Stöhnen oder Seufzen unterbrochen wurde.

Mit rascheren Schritten als gewöhnlich kam ihr Mann heran. Sie dankte dem Himmel, als sie ihn hörte, und ward doch über seinen Anblick betroffen, der von Sorge und großem Ärger Zeugnis gab.

»Da sind wir ja alle beisammen!« sagte er, im Zimmer stehend, »augenscheinlich wißt ihr die Neuigkeit schon!«

»Leider ja!« ließ sich Vater Weidelich vernehmen, der über Salanders Ankunft erwacht und aufgestanden war. »Ich bin zuerst hierhergekommen, Herr Salander, um Sie um Rat zu ersuchen, was zu tun sei. Es ist hoffentlich doch nicht so arg, wie es im ersten Schrecken aussieht!«

»Es ist schlimm genug!« erwiderte Salander, der die üble Verfassung
262 Weidelichs und auch diejenige der Frau bemerkte. Diese war scheinbar teilnahmslos in ihrem Lehnstuhle sitzengeblieben, mit abgewandtem Gesicht, und Frau Marie, die aus ihrem Winkel hervortrat, deutete gegen ihren Mann auf sie hin. Dieser suchte sich deshalb schonender auszudrücken, als er gestimmt war.

»Der Unterbeamte, der bei Ihnen war«, fuhr er Weidelich gegenüber fort, »ist auch zu mir auf das Bureau gekommen. Es scheint aber ein voreiliger und diensteifriger Mensch zu sein; mir fiel auf, daß er nicht genaueren Aufschluß geben konnte und überhaupt am Sonntag in solchen Geschäften herumlief. Auch bei mir wollte er vernehmen, was ich allenfalls für den Schwiegersohn zu tun gesonnen wäre, damit eine Strafklage unterbleiben könne. Das ist eine gute Meinung, die jedoch zu einem Bescheid vorderhand nicht hinreichte. Ich machte mich auf den Weg, um geeigneten Orts Bestimmteres zu vernehmen. Es ist keine Rede von Fahrlässigkeiten und dergleichen Dingen, deren Folgen niedergeschlagen werden könnten. Isidor hat unter Mißbrauch des Amtes so unglaublich kühne Dinge unternommen, daß die Entdeckung immer an einem Haare hing und endlich in vergangener Woche eintrat. Drei Tage dauerte die Untersuchung der Bücher auf seiner Kanzlei. Gestern waren die Hundertundfünfzigtausend überschritten, und noch soll kein Ende abzusehen sein. Darum wurde das Verfahren in Unterlaub abgebrochen und nach Münsterburg verlegt.«

»O Herr Jesus!« tönte es vom Schmerzenssitze der Mutter Weidelich her mit einem Jammergeschrei. Vater Jakob suchte wieder seinen Stuhl. Die vernommene Zahl erhellte ihm wie eine Brandfackel die Lage. Auch Martin Salander fühlte sich ermüdet, desgleichen die Gattin Marie, und so saßen die vier alternden Personen schweigend umher, wie der Zufall es fügte.

Nach einer geraumen Weile wimmerte die Frau Weidelich:

»Wäre ich doch lieber zur Kirche gegangen, so hätte ich noch eine
Stunde gehabt, wo ich von nichts wußte! Das wär noch ein gutes 263
Stündlein gewesen, und hätte guter Dinge nach Haus gehen können,
ohne es mir ansehen zu lassen!«

Abermals nach einigen Minuten rief sie:

»Jetzt muß es doch sein! Jakob, wir wollen gehen, daß wir unter Dach kommen!«

Da sie sich gleichzeitig aufraffte, so gut es ging, nahm sich auch der Mann zusammen und trat mit gebrochenem Wesen zu Salander, der sich ebenfalls erhoben.

»Es tut mir leid«, sprach er mühselig, »daß wir Ihnen soviel Ungelegenheit machen –«

Die Stimme versagte ihm, und er schwieg. Martin gab ihm die Hand; er sah, wie der Mann litt, und, die eigene Beschwernis vergessend, sagte er mit allerdings zweifelhaftem Troste zu ihm:

»Wer kann heutzutage behaupten, er sei vor dem allgemeinen Übel sicher? Es ist wie die Reblaus oder die Cholera! Wenn Euch einer schief ansieht, so dürft Ihr ihm nur sagen, er soll erst nach Haus gehen und nachschauen, ob's nicht schon dort sei!«

Inzwischen hatte Amalie Weidelich mit ihrem Hute zu schaffen, der sich wegen der Erregungen der Frau verschoben und nicht mehr recht sitzen wollte. Sie suchte ihn vor einem Spiegel zurechtzurücken und festzumachen, und Marie Salander kam ihr zu Hilfe. Plötzlich aber riß sie ihn vom Kopfe und erklärte, sie wolle ihn nicht mehr aufsetzen, sondern ohne Hut heimgehen.

So begab sich das Paar auf den Weg. Kaum waren sie auf der Straße, so fühlte sich die Frau so schwach, daß der Vater Jakob sie am Arme führen mußte; in der linken Hand trug er den schönen bunten Hut wie einen Henkelkorb am Bande. Sein eigener abgetragener, schweißbefleckter Hut vollendete den wunderlichen Aufzug des Paares, welches trübselig dahinschwankte durch den unsicheren Gang der Frau, die sonst von manchem Glase Wein, das sie getrunken, niemals geschwankt
264 hatte.

Man blickte ihnen nach, Vorübergehende standen sogar still, und jemand sagte vernehmlich zum andern: »Die zwei Leutlein haben ja wacker gefrühstückt!«

Sie hörten es mit den scharfen Ohren der jungen Schande, sahen aber weder rechts noch links. Auf einer geräumigen Brücke kamen sie noch schwieriger voran; eine Menge Kirchenleute kreuzte sie von beiden Seiten her, und fast alle blickten auf den Hut, der an Jakob Weidelichs linker Hand hing, und sodann auf den etwas zerzausten Kopf der Frau.

»Gib mir den Hut, Jakob!« sagte sie, »es schickt sich nicht für dich, daß du ihn trägst!«

Er ließ es sich gefallen und gab ihr das stattliche Modenstück, und da sie in diesem Augenblicke gegen das Brückengeländer gedrängt wurden, warf die Frau den Hut in den Fluß, ohne ihm nachzusehen.

»Was machst denn? Bist du närrisch?« murmelte der Mann.

»Nur vorwärts! Steh nicht still!« sagte sie, »ich habe genug von der Herrlichkeit!«

So gingen sie weiter und bekamen Raum genug. Denn die nächsten des Brückenvolkes, welche den Wurf bemerkt hatten, liefen eiligst auf die andere Seite hinüber und bogen sich über das dortige Geländer, um den Hut unterhalb der Brücke hervorschwimmen zu sehen, und als die übrigen dies Gelaufe wahrnahmen, pflanzte sich die Bewegung fort, und die ganze Brücke entlang sprang alles wie besessen nach jener Seite und guckte ins Wasser. Auf den ziehenden Wellenspiegeln fuhr auch der arme Hut schon den Fluß abwärts, wie ein mit Seide bewimpeltes und mit Blumen bekränztes Schiffchen oder ein schwimmendes Gärtchen. Aber in kurzer Frist stießen auch schon in einem Rettungskahne zwei Burschen vom Lande und ruderten dem lustigen Fahrzeug eilig nach, um es entweder für sich zu erbeuten oder wenigstens ein gutes Trinkgeld zu verdienen, während die beiden Ufer entlang sich immer neue Zuschauer einstellten. 265

Indessen gewannen die bekümmerten Eltern der Zwillinge unerkannt das Freie und klommen zum alten Zeisig empor.

»Daß du den Hut nicht mehr aufsetzen magst«, begann Weidelich, als sie einen Augenblick verschnauften, »finde ich auf eine Art begreiflich; aber du hättest ihn ja verkaufen können. Ich fürchte, die Zeit ist nah, wo wir auf jeden Franken achten müssen!«

»Es ist jetzt geschehen«, seufzte Amalie, »ich hab kaum gewußt, was ich machte! Übrigens ist noch manches da, was ich verkaufen kann, die Röcke, die Uhr und die Kette, das schickt sich alles nicht mehr, weil es die Blicke der Leute auf mich zieht, und dann werde ich auch die Brosche nie mehr vorstecken, mit den zwei Bübchen drauf – nein, die Brosche kann ich nicht verkaufen, wenn sie jetzt auch nicht mehr recht tun können und uns verloren sind – ach, es war doch eine glückliche Zeit! Nein, ich will das Bildchen behalten und auch das Gold daran lassen, solang wir noch eine Brotrinde haben!«

Sie sagte das in Tränen, von Schluchzen unterbrochen. Jakob mahnte sie erschreckt und kummervoll, sich zu fassen.

»Wie kannst du auf einmal so reden und beide Söhne in einen Tiegel werfen? Auch wenn der, der jetzt gefangen ist, nicht zu retten wäre, so haben wir ja noch den Julian, der wird doch, will's Gott, nicht so zum Vorschein kommen!«

»Du kennst sie nicht wie ich, die ich sie zur Welt gebracht! Sie haben jederzeit und alleweil das gleiche gedacht, gewollt und getan und jeder gewußt, was der andere wollte. Ach Herr du mein Gott, nun weiß ich auch, warum sie einander gemieden haben und immer sagten, ich weiß nichts, ich hab ihn nicht gesehen! Sie wußten genau, daß sie auf den gleichen Wegen gehen und dasselbe tun, und weil es etwas Böses und Gefährliches war, scheuten sie sich! Denk dir nur, die Salanderin, die ich diesen Morgen zu fragen ging, ob sie nicht wisse, was das sein könne, erzählte mir ganz trocken, ihre Töchter hätten es ähnlich gemacht, sie hätten die Eltern und sich selbst gegenseitig geflohen, und 266
weißt du warum? Weil sie sich vor den Eltern und eine vor der andern geschämt haben, ja geschämt!«

»Weswegen? Was haben denn die getan?«

»Sie haben sich geschämt, weil sie unsere Söhne geheiratet haben! Wie deutlich versteh ich jetzt unsere Buben, die armen Tröpfe, die als

Zwillingsbrüder sich im Bösen voreinander gefürchtet; und keiner wollte, daß der andere auf seine Sache zu reden komme! Es ist mir, als guck ich mitten in ihre Herzen hinein!«

»Das ist ein Glück zum Erbarmen, das wir mit den Söhnen erlebt haben; es wird ja je länger je trauriger und unbegreiflicher! Ich wollte bald lieber, ich wüßte nichts von meinem eigenen Leben!«

»Es will alles zurückbezahlt sein, wie ich merke«, erwiderte die Frau, »umsonst ist der Tod! Dort ist unser altes Haus! Gott sei Dank, daß wir nicht ein neues an seiner Statt bauten in unserm Übermut. Obgleich wir beide immer fleißig und tätig darin gewesen sind und uns der Arbeit nie geschämt haben. Wir wollen uns heut noch gut darin verbergen und stillhalten, und tun, als ob es eine Ewigkeit so still und heimlich bliebe. Die Dienstboten können noch nichts wissen! Aber morgen ist's Montag, da müssen sie die Wäsche für die Woche abholen in allen Ecken der Stadt, da werden sie's wohl vernehmen, und am Dienstag kommen meine Wäscherinnen, vier Stück – eine bittere Woche, diese erste – komm Jakob, wir wollen hineingehen und uns still halten! Wenigstens merkt es der liebe Gott nicht, da er uns nicht persönlich kennt, wie der große Kanzelherr sagt! Es ist ein Glück, daß er uns also nicht nach unsern Kindern fragen kann; denn er hat keinen Hochschein davon, wie unsere lustigen Söhne zu sagen liebten, wenn einer etwas nicht kannte! Komm hinein!«

Es war, als ob die arme Frau im Gefühl, daß es nötig sei, sich wieder
267 lebendig redete, um sich vor den Hausgenossen eine Haltung zu machen. Sogar ein wenig Geistesgegenwart gewann sie; denn sie griff sich im Hausflur plötzlich an den Kopf und ging ungesehen zuerst nach der hintern Stube, als ob sie dort den schönen Sonntagshut ablegen wollte.

Auch Martin Salander und seine Frau verließen das Haus an diesem Tage nicht mehr. Nachdem die Gegenschwäherschaft sich entfernt hatte und das Paar allein war, sagte Martin:

»Es ist mir heut merkwürdig gegangen! Ich ließ mir in der Frühe das Haar schneiden; neben mir saß einer, der barbiert wurde und dabei durch das Fenster auf die Straße schaute, immer in der Richtung, wie ihm der Barbier just das Gesicht drehte, bald so und bald anders, so daß ihm die Augen zuweilen nach dem Himmel oder an die Zimmerdecke gewandt wurden. Als er fertig war, aufstand und das Gesicht mit dem Handtuch trocknete, sagte er, während ihm der Bart geputzt worden, habe er nach und nach auf dem Trottoir vor dem Fenster nicht weniger als vier gute Bekannte gehen sehen, von denen jeder zur Zeit einen Anverwandten im Zuchthause sitzen habe. Das sei doch etwas stark, während eines einzigen Bartscherens! Und doch habe er bei weitem nicht alle Vorübergehenden gesehen, weil ihm der Rasierer alle Augenblicke das Gesicht am Nasenzipfel oder Kinn zur Seite zog. Einige habe er vielleicht übersehen oder nicht erkannt, da das blaue Drahtgitter gerade am Fenster die Gestalten etwas verdunkle. Ich mußte bei allem Elende lachen, nun hat es sich schnell gerächt!«

»Wenn es nicht so schmählich wäre, was geschieht«, gab Marie zur Antwort, »so würde ich mich freuen, daß wir die Töchter wieder zu uns nehmen können; denn das wird keine Frage sein, ob sie jetzt frei werden oder nicht!«

»Natürlich! Das heißt, wenn sie nicht auf eine neue Narrheit verfallen, nämlich die, den einmal angetrauten Gatten im Unglück, heiße es, wie es wolle, vor der Welt anhangen zu müssen und den Lohn im Bewußtsein einer standhaft geübten Barmherzigkeit zu suchen. Man hat ja Beispiele!« 268

»Du vergißt, daß hiezu immer noch ein Fünklein Liebe gehören würde, das ja längst erloschen ist!«

»Du magst freilich recht haben! Um so besser! Aber wir sprechen ja schon nur von beiden Herren, während noch gar nicht gesagt ist, daß Meister Julian, der Vogelsteller, den Weg seines Bruders gehen werde! Er kann, wenn auch nicht braver, doch vorsichtiger, schlauer gewesen sein oder mehr Glück gehabt haben!«

»Ich bin sicher, daß er den anderen früher einholen wird, als man vielleicht denkt. Wozu sollte er sich gerade in diesem Punkte von ihm unterscheiden?«

»Desto schlimmer für mich!« sagte Salander mit düsterem Sinnen, »oder vielmehr für uns alle! Wenn nur *einer* so elend zugrunde geht, so ist es nicht das gleiche, wie wenn beide dahinfahren; da erst wird die auffällige Doppelhochzeit recht aufgerührt werden, die ich angerichtet habe, durch die ich in den Rat gekommen bin, was jedermann weiß, und die ein höhnisches Sprichwort sein wird, länger als wir leben; und auf diese Weise habe ich meiner politischen Parteirichtung, der Volkssache überhaupt Schaden statt Nutzen gestiftet! Und die Töchter werden wie lebendige Denkmäler der vertrackten Geschichte herumgehen. Und dann der Arnold! Schon damals hat man nur von der Salanderhochzeit gesprochen; wenn er nun endlich heimkehrt, so hab ich ihm einen schönen Knüppel an seinen Namen gehängt, wenn er öffentlich wirken will!«

»Solche Ängste hab ich nun nicht«, erwiderte Marie nachdenklich; »du stehst doch nicht auf so schwachen Füßen, und was den Arnold betrifft, so wird er immer den guten Namen finden, den er braucht. Nur gesteh' ich, daß, sosehr ich seine Heimkehr herbeiwünsche, doch jetzt erschrecken würde, wenn er mitten in den Skandalprozeß hineingeriete! O diese heillosen Schlingel!«

»Wir wollen darüber nicht die arme Setti vergessen, die zu dieser
269 Stunde ratlos in ihrem traurigen Lautenspiel sitzen wird!« sagte Salander, dessen Gedanken durch das letzte Wort auf das Geschick der Tochter gerichtet wurden. »Ich würde sofort nach Unterlaub fahren, wenn ich nicht dächte, es hülfe jetzt zu nichts. Sie wird einige Tage auf sich selber gestellt und wahrscheinlich froh sein, wenn niemand kommt! Einen rechtlichen Beistand braucht sie noch nicht, da die Lage einfach ist. Das Bare, das wir mitgegeben, ist natürlich verschwunden; die übrige Aussteuer können sie ihr nicht mehr nehmen. So denk ich, wir telegraphieren einstweilen nur um ein Lebenszeichen. Sie mag berichten, ob man sie holen soll und wann; lang wird's nicht dauern, bis sie gehen muß; denn der Konkurs ist in jedem Falle sicher, und das erste, was geschieht, ist der Verkauf der Liegenschaft, die Gant.«

»Da können wir nur für Raum sorgen«, versetzte Frau Marie, »wenn wir auf einmal die zwei Aussteuern unterbringen wollen, von denen jede ein Wohngemach so ziemlich ausfüllt. Ich habe mir so viel Müh' damit gegeben, daß ich den Kram nicht gern im Stich lassen möchte. Schreib aber nun das Telegramm, daß es die Magdalene noch schnell forttragen kann. Der Mittag naht, Setti kann vielleicht eher einen Bissen essen, wenn sie es hat. Wahrscheinlich macht sie sich unsertwegen wieder Gedanken!«

»Ich will selbst hingehen, damit Magdalene nicht im Kochen gestört wird«, sagte Salander; »ich bin von diesen schäbigen Schicksalsäußerungen hungrig geworden!«

»Bleib nur!« rief Marie, »das wenige, was noch zu tun ist, kann ich schon besorgen, wenn nötig. Gehst du jetzt auf die Post, so triffst du vielleicht ein Rudel guter Freunde und anderer mildtätigen Seelen, die dich bereits voll Teilnahme ausfragen und vor deinen Augen weitertelegraphieren, was du sagst!« Salander stutzte.

»Du kannst bei Gott recht haben! Sie sind jetzt alle schon beim Frühschoppen gewesen, die Unterrichteten mitten drunter! Und über den Verbleib von einigen Hunderttausenden verlohnt sich das Telegraphieren immer für gewisse Leute!« 270

Er nahm also ein Formular, beschrieb es mit den erforderlichen lakonischen Worten und gab's der Frau.

Sie las den Blitzbrief, studierte einen Augenblick daran herum und beschrieb ein neues Formular. Verwundert las Martin Salander dasselbe, als sie fertig war. Sie hatte die gleich harten Steinblöcken dastehenden Haupt und Zeitwörter mit den dazugehörigen, sie verbindenden Kleinwörtern versehen, sonst aber nichts geändert.

»Du hast ja gar nichts dazugetan als die Pronomina, den Artikel und einige Präpositionen und dergleichen. Dadurch wird ja lediglich die Depesche dreimal so teuer!« sagte er, noch immer überrascht.

»Ich weiß wohl, es ist vielleicht närrisch«, erklärte sie bescheiden; »allein es will mir vorkommen, daß diese kleinen Zutaten die Schrift milder machen, ein wenig mit Baumwolle umhüllen, so daß Setti das Gefühl hat, als hörte sie uns mündlich reden, und dafür reut mich die höhere Taxe nicht. Wenn du aber willst, so unterschreib ich das Ding selbst!«

»Es ist merkwürdig, wie recht du hast!« sprach Salander, der die drei oder vier Zeilen nochmals gelesen. »Es nimmt sich in der Tat urplötzlich fein und herzlich aus. Wo zum Kuckuck holst du die wunderbar einfachen Stilkünste? Nein, das mußt du selbst unterschreiben, es wäre mir altem Schulfex nicht eingefallen!«

Eine Stunde später bei Tisch sitzend, empfingen sie Settis Antwort, nach welcher sie in wenig Tagen das Haus zu verlassen gedachte, indessen vorher noch einen Brief verhieß. Dieser gelangte schon am nächsten Morgen an. Er enthielt eine gedrängte Anzeige des über sie ergangenen Schreckens, der Tag und Nacht andauernden Untersuchungsarbeiten der eingetroffenen Amtsleute und Fachmänner, welchen Isidor in fortwährenden Verhören beiwohnen mußte. Anfangs habe er sich sprützig und hochfahrend angelassen und sich sonst verkehrt benommen; als aber die Männer, unter denen sich duzfreundliche Amtsgenossen von ihm befunden, unversehens ihn trockenen Tones mit Ihr 271
traktierten und ihm befahlen, hier zu stehen, oder dort, oder sich in eine Ecke zu setzen und zu warten, bis man ihn rufe, und zuletzt ein Polizeisoldat zum Vorschein kam, der die Kanzleitüre nicht mehr ver-

ließ, da habe er gemerkt, daß er verloren sei, und weinend alles gestanden, was man wollte, aber nichts, ohne Unwahrheiten daran zu hängen, jedesmal auch einen Verweis bekommen. Als er mit allen Büchern und Akten fortgebracht worden sei, habe er der Frau nur kurz ein Adieu zugerufen, mit dem Beifügen, er sei leider Staatsgefangener (wie wenn er etwas Höheres und Feineres ausgearbeitet hätte), und er hoffe bald wieder da zu sein, sie möge gute Hausordnung führen! Schon seit einiger Zeit habe sie kein Monats- oder Wochengeld mehr erhalten, sondern für jede einzelne Ausgabe die benötigte Münze in der Kanzlei verlangen müssen. Jetzt sei mit Ausnahme ihrer Kleiderschränke und der Küche alles versiegelt. Eine Spur von ihrem Barvermögen habe sich nicht gefunden, jedoch sei ihr versprochen, daß sogleich nach Bestellung des Konkursrichters die Freigabe ihrer sämtlichen zugebrachten Fahrhabe verfügt werden solle. Solange möge sie nicht im Hause bleiben, und wenn sie das wenige Reisegeld besäße, so würde sie mit Erlaubnis der Eltern ohne Verzug dahin zurückkehren, wo sie nie hätte fortgehen sollen.

»Morgen ist Dienstag«, sagte Salander, »ich will sie morgen holen! Wir wollen ihr sogleich telegraphieren, sie soll das Nötigste einpacken und sich bereithalten. Hat sie auch noch Koffer oder Kisten? Ich will wetten, der Mensch hat alles verreist und verrissen!«

»Ich sah noch die Koffer und Korbsachen, die sie von hier mitgenommen hat«, erwiderte Marie, »die Herren reisten stets mit kleinem Handgepäck.«

»Du hast recht! Wie es der große Diätenfresser von Gauchlingen macht, der jahraus und -ein das Land mit einer alten ledernen Akten-
272 mappe durchrutscht, in welcher ein Nachthemd steckt!«

»Übrigens möchte ich mitkommen«, nahm Marie wieder das Wort, »und meine, wir könnten einen Wagen nehmen, trotz der Eisenbahn, so müssen wir nicht mit Setti zu Fuß nach der Station wandern und können auch ihre Sachen sofort aufladen. Es schadet nicht, wenn sie dort sehen, daß sie noch wo zu Haus ist. Und hier kommen wir gerade recht mit der Dunkelheit an, so daß es auch gar nichts zu gaffen gibt. Etwas kaltes Essen wollen wir für alle Fälle mitnehmen, wer weiß, ob sie etwas hat! Wir brauchen dann unterwegs nicht anzuhalten.«

»Mit allem bin ich einverstanden, wie du es willst! Die du eine Widersacherin dieser Unglücksheiraten gewesen bist, denkst jetzt an alles, worauf unsereiner nicht geriete!«

Sie führten den Plan aus, besorgt, in welchem Zustande sie die Tochter finden würden. Setti erschien etwas abgemagert und blaß, auch ermüdet, aber doch gefaßter, als die Eltern es sich vorgestellt. Das Gefühl der Befreiung aus selbstverschuldeten unwürdigen Fesseln mochte unbewußt die Wage halten gegen alle anderen Eindrücke, die sie erfahren.

Auch war sie nicht allein im Lautenspiel, obgleich die Magd und der Schreiber ihres Weges gegangen. Wie in einem Hause, dessen Stütze durch jähen Todfall abgeschieden ist, sich die Nachbarinnen tröstend und helfend bei der Witwe einfinden, so hatten sich bereits zwei oder drei angesehene Frauen von Unterlaub eingestellt, welche täglich herbeikamen, der verlassenen Landschreiberin gefällig zu sein oder wenigstens die Zeit zu vertreiben. Zwei saßen auch jetzt strickend auf den Koffern, die sie füllen und schließen geholfen, während Setti aus den letzten Überresten die letzte Mahlzeit zusammenstoppelte, Tee, Butterbrötchen, Eierkuchen. Der von der Mutter mitgebrachte Imbiß war höchlich willkommen. Da die Pferde gefüttert werden mußten, sandte Martin den Kutscher in ein Wirtshaus zu Unterlaub und trug ihm zugleich auf, den dortigen Gemeindammann hinzusenden, damit er das
Haus abschließe und in Gewahrsame der Behörde bringe. 273

Die Dorffrauen nahmen an dem Stegreifmahle bescheidentlich teil, der Merkwürdigkeit wegen, und ließen sich hernach nicht hindern, das gebrauchte Geschirr zu reinigen und in der Küche alles an seinen Ort zu stellen. Dann gossen sie das Spülicht weg, putzten den Gußstein und lehnten den kleinen Besen säuberlich in die Ecke; denn es war ein fast noch neues Binsenbeslein. Mit dem Reste des Wassers endlich löschten sie sorgfältig das glimmende Herdfeuer.

So erschien der Ammann eben recht. Er ließ sich verständigen, an die letzten Räume und Behälter das amtliche Siegel zu legen, und hatte dazu das Erforderliche mitgebracht, Siegellack, Bandstreifen und Stempel, sogar einen Wachsstock, da er gewohnt war, zu dieser Verrichtung zuweilen nicht einmal ein brauchbares Licht vorzufinden. Hier standen zwar ein paar schöne Leuchter im Zimmer, die Frau Salander einst selber eingekauft hatte. Sie meinte, man könnte den einen davon oder beide nehmen und nachher in der Kutsche unterbringen, da sie ja der Frau gehörten; dann möge man das Siegel anlegen. Allein der Gemeindammann erklärte, die Leuchter müßten bis zur Inventuraufnahme stehenbleiben, es sei schon genug Verwirrung in der Gegend, der ganze Besitzstand scheine zu schwanken wie bei einem Erdbeben; viele fürchteten, von Haus und Hof zu kommen, ohne zu wissen wie. Die Bevölkerung sei ganz erhitzt und fabele von Millionen, die verloren seien.

»Zünden Sie Ihren Wachsstock an!« sagte Salander und reichte dem Amtsmann ein Streichhölzchen. Dieser ging an sein Geschäft und gelangte so mit der kleinen Gesellschaft Schritt für Schritt bis vor die Haustüre. Martin Salander drehte den Schlüssel um und übergab ihn dem Gemeindammann. Hierauf nahmen sie Abschied von den zwei Frauen und dankten ihnen für die erwiesene Teilnahme und Freundlichkeit, so daß sie gerührt die Augen wischten. Setti vermochte keine Träne zu vergießen; halb gelähmt von den Worten des Amtsmannes,
274 bestieg sie mühselig mit den Eltern den bereitstehenden Wagen, der rasch davonfuhr.

Die zurückgebliebenen drei Personen blickten ihm nach und gingen langsam nach dem Dorfe zurück.

»Das sind gutstehende Leute«, sagte eine der Frauen, »der Herr vermöchte gewiß dem Schaden abzuhelfen, wenn er wollte; und es sind jedenfalls auch rechtdenkende Leute!«

»Er wäre ein Narr, wenn er einen Franken hergäbe!« versetzte der Herr Gemeindammann. »Eigentlich müßten mir diejenigen den Schaden gutmachen, die einen solchen Menschen zu ihrem Notar wählen und das Recht dazu an sich gerissen haben! Jetzt wird die Staatskasse herhalten und das Wahlvergnügen bezahlen müssen!«

Im Wagen blieb es zwischen den drei anderen Personen eine gute Weile still, bis Salander melancholisch zu sprechen anhub:

»Das wäre jetzt das Lautenspiel gewesen! Armes Kind! Und ich hatte mir gedacht, als der schöne Eidam vom Bäumeschlagen und Verkaufen des Gütchens faselte, ich könnte den reizenden Sitz ihm wohl abnehmen und zum stillen Asyl für unsere alten Tage bestimmen! Jetzt möchte ich es nicht geschenkt haben; denn es wäre ja unmöglich für uns, dort zu wohnen!«

»Setti schläft jetzt«, sagte Frau Marie leise, »wir wollen sie ruhen lassen!«

In der Tat war die Tochter neben der Mutter eingeschlafen, da sie vermutlich die letztvergangenen fünf oder sechs Nächte die Augen wenig zugetan hatte. Vater und Mutter schwiegen daher und lehnten in dem geschlossenen Wagen zurück, um sich nach all den trüben

Geschichten innerlich zu beschauen und darüber ebenfalls ein bißchen einzuschlummern.

Es war ziemlich dunkel, als der Wagen über das Straßenpflaster der Stadt Münsterburg rollte und die Eltern darüber munter wurden. Setti erwachte erst, als das Gefährt plötzlich vor dem Hause hielt. Sie war
indes so schlaftrunken und müde, daß der Vater sie leiten mußte, und 275
erst als die treue Magdalene herbeieilte und ihnen die Treppe hinauf voranleuchtete, lebte sie auf und rief lächelnd:

»Da bin ich ja! Guten Abend, Magdalene, denk, wie froh ich bin! Und du bist immer wohlauf, wie ich sehe!«

»Gottlob, man tut es immer noch aushalten, liebes Settli! Wenn nur bald alle Kinder wieder beisammen sind, so wollen wir auch noch frohmütig werden und Kastanien braten wie ehmals!«

Sie sagte es jedoch etwas gedrückt, wie wenn sie kein sehr gutes Gewissen hätte, und öffnete der Herrschaft die Türe des Wohnzimmers, sich sofort zurückziehend.

Am Tische saß, den Kopf auf die Hände gestützt, Schwester Netti von Lindenberg. Auch sie schien zu schlafen und hatte guten Grund dazu, da sie ebenfalls die letzten Nächte mit wachen Augen zugebracht und gegen Abend zu Fuß im Vaterhause angelangt und natürlich todmüde war; denn ihr Mann Julian hatte sich seit vier Tagen nicht mehr sehen lassen und sie sich geschämt, davon zu reden; der Schreiber, der sie nicht darum befragte, ging ab und zu, wie er wollte, und die Dienstmagd machte ein unvertrautes Gesicht. Heut aber las sie in der Zeitung die Nachricht von Schwager Isidors Unfällen mit dem Zusatze, es gehe bereits das Gerücht von einem zweiten in Untersuchung geratenen Notar. Es handelte sich zwar noch nicht um Julian, sondern um einen weiteren Unglücksbruder, der sein Privatglück an den durch seine Hände laufenden anvertrauten Gütern ein wenig gerieben hatte, um sie fruktifizieren zu lassen, wie der Kunstausdruck lautete. Allein sie vermochte natürlich nur an ihren Mann zu denken, sowie an das öffentliche Unglück, in welches das häusliche sich verwandelte und die ganze Familie verwickelt wurde. Sie war in der Angst keines anderen Beschlusses fähig, als sofort nach Münsterburg zu eilen; ein Bahnzug stand während mehrerer Stunden nicht in Aussicht, auch fürchtete sie
schon die Leute, die mitreisten, und die Angestellten sowie die auf den 276
Stationsplätzen Herumstehenden. So machte sie sich kurzentschlossen auf und legte den dreistündigen Weg zu Fuß zurück. Wie sich später

ergab, waren Ahnung und Furcht wohlbegründet. Julian saß zwar nicht im Gefängnis wie Isidor; aber er war bei der ersten Kunde von den Vorgängen im Lautenspiel außer Landes geflohen; und die in Isidors Amtskreis erwachte Erregung der vom Schaden Ergriffenen oder Bedrohten fand schon einen starken Widerhall im Lindenberger Gebiet.

So kam es, daß die Salanderschen Eltern beide Töchter am gleichen Abend wieder unter ihrem Dache bargen. Bei ihrem Eintreten erwachte Netti aus dem Halbschlafe und hinkte ihnen traurig entgegen; denn sie hatte die Füße wundgelaufen. Vater und Mutter umarmten und küßten sie; doch die Töchter, da sie sich nun gegenüberstanden, gaben sich nur mit niedergeschlagenen Augen die Hände, die sie indes nicht fahren ließen. Die Schicksalslast, die sie sich auferlegt, als sich die Zwillingsjünglinge einst an den Ohrläppchen zupften, hatte sich auf einmal verdoppelt, und sie schämten sich aufs neue voreinander.

Die von Lindenberg mußte nun dartun, warum sie gekommen sei, und sie erzählte es.

»Der hat sich aus dem Staube gemacht«, sagte der Vater; »hier in der Stadt ist er schwerlich! Aber gründliche Arbeit haben sie besorgt, diese jungen Scheusale von Flachköpfen!«

Die Mutter ermahnte, die Beratung für heute abzubrechen und die Ruhe zu suchen; wer könne wissen, was die kommenden Tage wieder bringen.

»Fürs erste«, sagte Salander, »muß Netti morgen bei guter Zeit nochmals nach dem Lindenberg zurück und das Haus samt der Kanzlei in amtliche Obhut geben; ich will mitgehen und dafür sorgen, daß es ordentlich geschieht; denn so kann man die Sache nicht im Stiche lassen!«

In der Frühe fuhr er mit Netti hinüber und wunderte sich, auf der
277 Höhe angelangt und rings umschauend, aufs neue mit tüchtigem Ärger, wie man in diesem friedlichen Himmelsglanze so vom Teufel besessen werden und sich Welt und Leben schmählich zerstören könne.

Drinnen im Hause jedoch gab es abermals Neuigkeiten, und es war gut, daß Netti, und zwar vom Vater begleitet, erschien. In der Kanzlei hauste schon ein Trupp Untersuchender, Gemeindammann, Statthalter, einer vom Gericht und ein zugezogener Notar, und bereits war festgestellt worden, daß auch die Frau des verschwundenen Landschreibers das Haus unbekannt wohin und heimlich verlassen habe. Sie kam daher gerade recht, ein ordentliches Verhör zu bestehen, worauf man sie aufforderte, ihr im Hause befindliches Eigentum zu bezeichnen, und ihr erlaubte, das Unentbehrliche mitzunehmen und in Ehren abzuziehen. Das tat sie auch, nachdem sie unter Beihilfe des Vaters die Magd ausbezahlt und fortgeschickt, auch der Behörde überlassen hatte, über das Verbleiben des Schreiberleins zu verfügen.

Martin Salander brachte desselben Tages auch diese Tochter mit ihren paar Kisten und Schachteln in Sicherheit. Die Voraussage hingegen der beiden Schwestern, daß die guten Jünglinge bald genug zu ganzen Männern auswachsen würden, die von sich reden machen, war seltsam erfüllt.

17.

Jeden Tag enthielten die Zeitungen nun Nachrichten über den Fortgang der Untersuchungen, deren Ergebnisse sich nicht so glichen, wie einst die Brüder Weidelich. Dadurch gewann jeder dem andern gegenüber eine gewisse Originalität, was man nie für möglich gehalten hätte.

Isidors Wirkungskreis umfaßte eine Anzahl bäuerlicher Gemeinden, die um diese Zeit just in der Verbesserung ihrer Kreditverhältnisse begriffen waren. Sie bildeten Genossenschaften für gegenseitiges Ge- 278
währleisten der hypothekarischen Sicherheit und dergleichen, kündeten dann insgesamt die beschwerlichsten wie die schlechteren Pfandbriefe und boten den Gläubigern neue Titel zu billigerem Zinsfuße an. Da gleichzeitig viele Kapitalisten ihr in Aktienunternehmungen angelegtes Geld nicht mehr sicher sahen, griffen sie gern wieder nach dem Grundbesitz. Der Notar aber war der Mittelsmann und Führer der ganzen Bewegung. Er schrieb ein Anleihen nach dem anderen aus, nahm die Einzahlungen in Empfang, löste die gekündeten Briefe ab, indem er die alten Gläubiger auszahlte und den neuen die neuen Pfandbriefe ausstellte und protokollierte, was das Zeug hielt: weil das alles sich in die Millionen belief, so verfuhr er vielleicht bescheiden, wenn er von den vielen Geldern, die ihm zwischen die Hände gerieten, nur einige Hunderttausend veraberwandelte, um damit sein Glück im Börsenspiel zu versuchen. Da er, wie recht und billig, als hohler Kopf, der ohne alles Urteil dareinfuhr, nur verlor, so sah er sich bald genötigt, einen veruntreuten Posten durch einen anderen zu ersetzen und darin immer eifriger fortzufahren, indem er rüstig die Schuldbriefe ausstellte und zuerst mit einiger Auswahl, dann ohne Wahl das dafür erhaltene

Kapital zurückbehielt. Es handelte sich ohnehin um eine weitläufige und langwierige Besorgung, und so vermochte er längere Zeit die Leute mit allerlei trockenen Redensarten hinzuhalten, auch im dringenden Fall durch einen neuen Eingriff vorzubeugen immer in der Hoffnung, das Glück werde endlich großartig einschlagen und alles in Ordnung bringen. Er war sogar so kühn, viele gelöschte alte Titel, statt sie den Schuldnern zu übergeben, ohne Vermerk bei auswärtigen Bankgeschäften zu versetzen, während sie doch in den Protokollen abgeschrieben waren. Auf diese Art gewann er mehr als einmal den doppelten Betrag am nämlichen Briefe.

Hiebei führte er lang eine ziemlich sorgfältige geheime Buchhaltung, bis ihm dieselbe gleich dem ganzen Schwindel selbst über den Kopf
279 wuchs und er die Übersicht verlor.

Julians Verfahren war nicht so mühselig und kühn. Er begnügte sich, von jedem Kaufschuldbrief, den er zu fertigen hatte, ein Duplikat und ein Triplikat herzustellen, letztere Stücke eigenhändig in stiller Nacht, und diese Kunstwerke in einer besonderen Schatztruhe aufzubewahren. Sobald er nun ungerechtes Geld bedurfte, suchte er ein oder mehrere Stücke hervor und schaute zunächst nur darauf, ob die Originale, nach dem Inhaber zu urteilen, in festen Händen ruhten. Ergab sich aber ein Mangel an Vorrat solcher Stücke, so verfertigte und malte er in aller Form gänzlich erfundene Pfandbriefe, die in keinem Protokolle standen, und er sorgte nur dafür, daß es Personen betraf, die in guter Sicherheit dahinlebten und sich nicht auf dem Geldmarkte umtrieben. Er belastete die Höfe wohlhabender Bauern mit Schulden zugunsten weit davon entfernter Rentner, die sich von der unsichtbaren Bereicherung nichts träumen ließen. Da namentlich diese ganz in der Luft hängenden Hypotheken sehr solid aussahen und von Bankbeamten beim Anblick der darauf figurierenden Namen als gut geschätzt und belehnt wurden, so beschränkte Julian sich zuletzt ausschließlich auf den bequemeren Zweig und behing ihn mit zahlreichen Früchten; je nach Bedürfnis pflückte er dieselben, um am letzten Tage des Monats die ansehnlichen Börsenverluste zu decken.

Auch er führte Buch über das Nebengeschäft, schon um das Verzinsen auf den Banken nicht zu versäumen, was nicht ratsam war, dann aber auch behufs einer wohlgeordneten Reihenfolge in der Rückzahlung der geborgten Gelder. Es war eben der beiden Brüdern gebliebene Anteil am menschlichen Idealismus, das Unrecht nur mit dem Vorbehalte zu üben, es mit Fortunas Hilfe rechtzeitig gutzumachen und nicht etwa zugrunde zu gehen. Das hielt ihren leichten Mut auch nach dem Falle aufrecht und gab ihnen das Bewußtsein, nicht zum Trosse verächtlicher Sünder zu gehören.

Ungefähr eine Woche nach der Flucht erhielt Frau Netti einen Brief
von Julian, welchen er auf dem Wege nach einem portugiesischen 280
Seehafen irgendwo aufgegeben, die Adresse mit verstellter Hand geschrieben.

»Meine heißgeliebte, verehrteste Gattin!« lautete der Brief. »Ein bitteres Schicksal hat mich von Deiner Seite gerissen (Du wirst das Nähere bereits vernommen haben!) und mich gezwungen, jenes kleine Lumpenländchen zu verlassen, wo ich geboren und in jugendlicher Unerfahrenheit der allgemeinen Verderbnis anheimgefallen bin. Ein Flüchtiger und Geächteter, eile ich jetzt besseren Zonen entgegen, wo der freie Mannesgeist Raum zur vollen Entfaltung findet und wo ich hoffe, in kurzer Frist den von einer philisterhaften und gelddurstigen Krämerwelt mir aufoktroyierten Fehltritt gutzumachen. Ich kann Dir eidlich beteuern, meine teuerste Gemahlin, daß dieser Fehltritt aus einem langen Martyrium bestand, ein Kampf ums Dasein war, dem ich einstweilen unterlegen bin, ich sage feierlich: einstweilen! Und jetzt, liebstes Weib! wie ich dereinst ewige Treue gelobt habe auch für den Fall, daß Deine Eltern Dich enterben sollten, jetzt baue ich auch auf Deine Treue und hoffe, Du werdest sie mir bewahren, nachdem ich ein Enterbter unseres Vaterlandes geworden bin! Über die Länder, durch welche ich bisher mit Sturmeseile gereist bin, kann ich Dir nichts Interessantes mitteilen, da ich begreiflicherweise keine großen Beobachtungen anstellen konnte. Aber von drüben, überm Meere, hoffe ich Dir die Neue Welt einläßlich zu schildern, die sich mir auftun wird, sobald ich festen und sichern Fuß gefaßt habe. Bis dahin kann ich Dir auch keine Adresse angeben. Grüße Deine verehrten Herren Eltern recht herzlichst von mir und sei so gut, es auch bei den meinigen zu tun und sie um Verzeihung für mich zu bitten! Es ist mir jetzt unmöglich, ihnen zu schreiben. Auch meine teure Schwägerin Setti grüße ich tausendmal! Ich bedaure nur meinen armen Bruder, den sie erwischt haben! Ich glaube, ich habe das schlimme Beispiel geahnt, das er mir unbewußt gegeben hat. Item, die Sonne wird auch für uns wieder aufgehen! Und nun lebe wohl,
Geliebte! Und auf ein glückliches Wiedersehen, wenn ich Dir eine 281
Stätte bereitet habe! Dein getreuer Gatte J. W.«

Netti gab beim Abendtee, als alle beisammen waren, den Ihrigen den Brief zu lesen. Er wirkte fast erheiternd, besonders da sie die verlassene Frau so ruhig sahen. Dies war sie, weil sie jetzt die Rechnung endgültig abgeschlossen hatte, ohne Hoffnung auf eine mögliche Änderung des Mannes. Frau Marie fühlte sich fast zufrieden, Setti hingegen war immer niedergedrückt, weil ihr Umstand in nächster Nähe geborgen saß, wenn auch unfreiwillig.

Da kam spät noch Herr Möni Wighart auf eine Tasse Tee mit dem guten Rum, welchen Salander zu beziehen wußte. Dieser ging in letzter Zeit nicht unter die Leute und sah es gern, daß der teilnehmende und doch stets anspruchslose Kumpan zuweilen ein Stündchen vorsprach.

Frau Marie hatte ihm die Untat längst verziehen, die er einst an ihr begangen, als er bei der ersten Rückkehr aus Brasilien ihren sehnlich erwarteten Martin sozusagen vor der Haustür in ein Wirtshaus verlockte.

Sie holte ihm sogleich einen Aschenbecher herbei.

Herr Wighart rief heuchlerisch: »Hoho! Man sollte mich für einen Schnapsbruder halten; nun, ’s mag für einmal hingehen!« als ihm Martin Salander ans dem Rumfläschchen die Tasse bis zum Rande vollgoß.

»Warum ich so spät noch komme, ist etwas Lustiges, das ich erzählen muß! Es wird Euch ein klein wenig Spaß machen! Der verflossene Meister Notar Julian (Verzeihung, Frau Netti!) kommt noch täglich als ein trefflicher Humorist zum Vorschein!«

»Ein Humorist?« seufzte Netti. »Ach, du lieber Gott!«

»Hört nur! Ich komme aus den Vier Winden, wo einige Herren sitzen, die den ganzen Tag mit den Angelegenheiten des Bewußten zu tun hatten. Noch kurz vor der Abreise hinterlegte er bei der allgemeinen Not- und Hilfsbank einen schönen, neuen, vorstandsfreien Pfandbrief
282 von zehntausend Franken und erhielt darauf sechstausend. Als Schuldner erscheint in dem Instrument ein reicher, filziger alter Bauer hinter Lindenberg, genannt Ägidi, als Pfand dessen Hof und Land, und als Gläubiger der Bruder des Schuldners, ein anderer alter Filz, der sogenannte Schleifer in Nasenbach und bekannter Wucherer. Diese beiden Brüder führen seit Jahrzehnten eine Erbstreitigkeit um die andere, und wenn sie fertig sind, fangen sie von vorn an. Sie leben wie Hund und Katz gegeneinander und betrachten sich gegenseitig als den Fluch ihres Daseins, ohne alle Not, da jeder für sich genug hätte. Gut, die alten Männer waren heute nebst manchen anderen einberufen. Man

zeigte ihnen, als die Reihe an sie kam, die schöne Hypothek und fragte, ob sie in Ordnung sei? Zuerst nahm sie der angebliche Schuldner in die Hand, weil er eher mit dem Aufsetzen der Brille fertig war; im übrigen sind beide übelhörig und verstanden zunächst kein gesprochenes Wort. Kaum hatte der Hofbesitzer herausstudiert, daß er dem feindlichen Bruder zehntausend Franken schuldig sein sollte, geriet er in eine fürchterliche Aufregung und zerriß den Brief von oben bis unten so von Zorn zitternd, daß die zwei Stücke zwei Sägen ähnlich wurden.

Der Schleifer aber, der nichts anders glaubte, als daß der Bruder eine ihm nützliche und zustehende Urkunde vernichte, fiel über ihn her, und augenblicklich verkrallten sich ihre Hände in den beidseitigen Halsbinden, und die Greise hämmerten sich mit den kurzen, kraftlosen Faustschlägen auf die Köpfe. Mit Mühe brachte man sie auseinander und schrie ihnen, als sie atemlos dastanden, den Sachverhalt in die Ohren. Allein, sobald sie vernahmen, daß irgend jemand auf das Schriftstück, das notdürftig zusammengefügt auf dem Tische lag, sechstausend Franken ausbezahlt erhalten habe, gerieten sie, ohne sich um etwas anderes zu kümmern, wieder aneinander, zerklaubten sich aber diesmal in kürzester Frist Kinn und Backen und zerrissen sich die Naslöcher. Abermals wurden sie unter großem Gelächter, das endlich
den amtlichen Ernst überwand, gebändigt. Den eingebildeten Gläubiger 283
packten zwei Männer an den Schultern, drückten ihm das Gesicht gegen den Brief und fragten ihn bei Ja und Nein, ob er diese zehntausend Franken dem Notar von Lindenberg für den Ägidibauer, der hier neben ihm stehe, selbst oder durch einen anderen übergeben und diesen nämlichen Brief dagegen empfangen und jemals besessen habe?

Nach ängstlichem Besinnen, währenddessen ihm das Blut auf die unglückliche Hypothek tropfte, krächzte er schließlich: ›Nein, davon weiß ich nichts! Man soll mich gehen lassen!‹

›Aber ich will wissen, wer die Sechstausend auf meinem Hof gekriegt hat!‹ schrie der andere, dem der Zusammenhang noch immer nicht klar schien. Sie wurden jedoch ohne weiteren Bescheid vor die Tür geführt, wo die übrigen Zeugen harrten. Man gab ihnen ihre Hüte und Stecken und schickte sie fort. Kaum auf die Gasse gelangt, benutzte ihre verfluchte Leidenschaft die langentbehrte Gelegenheit und hetzte die betörten Filze aufs neue aneinander. Ohne zu wissen wohin, und ohne sich lassen zu können, so fesselte sie der Haß, liefen sie auf beiden Seiten der Straße fort unter greulichem Schimpfen und Drohen; es war bei Gott ein widerwärtiges Beispiel, wohin der elende Geiz und Neid sogar ein paar betagter Brüder treiben kann. Ich kam gerade dazu und lief mit dem Publikum den Rasenden nach, bis sie unversehens aneinander gerieten und mit den langen Weißdornstöcken dareinhieben, ohne sich zu treffen. Es kam dann ein Stadtpolizist und führte die armen Teufel auf die Wache. Nachher ging ich auf Vier Winden, wo ich das andere vernahm, wie ich es erzählt.

Ist das nicht ein verzwickter Streich von dem Notarius, ein köstlicher Einfall sogar, den geldstollen Brüdergreisen aus einem Pfandbriefe die Haare zu verstricken als Gläubiger und Schuldner? Viel Haare waren es freilich nicht mehr, und die spärlichen Streifen, die noch herumhingen, haben sie sich vollends ausgerauft!«

284 »Das ist kein lustiger Einfall gewesen«, sagte Netti; »ich erinnere mich jetzt, daß er schon früher einmal klagte, wie er bei den reichen Geizhälsen Geld für Klienten gesucht habe und von beiden grob abgewiesen worden sei. Nun hat er sie eben doch noch benutzt, ohne sie zu fragen!«

»Er hat sie vermutlich schon damals anschmieren wollen. Jetzt muß natürlich die Not- und Hilfsbank den Schaden tragen!« versetzte Salander. »Indessen ist es in der Tat ein traurig lächerliches Phänomen!«

»Jawohl!« entgegnete Frau Marie, »wie man in der Nacht beim Anblick einer Feuersbrunst sagt, es sei furchtbar schön! Behüt' uns der Himmel!«

Wie sie noch so sprachen, halb zehn Uhr war schon vorbei, schellte jemand stark an der Hausglocke. Nach einem Weilchen kam Magdalene mit einem Briefe, den ein Gefängnisbote gebracht. Der Aufseher habe ihm denselben schon am Nachmittag übergeben; allein er sei wegen vieler Arbeit erst jetzt nach Hause entlassen worden und bringe den Brief doch noch auf Bitten des inhaftierten Weidelich.

Das Schreiben war wirklich von Isidors Hand und an seine Frau Setti gerichtet, die zusammenfuhr.

»Ist der Mann fort?« fragte Salander, und als die Magd es bejahte, meinte er, da man Julians Brief einmal habe, so möge man den Isidorischen auch annehmen und Setti ihn für sich lesen, ehe sie ihn zum besten gebe! Man müsse die Dinge jetzt anfangen, von der Seite der Merkwürdigkeit aus zu betrachten, sonst komme man schwer darüber hinweg.

»Ich habe genug an dem Briefmuster, das Nettli erhalten hat«, sagte Setti, »und zweifle nicht, daß meine Epistel von gleichem Werte ist. Ich begehre sie nicht zu lesen und schenke sie euch! Lest, ich geh ins Bett!«

Damit erhob sie sich und wollte gehen. Der Vater hielt sie jedoch zurück.

»Halt!« sagte er, »du mußt ihn auch hören, und Herr Wighart soll
ihn auch hören, so wird es etwas, das gewissermaßen alle angeht, rein 285
sachlich oder gegenständlich neutral! Die Mutter mag vorlesen; so kann
sie sofort aufhören, sowie nach ihrem Gefühl etwas Peinliches zum
Vorschein kommen sollte!«

»O du Erzdüftler!« sprach Marie Salander lächelnd; »gib her den Brief.« Während ihr Mann schon seit einigen Jahren einer Brille bedurfte, wenn er lesen wollte, las sie das Geschreibsel mit bloßen Augen, ohne nur die Lampe näher zu verlangen:

»Herzlich geliebtes Wesen! Teuerste Gattin! Endlich finde ich einen Augenblick der Fassung, um Dir aus dem Kerker ein Lebenszeichen übersenden zu können. Ich will mich über das bis dato Erduldete und wie es gekommen ist, jetzt nicht weiter verbreiten. So Gott will, wird der Tag unserer Wiedervereinigung nicht ausbleiben, wo wir das Unglück mit frohem Rückblicke in traulichem Geplauder genugsam betrachten können! Möge es so sein! Für jetzt möchte ich Dich nur mit einigen kleinen Wünschen behelligen, deren Erfüllung in diesem provisorischen Zustande mir zustatten käme. Da die Wut der Verhöre etwas nachzulassen scheint, bleibt mir so viel freie Zeit, daß die Untätigkeit mir peinlich wird. Da bin ich auf den Gedanken gekommen, sowohl um mir selbst Rechenschaft zu geben, als vielleicht auch der Gesamtheit nützlich zu sein, eine sozialpädagogische Studie zu schreiben über Pflichtverletzungen und ihre Quellen im Staats- und Volksleben und die Verstopfung der letzteren, vom Standpunkt eines Selbstprüfers. Leider fehlt es mir an gutem Schreibmaterial, an das ich gewöhnt bin; das, was ich hier bekomme, ist miserabel. Schicke mir daher ein Buch weißes, starkes, aber gut satiniertes Papier, Imperial, ferner eine Schachtel von meinen Stahlfedern, die Du ja kennst, ein Fläschchen blaue Tinte, ein dito rote und zwei Federhalter. Alles dies bekommst Du in der Handlung von I.G. Schwarz & Co. am besten. Bezüglich der Kost befinde ich mich einstweilen nicht so übel, da meine Eltern die

Verpflegung garantiert haben; denn Du weißt, daß ich ohne einen Rappen Geld fortgeschleppt worden bin. Doch wäre eine kleine Aufbes-
286 serung sehr erwünscht, woher untenstehende Notierung. Endlich fehlt es mir an geeigneter Lektüre. Es sind wohl Bücher zu haben, die aber mehr für Kinder oder Versorgte in Korrektionsanstalten passen. Eine gute geographische und historische Beschreibung der nord- und südamerikanischen Staaten wäre mir willkommen, nebst einigen Bänden Gerstäcker oder so was. Auch fehlt mir der Schlafrock, den ich vergessen habe. Du könntest ihn vielleicht durch den Gemeindammann aus unserem Tuskulum herauspraktizieren lassen. Er hängt gewiß noch hinter der Tür wie immer. Tue mir also die Liebe und berücksichtige folgendes Verzeichnis meiner dermaligen Wünsche:

1. Obiges Schreibmaterial.
2. Der Schlafrock.
3. Eidamerkäs, 1 Laib mittlerer Größe.
4. Salamiwurst, große 1/2, kleine 1/1.
5. Ein Topf eingemachte Zwetschgen.
6. Eine Flasche Kognak.
7. Bücher in obigem Sinn.
8. Ein paar Dutzend Zigarren zur Probe, mittelstarke.
9. Meine Haarbürsten, die ich vergessen. Vielleicht mit dem Schlafrock zu bekommen.
10. Ein oder zwei Schlipse.

Unwandelbar Dein getreuer Isidor.

PS. Meine Demission beim großen Rate habe ich schicklicherweise schon jetzt geglaubt erklären zu müssen. Dennoch fühle ich das Bedürfnis, auf dem laufenden zu bleiben, so gut möglich. Vielleicht wäre der Herr Vater so gütig, mir zeitweilig die wichtigsten Traktanda und Sitzungsberichte zukommen zu lassen?«

»Danke fürs Zutrauen!« murrte Martin Salander. »Bist du zu Ende, Marie?«

»Ja, gottlob!« antwortete sie und legte den Brief hin. »Wie gefällt dir die Epistel, Setti? Gedenkst du dich auf den Weg zu machen und die
287 verlangten Dinge einzukaufen?«

Die Gattin des Briefschreibers sagte mit sichtlich bleicher Nasenspitze:

»Ich friere vor Kälte, die mich überfallen hat, ich will zu Bett gehen! Gute Nacht, allerseits!«

»Nun, Freund Möni?« sagte Martin, nachdem die eine Tochter sich entfernt, »ist der nicht auch ein Humorist?«

Wighart hatte schon seine Zigarrenspitze eingepackt.

»Nein, da hört der Scherz auf!« sagte er verdutzt; »der Topf mit den eingemachten Zwetschgen hat mich darniedergeworfen!«

»Der Eidamerkäse und das Papier für die Studie sind aber auch nicht übel, sowie die Ratstraktanden!« seufzte Salander. »Keine Spur von Scham oder Reu, lauter Aufgeblasenheit! Es kommt mir vor, wie wenn wir auf einer hohlen Stelle der Erdrinde säßen!«

»Nur nicht gleich so verzweifelt!« mahnte die Mutter; »wenn die Köpfe hohl sind, so kann die Erde doch noch ein Weilchen vorhalten! Morgen will ich doch einmal bei den Eltern im Zeisig nachsehen, wie es ihnen geht! Vielleicht ist es eher angebracht, dort ein gutes Wort oder einen kleinen Trost einzulegen!«

»Das ist wohlgesprochen, Verehrteste!« sagte Möni Wighart. »Ich bin gestern wieder einmal beim Friedensrichter im Roten Mann gewesen, er hat einen herrlichen Neuen; der Mann ist freilich auch weiß am Kopfe, aber noch immer munter! Dort vernahm ich, daß die Frau Weidelich, als die Flucht des anderen Sohnes bekannt war, bettlägerig geworden sei und der alte Weidelich herumgehe wie ein Schatten an der Wand. Aber stets sei er bei der Arbeit, stehe noch eine Stunde früher auf und gehe später zu Bett, immer schweigend, mit allem möglichen beschäftigt, als ob er das Unglück damit bannen oder ungeschehen machen wollte. Und dabei sorge er noch für die Frau und ihre Pflege! Jetzt will ich euch aber nicht länger zur Last sein, ihr Herrschaften, und haltet euch nur frisch oben. Recht geruhsame Nacht! Wie
heißt es doch in dem Brief, fällt mir noch ein. Laßt sehen!« 288

Er nahm den noch offen liegenden Brief und las.

»Richtig, da steht's. Salamiwurst, große ein Zweitel, kleine ein Eintel! Es klingt doch drollig! Recht gute Nacht nochmals!«

18.

Marie Salander stieg am nächsten Nachmittage wirklich in den Zeisig hinauf, die alten Wege, die sie einst gegangen, als der kleine Arnold ihrer harrte. Sie traf den alten Weidelich in seinen Gemüsegärten, wo er die Herbstgeschäfte besorgte, mit der Schaufel in der Hand das Ausgenutzte und Abgewelkte wegräumte und zwei oder drei Arbeitern

Anweisungen erteilte. Er schien um zehn Jahre älter geworden zu sein seit der kurzen Zeit.

Als Frau Salander sich zwischen den Beeten langsam näherte, stieß er die Schaufel in die Erde und ging, seinen alten Hut lüftend, ihr entgegen.

»Lassen Sie sich nicht stören! Ich wollte nur sehen, wie es Ihnen geht und was die Frau macht! Wir haben gehört, sie sei krank.«

»Es ist eine freundliche Nachfrage!« sagte Jakob Weidelich. »Leider liegt die Frau im Bett und ist schlecht dran! Sie hat einen Schlaganfall bekommen, als es hieß, der Julian habe sich geflüchtet, er sei auch so weit wie der andere. Wollen Sie nicht einen Augenblick hineingehen – ich darf fast nicht sagen, Frau Schwäher!«

»Kann sie aber doch sprechen?«

»Nur langsam; sie ist halb gelähmt, ich weiß nicht, wie es noch werden soll!«

»Die arme Frau! Ich will sie doch begrüßen, wenn es angeht!«

Der bekümmerte Mann führte sie in das Haus und in die Wohnstube,
289 wo die Mutter der verunglückten Söhne im Bette lag.

»Amalie, das ist Frau Salander, sie ist so gut und will dich besuchen!«
Die Kranke ruhte tief in den blau- und weißgewürftelten Bettstücken; Jakob rückte die Kissen unter dem Kopfe zurecht, daß sie freier um sich blicken konnte, und Marie setzte sich auf den Stuhl, der neben dem Bette bereitstand. Sie ergriff die eine Hand, welche der Bewegung fähig war und den Druck schwach erwiderte, und fragte mit einigen tröstenden Worten nach dem Befinden der Schwergeprüften. Diese drehte die Augen nach ihr und sah sie groß an.

Sie sagte nichts als: »Beide hin!« Das war ihr geläufig.

Dann schwieg sie schwer atmend, bis sie einige weitere Worte gesammelt: »Ich kann Gedanken nicht beieinanderhalten, weil die Buben weit auseinander. Hier einer, weiß nicht wo, und einer auf dem Meer, ach, ich sehe keinen mehr, nie!«

»Das wollen wir nicht sagen, es geht alles vorüber und wird wieder gut!« versuchte Frau Salander gegen ihre Überzeugung zu trösten; sie konnte nicht anders, weil sie das Leiden der hilflosen Mutter tief empfand und begriff; vielmehr tat es ihr weh, daß ihrem guten Willen nicht bessere Worte zu Gebote standen.

Die Kranke bewegte aber, so gut sie es vermochte, verneinend den Kopf.

»Nein, ich hab gehört, glaub ich, daß sie Tausendskerle sind, und nicht wiederkommen wollen, vielleicht nicht ehrsam, so spitz-, so spitzbübelig, die Blondköpfe. Ach Herr Jesus, sie waren so lieb – nein, jetzt noch –«

Der Kopf sank zur Seite, und sie schloß die Augen.

»Sie ist jetzt nur erschöpft und sucht Schlaf!« sagte Jakob Weidelich, als er sah, daß Frau Salander erschrak. Diese stand geräuschlos auf und ging mit ihm hinaus. In der größeren Stube bot ihr der selbst müde Mann von neuem einen Stuhl; sie merkte, daß er noch einiges zu sprechen wünschte, und nahm bei ihm, der sich auf die alte Bank setzte, Platz.

Auf ihre Frage, ob er von dem Unglück schon stark in Mitleidenschaft gezogen sei, abgesehen von den Leiden der Frau, erwiderte er, 290
alles, was er erworben habe, sei zu größten Teile, nahezu ganz verloren. Als Amtsbürge habe er für beide Söhne die Kautionssummen schon sicherstellen müssen. Sobald der Prozeß oder die Prozesse auf einem gewissen Punkte seien, werden die Forderungen eingezogen. Er habe zwar noch Mitbürgen, die aber erst zahlen müßten, was er nicht mehr zu leisten imstande wäre. Zudem seien es Verwandte, deren Vorwürfe und Mißachtung er nicht ertragen würde.

»Ich werde nicht vom Hof getrieben, aber er wird mit Schulden belastet, für deren Verzinsung ich die paar Jahre arbeiten muß, die mir noch bleiben, wenn ich überhaupt diese Zeit überstehe! Die Frau werde ich wohl verlieren, und damit geht auch ein schöner Verdienst verloren! Das schwerste indessen ist, daß ich nicht weiß, wie man den Buben einst wieder aufhelfen soll, wenn sie ihre Strafen verbüßt haben! Ob ich noch lebe oder nicht mehr lebe, so wird nichts mehr dasein; und es sind noch immer die leiblichen Kinder!«

»Das müssen Sie nicht so schwernehmen«, sagte Marie Salander, »sie werden immer noch jung genug zur ehrlichen Arbeit sein; und wenn das Leben sie hart ankommt, so schadet es ihnen nichts! Jeder von ihnen hat an seine Frau geschrieben; die Briefe sind zufällig am gleichen Tage angekommen. Ich möchte sie Ihnen nicht zeigen, guter Herr Weidelich, denn aus beiden Briefen ist nichts zu ersehen, als daß ihnen jedes Gefühl und Verständnis ihrer wahren Lage abgeht! Ich würde es dem Vater nicht sagen, wenn ich nicht dächte, es hülfe Ihnen ein wenig, die Dinge von der rechten Seite anzusehen.«

Das Gesicht des armen Mannes ward womöglich noch schmäler, und er entgegnete, mit zuckenden Wimpern zur Seite blickend:

»Es wird so sein, ich fange es an zu begreifen!«

Er verharrte kummervoll in sich versunken, wie ein Mensch, der von einem ihm notwendigen Worte oder Begriffe Abschied zu nehmen
291 versucht.

»Wir haben im Beginn dieser Geschichte, meine Frau und ich«, sagte er dann, »beratschlagt und gegrübelt, woher die Buben die Unzucht geerbt haben. Wir sind freilich aus dem Volk und können beide nicht über die Großeltern und ihre Zeit hinauf denken; was weiter zurück ist, davon wissen wir so wenig wie von den Heiden, von denen wir alle abstammen. Aber wenn doch bei meines Urgroßvaters Zeiten zum Beispiel etwas vorgekommen oder einer bestraft worden wäre, so hätte mein Vater es gewußt und davon gesprochen, denn er sprach oft von seinen Großeltern. Und so ist es bei der Frau. Einzig von eines Großvaters Bruder hatte sie die dunkle Erinnerung, daß er ein Fäßlein Apfelmost gestohlen haben sollte, und zwar aus Barmherzigkeit, weil ein liederlicher Fuhrmann es an der heißen Sonne liegen ließ und im Wirthaus drinnen im Schatten saß. Dafür sei er in den Turm gesetzt worden, nämlich der Großonkel.«

»Das ist ja für nichts zu rechnen«, sagte Frau Marie lächelnd, obgleich der Mann durchaus keinen Scherz hatte erzählen wollen. Sie erhob sich, um zu gehen. Vater Jakob zogerte ein wenig und brachte dann schüchtern vor, er hätte noch etwas auf dem Herzen, das ihn drücke. Auf ihre Bitte, es nur zu sagen, fuhr er fort:

»Ich glaube nämlich, es werde nun mit dem ehelichen Verhältnis unserer Kinder zu Ende gehen. Meine Frau wollte nichts davon wissen, als sie noch reden konnte und mochte, vor der Flucht des zweiten. Allein ich kann und muß es nur billigen, wenn die jungen Frauen auf Scheidung klagen! Ich wüßte nicht, wie es anders gehen sollte, besonders nach dem, was ich von den Briefen höre, welche die Söhne geschrieben. Es würde mich in meiner Not doppelt bedrücken, wenn ich ansehen müßte, wie mein Blut fernerhin einer braven Familie mit Unehren zur Last fallen wollte. Nein, glauben Sie nicht, Frau Salander, daß ich den Schritt übelnehmen und nicht völlig gerechtfertigt finden werde! Das
292 habe ich noch sagen müssen, und ich bitte auch, mir und meiner Frau alles Widerwärtige, was man an uns erlebt und noch zu erfahren hat, nicht nachzutragen!«

Marie Salander gab ihm die Hand.

»Allerdings ist es so«, sagte sie, »wie Sie voraussetzen! Unsere Töchter müssen sich von den unglücklichen Männern trennen; sie haben viel mehr, als Sie wissen, zu erdulden gehabt und dazu geschwiegen. Auch das, was nun kommt, für das Leben noch auf sich zu nehmen, sind sie nicht gesonnen, und wir würden es auch nicht zugeben. Ich danke Ihnen aber für Ihre ehrenhafte Gesinnung im Namen der Meinigen und versichere Sie, daß wir, wohlbewußt, wie sehr auch unsere Töchter gefehlt haben, Ihnen und Ihrer wackern Frau ein gutes Andenken bewahren und auch gewiß und freundschaftlich gefällig erweisen werden, wenn sich die Gelegenheit biete. Ich habe heut einen tiefen Blick tun können, an dem Bette da drüben und in dieser Stube hier! Leben Sie wohl und möge Ihnen Gott helfen!«

Nochmals gab sie ihm mit nassen Augen die Hand, welche Jakob zitternd drückte. Er vermochte aber nichts zu erwidern, da seine ungewohnte Beredsamkeit plötzlich wieder versiegte.

Nachdenklich ging Frau Salander von der Anhöhe weg; sie bedachte, wie verschieden bei aller Traurigkeit doch das Los zwischen den zwei Familien geteilt sei, während die Töchter an der leichtsinnigen Heirat in Hinsicht auf ihre damals reiferen Jahre die größere Verschuldung trugen. Und wer könne wissen, ob nicht der Antrieb, selber reich zu werden, gerade durch die sogenannte reiche Heirat in die törichten Notare gefahren sei. Dann fiel ihr das düstere Nachsuchen der alten Leute und das von einem Vorfahren entwendete Fäßchen Apfelmost bei.

Das fehlte auch noch, dachte sie, daß das arme Volk nachgrübeln soll, woher es die Übel geerbt habe, ob von väterlicher oder mütterlicher Seite, die ganz neu in seinen breiten Ackergrund gesäet worden! Davon werde ich meinem Martin nichts sagen, sonst gräbt er ebenfalls nach und fügt seinen erzieherischen Postulaten noch eines über selektions-
theoretischen Volksunterricht in sittlicher Beziehung bei, oder wie er 293
es nennen würde! Und der rührende Zug der hoffnungslosen Eltern würde mit der Zeit, weiß der Herr, zu welchem Homunkuluswerk aufgeblasen!

Das war von Marie Salander nicht wissenschaftlich gedacht; allein sie kümmerte sich darum nicht und verschwieg das Mostfäßchen.

Zwei Tage nach der Ankunft von Julians Brief brachte ein Zeitungstelegramm die Kunde von seiner in Lissabon erfolgten Gefangennahme, wo er, mit Geld wohlversehen, herumspazierte.

Nach weitern acht Tagen wurde er auf die härteste Art eingebracht, mit Daumenschrauben, weil er zu entspringen versucht hatte. Sein Prozeß hielt mit demjenigen Isidors bald Schritt; denn die Betriebsart des letzteren erforderte ein verwickeltes und langwierigeres Verfahren als die drollig einfache Prellerei Julians.

Endlich waren die Anklageakten geschrieben, und da die Brüder keines der von ihnen wirklich verschuldeten Vergehen mehr leugneten, so hätten beide Fälle vom ordentlichen Strafsenat beurteilt werden können, wenn nicht in jedem ein Rest vorgekommener Betrügereien übrig geblieben wäre, zu deren Einverständnis keiner der Angeklagten sich herbeiließ, und die noch nicht aufgeklärt werden konnten. Erst in letzter Stunde geriet man einem geschäftlichen Handlanger auf die Spur, welchen beide Weidelichs, ohne voneinander zu wissen, zu manchen Dienstleistungen gebrauchten, ohne wiederum zu glauben, daß der Mann von der verfänglichen Natur der ihm aufgetragenen Verrichtungen eine Ahnung habe. Derselbe durchschaute aber wegen des eigentümlichen Gebarens der Brüder und bei der großen Frequenz ihrer Aufträge die Sache bald oder war frech genug, sie wenigstens durchschaut haben zu wollen, und verübte auf ihre Rechnung, aber in seine Tasche, eine Reihe mäßiger Additionen oder Subtraktionen, je
294 nach dem Fall, bei Einzahlungen oder Bezügen. Dieser untergeordnete Deliktschmarotzer wurde nachträglich eingezogen, verhört und konfrontiert, auch so gut als überwiesen. Allein er leugnete alles und jedes aus und ab, und so mußten alle drei Prozesse miteinander vor das Schwurgericht gebracht und im Zusammenhange verhandelt werden.

Damit war den Unheilsbrüdern und ihren Angehörigen das Äußerste, ein öffentliches Schauspiel, nicht erspart geblieben; denn es sammelte sich an dem festgesetzten Tage in aller Frühe ein großes Volk in und vor dem Gerichtshause und in den umliegenden Wirtschaften. Inmitten des unruhigen Gewoges saßen sie auf der Anklagebank wie auf einer Insel im Meere. Diesmal konnten sie nicht, wie im Großen Rate, an einen Tisch gehen und Briefe schreiben, und statt des dienstfertigen Großweibels stand hinter jedem ein Polizeisoldat.

Auf einer anderen Insel saßen die Geschworenen, schlichte Männer, wie das Los sie aus allen Ecken des Landes herbeigeweht, mit ihrem

Obmann, zu dem sie in der Eile denjenigen ernannt, dem sie unter sich vermöge seiner sonstigen Stellung die meiste Gewandtheit zutrauten.

Eine erhöhte Klippe nahm der Gerichtshof ein. Die Menge der einberufenen Zeugen war so zahlreich, daß sie nur in kleineren Gruppen hereingeführt und jedesmal von den Angeklagten mit scheu aufgeschlagenen Augen betrachtet wurden. Alle waren es ihnen wohlbekannte Landleute, deren bürgerliches Dasein sie zugrunde gerichtet hätten, wenn nicht der Staat mit seinen Steuerkräften eintrat. Auch ein Trupp von Finanzpersonen zog auf, die von dem eine halbe Million übersteigenden Gesamtschaden einen guten Wisch anzusprechen kamen.

Die Verhandlungen dauerten bis gegen Abend, bestanden aber mehr im Verlesen der weitläufigen Anklageschriften und Feststellen aller einzelnen Punkte, als in langen Reden der öffentlichen Ankläger und der Verteidiger, da nichts mehr bestritten war, als die durch den Deliktschmarotzer getrübten Teile. Dieser Nebenhandel erledigte sich aber 295
von selbst und diente als Rechenprobe, indem nun das ganze große Exempel klappte, sozusagen bis auf den Franken. Isidors Verteidiger benutzte sogar den Anlaß, die Brüder Weidelich als eine Art ordnungsliebender Männer ins Licht zu stellen, die nur durch einen betrügerischen Vertrauensmann an den Rand des Verderbens gebracht worden. Hiergegen bemerkte ein Staatsanwalt, ob jener nicht noch eine Bürgerkrone für die Angeklagten verlange? Es sei nur gut, daß der Staat nicht ganz allein die Suppe werde ausessen müssen, sonst erlebe man, daß die kolossale Anschröpfung als eine sozialpolitische Tatstudie bezeichnet werde, ein allerdings etwas weitgehender praktischer Umsatzversuch, der mit derjenigen Achtung und Milde zu behandeln sei, welche den Opfern sozialer Probleme gebühren.

Diesen ironischen Ausfall griff sofort Julians Verteidiger in vollem Ernste auf, und denselben weiter ausführend, geriet er, nach Milderungs- oder gar Rechtfertigungsgründen suchend, auf die beklagenswerte Mangelhaftigkeit des öffentlichen Unterrichts, der Volkserziehung, der alles Unglück beizumessen sei. Im gegenwärtigen Falle seien die hoffnungsvollen jungen Männer wohl zur Schule, sogar in höhere Anstalten, geschickt worden. Er wolle die Beschaffenheit dieser Schulen nicht näher untersuchen; es genüge der Augenschein, daß die Wirkung ausgeblieben. Und da finde er keinen andern Ausweg, als den Regreß auf die Eltern, welche in ihrer eigenen, vom Staate vernachlässigten Erziehung nicht die Mittel gefunden hätten, ihrem guten Willen den rechten Nachdruck zu geben und die Söhne mit Sachkenntnis und im Bewußtsein ihrer Aufgabe vor Abwegen zu behüten usw.

Die verlorenen Söhne schauten den Sprechenden aufmerksam an, wie wenn ihnen ein Licht aufginge und zugleich ein Stern der Hoffnung. Der Gerichtspräsident schloß jedoch das Verfahren und hielt die zusammenfassende Anrede an die Geschworenen, ihnen die Fragereihen,
296 die sie zu beantworten hatten, mit den leitenden Gesichtspunkten auseinandersetzend. Zum Schlusse konnte er sich nicht versagen, die Angriffe des verdrehten Advokaten auf das Unterrichtswesen als Quelle der Verbrechen abzuweisen.

»Meine Herren Geschworenen!« sagte er in ernstem Tone, »vor nunmehr hundert Jahren hat in unserm Lande ein braver Mann ein Buch für das arme und unwissende Volk geschrieben, das Sie alle kennen: Es heißt *Lienhard und Gertrud!* Von da an hat er ein langes Leben voll Mühsal, Mißkennung und unermüdlicher Arbeit zugebracht und durch seine Arbeit ist das Gebäude unserer Volksschule vorbereitet und es ist darauf gegründet worden. Seit länger als einem halben Jahrhundert hat unser engeres Gemeinwesen, immer in den Fußstapfen des braven Mannes ehrerbietig wandelnd, das Gebäude erneuert und stetig, ununterbrochen umgebaut. Viele Millionen haben wir in fünfzig Jahren dafür geopfert; seit Jahrzehnten rühmen wir uns, daß die Ausgaben für unser Unterrichtswesen den obersten Posten in der Staatsrechnung bilden; gegenwärtig beträgt dieser Posten nahezu die Hälfte der besagten jährlichen Rechnung, obgleich wir die übrigen Staatszwecke, wie ich glaube, nicht ungebührlich vernachlässigen! Die Last, welche die Gemeinden sich für die Schule auferlegen, ist natürlich nicht inbegriffen. Und zur Erziehung des Volkes werden täglich neue Anforderungen gestellt und alle werden erwogen und das irgend Mögliche berücksichtigt, wenn es nicht geradezu verkehrt ist. Und nun kommt man uns so!

Meine Herren Geschworenen! Die braven Eltern der beiden Angeklagten sind auch noch in ihrer Kindheit Schüler der neuen Zeit gewesen, wie wahrscheinlich die meisten ältern Leute unter uns; aber wenn es auch nicht der Fall wäre, so dürften wir sie doch nicht wegen angeblicher Unwissenheit für die Sünden der Kinder verantwortlich machen, so wenig als die damaligen Einrichtungen! Denn ich glaube, das Haus des ungelehrten Landmannes kann noch heute, wie zu allen Zeiten,

eine Schule der Ehrlichkeit und Pflichttreue sein! Den Auslassungen 297
der Verteidiger gegenüber, meine Herren! spreche ich die Überzeugung aus, daß Sie denselben in Ihrem Erwägen um so weniger Raum geben, als sie im rechtlichen Sinne nicht zur Sache gehörten. Ich denke, daß Sie das wissen, und habe doch reden müssen von dieser Stelle aus, weil es mir, wie schon öfter in neuerer Zeit, zumute war, wie wenn der Geist eines hysterischen alten Weibsbildes in unserem Ländchen herumführe, wie der Böse im Buch Hiob!«

Dieser Präsident war allerdings ein Altliberaler und der gleiche Herr, welcher bei dem ersten Erscheinen der Zwillinge im Großen Rate den Vorsitz führte. Daher wurde einigen Beifallsrufen, die in der tiefen Zuhörermasse ungehörigerweise laut wurden, ein heftiges Zischen entgegengesetzt.

Die Geschworenen zogen sich zurück. Obgleich so gut wie einig über den zu fällenden Wahlspruch, bedurften sie doch einiger Zeit zur geordneten Vornahme des Geschäftes, und das Volk, hievon verständigt, lief zum größten Teil auseinander.

Auf dem Zeisighofe war es an diesem Tage noch stiller als gewöhnlich. Jakob Weidelich suchte sich in seiner unverdrossenen Arbeit zu verbergen, bald im Stall, bald in den Vorratsräumen. Ab und zu sah er nach der Frau, die sich so weit hatte erholen können, daß sie zeitweise das Bett zu verlassen und sich im Krankensessel aufzuhalten vermochte. Mit Mühe hatte der Mann ihr alle Nachrichten vom Fortgange der traurigen Geschichte verheimlicht; sie wußte weder vom Einbringen des entflohenen Julian etwas, noch vom heutigen Gerichtstage, und es sah aus, als ob ein glückliches Vergessen der Dinge ihrer starken Natur allmählich wieder aufhülfe.

Am Nachmittage wurde es immer stiller. Nicht nur fast die ganze Nachbarschaft hatte die Neugierde in die Stadt hinunter getrieben, auch Weidelichs Knechte waren von der Arbeit weggelaufen, um die Meis-
terssöhne in ihrer Not sitzen zu sehen. Schon brach die frühe 298
Herbstdämmerung an, und noch immer blieb es still, bis auf die Kühe im Stall, die nach der Tränke brüllten. Weidelich ging hin, sie an den Brunnen zu treiben; es war nicht mehr der alte mit dem Flintenrohr. Der hatte für den vergrößerten Wirtschaftsbetrieb nicht mehr genügt, weshalb Wasser hinzugekauft und ein steinerner Brunnen mit zwei starken Metallröhren erbaut worden. Die gefleckten Tiere drängten sich um die geräumige Schale und tranken mit Behagen das lautere

Bergwasser. Jakob gönnte es ihnen und sah das Labsal rinnen mit jener schwermütigen Zerstreutheit, welche den Gang der bittersten Stunde einen Augenblick aufhält. Der stattliche Brunnen hatte der Vorbote eines neuen Hauses sein sollen; nun blieb es dabei.

Als die Kühe sich satt getrunken, führte er sie nach dem Stalle zurück. Die jüngste bockte herum und entlief in eine Wiese. Jakob suchte die Milchmagd, die aber hinter dem Scheunentor bei irgendeiner Nachbarin verborgen stand und leise schwatzte.

Mittlerweile war es der kranken Frau im Hause langweilig geworden, da sie niemanden mehr sah oder hörte. Sie schleppte sich aus der Wohnstube, wo ihr Sessel stand, in das Schlafgemach an das halb offene Fenster, nach dem Manne zu sehen. Unter diesem Fenster lehnte eben der eine der Knechte, der endlich zurückgekommen und hinter das Haus geschlichen war, um unbemerkt sich zu schaffen zu machen. Bei ihm befand sich auch schon die aus der Nachbarschaft herübergehuschte Magd im eifrigen Gespräch.

Sie glaubten die Meisterin in der vordern Stube und sprachen nicht gerade laut, doch so vernehmlich, daß die Kranke alles verstand und mit einer wahren Hellsicht die Ereignisse in einem Augenblicke begriff, wie wenn sie die ganze Zeit vorher alles einzelne erfahren hätte. Sich mit beiden zitternden Händen an den Fensterpfosten klammernd,
299 lauschte sie mit dem besser hörenden Ohre hinaus.

»Es war ein verfluchtes Gedränge«, sagte der Knecht; »Kopf an Kopf, und doch totenstill, als das Urteil verkündet wurde!«

»Was für ein Urteil denn?« fragte die Magd ungeduldig.

»Jeder hat zwölf Jahre Zuchthaus, der Lindenberger und der Unterlauber. Dann ist noch ein kleinerer Schelm da, eine Sorte von Markthelfer der andern, der hat vier Jahre! Mich dauern doch die Alten; ich kann mir nicht helfen!«

»Herr und Heiland!« sagte die Magd. »Zwölf Jahre! Wie sahen sie denn aus? Was machten sie?«

»Ich hab sie nicht sehen können. Einer, der vor mir stand, sagte, sie sähen elend aus, er glaube, sie seien ohnmächtig. Ich hab's aber nicht geglaubt. Die Leute lachten und fluchten durcheinander.«

Jakob Weidelich kam um die Hausecke und schickte, ohne sich bei dem Knecht nach irgend etwas zu erkundigen, denselben samt der Magd an die Geschäfte. Er selbst besorgte noch einiges in der Scheune und ging endlich, da es ganz dunkel wurde, ins Haus, um Licht zu machen und für sein Weib zu sorgen. Nun preßte es ihm erst das müde Herz, da er wußte, was heute geschehen sein mußte und der armen Frau nicht lange mehr verborgen bleiben konnte.

In ihrem Sessel fand er sie nicht, die Kissen waren auf den Boden gefallen. Erschreckt ging er in das andere Zimmer, wo sie beim Fenster auf dem Boden lag und schwach röchelte.

»O Frau! Was machst du, armes Kind?« rief er flennend und trug sie auf das Bett. Er leuchtete mit der Lampe in ihr Gesicht. Das Auge drehte sich zum letzten Male mühsam nach ihm und erlosch dann.

Der Arzt, nach welchem Jakob den schwatzhaften Knecht alsobald schickte und der auch in zehn Minuten da war, betätigte ihren Hingang.

Um diese Stunde glichen die Söhne der Toten einander wieder ganz
so, wie sie ehedem getan, und setzten die Beamten der Strafanstalt in
Verlegenheit, da sie geschoren, rasiert und in die Sträflingskleider ge- 300
steckt waren, als lebende Beweistümer, daß das eiserne Uhrwerk der
Gerechtigkeit noch aufgezogen war und seinen Dienst tat.

Nach Verfluß von drei Tagen ließ Jakob Weidelich die Leiche begraben. Er hatte die Nächte wie immer in seinem Bette zugebracht, das neben ihr stand; die schlaflosen langen Stunden gingen dadurch leidlicher vorüber, weil er wähnte, sie müsse seinen Jammer und die einzelnen Worte, die er zuweilen stöhnend an sie richtete, vernehmen.

Am letzten Morgen nahm er mit unsicherer Hand seinen stoppeligen Bart ab, vor dem kleinen Spiegelchen stehend, das ihm viele Jahre gedient. Die eingefallenen Wangen, das veränderte Kinn und besonders das Aussparen des bescheidenen Backenbartes machten ihm die größte Mühe, deren ihm das elende Leben nicht mehr wert schien.

Einen Augenblick fiel es ihm ein, ob er nicht besser täte, mit dem Messer tiefer hinabzufahren und die Kehle abzuschneiden, so wäre auch er erlöst. Aber das eingewurzelte Pflichtgefühl ließ ihn keinen zweiten Augenblick bei dem Gedanken verweilen; er barbierte sich ruhiger zu Ende.

Von den nicht zahlreichen Verwandten fand sich nur der kleinere Teil am Leichenbegleite ein; die anderen entschuldigten sich. Martin Salander, den der Witwer benachrichtigt, aber nicht ausdrücklich eingeladen, erschien schwarz gekleidet im Hause unter dem Häufchen sonstiger schlichter Männer aus Jakobs Bekanntschaft, die ihm den Dienst nicht versagten. Es tat dem armen Manne offenbar wohl in der peinlichen Stille, die in der Trauerstube herrschte. Vor dem Hause dagegen sammelte sich eine gute Zahl ernster Leute der Umgegend, welche dem schwarz behangenen Sarge folgten, der auf den Friedhof hinausgetragen wurde.

Es war ein unruhiger Tag im Spätherbste. Bald schien die Sonne auf Wiesen und Gärten, bald jagte der Wind fliegende Wolken über den
301 Himmel und ihre Schatten über die Wege, welche der Trauerzug langsam beschritt, den von acht Männern getragenen Sarg voran. Über die Bahre und die Köpfe der Leidtragenden hinweg wehte der Wind außerdem das von den Bäumen gerissene abgestorbene Laub und die gelben Blätter raschelten und tanzten auf dem Wege so hurtig voraus, wie wenn sie Leben und große Eile hätten, den Heimgang einer Seele anzusagen.

Auf dem Friedhofe ruhte die Sonne und flimmerte in unbestrittenem Glanze auf den Hunderten von Glas-, Flitter- und Blechkränzen, mit denen der verirrte Geschmack die Denkmäler der Verstorbenen behing, aus der gleichen Eitelkeit, welche Wochen und vierzehn Tage hindurch die öffentlichen Blätter erst mit der Todesanzeige und dann mit der Danksagung für erfahrene rühmliche Teilnahme anfüllt. Das wäre alles so recht im Sinne der armen Amalie Weidelich in ihrer guten Zeit gewesen; nun war sie der Torheit enthoben und ging den letzten Gang in einem besseren und höheren Stile.

Während die Bahre den Weg nach dem offenen Grabe fortsetzte, trat die Trauerversammlung in das sogenannte Bethaus, wo der Geistliche bereitstand, nach Vorschrift Anrede und Gebet abzuhalten. Er hatte den Vater Weidelich besucht und gesehen, daß derselbe eine totenrichterliche Leichenpredigt, nach ländlichem Gebrauch den Umständen angepaßt, nicht gut ertragen würde, und widerstand daher dem Anreiz, ein Beispiel zu liefern.

Nach geschehener Verrichtung hielt er das Barett vor das Gesicht und verharrte so an seinem Platze, zum Zeichen, daß es aus sei. Einer um den andern begann hinauszugehen. Weidelich blieb ermüdet auf seiner Bank sitzen und auch aus Bescheidenheit, bis das Bethaus leer und auch der geistliche Herr unversehens verschwunden war. Dann wankte auch er hinaus und schaute unter der Tür sich nach dem Grab um. Von den Personen des Geleites war niemand mehr zu erblicken.

Da trat Martin Salander zu ihm, nahm ihn unter den Arm und
302 führte ihn zum Grabe, wo die Totengräber soeben den einfachen Sarg von weißem Tannenholz, wie er bis in die neuere Zeit für reich und

arm gezimmert worden, in die Grube senkten und die Erde hinunterzuschaufeln begannen.

Jakob Weidelich fing wehrlos an zu weinen und brachte kaum die Worte: »Du armes Kind!« hervor, nun zum zweiten Male, seit er die Frau tot gefunden. Er redete sie offenbar in den verschollenen Tönen der Jugendzeit an, die am Ende der Dinge wieder erwachten, weil keine zärtlicheren dem verwitternden Manne zu Gebote standen.

Als die Graberde über dem Sarge wieder eingepackt war, und der Totengräber seine Arbeit mit der flachen Schaufel noch ein wenig streichelte und klopfte, um sich das Ansehen eines Künstlers zu geben, führte Salander den vereinsamten Mann hinweg und begleitete ihn bis in seine Wohnung, weil er wußte, daß er dort nun sich allein überlassen blieb, wenn man das unvertraut gewordene Gesinde nicht zählte.

Er saß mit ihm eine Zeitlang schweigend am Tische. Weidelich ruhte aus und brütete dann in sich hinein, bis er sich aufrichtete und sagte:

»Nun kann meine Frau am Morgen liegen bleiben; ich aber muß mich bei Zeiten auf die Beine machen und das Geld für die Bürgschaft auftreiben, das jetzt bezahlt sein muß. Am Abend sitze ich nicht mehr auf freiem Grund und Boden und bin so arm wie eine meiner Mäuse, dazu noch zins- und fronpflichtig. Es ist hart! Ohne Lohn zu bleiben nach der Arbeit!«

Salander zog seine Brieftasche hervor und legte sie auf den Tisch.

»Ich bin«, antwortete er dem Manne, »wegen dieser Sache besorgt gewesen! Die Meinigen und ich, d.h. Frau und Töchter, wir haben uns gesagt, daß man Sie nicht in solchen Zuständen verlassen könne, daß es uns auch anstehe, das Band der Verwandtschaft, obgleich es niemand Segen gebracht, in freundlicher Weise zu lösen. Also bin ich gestern auf die Staatskasse gegangen und habe Ihre Bürgschaftspflichten, sozusagen, in Ihrem Namen, erfüllt. Hier haben Sie die Quittungen, sie 303
lauten zusammen für die beiden Söhne auf sechsundsiebzigtausend Franken. Leben und schaffen Sie nur weiter mit guter Gesundheit und machen Sie kein Wesen aus der Sache, es wird Sie niemand behelligen. Ich meinerseits kann es wohl tun und habe auch nichts dagegen, wenn Sie damit einst den Söhnen noch nützlich sein können. Sie waren einmal unsere Tochtermänner, so kann ich auch eine Bürgschaftsschuld für sie übernehmen, wenn es ihrem braven Vater die alten Tage leichter macht! Nehmen Sie die Quittungen an sich und behalten Sie den

Sachverhalt als Ihr Geheimnis für sich; die Leute können ja annehmen, ich hätte das Geld auf Ihren Hof geliehen!«

Jakob Weidelich war so rot als noch möglich geworden und traute seinen Augen nicht, als er die zwei Scheine in der Hand hielt. Nur undeutlich und verworren drückte er seine Dankempfindungen aus, in welche sich Zweifel an der Annehmbarkeit eines solchen Opfers mischten. Er hielt aber die Quittungen fest, und als Salander sich entfernte, hörte er noch, wie auch Jakobs Stimme schon fester tönte, die einen der Arbeitsleute zur Ordnung wies.

»Das wäre auch vorbei!« sagte Martin vor sich her, und der Kaufmann in ihm fügte hinzu, es sei doch fraglich, ob man nicht mit Recht ihn einen Narren heißen dürfte, da er eigentlich nur den jungen eingesperrten Verbrechern ein Geschenk gemacht habe, welche den Vater beerben; und wenn sie wieder auf freien Fuß kämen, könne dieser längst tot sein.

»Doch nein!« sprach wieder der alte Martin. »Es ist so recht und die beste Auseinandersetzung mit den Buben, nachdem sie sich einmal in meine Lebenskreise haben drängen können! Ja, die Hochzeit, die verhexte Hochzeit! Gleich morgen muß der Anwalt mit der Scheidungs-
304 klage für die Töchter beauftragt werden! Diese Sache wird bald erledigt sein!«

19.

Während Martin Salander von den Zeitkrankheiten, welche zuletzt in schweren Symptomen bis an seinen häuslichen Herd drangen, in Verdruß, Sorge und Zweifel versetzt war, hatte er den Louis Wohlwend und sein Haus beinah ganz aus dem Gesicht verloren. Das rührte freilich auch daher, daß Wohlwend öfter reiste und, nachdem er die Knaben in ein erzieherisches Haus am Genfersee gebracht, in der Tat, wie er vorausgesagt, für seine Gottesstaatsidee zu wirken trachtete. Er suchte geistliche und weltliche Anführer heim und nahm an Versammlungen der verschiedensten Art teil, um der heiligen Sache Eingang zu verschaffen und dafür aufzutreten, fand aber, außer bei ein paar Perpetuum-Mobile-Erfindern und dergleichen wenig oder gar keinen Anklang. Mit vieler Mühe hatte er eine Verfassung ausgedacht, in welcher für alle Ratsversammlungen, vollziehenden Gewalten und Gerichte dem lieben Gott das Präsidium vorbehalten war und zur unmittelbaren Leitung der Geschäfte Vizepräsidenten durch die Kirchensynode gewählt wurden, die mit dem großen Landesrate zusammenfiel. Diese Synode sollte aus ebensoviel Laien als Geistlichen bestehen. In allen weltlichen und geistlichen Behörden, besonders auch in den Gerichten, wurde bei wichtigen Beschlüssen und Urteilen, wenn die Stimmen gleichstanden, dem göttlichen Präsidenten der Stichentscheid mittels des Loses anheimgestellt, das unter Innehalten einer eigenen Gebetordnung gezogen werden sollte usw. Gottes Stichentscheid erschien um so wundersamer, als Wohlwend auf Befragen erklärte, seiner weitgehenden Duldsamkeit sei es rein gleichgültig, welcher Gottesbegriff zugrunde gelegt werde, ob der persönlich überweltliche oder der allsächlich innerweltliche, der dreieinige oder der unbedingt einfachste; ihm komme es nur auf die Idealität des Gedankens an.

Diese Abenteuerlichkeit schadete ihm aber nicht einmal soviel, wie
der gänzliche Mangel an wirklich religiösem Gefühl oder an Verständnis 305
oder Bewußtsein dessen, was er sich unter dem Worte Religion dachte. So merkte denn jeder, daß Wohlwend, sobald er sein Wort von den ewigen Idealen ausgestoßen habe, auf dem Boden seines Schulsackes angelangt und dieser kleiner sei, als derjenige frisch konfirmierter Kinder. Und seine ehemalige Schulmethode, anderen erst abzufragen, was er mit Vorteil sagen könne, ließ ihn jetzt ganz im Stich, da er alt war und sich nur lächerlich machte.

Dennoch ließ er das Ding nicht ruhen, tat, als ob er nichts merkte, und fuhr mit leichtem Sinne fort, jede Gelegenheit zum Entfalten des Prophetenmantels zu benutzen, ein Zeichen, daß Salander richtig gedacht und Wohlwend nur eine Spezialität besitzen wollte, um sie als Tarnkappe zu brauchen, auch eine Kurzweil zu haben, wie ehemals die Heraldik und den Krebsfang.

Nun, da die gute Jahreszeit vorüber und der erste Schnee gefallen, war er mehr zu Hause. Eines Morgens befand er sich mit der Frau Alexandra allein zusammen, in seltsamer Zwiesprache begriffen, welche er auf die Privatangelegenheiten gelenkt hatte. Es handelte sich um das Verhältnis zu Martin Salander; dasselbe war scheinbar eingeschlafen, und Wohlwend gedachte, es wieder zu beleben. Allein noch hatte er keinen Tritt in das Haus des alten Freundes getan, da er nicht dazu aufgefordert wurde, und er getraute sich nicht, ungeladen zu erscheinen; denn er fürchtete die dortige Hausfrau wie ein Schwert. Salander aber hatte die vergangenen Monate noch weniger Lust und Mut empfunden, den Versuch zu wagen und die Familie bei sich einzuführen.

Wohlwend saß an einem zierlichen, aber gebrechlichen Damenschreibtischchen, das er sich zugelegt, nur nebenbei etwa mit schriftlicher Arbeit beschäftigt. Im Mittelstücke des Aufsatzes, hinter einem Spiegeltürchen, lag in einem Tabernakel die Handschrift seines Verfassungsentwurfes. Halb gegen die Gattin gewendet, die auf dem Sofa weilte,
306 erwiderte er auf etwas, das sie eben gesagt:

»Kannst du mich denn ewig nie verstehen? Nicht auf den alten Herrn Salander hab ich es abgesehen mit der Myrrha! Er sieht sie gern und ist vielleicht verliebt in sie, damit will ich ihn allerdings an uns ziehen; allein er hat einen Sohn, der heimkehrt und der Erbe des bedeutenden Handelsgeschäftes sein wird. Dieser soll die Myrrha heiraten, wenn man meine Pläne nicht verdirbt; und dann hoff ich nicht nur, dadurch in nützliche Beziehungen zu kommen, sondern auch den sträflichen Hochmut der Madame heimzuzahlen, die uns verachtet.«

Für sich murmelte er noch:

»Der selbstgerechte und kluge Bruder Martin, ihr Gemahl, hat einstweilen durch die berühmten Schwiegersöhne den Lohn für jene Hochzeit erhalten, der Geldprotz!«

Indes hatte die Frau wieder zu reden begonnen, und er rief:

»Was sagst du?«

»Ich sage, man kann mit meiner Schwester nicht auf die Art umgehen! Schon durch den Spaß mit dem alten Herrn kommt sie in ein Geschwätz, und ist der Sohn da, so hat er vielleicht eine, die er weiß, oder will die Myrrha sonst nicht. Guck nur und schiel mich an, es ist so!«

Er rüttelte unwillkürlich an dem Tischchen, gegen das seine Hände sich stemmten.

Aber Alexandra redete nur lauter:

»Sie ist nicht die Gescheiteste und hat niemand mehr auf der Welt als mich, wie es scheint, der dafür sorgt, daß sie nicht –«

Hier wurde sie von Knall und Fall unterbrochen. Louis Wohlwend hatte sich zornig erhoben, auf das Schreibtischlein gestützt, und die dünnen gewundenen Säulchen, die es trugen, dabei auseinandergedrückt. Das zarte Möbel lag kläglich auf dem Boden mit allem, was sich darauf befunden; aus dem kleinen Porzellangefäße lief ein kümmerliches Bächlein Tinte.

In diesem Augenblicke trat auch Myrrha in das Zimmer und stellte sich mit Schrecken und Bedauern ebenfalls vor den Schaden. Wohlwend war plötzlich zur Besonnenheit und Frau Alexandra aus dem Winkel 307
zurückgekehrt, in welchen sie sich geflüchtet hatte. Hiermit blieb das Gespräch für einmal auf sich beruhen.

Das, wovon es handelte, schwebte dafür anderwärts an die Luft empor. Salanders Sorgen waren zur Ruhe gekommen, die Wut des allgemeinen Übels hatte nachgelassen, die ärgerlichen Zeitungsnachrichten hörten allmählich auf, und sein besonderer Anteil, die Geschichte der zwei Notare, war in der sühnenden Stille der Strafgefängnisse eingeschlafen, der kurze Scheidungsprozeß der Töchter entschieden und ihr alt-neues Leben im Elternhause tröstlich geordnet.

Sie hatten sich mit einem Teil ihres Gerätes im oberen Stockwerke eingerichtet und gingen der Mutter mit der im einsamen Ehestand angewöhnten häuslichen Tätigkeit zur Hand. Im übrigen lebten sie eingezogen und verhältnismäßig zufrieden, was die Mutter nicht hinderte, im stillen, soviel der Vater merken konnte, auf den Sohn Arnold zu bauen, durch welchen wohl der ein und andere Mann von Tüchtigkeit im Gesichtskreise der Familie auftauchen würde; denn die Töchter sähen eigentlich erst jetzt nach etwas aus, wie wenn sie an Inhalt gewonnen hätten. Arnold sollte einstweilen in dem Hause wohnen, wo Salanders Geschäftsräume waren. Er hatte die Liegenschaft endlich gekauft, weil die Eigentümer gestorben. Der große Garten sollte neu hergestellt und gepflegt, auch das Haus für alle ausgebaut werden.

Nachdem dergestalt eine friedliche Windstille eingetreten und die Zukunft heller und wieder glücksfähiger geworden schien, entlud sich auch Martin Salanders Gemüt seiner Lasten bis auf den dunklen Druck seines verjüngten Liebesbedürfnisses, oder wie man es nennen mochte. Um seine mannigfaltige Tätigkeit für Volk und Staat mit erneuter Kraft aufzunehmen, war ihm, wie er unverwüstlich glaubte, die Herzerneuerung durch die schöne, keusche Neigung notwendig, die sich während des Unwetters geduckt hatte, wie jenes Käuzlein, und nun wieder die 308
Flügel breit machte und die Augen glühen ließ in den dunklen Nächten. Zwar hielt ihn die Anwesenheit der Töchter noch von allen bedenklichen Schritten zurück, so daß er sich nur in unbestimmten Plänen und Hoffnungen des Wiedersehens erging.

Da geschah es an einem Winternachmittage, als er einen Marsch ins freie Feld tun wollte, daß er dem Fräulein Myrrha Glawicz begegnete, welches in der Vorstadt einen verlorenen Weg zu suchen schien und, in Samt, Pelz und Schleier gehüllt, vorsichtig und scheu die feinen Füße in den Schnee setzte gleich einem verirrten ziervollen Vogel aus wärmeren Zonen.

Erst als sie schon ganz in der Nähe war, erkannte er die Gestalt, die er mit den Augen wohlgefällig verfolgt hatte, und sah, wie sie tief errötete und ihn mit den großen Augen flehentlich ansah, als ob sie um Mitleid bäte, da er sie freudig erschreckt begrüßte. Erfahrend, wohin sie wolle, führte er sie eine Strecke auf den richtigen Weg, den sie zu gehen hatte, und versuchte mit ihr zu sprechen, abermals ohne einen ordentlichen Gang der Wechselreden zu finden. Denn er war bald ebenso verwirrt wie die Dame selber, die sich, vor einem Hause stehenbleibend, plötzlich mit süßem Danke und neuem Erröten losmachte und hineinging.

Seinen Weg stundenlang fortsetzend, bis die rötliche Dämmerung die beschneiten Fluren allmählich verhüllte, beschloß er, seiner Gattin anzukündigen, daß er die Wohlwendschen Frauen ins Haus einzuführen wünsche, und ihr dabei offen zu bekennen, wie er des Anblickes der unschuldigen Schönheit Myrrhas bedürfe und daran von den Krankheiten der Zeit zu gesunden und wieder zu erstarken hoffe, und wie das alles keine Bedenken und Gefahren in sich bergen solle. Kurz, er dachte sich eine lange Rede aus, seine Torheit als Weisheit darzustellen; und selbst die guten Töchter erschienen ihm nicht mehr als Hindernisse, sondern im Gegenteil als jugendliche Mittlerinnen in dem Verjüngungs-
309 handel, da sie ja erst recht den wonniglichen Verkehr ermöglichten. Trotzdem schlug ihm das Herz etwas ängstlich, als er sich seinem Hause näherte; die Angst verwandelte sich aber in Verwunderung, weil alle Fenster von unten bis oben hell erleuchtet waren.

Auf dem Hausflur lagen Kisten und Gepäckstücke; die schöne Laterne, die von oben herunterhing, als ein neuangeschafftes Stück, erhellte die Treppen, auf denen Frau Marie mit dem Schlüsselbund dem Manne begegnete. Sie fiel ihm sofort um den Hals und rief:

»Martin, wo bleibst du? Es ist wieder einmal einer aus Brasilien gekommen! Arnold ist da!«

»Jetzt schon? Ich glaubte, auf Ostern gelte es?« sagte Salander betroffen.

»Er wird eben täglich klüger und hat sich früher eingeschifft! Komm herein, Setti und Netti sind in allen Zuständen, das macht, er hat sich herzig gegen sie benommen, sie brauchten sich gar nicht zu schämen vor dem Herrn Bruder! Hör nur, wie sie lachen!«

Sie lachten wirklich, obschon Arnold ganz ernsthaft in der Stube stand, als Vater Martin hineinging. Der Sohn trug den jugendlichen Kopf des letztern auf den Schultern; aber er war um einen Zoll höher gewachsen und dabei schlank wie eine Tanne. Das Herz des Vaters freute sich über den Anblick; ein feines Ohr hätte mitten in der Herzensfreude einen schwachen Schrei, wie eines erwürgten Kaninchens hören können, da in derselben die pedantische Liebelei Martins ohne weitere Umstände verschied. Denn ohne daß er sich deutlich des Vorganges bewußt wurde, stand der blühende Sohn wie eine lebendige Kritik vor ihm und wirkte augenblicklich auf seine gute Natur.

Im übrigen schüttelten sie sich bieder die Hände. »Ich meinte«, sagte Salander, »du kämst im Frühling?«

»So war ich gewillt! Allein im März muß ich wieder einmal meinen Militärdienst tun, sie wollen mir nicht länger Urlaub geben. Wenn ich meinen jetzigen Grad behalten wolle, heißt es, so müsse ich dienen, 310
weil ich noch jung sei, sie können keine alten Leutnants in den Batterien brauchen! Vorher muß ich doch ein paar Monate mich hier einleben!«

»Du hast recht!« erwiderte Martin wehmütig. »Ich wollte meiner Zeit auch noch dienen und wäre wenigstens vielleicht ein brauchbarer Verwaltungsoffizier geworden; daran hat mich die Wohlwendgeschichte verhindert, als ich Knall und Fall fort mußte! Nun hab ich doch den Sohn im Feuer, wenn's etwas gibt!«

»Apropos Wohlwend«, sagte Arnold Salander, »da bring ich Neuigkeiten mit! Ich habe die Akten, betreffend deinen Handel mit der verpufften Bank in Rio, nicht vergebens mitgenommen. Erst ein Vierteljahr vor der Abreise bekam ich durch einen guten Bekannten von dir Wind, daß ein alter ausgeräucherter Kerl von jener Gesellschaft, von der Not getrieben, herangeschlichen sei und krank im Spitale liege. Er sei entdeckt worden; verschiedene Leute, die einst Schaden erlitten, ließen ihn gerichtlich verhören, und der geschwächte Patron, der nichts mehr zu verlieren habe, krame aus, was er wisse. Natürlich gab ich deine Akten, versehen mit einem zweckdienlichen Auszug und Bericht, auch ein und verlangte die Einvernahme. Siehe da, er bekannte, hinter dem Rücken des schönen Direktoriums mit Schadenmüller-Wohlwend noch einen besondern geheimen Betrugskonto geführt zu haben, zu dessen

Gunsten sie einander bei guter Verlegenheit allerlei Hasen in die Küche gejagt; so habe er auch den Wohlwend von deiner Erzählung und der dafür erhaltenen kolossalen Tratte in Kenntnis gesetzt und ihm bedeutet, was er zu tun nicht unterlassen solle. Allein sie hätten, von den Ereignissen überrascht, den sauberen Konto nie liquidieren können, und so habe Wohlwend für sich behalten, was er erwischt, das heißt, was hier in Münsterburg nicht ausbezahlt worden sei. Das Protokoll in gutem Portugiesisch, gehörig beglaubigt, habe ich bei mir. Der Mensch ist
311 dann gestorben; was dort weiter geschehen, weiß ich nicht.«

Martin hörte staunend zu und sagte zuletzt nur: »Also doch!« Aber statt sich lange bei der altvermuteten und neubestätigten Sache aufzuhalten, mußte er in verschwiegenen Gedanken nur das gütige Geschick preisen, das im letzten Augenblicke ihn davor bewahrte, in das ihm gestellte Netz zu fallen, seine treue Frau zu kränken und vor dem Sohne als ein törichter alter Mensch dazustehen. Mit dem letzten Seufzer, den er in dieser Sache tat, gelobte er sich Besserung, und schritt darauf an der Spitze der Seinigen in das Speisezimmer, wo Frau Marie und ihre Töchter zu Ehren des Heimgekehrten den Tisch bereitet hatten und die Magdalene mit wahrem Hochmut den schönsten Braten auftrug, den sie seit langem gewendet und begossen.

»Ich bin nun froh, daß ich endlich wieder da bin«, sagte Arnold Salander, als der Vater ihm einschenkte, »es ist doch am besten in der Heimat!«

»Du kommst gerade in keinem glücklichen Augenblick«, versetzte Martin, der Vater; »hast du nicht vernommen, was in diesem Jahre alles über uns gegangen ist von elendem Zeug?«

»Ich habe es wohl verfolgt und zwar in unsern eigenen Zeitungen«, entgegnete Arnold, »es war nicht erbaulich! doch ist schon manches über unser Land gekrochen, was noch weniger schön gewesen ist! Nach den glorreichen Burgunderkriegen war das Volk so verwildert, daß man jeden aufhenken mußte, der soviel stahl, als ein Strick kostete. Das steht ja schon in unsern Schulbüchern! Und doch haben wir die vierhundert Jahre weitergelebt!«

»Es war zuweilen auch danach«, sagte der Vater, »es ist aber doch ein guter Spruch, den du getan hast! Kommt, Frau und Kinder, und laßt uns mit Arnold anstoßen und uns freuen, daß er es erträglicher findet, als wir gehofft!«

Sie klangen froh, wie lange nicht, mit allen Gläsern zusammen, Magdalene schaute unter der Tür zu und strich mit beiden Zeigefingern die Augen. Frau Marie rief sie heran und bot ihr das eigene Glas, das 312
sie tapfer leerte, worauf sie schämig hinauslief.

Arnold nahm sein Wort nochmals auf.

»Ich glaube«, sagte er, »es würde vieles erträglicher werden, wenn man weniger selbstzufrieden wäre bei uns und die Vaterlandsliebe nicht immer mit der Selbstbewunderung verwechselte! Ich habe, obgleich noch jung, ein ziemliches Stück von der Welt gesehen und das Sprichwort: ›C'est partout comme chez nous‹ würdigen gelernt. Wenn wir nun etwa in ein schlechtes Fahrwasser geraten, so müssen wir eben hinauszukommen suchen und uns inzwischen mit der Umkehrung jenes Wortes trösten: Es ist bei uns, wie überall!«

Das war dem alten Martin aus dem Herzen und ganz nach seinem Sinne gesprochen; nur dünkte es ihn neu, weil er selbst, seit er so rüstig an dem öffentlichen Wohle mitgezimmert und -gebastelt, manches für unvergleichlicher und einziger gehalten hatte, als es war.

Noch geraume Zeit saß die wiedervereinigte Familie beisammen und ganz so glücklich, wie an jenem Abend, da Martin gekommen war, die hungernden Kinder samt der Mutter zu speisen.

Mit leichtem Mute und wirklich verjüngt ging er zu Bett. Nach einiger Zeit, da Marie wahrnahm, daß er nicht schlief, sondern zufrieden etwas spintisierte, rief sie:

»Du, Martin! Gelt, der Arnold freut dich doch, denn du hast zum ersten Mal deinen Gutenachtseufzer vergessen, mit dem du mich seit länger als einem halben Jahre betrübt hast!«

»Du bist nur halb auf der Spur!« gab Martin bedächtig stockend zur Antwort; dann entschloß er sich jedoch, der treuen Frau seine Abirrung zu bekennen, damit kein dunkler Punkt zwischen ihnen sei.

Er erzählte ihr also die ganze Geschichte mit der Myrrha Glawicz, die eingebildeten Liebesleiden bei harmlosen Absichten und höheren ethischen Beweggründen, samt der Rede, die er sich für Frau Marie 313
ausgedacht, bis zu dem Augenblick, wo der bloße Anblick des Sohnes das Luftschloß zertrümmerte.

»Nun, was sagst du dazu?« fragte der vergebungsbedürftige Mann hinüber, da die Frau schwieg. Erst nachdem sie sich eine Weile unruhig auf ihrem Lager gedreht, lachte sie plötzlich hellauf und schwieg dann wieder. Dann lachte sie nochmals und sagte:

»Ich lache nur aus Freuden darüber, daß diese letzte Gefahr, die uns bedroht, sich so glimpflich verzogen hat! Dank du dem Himmel, Mann! daß dein Sohn so zu rechter Zeit, auf die Minute, gekommen ist! Es wäre ja nicht um mich zu tun gewesen, aber um dich und ihn, und die Töchter! Wie wären wir vor denen dagestanden! Aber weißt du, Martin, weil du von der einfachen, unerwarteten Gegenwart unseres Sohnes geheilt wurdest, so soll dir die Verrücktheit vergeben und vergessen sein, die du mir hast antun wollen! Es ist ein gutes Zeichen, ein goldenes, das ich mir im Gemüt aufbewahren will, solang ich noch lebe! Und jetzt, schlaf wohl, Mann, deine Geschichte hat doch etwas Einschläferliches an sich!«

So ging Martin Salanders später Liebesfrühling, der die Verjüngung seiner politischen Tatkraft herbeiführen sollte, in Gnaden und ohne weitere Gewitter vorüber.

20.

Und er schien doch jünger geworden, als er, den Sohn zur Seite, am nächsten Morgen den Weg nach seinem Kontor beschritt. Leicht trugen ihn die Füße; die Hüften aber wiegten sich leise, fast unmerklich, hin und her, wie einstmals, wenn ein frischer Lebensmut, ein guter Gedanke ihn durchströmten.

Im Geschäftshause angekommen, unterhielten sie sich zuerst mit
314 den Angestellten, die Arnold freundschaftlich grüßte, und besprachen im allgemeinen dies und jenes, was der Tag brachte oder in letzter Zeit ausgeführt worden. Dann begaben sich Vater und Sohn in Martins besonderes Zimmer, um in ausführlicher Unterredung Stand und Zukunft des Hauses gründlicher zu erörtern, als es in Briefen geschehen konnte. Neues trat hiebei nicht viel zutage, wenn es nicht etwa die Schlußfrage war, ob nicht die Geschäfte, die Unternehmungen bei so befriedigendem Gange auszudehnen und ein gewisser Aufschwung zu wagen sei?

Es war Martin, der die Frage aufgeworfen und den Sohn aufmerksam und mit vollem Vertrauen ansah.

Arnold bedachte sich oder hielt vielmehr mit der Antwort zurück, welche er nicht zu suchen brauchte. Er spielte indessen mit dem Muster einer neuen Goldwage, die man auf des Vaters Tisch gestellt hatte.

»Es hängt von dir ab, lieber Vater!« sagte er endlich, »ich arbeite gern mit unter deiner Leitung!«

»Nein, von dir hängt es ab!« erwiderte Martin, »du bist der Sohn und Erbe, dessen die Zukunft ist!«

»Der Nachdruck der Frage liegt in den Worte ›wagen‹, das du gebraucht hast: ob eine Ausdehnung zu wagen sei!« fuhr Arnold fort, »wir stehen hart an der Grenze, wo dies ganz richtig gesagt ist, d.h. wo man, um Mehreres zu tun, ein Teil des Gewonnenen, vielleicht schließlich alles aufs Spiel setzen muß. Für meine Person, muß ich gestehen, habe ich drüben, jenseits des Wassers, in stillen Augenblicken mehr als einmal nachgedacht, wieweit wir eigentlich gedeihen wollen in unserm Erwerb? Wollen wir in der Tat kleine Nabobs werden, die entweder ihr Leben ändern oder den weit über ihre Bedürfnisse reichenden Mammon ängstlich vergraben müssen und in beiden Fällen vor sich selbst lächerlich sind? Zudem bist du ja Politiker und Volksmann, ich bin meines Zeichens Geschichtsfreund und Jurist; es steht also uns beiden besser an, wenn wir in schlicht bürgerlichen Verhältnissen und
Gewohnheiten bleiben, wie du es bis jetzt so musterhaft getan hast. 315
Vergib, das ist mein Gefühl! Ich empfinde auch einiges Heimweh nach meinen Büchern und müßte bei allfällig rapidem Anwachsen des Geschäfts mehr Zeit mit dem Kurszettel in der Hand und auf der Börse zubringen, als mir lieb wäre!«

»Du sprichst nur Gedanken aus, die ich selbst schon gehegt! Was mich aber auf die Frage gebracht hat, ist die Zukunft unsers Landes. Ich fürchte, die Zeit ist nicht mehr fern, in welcher die Gesetzgebung die Hand kräftiger auf das Vermögen legen wird; da dürfte es, dacht ich, gut sein, wenn man tüchtiger einzuschießen hat, ohne gerade zu verarmen.«

Arnold lachte.

»Das wäre«, sagte er, »nicht mein Standpunkt, ich möchte nicht Geldmacher für zukünftige Dinge sein, die ich nicht billigen kann. Ich werde vielmehr die Willkür bestreiten, solang ich es vermag; siegt sie, wohl und gut, so füge ich mich gelassen; dann ist es mir aber auch gleichgültig, ob sie uns zwei oder zehn Millionen nehmen.«

»Ei, wer spricht denn gleich so von nehmen«, rief der Vater leicht gereizt, »es geht alles mit rechten Dingen zu! Glaub aber nur, die Postulate der Notwendigkeit werden so dicht regnen, daß wir noch froh sind, gute Schuhe zu haben!«

»So laß regnen, es wird auch wieder aufhören! Erinnere dich, Vater, an den Anfang unsers Jahrhunderts, als nach der durchgerungenen Helvetik das Vaterland auf den Kopf gestellt war und in der Knechtschaft des ersten Konsuls von Frankreich seufzte. Damals berichteten die Pfarrer, daß in ihren Gemeinden viele Leute lebensmüd seien und sich nach dem Tode sehnten! Jetzt nach achtzig Jahren sitzen wir, geringe Leute vom Lande, frei wie Lerchen in der Luft, wenn auch nicht frei von Leidenschaft vielleicht: wir sitzen hier in einem der Häuser der untergegangenen Aristokratie und pflegen Rats, ob wir noch reicher werden wollen oder nicht! Ich fürchte mich aber weder mit dem vielen
316 Gelde noch ohne dasselbe!«

Der alte Salander blickte den jungen mit glänzenden Augen an und ergriff dessen Hand.

»So laß uns«, sprach er gerührt, mit leiserer Stimme, wie ein Verschwörer, »laß uns zu dieser Stunde geloben, daß wir das Land und Volk nie verlassen wollen, es mag beschließen, was es will.«

»Das kann ich wohl geloben!« antwortete der Sohn, den Handschlag des Vaters erwidernd. »Höhere Gewalt immerhin vorbehalten!«

»Was meinst du damit?«

»In diesem Fall zum Beispiel eine völlige Entartung!«

»Das kann ja die schönste reservatio mentalis werden!«

»Nun, also ohne Vorbehalt! Es würde doch chez nous comme partout sein!«

»Also es gilt!« schloß Martin Salander und gab Arnolds Hand frei.

»Und was das Geschäft betrifft«, fügte er bei, »so lassen wir es einstweilen beim alten!«

Nach dieser seltsamen Verhandlung, in welcher die zwei Männer sich so grundverschieden und doch wieder so grundähnlich erwiesen, kamen sie auf den Louis Wohlwend zu sprechen und berieten, was mit dem von Arnold aufgebrachten Protokoll zu beginnen sei. Sie fanden, daß sie schon wegen der Verjährung keinen Nutzen mehr für das Haus darin suchen, dagegen unter der Hand sich erkundigen wollten, ob etwa Pflichten gegen dritte eine Anzeige erheischen könnten. Vorläufig beschlossen sie, eine deutsche Übersetzung anzufertigen, um mittels derselben nötigenfalls den Wohlwend zu jeder Stunde durch bloßen Vorhalt aus dem Lande treiben zu können. Inzwischen sollte der Verkehr mit ihm gänzlich abgebrochen werden. Arnold empfand nicht übel Lust, die Verjagung ohne weiteres vorzunehmen; der Vater hinge-

gen war für das Abwarten, da er mit den Frauen, die er für unschuldige Opfer hielt, Erbarmen hatte. Sogar Wohlwend selber zu schonen, fühlte er ein geheimes Bedürfnis; denn wenn der Sünder für die Strafe 317
auch nicht mehr erreichbar war, so mußte ihn das Bekanntwerden jenes Aktenstückes dennoch in die Reihen der offenkundigen Verbrecher endgültig hinabstoßen. Und er blieb doch immer Salanders ältester Jugendgenosse und gewesener guter Freund.

Kaum waren auch diese Dinge abgetan und die Männer im Begriff, jeder an eine Beschäftigung zu gehen, so klopfte es und der unglückliche Wohlwend trat herein, die schöne Myrrha am Arme führend.

»Verzeih, alter Freund«, rief er, »daß wir dich so unvorgesehen überfallen! Da mache ich mit meiner Schwägerin einen Gang durch die Stadt und vernehme plötzlich, daß der Herr Sohn heimgekehrt sei. Und wie wir hier an das Haus kommen, sag ich, wir wollen einen Sprung hinaustun, du kannst immer mitkommen, und den Herrn in frischer Tat begrüßen! Seien Sie auch uns bestens willkommen, Herr Arnold, so heißen Sie doch?«

Vater und Sohn waren wie vom Blitz getroffen. Keiner ergriff die dargebotene Hand, aber keiner wußte ein Wort zu sagen, noch weniger brachten sie es über sich, den Mann in Gegenwart des so rührend schönen Frauenzimmers schroff abzuweisen. Endlich ermannte sich Martin Salander, indem er den alten Freund sachte beiseite zog und leise zu ihm sagte:

»Sie entschuldigen, Herr Wohlwend, daß wir Sie jetzt nicht sprechen können! Wir sind, wie Sie leicht begreifen, dringend beschäftigt!«

»Sie?« murmelte Wohlwend stutzend und trat sogleich weiter zur Seite, »was soll das heißen?«

»O nicht eben viel!« versetzte Martin verlegen und doch sonderbar gereizt, daß der böse Geist die gefährliche Person vor die Augen des Sohnes brachte. »Die Verhältnisse ändern sich zuweilen; ein geeigneter Aufschluß wird sich wohl finden lassen; für heute, wie gesagt, müssen wir Entschuldigung verlangen, wir sind wirklich sehr beschäftigt!« 318

Er hätte kein härteres Wort über die Lippen gebracht, weil Myrrha, nach welcher er einmal hinschielte, ein inniges Mitleid von neuem erweckte. In seiner Verlegenheit schritt er neben Wohlwend an der Wand auf und nieder, während er seine abgebrochenen Worte sprach, und Wohlwend schritt beharrlich neben ihm her, schweigend, böse Blicke schießend, auch nach den jungen Leuten spähend und den Aufbruch nicht wagend, weil er nicht wußte, wie der sich gestalten würde.

Indessen war Myrrha verlassen im Zimmer gestanden, ratlos blickend und zuletzt zitternd, als Arnold sie überrascht betrachtete. Nun bat er sie gefälligst, sich zu setzen, und nahm selbst einen Stuhl.

»Sie sind aus Ungarn, mein Fräulein?« fragte er sie mit unwillkürlicher Teilnahme, um etwas zu sagen.

Wiederum zitternd schaute sie ihn an und erwiderte mit erwachendem Vertrauen:

»Ja wahrlich aus Ungarn, Königreich! Aber Schwager Volvend-Glavicz hat nicht wahr gesagt, nicht jetzt auf der Straßen, schon gestern abend hat gewußt, daß gnädiges Herr angekommen sind! Aber entschuldigen Sie, er hat nur vergessen!«

»Und wie lange leben Sie schon hier?«

»Glaub' ich, zwei Jahr, oder eines, bitt ich um Vergebung, ich weiß es nicht sicher!«

»Und wie gefällt es Ihnen denn in der Schweiz?« fuhr er etwas verblüfft fort und sah sie genauer an. Das empfand sie wohl. Sie flüsterte mit fallenden Tränen:

»Mir gefällt es nirgendwo! Bin ich nur schön, aber nicht ganz gescheit, sagte mein Vater seliger, und Herr Volvend-Glavicz sagt, bin ich auf den Kopf gefallen, aber Heiraten macht gesund! Versteh' ich nicht, aber auch glaub ich nicht, bis ich das sehe!«

Das alles sagte sie trotz der Bedrängnis mit trauten Worten, von Ju-
319 gend zu Jugend, wie wenn sie da vor die rechte Schmiede gekommen wäre in einer verworrenen und höchst bedenklichen Angelegenheit. Immer mehr erstaunt sah Arnold das zierliche Geschöpf forschend an und entdeckte erst jetzt, wie ein irres Licht durch den feuchten Schleier der Tränen flackerte.

In diesem Augenblicke blinzelte Wohlwend herüber, der noch immer in der Unbehaglichkeit neben dem alten Salander herlief, und sah die scheinbar schnelle Vertrautheit der jungen Leutchen. Offenbar hielt er die ausgeworfene Angel für festsitzend, mochte aber für geraten halten, die Schnur für einmal abzureißen, um die Angel für einen günstigeren Zeitpunkt wirken zu lassen. Plötzlich ließ er den Vater Salander stehen, trat mit zwei Schritten hinter Myrrhas Stuhl und legte die Hand auf ihre Achsel.

»Nun dürfen wir die Herren aber wirklich nicht länger stören«, rief er, »komm, Schwägerin Myrrha, wir wollen uns empfehlen!«

Zugleich nahm er sie, die sich erschrocken erhob, an den Arm und verschwand, laute Abschiedsworte in das Zimmer zurückrufend und eine stattliche Pelzmütze schwingend, mit dem schönen Scheingebilde ebenso rasch durch die Tür, wie er gekommen war.

Vater und Sohn standen und schauten sich an.

Arnold tat endlich einen starken Atemzug, gleich einem, der sich von jähem Schreck erholt.

»Wie schad um das schöne Frauenzimmer!« sagte er.

»Wieso schade?« fragte der Alte entgegen, der schon zu fürchten begann, der Sohn möchte sich bereits verliebt haben.

»Nun«, meinte Arnold hinwieder, »weil der arme Tropf ja blödsinnig ist, wo nicht gar verrückt!«

»Blödsinnig?«

»Aber weiß man denn das nicht? Hast du nie mit ihr gesprochen?«

»Mehrmals! Allerdings wollte nie ein ordentliches Gespräch zustande
kommen!« 320

»Jedenfalls ist das Mädchen in hohem Grade einfältig, was wohl aufs gleiche herauskommt! Hör nur, mit was die Ärmste mich unterhalten hat.«

Arnold erzählte den Inhalt ihrer wenigen Reden und schilderte ihr Benehmen, den Ausdruck ihres Gesichtes.

Der Vater wurde feuerrot bis unter die angesilberten Locken über der Stirne, ratlos, was er dazu sagen solle. Es war ein allzu bitterer Nachklang, der ihn auf dem Nachhauseweg, den sie angetreten, wiederholt den Kopf schütteln ließ. Arnold nahm diese innere Erregung nicht wahr. Der Sohn hatte das kleine Ereignis auch schon vergessen, als es ihm bei Tisch unversehens einfiel und er davon zu reden begann. Nachdem er den Hergang geschildert, hob er hervor, wie gut sich natürliche Anmut mit Blödsinnigkeit zu vertragen scheine. Es sei aber ein unheimliches Schauspiel, und er würde sich doch dafür bedanken.

Frau Marie war sofort leicht rot geworden, als er des unerwarteten Besuches erwähnte. Als sie aber einen Blick auf ihren Mann warf und in seinen stummen Zügen den schwer verhehlten Kampf mit der Beschämung, in der er vor ihr saß, bemerkte, verzog sich die Röte wie ein zarter Rosenschleier, und in den Augen, um die Lippen regte es sich leise wie das feinste Lustspiel, das je in einem Frauengesichte aufgeführt wurde.

Nur Martin Salander, der die Gattin mißtrauisch anblickte, sah und verstand es; er fühlte sich leidlich besser, nickte ihr dankbar und etwas dummlich zu, indem er sie um ein Glas Wasser bat. Aber schon hatte sich das Spiel auf Maries Gesicht in ernste Zufriedenheit verwandelt, als sie hörte, mit welch kalter Ruhe Arnold seine Offenbarungen schloß.

Erst jetzt wagte Salander, der Vater, dem Sohne zu bemerken: »Du hast aber doch den Kopf etwas nah mit ihr zusammengesteckt, wie ich flüchtig sehen konnte!«

»Nicht ich«, entgegnete Arnold, »sie war es, die mir in ihrer Unschuld näher rückte, und das störte mich sogar ein bißchen, weil sie jedenfalls
321 kurz vorher Wurst gegessen hat, wie ich an ihrem Hauche spürte. Wäre etwas Senf dagewesen, so hätte ich ihn dazu genossen!«

»Mit dir ist auch nicht gut Kirschen essen!« rief eine der Schwestern, die bislang kleinlaut zuhörten, da das Kapitel ihnen nicht gefiel, und der Vater sagte:

»Ja, er ist ein kritischer Gesell!« Die Mutter sagte kein Wort; aber ihr Auge ruhte wohlgefällig auf dem Sohne. Das wahre Geheimnis war und blieb den Kindern verborgen.

21.

Das neue Leben der wieder vollzähligen Familie floß nun klar und ruhig weiter, bis die Flut sich etwa kräuselte, durch Martins pflichteifrigen Geist bewegt.

Es dauerte nicht lang, so wollte er nicht mehr zusehen, wie Arnold außer dem Geschäfte nur seinen Studien und dem gesellschaftlichen Verkehr mit einigen Jugendgenossen lebte; er drang in ihn, sich doch allgemach den öffentlichen Dingen zuzuwenden, wozu er ja die beste Gelegenheit habe, wenn er mit dem Vater die politischen Vereine, Wahlversammlungen und zuweilen auch einen der zahlreichen Vorträge zur Erklärung eines Gesetzes oder anderer Volksbeschlüsse und obschwebenden allgemeinen Fragen besuche. Da werde er bald lernen, die erworbenen Kenntnisse anzuwenden, die Urteilskraft geltend zu machen und ein Mitwirkender zu werden. Und das sei notwendig, denn ohne erweckte Jünglinge und junge Männer fehle es den weisesten Alten am halben Leben.

Allein Arnold lehnte des Vaters Andringen bescheiden, aber beharrlich ab. Er habe sich vorgenommen, so erklärte er, sich auf die Erfüllung aller Bürgerpflichten zu beschränken, wozu, nebenbei gesagt, auch gehöre, niemals an einer Wahl teilzunehmen, wenn man weder den Vorgeschlagenen noch die Vorschlagenden kenne. Das sogenannte
Mitwirken wolle er an sich kommen lassen, wenn es einst sein müsse, 322
bis dahin aber das faktische Geschehen beobachten und die Früchte desselben betrachten; an ihnen werde er auch die Personen erkennen, die sie hervorbringen, besser als aus ihren Reden, und die Parteien hinwieder an diesen Personen, sowie an den Zeitungsartikeln, die sie schreiben. Die hergebrachten Einflüsse möge er nicht auf sich wirken lassen und gehe deshalb auch nicht hin, wo sie ausgewechselt werden; nur so fühle er sich frei und einst imstande, jedem zu sagen, was er für wahr halte. Manche junge Leute dächten jetzt so.

Der Vater bestand nicht länger auf seinem Ansinnen; aber er fühlte sich verletzt, wenn das nun der ganze Einfluß war, den er auf den eigenen Sohn haben sollte, er, der so uneigennützig es sich sauer werden ließ, dem Lande zu dienen. Er kam daher wieder auf den Gedanken zurück, der Sohn sei auf den Schulen ein Doktrinär geworden, in welchem vielleicht der Reaktionär nur schlummere. Ein schmerzliches Mißtrauen fing an sein Gemüt zu belästigen.

Das wandte sich zwar wieder zum Bessern, als Arnold eines Tages sich erbat, einige Freunde im Haufe bewirten zu dürfen, da er etwas derart schuldig sei. Es handelte sich um acht junge Leute, von denen ein Teil unbemittelt, wo nicht arm, ein anderer Teil aber Söhne reicher Familien waren. Arnold wünschte zugleich, daß der Vater seine Gegenwart schenke, und dieser schlug mit dem raschen Gedanken ein, bei diesem Anlasse des Sohnes Umgang und Gesinnung gründlicher zu erfahren. Die Mutter machte dem Sohne gern die Freude, erklärte aber, man müsse einen Koch mit Aufwärter kommen lassen, die alte Magdalene sei außerstande, die Sache zu bewältigen, und sie selbst wisse nicht, was jetzt üblich sei und könne auch nicht mehr in der Küche stehen. Die Töchter dürfe man nicht vorspannen.

Arnold verwahrte sich gegen die Maßregel. Er wolle nicht Aufwand und Üppigkeit ins Haus bringen, das sei ihm nicht eingefallen! Seine
Freunde seien alle verständige und fröhliche Gesellen, und wenn die 323
alte Magdalene ein paar solide Stücke zubereite, was sie ja schon lang könne, und die Speisen etwas drollig daherbringe, so werde alles aufs

beste ablaufen. Einen weiblichen Adjutanten in der Küche möge sie immerhin beiziehen.

Es gab hierüber einen kleinen Zank, bis er die Oberhand behielt, aber nur scheinbar. Als er am bestimmten Abend eine Stunde früher nach Hause kam, stand ein schneeweißer Koch am Herde und im Speisezimmer ein befrackter Aufwärter, der sich mit einer Menge von Tellern und Gläsern zu schaffen machte und ohne Zweifel die Servietten gefaltet hatte, welche auf dem bereits gedeckten Tisch in Gestalt von Kaninchen und Hühnern die Teller zierten. Frau Marie sagte, es wäre nicht anders gegangen; sie habe nicht mit einem mißlungenen Wesen die Familie erst recht als eine Emporkömmlingsware ins Gerede bringen können!

Die Gäste stellten sich pünktlich ein, fast alle auf einmal, so daß Vater Salander bequemlich als der letzte erscheinen konnte, ohne zu lange warten zu müssen. Sogleich fand er sich angenehm berührt durch das gute Aussehen und das anständig offene Benehmen der Gesellschaft. Bei Tisch vollends wunderte er sich insgeheim über den unbefangenen guten Ton, die Abwesenheit aller schlechten Sprechmanier verhockter Kreise mit ihren Trivialwitzen und Zweideutigkeiten. Um besser zu hören, sprach er selbst nicht viel und hütete sich besonders, von Politik anzufangen, in der Absicht, daß die Freunde Arnolds und mit ihnen er selbst um so rückhaltloser darauf verfallen sollten. Er sorgte auch genügend für Erneuerung der Getränke, welche die Zungen lösen. Die jungen Herren wurden nur fröhlicher, alles in geziemenden Grenzen, ohne einiger Vorsicht zu bedürfen. Die Unterhaltung belebte sich, und da die Teilnehmer ziemlich gleichmäßig gebildet, wohlunterrichtet und auch lebendigen Geistes waren, so tauchten politische Gegenstände nicht minder als andere hervor; allein nicht ein unfreisinniges Wort,
324 nicht ein Wort, welches auf Mißachtung des Volkes hätte schließen lassen, war zu hören, kaum etwa ein ungezwungen derber Ausdruck über diesen oder jenen gemeinen Sykophanten, der eben in der Presse oder in den Räten spukte; dann hieß es höchstens: Was wollt ihr? Dem Kerl ist sein Weg vorgezeichnet, er muß ihn laufen und wird seinem Lohn nicht entgehen!

Indem Martin sich noch über den erfahrungsmäßigen Ton wunderte, welcher dieser Jugend schon geläufig schien, war der Gegenstand schon aus dem Gespräch verschwunden. Die haben, dachte er, nicht die Fähigkeit, auf einer Idee zu beharren; sie scheinen doch keine politische

Ader zu besitzen! Aber ehe er den Verdacht besser ausspinnen konnte, bewegte sich die Unterhaltung auf weiten freien Bahnen; keiner tat sich als Lehrer oder Prophet hervor, und Phrasen wurden noch weniger laut; man sah nur, daß es männliche Jünglinge seien, die sich die Welt offen behielten und nicht in einen Tabaksbeutel stecken ließen. Martin hatte einige Mühe, neuen und neuesten Anregungen auf den Pfaden des allgemeinen Bildungszustandes zu folgen, denn er war in manchen Dingen ein wenig viel zurückgeblieben und mußte sich mehr als einmal Aufschluß erbitten, der ihm ohne Wohlweisheit und ganz ohne Aufheben erteilt wurde, als selbstverständlich, wie man einem sagt, was draußen für Wetter sei. Und durch alles ging ein Hauch unverdorbener Ehrlichkeit, die ihm das Herz erfrischte.

Gottlob! dachte er, wir haben unser Geld nicht umsonst ausgegeben! Das sind doch auch Erziehungsfrüchte!

Doch untersuchte er nicht, ob des Hauses oder des Staates.

Er teilte bald die heitere Laune der Tischgenossen; ritterlich dachte er, sein sichtliches Vergnügen damit zu bezahlen, daß er um zehn Uhr schon die kleine Tafelrunde Arnolds sich selbst überließ und sich als Alter zurückzog. Allein es gelang ihm erst um halb elf, loszukommen und die Frauen in ihrem Asyl aufzusuchen, wo sie noch wach beisammensaßen.

»Kommst du endlich, du Kneipier?« sagte die Mutter, »das muß dir 325
ja herrlich gefallen haben bei den jungen Leuten! Wie war es denn?«

»Ich habe mich, glaub ich beinah, in meinem Leben nicht so gut unterhalten, wie diesen Abend!« versicherte der Mann, »es sind ganz vortreffliche Menschen, helle Köpfe und nota bene gesittete Bursche, mit denen unser Arnold verkehrt, Gesellen, von denen man sagen kann, sie seien alle gut aufgehoben, wenn sie beieinander sind!«

»Das klingt ja sehr erbaulich!« erwiderte Frau Marie froh, »und ist mir lieb zu hören! Und was spielt denn der Arnold für eine Rolle unter ihnen?«

»Es spielt keiner eine Rolle! Sie sind keine Streber, möchte ich beschwören, und wissen dennoch, was sie wollen, obgleich oder weil sie nicht davon schwatzen! Glaub nur, wenn es viele junge Mannschaft der Art gibt, so ist mir vor unserer Zukunft nicht bang!«

Mit beredter Zunge suchte er den vergnügt lauschenden Frauen den ungefähren Verlauf des Abends zu schildern und von einigen der Freunde, die ihm besonders gefallen, ein Bild zu entwerfen, bis er durch einen kräftig schallenden Gesang unterbrochen wurde, der von dem bescheidenen Saale her ertönte. Sie sangen dort mit resoluten frischen Stimmen ein lebensfrohes Lied, rasch und taktfest, kurz und gut, und gleich darauf hörte man sie aufbrechen und ohne starkes Geräusch das Haus verlassen.

»Ei, wie nett war das!« riefen die jungen Frauen, »und so rund abgeschlossen, punktum!«

»Da seid ihr alle noch auf«, sagte der mit einem Lichte eintretende Arnold, »das ist gut, ich glaubte schon, unser Geschrei hätte euch aus dem Schlafe geweckt. Ich mochte sie nicht gern verhindern und hab sogar mitgekräht, da es in einem zu ging!«

»Ihr hättet immer noch fortsingen mögen«, sagte die Mutter, »und doch hat uns das entschlossene Aufhören einen trefflichen Eindruck hinterlassen! Macht ihr es immer so?«

326 »Ja, wenn wir einmal singen; ich weiß nicht, wie es sich bei uns eingebürgert hat! Die Lust muß hinaus und da wir keine Virtuosen sind, so mögen wir doch auch keine Fronarbeit leisten! Aber nun gute Nacht allerseits und schönen Dank für geübte Geduld! Ich will noch ein Stündchen lesen, eh ich schlafe!«

Als Arnold fort war, fragte die Mutter ihren Martin ganz erstaunt:

»Hat der gute Junge denn nur Wasser getrunken? Noch ein Stündchen lesen! Und ist so ruhig wie eine windstille Luft!«

»Den Teufel hat er Wasser getrunken!« sprach Salander, der Vater. »Er schluckte soviel Wein, wie jeder andere! Er ist eben dein Sohn, du Hexe!«

Alle lachten über den komischen Zorn und gingen zu Bett.

Ruhig fuhr nun das Schifflein Martin Salanders zwischen Gegenwart und Zukunft dahin, des Sturmes wie des Friedens gewärtig, aber stets mit guten Hoffnungen beladen. Manches Stück mußte er noch als gefälschte Ware über Bord werfen; allein der Sohn wußte unbemerkt die Lücken so wohl zu verstauen, daß kein Schwanken eintrat und das Fahrzeug widerstandsfähig blieb den bösen Klippen gegenüber, welche bald hie, bald dort am Horizonte auftauchen.

Auch das dunkle Raubschiffchen des Louis Wohlwend, das seit bald einem Menschenalter Martins Bahn kreuzte, strich noch wiederholt heran, konnte aber nicht mehr entern. Es war jetzt ziemlich sicher, daß er mit dem an Martin begangenen Raube seine Frau auf die bewußte Weise erwarb, damit das Gut bergend und zugleich ihr eigenes Erbe.

Also hatte er keineswegs nötig, noch mehr zu raffen; allein er hielt den »alten Freund« einmal für sein Privateigentum, und der Neid der angeborenen Beschränktheit trieb ihn immer wieder, seinen Teil zu erhaschen und den Freund zu schädigen, während die einfältige Religionsstifterei ihm zur Vermummung dienen und zugleich die rohe Eitelkeit befriedigen sollte, der er zu allen Zeiten frönte.

Die Salanderschen mochten aus Mitleid mit seinen Knaben und den
wahrscheinlich unschuldigen Weibsleuten noch immer keinen Gebrauch 327
von dem Dokument machen, das ihn augenblicklich vernichten mußte.
Sie begnügten sich damit, ihn kurz abzuweisen, in welcher Form auch
er sich an sie machen wollte, ohne ihm zu sagen, warum es geschehe.

So geriet er zuletzt in einen unerträglichen Zustand der Ungewißheit und verlor gänzlich sein dummes Selbstvertrauen. Er räumte den Platz, um anderwärts das Nichts zu finden, das ihm beschieden war.

Eines Abends erschien Möni Wighart, der Getreue, und erzählte, er
habe Wohlwend auf dem Bahnhofe gesehen, wie er mit Weibern, Kisten,
Koffern und bösen Blicken erschienen und mit einem Blitzzuge abgefahren sei. 328

Biographie

1819 *19. Juli:* Gottfried Keller wird in kleinbürgerlichen Verhältnissen als Sohn des Drechslermeisters Hans-Rodolf Keller und der Arzttochter Elisabeth, geb. Scheuchzer, in Zürich geboren.

1824 Tod des Vaters.

1825 Besuch der Armenschule in Zürich (bis 1831).

1826 Die Mutter heiratet den Gesellen Hans Heinrich Wild.

1831 Eintritt in das Landesknabeninstitut in Zürich (bis 1833).

1833 Keller besucht die kantonale Industrieschule in Zürich.

1834 *9. Juli:* Als Rädelsführer eines Schülerstreiches wird Keller von der Schule verwiesen.
Scheidung der Mutter.
September: Beginn einer Lehre als Lithograph in Zürich (wahrscheinlich bis Sommer 1836).
Erste Skizzenbücher mit Landschaftszeichnungen.

1836 Briefwechsel mit dem Künstlerfreund Johann Müller und gemeinsame Naturstudien.

1837 *Sommer:* Begegnung mit dem Landschaftsmaler Rudolf Meyer.
November: Beginn des Zeichenunterrichts bei Meyer (bis März 1838).

1838 *14. Mai:* Tod seiner Jugendliebe, der Cousine Henriette Keller.

1840 *26. April:* Reise nach München zur künstlerischen Ausbildung. Aus finanziellen Gründen kann Keller nicht an der Akademie studieren und nimmt vorübergehend Unterricht bei dem Landschaftsmaler Scheuchzer, einem entfernten Verwandten.
Mitte August: Schwere Erkrankung an Typhus.

1842 *November:* Rückkehr nach Zürich, wo Keller bei der Mutter lebt.

1843 *Frühjahr:* Wiederaufnahme des Naturstudiums.
Juli: Erste Gedichte entstehen.

1844 Freundschaft mit dem Dichter Ferdinand Freiligrath.
Bekanntschaft mit dem Verleger und Schriftsteller August Adolf Ludwig Follen.
8. Dezember: Teilnahme am ersten Freischarenzug dogmatischer Protestanten gegen Jesuiten in Luzern.

1845 Als Kellers erste Publikation erscheinen die »Lieder eines Auto-

didakten«.
31. März: Teilnahme am zweiten Freischarenzug.

1846 *Frühjahr:* Der Band »Gedichte« erscheint.
Juni-Juli: Reise nach Graubünden und Luzern.

1847 *März-Oktober:* Aufenthalt in Hottingen bei dem Schriftsteller Wilhelm Schulz.
Sommer: Unglückliche Liebe zu Luise Rieter.
Volontariat in der Staatskanzlei des Kantons Zürich unter dem späteren Förderer Alfred Escher.

1848 Stipendium der Züricher Regierung (bis 1852).
September: Reise nach Heidelberg. Studium an der Universität, u.a. Vorlesungen bei Ludwig Feuerbach.
Freundschaft mit dem Literaturhistoriker Hermann Hettner.

1849 Persönliche Bekanntschaft mit Feuerbach und Verkehr in dessen Haus.
Arbeit am »Grünen Heinrich«.
Unglückliche Liebe zu Johanna Kapp.
Kontakte zu seinem späteren Verleger Eduard Vieweg.
Wiederaufnahme der künstlerischen Tätigkeit.

1850 *April:* Keller reist nach Berlin (bis November 1855).
Verkehr in den literarischen Salons von Fanny Lewald und Karl August Varnhagen von Ense.

1851 »Neuere Gedichte«.
Winter: Schwere Krankheit.

1853 Zusammentreffen mit dem Verleger Julius Levy (genannt Rodenberg).
Dezember: Die ersten drei Bände des »Grünen Heinrich« erscheinen.

1854 *Frühjahr:* Keller lehnt die angebotene Professur für Literaturgeschichte am Polytechnikum ab.

1855 *Frühjahr:* Fertigstellung der ersten Fassung des »Grünen Heinrich«.
Mai: Der »Grüne Heinrich« erscheint.
Unglückliche Liebe zu Betty Tendering.
Mai-August: Keller arbeitet an der Niederschrift von fünf Seldwyler Erzählungen.
November: Rückreise nach Zürich mit Zwischenaufenthalt in Dresden.

1856 In Zürich wohnt Keller wieder bei der Mutter.
Freundschaftlicher Umgang mit Gottfried Semper, Friedrich Theodor Vischer, Jacob Burckhardt, Richard Wagner und Mathilde Wesendonck.
Der erste Teil der Sammlung »Die Leute von Seldwyla« erscheint.
»Romeo und Julia auf dem Dorfe« (Novelle).

1857 *Juli:* Beginn der Freundschaft mit Paul Heyse.
Dezember: Keller lehnt die Stelle des Sekretärs des Kölnischen Kunstvereins ab.

1858 *Frühjahr:* Keller schreibt die Erzählung »Das Fähnlein der sieben Aufrechten« (im Berliner »Volks-Kalender für 1861« veröffentlicht).

1861 Keller wird zum Ersten Staatsschreiber des Kantons Zürich gewählt.
Dezember: Umzug mit der Mutter und der Schwester in die Amtswohnung in der Staatskanzlei.

1864 *5. Februar:* Tod der Mutter.

1865 In der »Deutschen Reichs-Zeitung« erscheint die Erzählung »Die mißbrauchten Liebesbriefe«.
Bekanntschaft mit der Pianistin Louise Scheidegger von Langnau.

1866 *Mai:* Verlobung mit Louise Scheidegger.
12. Juli: Freitod Louise Scheideggers.

1869 Ehrendoktor der Universität Zürich.
Freundschaft mit Adolf Exner.

1872 Die zwischen 1857 bis 1871 entstandenen »Sieben Legenden« erscheinen.
Sommer: Erste Begegnung mit Adolf Exners jüngerer Schwester Marie.
September: Aufenthalt in München. Bekanntschaft mit Jakob Baechtold, dem späteren Biographen Kellers.

1873 *September:* Auf Einladung Adolf und Marie Exners Aufenthalt am Mondsee, auf der Rückreise Abstecher nach München.
Dezember: Die ersten drei Bände der »Leute von Seldwyla« erscheinen in zweiter, vermehrter Auflage (Band 4 folgt 1874).

1874 *Juli:* Reise nach Wien und Reith in Tirol auf Einladung der Geschwister Exner, Rückreise über München.

1876 Keller legt das Amt des Ersten Staatsschreibers nieder und lebt bis zu seinem Tod als freier Schriftsteller in Zürich.

Mai: Beginn des Briefwechsels mit Wilhelm Petersen.
Bekanntschaft mit Adof Frey.
Oktober: Aufenthalt in München.
Oktober: Beginn des Briefwechsels mit Conrad Ferdinand Meyer.
November: Die »Züricher Novellen« erscheinen in der von Julius Rodenberg herausgegebenen »Deutschen Rundschau« (bis April 1877).

1877 *März:* Beginn des Briefwechsels mit Theodor Storm.
Dezember: Die Buchausgabe der gesammelten »Züricher Novellen« (2 Bände, vordatiert auf 1878) erscheint.

1878 *März:* Reise nach Bern.
Ehrenbürger der Stadt Zürich.

1879 *November:* Die ersten drei Bände des »Grünen Heinrich« erscheinen in neuer Fassung (Band 4 folgt 1880).

1881 *Januar-Mai:* Der Novellenzyklus »Das Sinngedicht« erscheint zunächst in der »Neuen Rundschau«, die Buchausgabe folgt im November.

1883 *November:* Die »Gesammelten Gedichte« werden veröffentlicht.

1884 *Oktober:* Besuch Friedrich Nietzsches.

1885 *Januar:* Bruch der Freundschaft mit Jakob Baechtold.
März: Vereinbarung mit dem Verleger Wilhelm Hertz in Berlin über die Herausgabe des Gesamtwerks.
Freundschaft mit Arnold Böcklin.

1886 Kellers Roman »Martin Salander« wird zuerst in der »Deutschen Rundschau« gedruckt und erscheint im November als Buchausgabe.
Oktober: Aufenthalt zur Kur in Baden.

1888 *6. Oktober:* Tod der Schwester Regula.

1889 »Gesammelte Werke« (10 Bände).
Juli-August: Aufenthalt in Seelisberg.
September-November: Mit Böcklin Kuraufenthalt in Baden.

1890 *15. Juli:* Nach sechsmonatiger schwerer Krankheit Tod Kellers in Zürich.